撒野

我想，在你眼里
撒野奔跑

撒野

巫哲＿著

2

江苏凤凰文艺出版社
JIANGSU PHOENIX LITERATURE AND ART PUBLISHING, LTD

Run Freely

巫　哲　作　品

撒/野

目录

Contents

我想，
抬头暖阳春草，
你给我简单拥抱

我想，
踩碎了迷茫走过时光，
睁开眼你就会听到

我想，
左肩有你，
右肩微笑

我想，
在你眼里，
撒野奔跑

我想，
一个眼神，
就到老

摄影

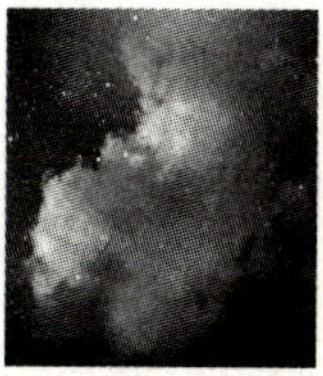

𝒫001 – 𝒫086　一　丞哥无处不在

1

两个人沉默着坐在店里，蒋丞不知道顾飞在想什么，反正他什么都没想，就是愣着，脑子倒是在转，可不知道在转什么。

快9点的时候顾飞站了起来："走吧，我送你回去？"

"哦，"蒋丞也站了起来，愣了愣又问了一句，"送我？为什么要送我？"

"怕你迷路啊。"顾飞说。

"靠，"蒋丞笑了，"我现在闭着眼睛都能回去。"

"这么厉害。"顾飞穿上外套。

"一直都非常厉害。"蒋丞跟他走出店门。

顾飞家跟蒋丞的出租房在一个方向，先经过顾飞家的那个路口，再往前一段就是蒋丞的出租房。

骑着车一块儿往回走的时候，依然是沉默，蒋丞老想说点儿什么，但又似乎找不到什么可说的内容，只好眼睛一路瞪着前面的路。

经过顾飞家路口的时候，顾飞没有拐弯，蒋丞注意到了，但却也没说话，两个人一直骑到了出租屋楼下才停下。

"你明天去学校吗？"蒋丞问。

"去，"顾飞说，"王队长不是还想中午、下午连一块儿练球呢吗。"

"你那个伤，"蒋丞看了他一眼，"到时打2班能行吗？"

"放心，"顾飞往腰上的伤那儿拍了拍，"不影响，而且2班打球挺规矩。"

"嗯。"蒋丞点点头。

谈话结束，两个人却都没动，蒋丞没有下车进楼道，顾飞也没有掉转车头回去。

沉默了一会儿，蒋丞清了清嗓子："那我上去了。"

"嗯。"顾飞应了一声。

对话之后依然没有人动，他俩跟被点了穴似的继续保持着跨在车上脚撑地的姿势。

又过了一会儿，顾飞才又说了一句："上去吧，我走了。"

"哦，"蒋丞终于动了动，拎着车头上了人行道，"晚安。"

"晚安。"顾飞说。

蒋丞把车推进楼道，锁好之后往路边看了一眼，顾飞还在那儿，蒋丞看了这一眼之后，顾飞才冲他挥了挥手，蹬着车掉了个头走了。

蒋丞回到屋里，洗了澡之后坐到桌子前，看着今天的作业，居然半天都没看懂。

这一下午加半个晚上，他感觉自己的脑子受到的冲击有点儿多，各种东西乱七八糟地塞得挺满，作业这些信息，都快没地儿放了。

他用了起码十分钟才静下心来开始写作业。

手机响了一声，潘智发了条消息过来。

——给你寄的资料在派送了，听着点电话啊，你不是换地址了吗，离得远吗?

——不太远，单号给我。

潘智把快递单号发了过来。

蒋丞查了一下快递的电话，打算明天跟人说一下不要派送了，自取就行，他实在不想再去李保国家那条街，万一碰上李保国，他都不知道该怎么应对了。

——还有，里面有个U盘，我把这学期老师上课用的课件都拷了一份，你看看有没有用吧。

蒋丞看着这条消息，这会儿潘智要在他跟前儿，他得过去跟潘智拥抱一下，多孝顺的孙子啊。

他拿起手机，竖起大拇指自拍了一张照片，P了点儿花里胡哨的图案上去，然后发给了潘智。

潘智那边半天也没再给他回过消息来，他把手机放到一边，觉得自己的脑子稍微腾出了点儿空间，于是坐下开始写作业。

四中的作业都不多，哪怕是这个时间才开始写，也不会耽误睡觉，但他反倒有些不踏实，考虑要不要让潘智把作业也每天给他发过来一份……

埋头写了差不多一个小时，手机响了一声，有消息过来。

他拿起来看了一眼。

——你这自拍可以起个名字叫“还好我长得帅”，我过两天把之前拍的照片发你一份吧，别再自拍了。

蒋丞愣了愣，回过神之后赶紧看了一眼上面的名字。

小兔子乖乖！

“我去？”他震惊了，再划拉了两下才确定，他居然把要发给潘智的照片发给了顾飞！

——我怎么发给你了？

——你本来想发给谁啊？

——发给我朋友的！

顾飞那边没马上回复，蒋丞把照片重新发给潘智之后，他的消息才又发了过来。

——给朋友发这张吧。

下面还带着一张照片，蒋丞猛地看到自己快占掉整个屏幕的脸时突然有种非常不好意思的感觉。

这是那天他嘴唇上有伤时顾飞拍的特写。

旁边还有一行相当傻缺的发光字，我和我倔强的伤。

——我去，你什么毛病？

他给顾飞回了一条消息。

——比你自拍强多了，我精心P过的。

——滚！

——居然这么不领情！

——就不领怎么着！

——【怼他！.jpg】

蒋丞看着顾飞发过来的图片笑了半天才又发了一句：

——我写作业呢。

——学霸加油。

第二天早上起床的时候，蒋丞觉得自己脑袋有些沉，坐在床边发了好几分钟的呆，昨天晚上一夜乱糟糟的梦也没能全想起来。

只记得有顾飞，有动物园，还有客串的潘智和王旭，闹哄哄的。

他叹了口气，起身去洗脸。

也许是因为隔了一夜，现在再想起顾飞说的那些事，他小时候的事，他跟猴子的“公平决斗”，现在已经没有那种让他难以接受的震惊，而是变得有些不真实，就像只是一个很清晰的梦。

在楼下买了早点，蒋丞骑着车往学校慢慢过去，一手握着车把，一手拿着油饼啃着。

天气还真是转暖了，一个油饼吃了一半还没凉透……

经过路口的时候，他捏了捏闸，不过没有听见顾飞的口哨，转头朝两边看了看，也没看到停在路边等他的顾飞。

他叹了口气，这个时间，如果不是有什么特别的原因，顾飞肯定还没起床。

到学校的时候还有几分钟上课，蒋丞在车棚里停好车，往校门口走过去。

离着还有十几米的时候，他猛地停下了脚步。

老徐这周值日，这会儿正站在门口，而他的面前，还杵着个人。

李保国。

蒋丞顿时觉得一阵烦躁和慌张，他定了几秒钟之后低头过了街，绕过校门之后往前面的围墙跑过去。

上回顾飞告诉他的那个翻墙的地方，还是很好找的。

小卖部刚开门，他往墙上爬的时候，正在扫地的老板有些震惊地看着他："孩子，还没打铃呢，校门还开着呢。"

"我……知道。"蒋丞一手攀着墙看着他。

老板没再说话，脸上的表情宛若面对着一个智障。

蒋丞也没再理他，脚往墙上一蹬，爬上了墙头，刚要看看下面砖堆的情况好往下跳，突然看到砖堆旁边站着一个人。

"刘校？"蒋丞蹲在墙头上整个人都愣住了。

刘校比外面的小卖部老板更震惊，看着他半天都没说出来话。

"刘……早。"蒋丞不知道这会儿是该跳进去还是回头再跳出去了。

"啊，早。"刘校看着他，习惯性地回答。

蒋丞犹豫了几秒钟，最后还是选择了跳进去，砖堆最近应该是被用过，边缘的砖少了一些，他跳下去正好落在了刘校面前的空地上。

站起来的时候刘校的眼珠子都快瞪出来了。

"我……去教室了。"蒋丞指了指前面，没等刘校说话，他拔腿就跑，一直跑到了教学楼下面才慢了下来。

不知道刘校是一直没反应过来，还是要放他一马，毕竟他翻墙进来的时候并不是“迟到翻墙”，也没踩树杈……反正上了三节课之后也没人来找他麻烦。

老徐也没有找他，前一课就是老徐的课，他上完之后就离开了教室，并没有过来跟蒋丞谈心。

蒋丞觉得有些发闷，翻墙他并不在意，李保国到学校来了，让他有些不踏实，他不知道李保国想干什么，李保国跟老徐说了什么……

烦得很。

而且顾飞到现在也没有来学校，旁边的座位空着，桌斗里塞着顾飞乱七八糟的书和本子，还有领了也没写的卷子。

班上的人对顾飞旷课没有任何感觉，这人每周都旷课。

也许全班只有他一个人会对顾飞没有出现感觉有些不舒服。

每次转头看不见正低头玩着弱智爱消除的顾飞，居然会让他如此不习惯。

一直到最后一节课上了快一半了，教室后门才有个人影晃了晃，蒋丞迅速转过脸，看到顾飞闪进了教室。

“我以为你不来了呢。”蒋丞小声说。

“我说了来啊，”顾飞笑笑，“中午练球呢。”

“……我以为你说的是来上课。”蒋丞说。

“昨天睡得晚，今天早上睡过头了，我一醒就过来了，”顾飞随便抽了本课本出来扔在桌面上，“这课我听不听也就那么回事儿，早就听不懂了。”

蒋丞没说话，拿出一支伤口黏合剂扔到了他桌上。

“好高级的东西，”顾飞拿起来看了看，放进了兜里，“中午请我吃东西吧。”

蒋丞看了他一眼：“凭……”

“凭我老请你吃。”顾飞打断他。

“……行吧，不过我中午得先去取个快递，正好你看看这个地方，”蒋丞拿出手机，把记下来的取件地址给顾飞看了看，“你知道在哪儿吗？”

“知道，”顾飞看了他一眼，“在铁路桥旁边。”

“啊。”蒋丞猛地听到铁路桥这三个字，顿时有些晃神儿。

“你买东西了？”顾飞问。

“不是，”蒋丞说，“我同学给我寄了点儿复习资料什么的。”

“我陪你去取，”顾飞说，“正好那边有一家挺棒的老陕面馆。”

蒋丞笑了起来：“怎么哪儿有好吃的你都知道。”

“也不是都知道，就这一片儿我吃遍了，”顾飞说，“毕竟在这儿长大的，我的活动范围主要就是从这儿，到火车站，从这儿，到市中心广场，别的地儿我也没怎么去过。”

“哦。”蒋丞看了他一眼。

“你俩去哪儿！”王旭在车棚里一边取车一边很不爽地说，“一块儿吃了正好练球，下午我都跟老徐请好假了，连着练呢！你俩这种无组织无纪律的行为……”

“一个小时之内我们肯定到。”顾飞说。

“这种无组织无纪律的行为是……”王旭继续说。

“队长，我们这是在跟你请假呢，”蒋丞说，“请一小时假办点事儿，一小时之内保证回来销假。”

这话对王旭非常受用，思考了一会儿之后他点了点头：“行吧，批准了。”

这个铁路桥看上去非常陈旧，应该是已经停用了，中间的铁轨上都是锈，还长满了杂草，两边的路倒是还能走，但只能过行人和自行车摩托车什么的。

蒋丞过了桥之后就一直往四周看，四周并不荒凉，路边的小店挺多，看上去还算热闹，他也一直没看到哪儿有什么废弃了的小区和危房。

“在那边，已经过了路口了，”顾飞回手指了指他们下桥之后经过的第一个路口，“从那儿进去。”

“哦。”蒋丞回头看了一眼，没看出个什么名堂来，不过这边的楼都不高，基本也就四五层，如果是危房，年头就更早些了，也许楼层更矮，阿门。

“明天你如果实在想去看，”顾飞慢慢蹬着车，“我让丁竹心去接你吧，她知道……”

“不用。”蒋丞迅速打断了他的话。

丁竹心对他那种微妙的排斥他能感觉得到，围观这种事儿他也不想边儿上还跟着个丁竹心。

“那……”顾飞看着他还想说什么。

蒋丞摆了摆手：“你别管我，我说了，我不会让人看到我去了，也不会影响你们脑瓜缺血的跳楼活动，你自己管好你自己别受伤就行。”

顾飞笑了笑。

“笑个屁，”蒋丞说，“你就是钢厂脑残队伍中的一员。”

顾飞笑得更厉害了。

“哎！你信不信我……”蒋丞本来想起这事儿就有点儿窝火，但是顾飞这一笑，把他火都给笑没了，他松开车把，学着昨天顾飞发过来的那张表情图，一手握拳一手往顾飞那边一指，“怼你！”

顾飞愣了愣，顿时笑得车头都扭了：“挺像的。”

潘智寄来的资料有一小纸箱，捆得结结实实的，还有个用纸袋装好的U盘，蒋丞没拆开，拿着看了看侧面的书脊，顿时就觉得心里踏实了不少。

“这还是上回跟你一块儿去四中的那个吧？”顾飞看着快递单，“潘帅？”

“潘智，”蒋丞拿过快递单看了一眼，“他这个不要脸的，这小子以前还往卷子上写潘安。”

顾飞笑了起来：“不过他字儿写得是真比你帅多了。”

“学渣字儿都好，”蒋丞说，“我们学霸，根本顾不上字儿好不好看这种无关紧要的细节。”

“你真得练练字，”顾飞说，“老徐那天说起你卷面分被扣的事儿就差泪流满面了。”

“那是他没见过我以前的字，”蒋丞说，“我以前的字我自己都看不懂。”

“哎，”顾飞笑着叹了口气，“走吧，吃面去。”

也许是拿了一堆资料，也许是跟顾飞一块儿打了一下午球，蒋丞觉得今天上午的那些郁闷消散了不少，想起李保国的时候，也没发堵了。

练完了球走出校门，顾淼正在路边坐着，屁股下边儿是她的滑板。

天暖了以后顾淼也不戴帽子了，自打剃了光头之后就没再打理过的头发乱七八糟地顶在头上，脑门儿上套着根红色的发带，倒是挺……有个性。

“我给你五十块钱。”蒋丞看着顾飞。

“好。”顾飞说。

这个不按套路来的回答顿时让蒋丞不知道接下去该说什么了。

好在顾飞顿了顿之后又回归套路问了一句：“为什么？”

“带你亲爱的妹妹去理个发，我求你了。”蒋丞说。

“好。”顾飞点点头，把手伸到了他面前。

蒋丞看了一眼他的手，拿出钱包，抽了张五十的放了上去。

顾飞把钱揣进兜里：“其实她理发不花钱，找李炎就行，手艺还挺不错的。”

“……钱还我。”蒋丞简直无语了。

“不。”顾飞回答得非常简洁。

蒋丞张了张嘴没说出话来，世上居然有如此厚颜无耻之人！

顾淼照例是跟着自行车踩着滑板，不过今天她拉的是蒋丞自行车的后座，一路挺愉快地滑到了顾飞他家店门口。

“你回去了？”顾飞问。

“嗯，”蒋丞看了看后座上那一捆资料，“我回去看看这些玩意儿。”

“那行，”顾飞点点头，“明天早上我路口等你吧，八点半。”

“好，”蒋丞应了一声，又冲顾淼挥挥手，“二淼再见。”

顾淼挥了挥手，他笑笑，蹬着车走了。

四中把决赛放在了周六，大概是为了方便全校师生以及周围学校的学生观赛。比赛开始的时间是十点，但是紧张的王旭队长要求大家在八点半集合，抓紧时间热身，比赛完了之后肯定又会有一帮人激动地聚在一起，说不定下午还要打一场过瘾……

所以他明天大概没有什么时间去那个跳楼现场踩点了，只能今天晚上去。

回到出租房把东西放了，蒋丞又背着书包出了门，直奔铁路桥。

铁路桥这边当街的地方并不荒凉，但从顾飞说的那个路口转进去之后，人就明显变少了，路边的店面也一个比一个破旧和不起眼。

顺着路走到头是一个小岔路，左边能看到往前是个被服厂，右边是一条路面都裂了的破路。

他走了右边，往前几分钟之后，看到了几栋破旧得窗户都碎光了的楼。

就是这儿了。

他一边往前慢慢骑着，一边往四周看，判断着钢厂脑残们会在哪几栋楼上玩跳楼机。

当面儿这几栋肯定不会，太靠外，有人经过就能看到，得再往里。

蒋丞最后在四栋并排着的旧楼前停下了。

这一片的垃圾明显要比别的地方多，各种饮料瓶，零食包装袋，还有满地的烟头，以及楼门口放着的一个铁皮桶。

他过去往桶里看了一眼，里面都是烧成了炭灰的木头，这应该是脑瘫们晚上聚众取暖用的。

四周没有人，蒋丞把车随便靠在了墙边，走进了这几栋楼对面的一栋破楼里。

这楼单独在一边立着，有五层，是四下里最高的一栋楼，破旧得连楼里头都能看到墙缝里长出来又枯了的草，他往楼上走的时候都感觉再上来两人这楼就得塌。

一直上到最顶一层，蒋丞走到了窗边，往那边看了看。

对面的四栋楼，基本可以确定了，楼间距的确不大，右边两栋都是四层，左边两栋是三层，最左那栋楼顶已经塌陷了一半，基本就还有两层的高度了。

“大家好，”蒋丞举起左手，中指和食指比了个V，在眼前慢慢移动着，“欢迎收看丞哥带你看脑残第一集。”

他走到第二扇窗前：“现在大家能看到的这四栋楼，就是钢厂脑残族的脑瓜缺血之跳楼比赛的场地……我们可以猜到，是从一栋楼跳到另一栋楼，按照脑残的程度来看，他们进行的可能还会是四级跳……场地里能看到不少杂物，这些东西都有刻意摆放的痕迹，所以我们可以判断，他们应该还会挑战障碍跳……”

蒋丞放下了手，转头看了看四周：“大家应该都看出来了，这里的瞄准视野并不是太好……我们来看看有没有更合适的角度……”

蒋丞在五楼的几个房间里转了转，最后在楼道里找到了通往楼顶平台的半截楼梯。

他跳起来抓住楼梯，试了试觉得还挺结实之后，蹬着墙从上面的口子爬了上去。

“观众朋友们，我们来看看……”蒋丞往天台边缘走了几步停下了，“我有点儿……恐高，不过为了……带大家看脑残……”

他慢慢蹭到天台边上：“这个角度很好。”

这里能清楚地看到对面楼顶的情况，并且距离不算远，但是……如果他就这么杵在这儿，对面有人看过来，能很清楚地看到这是个人。

顶层有个小阁楼，他走过去站到阁楼前，这样应该就能把他遮掉了。

“好，大家可以看到，”蒋丞一边说着，一边往兜里掏了掏，拿出了弹弓和一颗钢珠，对着对面的平台拉紧了皮筋，“这样的距离，我们能达到什么样的命中，以及命中的力量。”

说完这句话，他吸了一口气，忽略掉脚下有些发软的感觉。

盯着对面瞄了瞄之后，他手一松，钢珠飞了出去。

紧接着，那边楼顶上放着的一个木架子倒了下去。

“今天的节目就到这里了，”蒋丞看着那个架子眯缝了一下眼睛，“明天决赛之后，请准时收看丞哥带你看脑残第二集。”

2

虽然是周六，但蒋丞还是跟平时差不多的时间醒的，下楼买早点的时候，还顺便在附近的小路上跑了两圈。

这边一大早的人比李保国家那边要多，除了大妈大爷，还有不少年轻人。

早点吃什么是个很头疼的事儿，蒋丞手揣在兜里在几个早点摊前来回走着，犹豫着不知道自己到底想吃什么。

"小笼包吧。"身后有人说了一句。

这声音离得很近，基本就是贴着他耳朵传过来的，蒋丞吓了一跳，伸手摸兜里的手机和转头的动作同时完成。

跟身后的人脸对脸瞪着的时候才反应过来这声音是顾飞的。

当然，不光声音是顾飞的，脸也是顾飞的。

蒋丞震惊地后退了一步，上上下下打量着顾飞，又掏出手机看了一眼时间，"今儿这太阳都不是打西边儿出来了……"

他又抬头看了看天："这得是昨天就没下山啊。"

"二淼今天起得早，在屋里玩滑板把我吵醒了，"顾飞笑笑，"我就过来了。"

"吃了没？"蒋丞也笑了笑，不知道为什么，看到顾飞笑，他就想笑，"一块儿吃？"

"你请客吗？"顾飞问。

"你昨天刚骗了我五十块。"蒋丞瞪着他。

"那行吧，"顾飞说，"小笼包吗？"

"小笼包、饺子、豆腐脑、油条，"蒋丞一连串地把纠结着不知道该吃哪样的东西全报了出来，"一样一份，还有卤牛肉我闻着也挺香的。"

"去占桌。"顾飞说。

这片儿虽然也是老旧城区，但是居民楼比较集中，所以这会儿早点摊上的人很多，蒋丞站在一边盯了一会儿，才腿疾屁股快地在一张小桌前占到了两个空出来的凳子，坐一张，书包占一张。

刚想冲顾飞示意在这儿，一抬眼发现桌子对面坐着的是两个女生，一直看着他笑，他看过去的时候她俩又迅速低下了头。

"这儿。"蒋丞看到顾飞拿了两屉包子，抬手打了个响指。

顾飞走了过来，把东西放到桌上："你刚说的我都要了啊，还有什么想吃的吗？”

“没了。”蒋丞说。

对面的两个女生还是低着头，一边笑一边你掐我胳膊一把，我掐你大腿一下的。

蒋丞回忆了一下顾飞的话，感觉似乎明白了她俩这是怎么了。

顾飞把一大堆的盘子笼屉放到了桌上，把桌子都差不多占满了。

“王旭给我打电话了，”顾飞夹了个小笼包边吃边说，“他已经到了，就他一个人。”

“是不是控诉我们无组织无纪律了。”蒋丞拿了碗豆腐脑喝了一口。

“很威严。”顾飞点点头。

两个女生已经吃完了，却没有走的意思，掏出手机低头玩着，蒋丞看她俩那姿势就是拿摄像头往这边瞄呢。

他刚想把头偏开，以防被拍到各种丑陋变形的角度，顾飞抬头看了那两女生一眼：“别偷拍，脸容易变形。”

“啊！”她俩很简短地压着嗓子尖叫了一声。

“那我们能直接拍吗？”一个女生问。

顾飞没说话，女生举起了手机对着他俩，蒋丞也只得跟顾飞一块儿看着镜头。

女生拍完之后起身抓着书包边把手机往包里塞边笑着说：“我们要发四中贴吧的，记得去看哦，我们会后期了再发的……”

两个女生走了之后，蒋丞看了顾飞一眼：“哪个班的啊？”

“不知道，”顾飞说，“是不是我们学校的都不一定。”

“啊？”蒋丞愣了愣。

“今儿这场比赛很多外校的来看啊，”顾飞说，“而且跟7班那场有人传了视频，你盖帽那一下，很多人都知道了，要来看的。”

蒋丞觉得有些茫然。

“今天我叫了李炎过来拍照，”顾飞说，“我答应了九日找人给他拍照的。”

“他看到相机应该会超常发挥。”蒋丞笑了。

“你也得超常发挥，”顾飞偏头看着他，“我到四中以后就打这一场球，那么多人等着看呢。”

“嗯，”蒋丞很严肃地点点头，想想又有点儿感慨，“要是你没参加，我是不是得跟王旭打配合啊？”

顾飞没说话，夹着个饺子笑了半天。

比赛十点才开始，本校和外校的学生9点多就已经挤满了球场，蒋丞他们也就练了半小时热热身，就练不下去了，都是人。

看着场边挤着的人，蒋丞都感觉到这片的学生真是闲得慌，要搁原来学校，周末根本没几个人有时间去看别的学校一场校内篮球的比赛。

四中的这场决赛弄得挺正式，甚至不知道从哪儿搬了看台过来，在球场四周放好了，蒋丞他们入场坐到休息区的时候，看台上已经满满的全是人，还有不少站着的。

李炎9点半扛着顾飞的摄影包到了，坐到了休息区："这排场，不知道的还以为这是咱们市里联赛呢……"

"王旭的给他拍好点儿。"顾飞说。

"那得看他打成什么样儿，"李炎一边装镜头一边说，"我又不是你，拍头牛都能拍得出仙气儿来，他是什么样我就拍成什么样。"

"还有别的队员，"顾飞又说，"都拍点儿，我们班难得能打到决赛。"

"知道了，"李炎举起相机往四周瞄了瞄，"你也难得有这么上心的事儿。"

比赛之前刘校跟要过瘾似的，还做了个简单的讲话，给到场观众介绍了一下这次男生决赛的队伍。

一个是没有败绩的常胜队伍，一个是横空出世的黑马队伍。

蒋丞听着刘校的介绍，莫名其妙地就开始紧张，特别是刘校讲话的过程中，两边的啦啦队也一直在喊着。

易静平时看着斯斯文文还有点儿内向的感觉，带着女生啦啦队的时候却大方得很，能把如此羞耻的口号喊得那么理直气壮。

"8班8班！黑马当关！"

"8班8班！颜值最赞！"

这口号喊得蒋丞头都不想抬起来了，胳膊撑着膝盖，始终盯着自己的鞋。

"丞哥。"顾飞叫了他一声，很隐蔽地把自己的手从下面伸了过来。

蒋丞脑子里正琢磨着一会儿该怎么打，看到他的手，一下没反应过来，伸手过去用手指在他掌心里抠了抠。

"……击个掌。"顾飞说。

"啊。"蒋丞这才回过神，在他手上轻轻拍了一下。

"注意何洲，"顾飞说，"他是后卫，跟你一样，挺全能的，速度也快。"

“嗯，你今天不要一直直线。”蒋丞点点头，今天他没有布置具体战术，对2班这种配合成熟的队伍，以他们8班的实力，战术基本上去就会被打乱，所以今天大家只能靠这段时间以来培养出的默契，先打了再看情况。

“遵命。”顾飞说。

双方队长开始挑选场地，王旭赢了，脑子还算灵光，选了背光进攻的一边。

“顾飞跳球。”上场之前蒋丞说了一句。

“加油！”王旭吼了一声。

“加油！”一帮人都跟着喊了一嗓子，把外套一脱，走进了球场。

这种感觉很过瘾，蒋丞不喜欢被人围观，但对出风头还是不抗拒的，现在他们往场地中间一站，甚至能在四周的叫喊声、加油声里听到快门的声音，他顿时就觉得很过瘾。

2班跳球的队员跟顾飞差不多个儿，但是上回比赛他就发现这人弹跳非常牛，光论这一点，8班没人能跟他比。

果然，裁判抛起球之后，这个蚂蚱起跳的高度就高了顾飞差不多一个手掌……球是给的何洲。

这个球按蒋丞的判断，自己是能截下来的，但就在他一个跨步伸手过去的时候，何洲突然加速，在他碰到球的瞬间把球往旁边一拍。

不知道什么时候已经离开中线的蚂蚱接住了球。

蒋丞在心里骂了一句，跟顾飞对了一眼，顾飞拔腿就跟着蚂蚱往篮下过去了。

蒋丞没有直接跟上，他贴到了何洲身边，一是防止他再拿球，二是想看看这人的速度到底有多快。

2班的快攻打得很漂亮，两个传球之后蚂蚱就拿着球晃过顾飞起跳投篮了。

在一阵尖叫声中，顾飞突然在他身后也起跳，蒋丞心里咯噔了一下，这个姿势太容易失误了，一不小心就是打手。

但因为之前被顾飞拦了一下，蚂蚱这一个跳投高度一般。

阿门！

蒋丞暂时放弃了何洲，冲到顾飞左侧。

顾飞跳得很高，从蚂蚱后方跃起之后干脆利落地一巴掌把刚出手的球扫了出来，蒋丞在一片兴奋的尖叫声中跳起来接住球，吼了一声：“王旭！”

王旭在中场，他这一声吼之后，王旭转身就往回跑。

蒋丞往前带了几步，余光里看到何洲过来，他猛地一扬手，把球往王旭的方向抡了出去。

队长争点儿气！

王旭在奔跑中跳起来一伸手，接住了这个又高又长的传球。

8班的啦啦队顿时跳了起来，一直很有节奏的“加油”瞬间变成了“啊啊啊……”。

2班的回防很快，不过王旭抢了这个时间差，到篮下的时候是一对一，这时只要出手，进球的可能性是很大的。

但王旭却在投篮的一瞬间犹豫了，一回手把球传给了刚跑过三分线的顾飞。

顾飞过来明显是为了抢篮板，王旭这个球突然传来的时候，他完全没想到，甚至都没有来得及调整往前冲的姿势。

这个球他是反手勾过去接的，没等拿稳，就被2班一个护腕戴在膀子上的人断掉了。

接着就是传球，快攻，何洲三分入篮的时候8班的人都还没来得及靠近他。

第一个球激起了场边的一阵掌声和叫喊声。

郭旭拿了球准备发球，蒋丞走到王旭身边：“这场球不能只靠我和顾飞。”

王旭点了点头，没说话，看得出刚才的失误让他心如刀绞，把脸上的表情都绞得顺时针拧着了，蒋丞在他背上拍了一下：“刚那个球你能进。”

“嗯！”王旭一甩头，瞬间恢复了状态，“我也是这感觉。”

郭旭发了球，蒋丞拿到球，转身没有急着带，左手往旁边一指，王旭马上往中场边跑边准备接球，他一挥手把球传给了另一边的顾飞，然后就往那边篮下冲过去。

王旭这段时间打球把智商也顺带练了上去，这个传球他没有震惊蒋丞又拿他当幌子，而是马上往篮下压过去。

顾飞身后贴着蚂蚱，他也没有带球，原地转身用胳膊护着球，在卢晓斌过来接应的时候，把球传给了已经马上就要跑到三分线的蒋丞。

蒋丞接了球，那个护腕拦了过来，蒋丞心里叹了口气，2班常胜将军不是白来的，这回防速度，这样都没甩掉。

想再压到三分线边上投篮已经没有机会了，他看了一眼地上的线，一咬牙在离着三分线还有差不多一米距离的地方猛地把球对着篮板砸了出去。

顾飞目前没有人防，可以去抢篮板。

但就在顾飞冲过去的同时，球在篮板上哐地砸了声巨响，弹进了篮框里。

“我去。”蒋丞自己都有些吃惊。

四面的看台上掀起声浪，把王旭冲着他吼的那句“蒋丞你牛啊”都给淹没了。

顾飞朝他跑了过来，嘴角带着笑，跑到他身边时手心向前，说了一句：“牛啊三分王。”

“再来一次，”蒋丞迎上去跟他击了一掌，再顺势撞了一下肩，“右边到底线。”

“嗯。”顾飞应了一声。

底线投三分角度有点儿刁，但防守也有可能不如中线那么严丝合缝。

2班跟之前碰到过的队伍都不一样，队员的实力的确很平均，每一个人单拎出来都能扛，想从他们手上断球很困难。

蒋丞两次想断何洲的球都没成功，何洲在蚂蚱的掩护下回敬了他们一个三分。

“不要急！”老鲁的声音在尖叫声的间隙里传了过来，这次大概因为是决赛，他没有再嚣张地拿喇叭，“稳着打！8班8班！颜值最赞——”

蒋丞连头都不想转过去了，统共就两句口号，老鲁居然还能挑出最羞耻的那句来喊。

2班的这个进球，让场上场下的人都有些激动，郭旭把球发给蒋丞时力量惊人，跟颗炮弹似的。

他转过身时，何洲已经堵在了他传球的路线上。

反应真快。

蒋丞拿着球原地拍了两下，对着何洲冲了过去，一直顶到了何洲前面，在何洲准备断球的时候，他像是要跟何洲拥抱似的往前一倾，手从身侧一勾，球贴着小腿往何洲身后传给了已经开始往对面篮下跑过去的顾飞。

这个球传得太低，顾飞接着球的时候差点儿踉跄。

蒋丞跟上，但何洲盯得很紧，顾飞没有机会再把球传回来，于是很果断地给了狂奔而来的王旭。

王旭这一刻的智商爆表，在拿到球的同时，就把球又抡回了顾飞手里。

就这一个传球，何洲有一瞬间的犹豫，蒋丞迅速地甩开了他，从右边线直接冲到了底线。

在他还没站稳的时候，顾飞把球扔了过来。

蒋丞这个位置跟篮板基本已经是一条直线，2班的人迅速压缩回三秒区。

要的就是这个效果！

蒋丞盯着篮筐，举手没有犹豫，把球投了出去。

观众的叫喊声几乎就贴在他身后响起，分贝跟着球的轨迹一路上扬，最后在球落入篮筐时达到了顶点。

“好球！”蒋丞低低地喊了一声，举在空中的胳膊猛地往下一压，给自己喝了彩。

这一来一去两个三分球，把所有人的斗志都挑燃了。

现在场上的局面并没有一边倒，2班的技术和配合的确比8班要强得多，但因为他们没有输过比赛，这次也不会允许冠军落到别人手里，队员的压力都挺大，相对来说，8班的人打起来就相当放得开了，无论输赢都已经是黑马，没有了任何压力，甩开膀子打就行。

连卢晓斌这种话不多的都边跑边吼着打，跟个嗑了药的门板精似的，蒋丞老觉得一个不小心他能把旁边防他的人一口吞了。

两个班都没有叫暂停，也没有换人，都想趁着势头好的时候尽可能多地维持节奏拿分。

比分也始终没有拉开，8班的分一直落后，但却咬得很紧，一分两分的差距死死跟着。

在上半场还有三分钟结束的时候，顾飞顶着两个人上篮，比分反超了一分。

在观众疯狂的叫喊声里，2班叫了暂停。

在蒋丞往休息区走的时候，何洲拦了他一下：“你应该进校队。”

“嗯？”蒋丞愣了愣。

“你应该进校队。”何洲重复了一遍。

蒋丞半天才回过神来：“不是，你这时候跟我说这个？”

“想打完了再说的，”何洲说，“但是我有点儿激动。”

“……比赛完了再说吧。”蒋丞说。

“完了再打一场怎么样？”何洲问，“你，我，顾飞，唐希伟还有宋玉一队。”

“宋玉？”蒋丞没想起来宋玉是谁。

“我们班中锋，”何洲往那边指了指蚂蚱，“怎么样？”

蒋丞震惊地看着蚂蚱，不知道他的父母给他起这么个名字是出于什么样的期待，就想马上给潘智打个电话让潘安过来跟宋玉拜个把子……

“打完再说，”蒋丞说，“认真点儿打完。”

"我已经很认真了……行吧，"何洲在他肩上拍了一下，"先打完。"

蒋丞咬着牙就差抱着自己胳膊了，才没在第一时间往何洲手上一巴掌甩过去。

"他跟你说什么？"顾飞蹲在场边，看他跑过来之后站了起来。

"让我进校队，又说一会儿一块儿再打一场。"蒋丞说。

"这么激动，"顾飞笑了笑，"不过他一直这样。"

"他校队的吗？"蒋丞问。

"嗯，校队队长，"顾飞说，"跟你以前一样。"

蒋丞看了他一眼没说话。

"你们别总是往一块儿跑，"李炎捧着相机，"拉开距离，跑动的时候别只看自己和对方，要看别的队友在哪儿，一定要让自己随时能接传球。"

"嗯！"大家纷纷点头。

"有人被缠，一个人去接就行，不要全挤上去，"李炎指了指郭旭，"你就是，有人去接应了你就跑位准备下一个传球。"

"好！"郭旭点头。

"你俩，"李炎看着顾飞和蒋丞，想了半天不知道该说什么，"你俩继续耍帅就行。"

"炎哥，"王旭看着李炎手里的相机，"今天拍了不少吧？"

李炎扫了他一眼："放心吧，够你做个相册的了，一天三张一个月都不重样。"

"虽然我是队长，但是你也不能都拍我啊，"王旭说，"你也拍点儿顾飞啊，蒋丞啊，还有我们别的队员啊……"

"你是不是智商都投篮框里去了？"李炎不耐烦地打断了他。

蒋丞笑着转开头，正好看到易静拿着瓶水站在顾飞身后，他刚想叫顾飞接一下，易静笑着把水递给了他："给你吧。"

"谢谢。"蒋丞接过水，一边喝一边往顾飞锁骨那儿看了一眼。

顾飞的伤打这么一场球也不知道……他看到了顾飞领口露出来的一小角纱布，上面有血。他皱了皱眉，凑过去扯开了顾飞的领口，往里看了看，渗出来的血不多，但也有一小片了，"你……"

话还没说完，旁边响起一片女生的尖叫。

蒋丞回过神来，赶紧撒手，退开了一步。

"怎么了，怎么了？"王旭马上注意到了这边的动静，扑到顾飞面前就扯领口，“我……”

女生的尖叫顿时升级，然后变成了一片笑声。

“上场了。”李炎一把拽开王旭。

蒋丞放下水瓶子，往场上走的时候感觉背上一片目光，火辣辣的烧得他浑身不自在。

别扭了好半天，他也只能感谢上苍，把王旭安排在了他身边。

感谢脑子里缺了张琴的王旭解救他于疯狂的尴尬之中……

“没事儿。”顾飞在他旁边说了一句。

“是撕了吗？”蒋丞问。

“可能，”顾飞说，“我都没什么感觉。”

“……跳脑残楼的时候会影响吗？”蒋丞叹了口气。

“大概会有点儿影响吧，”顾飞说，“但是这事儿，我要跳完了不受点儿伤，猴子也不会罢休。”

蒋丞看着他没说话。

“丞哥，”顾飞往中场跑过去，回头看着他，突然很严肃地往2班篮下一指，“怼他们！”

蒋丞没忍住乐了，也往那边一指，“怼！”

3

2班的这个暂停叫得很合适，距离上半场结束只有3分钟，不光打断了8班一气呵成的节奏，而且没等8班再调整好，上半场就结束了，中场休息的时间连上，8班的节奏很可能就回不去了。

蒋丞看了一眼比分牌，落后四分，这个数值并不大，说起来简直非常好追，但对手是2班，无论是整体还是单人水平都高他们一大截的2班，这四分就有点儿没底儿了。

今天这场球得谢谢李炎，除了拍照，李炎还顺带给他们做了场外指导。

休息的时候一帮人蹲一块儿听着李炎的安排。

“我说话直，你们不要介意，我觉得你们很悬，”李炎说完之后总结了一下，“你们想赢就得全力以赴，谁也不能站在原地，必须全部跑起来，他们班那几个都校队的吧？那配合不是一两个月能练出来的，所以你们要想赢……或者说想比分不被拉开，你们就得豁出去。”

“好！”一帮人伸出手搭在一起吼了一声。

“蒋丞你下半场三分可能机会不多，他们会盯死你，”李炎看着蒋丞，“你得给大飞找机会。”

“嗯。”蒋丞点点头。

“加油。”李炎举起相机对着他的脸拍了一张。

蒋丞看着他叹了口气。

“挺好的，”李炎把相机递到他面前，“拍你们队长才是真挑战，那姿势……”

蒋丞笑了起来，看了一眼正在旁边叉个腰喝水的王旭。

下半场一开始，两个班的人就拼得很凶，不光场上队员拼得凶，场下的啦啦队也跟疯了一样地喊着，要不是地上有线，边裁也在那儿站着，感觉她们能冲到场上来对着喊。

这场球只打了半个小时，蒋丞就感觉到有点儿累了，这是之前的几场比赛里没有过的，体力消耗很大，因为就算王旭他们都拼了，实力上的差距还是要靠他和顾飞两个人来填。

掩护顾飞连续三个上篮之后，蒋丞感觉汗水都杀进了眼睛里，他没有戴护腕，擦汗的时候只能扯衣服了。

“要吗？”顾飞在他旁边问了一句。

“嗯？”蒋丞看着他。

“给，”顾飞是一个戴俩护腕的变态，摘下左手那只递给了他，“我还没用这边擦过汗。”

蒋丞想说你以为汗水不会浸透你的护腕吗，但顾飞马上又补了一句：“趁着汗还没从胳膊流到手腕上。”

蒋丞笑了起来，拿过护腕戴在了手上，顺便抹了抹额角的汗。

“看到那个9号了没，”顾飞说，“他没体力了，他一直跑左边线，一会儿我要从左边过去。”

蒋丞没说话，他和顾飞的配合基本是中线和右边线，从左边下去对于右手带球的人来说有些不是太习惯。

“我试试能不能耍个帅。”顾飞又说。

蒋丞没有时间琢磨他要耍什么帅，郭旭已经怒吼一声准备发球了，他迅速开始跑动。

卢晓斌接了球带了两步就马上传给了他，顾飞已经过了中线，在他拿到球要传的时候才突然从中路往左边倾了一下。

蒋丞马上把球传了过去，时间差正好，顾飞两步跨到左边线的时候球正好弹到他手里。

蒋丞立刻从中路往篮下压过去准备接应。

顾飞换成了左手带球，观众席里女生尖叫得像是看到了顾飞裸奔一样激动，蒋丞有些无语，左手带球并没有什么了不起的，基本上经常打球的都练过，要不过人的时候都费劲，虽然顾飞左手带球很稳，但也绝对有人设和颜值加成，蚂蚱左手带球连过三个人的时候也没见谁喊成这样的……

顾飞很快地压到了左边底线，这个角度上篮不好上，跟之前蒋丞三分的位置一样，所以2班主要防的是他会传球，只有9号贴身跟着，只要压制他不能转身面对篮筐投篮就行。

蒋丞骑着三秒区，盯着顾飞的动作，随时准备接应。

但顾飞就在这时突然就那么侧着身，左手拿着球往头顶上猛地一勾，球对着篮筐飞了出去。

这个角度用这样的姿势投三分？蒋丞赶紧喊了一声："晓斌！"

卢晓斌马上切到了篮下跟人来回挤着，等着抢篮板。

但顾飞就这么勾出来的这个球，却带着一个漂亮的弧线，落进了篮框里。

"漂亮！"蒋丞跳起来喊了一声。

场外顿时喊声震天，老鲁挥着胳膊："顾飞！好样的！好样的！8班8班！颜值最赞！"

蒋丞都顾不上吐槽这场球跟颜值到底有什么关系能让老鲁这么执着了，过去跟顾飞蹦着撞了一下肩："你是不是有病。"

"帅嘛。"顾飞也蹦起来跟他对撞了一下。

"帅爆了，"蒋丞说，"士气大振。"

顾飞的这个三分，振了8班的士气，也振了2班的士气。

2班迅速打了个快攻，拿下了两分。

场上场下的气氛顿时沸腾了，蒸出几屉包子来都没问题。

就像李炎说的，这个局面之下，想要把比分咬死都不是一件容易的事，基本是他们进了球之后，2班就会回敬一个。

到最后一节的时候，8班的比分还是落后三分，这个比分说起来发挥好了也就是一个球的事儿，可真打起来，特别是在这种2班已经被激起了斗志的情况下要想追上，也是相当困难。

暂停的时候，蒋丞撑着膝盖，能听到围成一圈的几个队员都喘得跟牛似的。

“郭旭先下，休息一会儿，”李炎没有再跟他们多讲战术，“换个个儿高的上去，他们进攻就全压回篮下，他们要三分的话留给顾飞和蒋丞处理。”

“好。”王旭点头。

“你们现在进球问题不大，关键是不能让他们再进球，要不你一个他一个，这就没戏了。”李炎说。

在这种双方都拼了命但实力的确有差距的比赛里，8班想要阻止2班进球，基本不可能，李炎说这话的时候看了顾飞和蒋丞一眼，蒋丞很清楚他说这话也就是为了不让别的几个队员泄气。

换了人上场之后他们篮下的高度是有增加，可面对蚂蚱的弹跳，效果还是不太明显。

还剩最后四分钟，比分拉到了五分，李炎叫了换人，把郭旭又换了上来。

“放开拼了，”郭旭带了话上来，“全力进球。”

蒋丞感觉自己以前打校队比赛都没有过这么大的压力，观众的加油声，尖叫声，啦啦队卖力的节奏，拼了命的队友，还有拼了命的对手。

“去拿三分。”顾飞跑过他身边的时候说了一句。

几个来回下来，分差又追成了四分，球到蒋丞手上的时候，他看了一眼计时牌，不到一分钟了，虽然搁在水平一样的两个队之间，希望还是很大的，但是现在……他还是带着球往对面冲了过去。

中途碰到了何洲，他把球分给了顾飞，顾飞马上传给王旭。

王旭和卢晓斌配合着杀进三秒区，但出手投篮被盖了帽，好在卢晓斌一声暴喝，把对方跟他抢篮板的那位吼得愣了愣，就这不到一秒的愣神让卢晓斌抢到了球。

蒋丞站三分线都能感觉得到威力，搁武侠里，那位现在就该心脉俱断、七窍滋血了。

卢晓斌把球传给了蒋丞。

去拿三分。

顾飞的话还在他脑子里跳着，他接到球没有犹豫就起跳了，何洲就在他跟前儿，跟他同时起跳。

他身体后仰，脑子里就这一瞬间起码刷过去一百条“藤真男神保佑”……

球出手。

何洲没有碰到球，球弧度很大地飞了出去。

落地的时候何洲没有回头，就说了一句：“好球。”

蒋丞盯着球，胳膊还举着，球落进篮筐的时候他还是老习惯，三根手指往下一压。

好球。

一分之差。

在最后的二十秒里这几乎让所有的人都疯狂了，看台上的观众全站了起来，声浪一波波地扑过来，老徐都开始蹦了，原地不断地挥着胳膊蹦着喊，也听不清他在喊什么，连大嗓门儿老鲁的声音都已经被盖没了。

2班拿着球飞一般地就压到了篮下，蚂蚱拿了球连站都没站稳就投篮了，顾飞跳起来，但没能盖到球，只是指尖在球下边儿戳了一下。

这球没进，篮下顿时抢成了一锅粥，就差搂到一块儿了，“这是一场男生篮球决赛”的感觉都快丢光了，恍惚之中蒋丞有一种超市一折时大妈抢货的错觉。

球还是被2班抢到，再投，这次顾飞盖了帽，球到了王旭手上。

还有四秒。

王旭没有时间再传球，带着球就往对面冲过去。

蒋丞跟上想掩护，但何洲像被二踢脚崩了屁股似的，速度惊人，在王旭还没靠近三分线的时候就已经追上了，手一伸，球被他扫了出去。

等王旭再扑过去把球拿回手里的时候，比赛结束的哨声响起。

“全场比赛结束——”

2班全体跳了起来，吼声震天。

王旭抱着球站着没动，顾飞走过去拍了拍他的肩，他突然一转身把球一扔，抱着顾飞吼了一声就哭了起来。

顾飞举着胳膊愣了。

“就差一点儿！”王旭哭着喊，“就差那一点点！”

“已经很好了，”顾飞在他背后拍了拍，“已经很好了啊，别哭……”

何洲跟队员们击了几下掌，看到这边愣了愣，跑了过来：“我是不是……我好像没有撞到他啊……”

“是没撞到，”蒋丞说，“他就是……”

“你拍我球干吗！”王旭推开顾飞，瞪着何洲吼了一声。

"哎！"何洲吓了一跳，往后退了一步，有些茫然，"我肯定……得拍啊。"

"队长，"蒋丞本来感觉挺失落的，也挺遗憾，毕竟比分只差了一分，但现在王旭这个样子，他也顾不上感叹了，过去看着王旭，"队长，王队长？"

"什么事。"王旭看着他。

"都看着你呢，"蒋丞说，"快点儿组织一下，要握手啊。"

"哦对！"王旭眼睛一瞪，"我差点儿忘了！来来来！我们的人过来排队！"

蒋丞松了口气。

双方队员相互握手拍肩之后，各自回到了休息区。

"太精彩了！"老徐挨个拥抱着，"太精彩了！你们太棒了！我为你们骄傲！"

走到蒋丞面前的时候，蒋丞迅速冲他抱了抱拳，退开了一步。

"你啊！"老徐指了指他，叹了口气，一把抓过顾飞拥抱了一下，"顾飞好样儿的！"

顾飞笑了笑没说话。

老徐走开之后他转头看了看蒋丞，蒋丞跟他对视了一会儿，最后笑着张开了胳膊，顾飞过来跟他抱了抱。

这会儿他已经无所谓旁边会不会有人尖叫，会不会有人举着手机，贴吧会不会再因为这一幕而有新帖子。

他就想跟顾飞抱一抱，因为这场球，因为这帮拼了命的队友，因为他和顾飞完美的配合，抱一抱。

"我很久没打这么过瘾的球了。"顾飞说。

"是啊，"蒋丞说，"你就没打过正常的球吧？"

"……也打过的，"顾飞松开了他，"我得去趟厕所。"

"你一直憋着尿打的吗？"蒋丞有些无语。

"不是，"顾飞拿过外套，掏出伤口黏合剂，"好像腰上也撕开了，去粘一下。"

"要……"蒋丞低声说，"帮忙吗？"

"不用。"顾飞笑了笑。

观众还没全散，有的在场上投着篮，有的还坐在看台上意犹未尽地聊着，还有些在……拍照。

"蒋丞，"何洲跑了过来，"一会儿打球？"

“改天吧？”蒋丞往厕所那边看了一眼，“今天……”

“不打！”王旭突然凑了过来，“不打！我们现在要去聚餐！没空跟你们打！”

何洲犹豫了一下：“那行吧，我们再约时间，咱们加个微信？”

“嗯。”蒋丞拿出手机跟何洲加上了好友。

顾飞去厕所没多大一会儿就回来了，班上的队员加啦啦队还处于又兴奋、又悲伤、又高兴的状态。

“我们人多！”王旭在打电话给饭店订餐，“你们不是有个小型的接会议的那种包厢吗？对！就那个！”

“怎么样？”蒋丞看了顾飞一眼。

“没问题，”顾飞活动了一下胳膊，“一会儿要去吃饭？”

“嗯，”蒋丞点点头，“你们……几点？”

“晚上八点。”顾飞说。

一帮人都被王旭带去了饭店，包括一脸不情愿的李炎。

蒋丞还是跟顾飞挨着坐，但一顿饭他俩都没说上几句话，一帮人激动得不行，还好中午饭店里吃饭的客人不多，要不就这动静，外面的人全都得让他喊没了。

蒋丞也不是太想说话，从昨天看到了那几栋楼之后他就对顾飞他们这次的脑残活动隐隐地不安着。

现在球赛打完了，心里没有别的事儿了，这感觉就开始变得强烈起来。

顾飞肯定会伤，而且很明显，他必须得受伤，以猴子的尿性，顾飞就算认输，也得伤了才行。

那这个伤，得是什么样的伤？

连吃带聊还带集体痛哭流涕，最后还高歌一曲《朋友》，不知道的以为他们提前吃散伙饭呢，一顿饭吃到下午三点多才散了场，蒋丞感觉自己身上的汗都捂臭了，才终于出了饭店。

李炎开的是摩托，直接去了顾飞家店里，蒋丞和顾飞骑着自行车一路沉默着往回走。

到了店门口，顾飞才说了一句：“晚上你注意安全，去的人很多，什么人都有。”

“知道了，”蒋丞看了他一眼，最后叹了口气，“你要受什么样的伤，你自己……把握着点儿。”

“放心，”顾飞笑了笑，“我是受着伤长大的。”

蒋丞冲他竖了竖中指，脚下一蹬，骑着车走了。

回家先洗澡，然后出门转了好几圈，在一家药店买了点儿止血胶管和一把止血钳。

他一开始玩弹弓用的就是止血胶管，按说这种胶管并不是最好用的，只因为用惯了，对它的拉伸变形和回弹已经非常熟悉，他还是一直用着。

买好胶管，他又去了趟市场，对市场的布局结构完全没有任何概念，他在里头转了能有十圈，才找到了个店买了一兜核桃。

干完这些，时间还没到五点，离八点还有挺长的时间，但他还是把东西都塞到书包里去了铁路桥。

自行车他锁在了路口一个小店门口的栏杆上，然后走了进去。

这地方白天看起来比晚上更落寞，他直接上了楼顶，把包放下，靠着小阁楼的墙坐下了。

“大家好，欢迎收看今天的丞哥带你看脑残第二集，”蒋丞一边把弹弓上的胶管拆下来，一边小声说着，“离脑残的集体狂欢还有……三个小时，我估计再有俩小时就会有脑残先行者进场了，所以我们要提前到场……这个时间我可以教大家如何往弹弓上绑胶管……”

他拿出胶管和止血钳：“我一般呢，用‘8’字绑法，很简单，一把止血钳就行，两根毛衣针也行……你们自己看吧，我懒得讲了，没什么心情。”

皮兜是之前新换过的，可以继续用，蒋丞低头很快地把胶管绑好了，然后拉紧试了试，再一松手，感觉不错。

他仰头靠着墙，闭了闭眼睛，然后从书包里摸出了一颗核桃。

“之前我们用的是钢珠，”他拉开皮筋，对着对面的四栋楼挨个儿瞄了一遍，“今天我们来看看一颗核桃的力量……当然，不是纸皮核桃，是普通硬壳核桃……”

他一松手，核桃飞了出去。

对面楼顶的一个空罐头盒被打得飞出了楼沿，掉到了楼下，核桃也碎掉了。

“还行，”蒋丞伸手抓了四颗核桃站起来往前蹭了两步，“我们看看一个恐高的人是如何克服心理……障碍，打出四连发的……”

蒋丞吸了口气，瞄准了第二栋楼顶的一个饮料瓶子，打出了第一颗核桃，瓶子往前跳开，他接着打出第二颗，瓶子接着往前又一跳，接下去是第三颗，第四颗。

第四颗打空了，瓶子已经跳到了楼那半边，这个距离有点儿远了。

“好了，”蒋丞坐回墙边，“准备工作已经完成了，现在……请大家跟我一起看会儿书吧，两个小时之后继续观看。”

他从书包里摸了本潘智给他寄来的数学习题集，低头开始看。

天色完全暗透了，眼前已经什么都看不清了的时候，蒋丞把书塞回了书包里，也在这时听到了楼下传来的摩托车的声音。

路灯已经亮了，他蹭到天台边儿上往下看了看，虽然只有两盏路灯，但还是能看到楼下来了三辆摩托车。

每辆车上都带着人，四男二女。

“各位观众，先行者进场了，居然还有女的，”蒋丞小声说，“这几个我都没见过，应该是战队的成员。”

几个人下了车之后没有上楼，站在楼下说笑着。

蒋丞看了看时间，七点过，他点开了信息，看了看跟顾飞的聊天框，没有新的内容，顾飞没有联系过他。

他犹豫了一下把手机放回兜里，这个时间去联系顾飞也没什么意义。

十多分钟之后，楼下的人开始多了起来，有走路晃进来的，有开着摩托来的，全在楼下扎堆儿杵着，还有几个拎着酒瓶边喝边聊的，他盯着这些人，没有看到不是好鸟那帮人。

蒋丞就这么蹲在天台边儿上往下看，蹲得腿都麻了，蹲得都快忘了自己恐高了，才终于看到了李炎，开着今天的那辆摩托顺着小路进来了。

楼下的人一阵骚动，气氛突然就变得有点紧张。

接着又是两辆摩托车，蒋丞盯着看了两眼，不是好鸟，正好四个人……顾飞呢？

李炎和不是好鸟都下了车之后，他才看到了拐进来的顾飞的摩托车。

蒋丞压着声音小声说：“观众朋友们，请看现在进场的这个，就是脑残……1号，他开着一辆黑色的摩托车，穿着……一套夜行衣，现在他摘下了头盔……刨开脑残这一点，1号其实是个很帅的人，这个出场还是可以打个82分的，剩下的18分以666的形式送出……”

顾飞下了车，把头盔扔到后视镜上挂着，看了看旁边的人："猴子呢？"

"马上到。"有人答了一句。

"我们先上去。"顾飞看了刘帆一眼。

"嗯。"刘帆踢开脚下一个空酒瓶，几个人一块儿进了楼里。

这楼顾飞挺熟，因为钢厂这片热衷于用跨栏来解决问题，这里他都记不清来过多少次了，不过这还是他第一次来解决自己的问题。

"我叫的人一会儿就到，"刘帆转头，"李炎你给许哥打个电话吧，让直接上来得了。"

"行。"李炎拿出手机拨了号。

顾飞在最前头走着，一直上了楼顶，今天风还挺大，一站上天台，就兜了一脸。

他往四周看了看，又从口袋里摸出了眼镜戴上。

"估计对面楼里吧。"李炎在他旁边小声说。

他看了李炎一眼，又往对面楼看了看，一片漆黑，什么也看不清，楼顶也没看到有什么像是人的影子。

猴子带着一帮人上来了，今天的主角已经到齐，看热闹的人也全都上了天台，一二三四，顾飞看了看，四栋楼的顶上都已经站着人了。

有猴子的人，也有刘帆他们叫来的人，还有不少看热闹的中立观众。

这事儿虽然只是他和猴子两个人的事，但人是一定要叫的，像猴子这种老大，喜欢这种排场，而顾飞要的只是见证。

想要一次过，想要再也没有后续，就必须有其他人在场，人越多越好，所有人都知道两人之间的事这次解决了，以后再想找麻烦，就有个面子的问题，像猴子这种有"身份"，要面子的老大，就很难再有什么动作。

只是……顾飞推了推眼镜，盯着身边的人看了一圈，又顺着楼一个天台一个天台地看过去，也没有看到蒋丞。

他对蒋丞的身影已经太熟悉，就算这小子混在人堆里，他也能一眼看到，但始终都没发现蒋丞的踪迹。

对面楼？看上去依然是一片宁静。

他有点儿不踏实，犹豫了半天还是摸出了手机，给蒋丞发了个信息。

——你在哪？

蒋丞的消息很快回了过来。

——丞哥无处不在。

顾飞看着这行字，简直能看到蒋丞嚣张出五行之外的脸。

——到底在哪，对面楼里吗？

楼里没有任何光亮，虽然如果蒋丞把手机屏幕调到最暗，这边看过去也不会看到任何光。

——你站到天台边来。

顾飞看了猴子一眼，他正跟一帮好久不见的人说着话，一副今儿晚上啥事儿也没有的淡定样子。

顾飞慢慢走到了天台边上。

正低头想给蒋丞发消息，突然感觉有什么东西砸到了他鞋上，他看了一眼，发现居然是一颗核桃。

“你躲得很好啊，”他直接发了语音，过去把核桃踩碎了，同时也看到了旁边还有碎核桃，“这是要干什么？”

——笑一个。

蒋丞回了消息过来。

顾飞转过脸冲着对面漆黑一片的破楼，笑一个是什么鬼？

——我能看到。

蒋丞又发了一条过来。

顾飞看了看天台上站着的人，趁着没人注意，转头冲着黑暗里笑了笑。

这大概是他长这么大干得最二的事。

“很好，”蒋丞蹲在黑暗里，对面楼顶已经有人用油桶烧起了火，变得很明亮，“刚才我们看到了1号的笑容，说明现在瞄准条件很好……对面似乎要开始了，要开始了。”

他一条腿曲着，一条腿跪在天台上，拿了一颗核桃，拉紧了皮筋。

天台上的人已经往两边散开，顾飞和猴子都退到了天台的最边缘，助跑的长度是楼顶的宽度。

蒋丞皱了皱眉，几个空瓶子从两边被踢到了中间，顾飞的必经之路上至少有三个瓶子，接着被扔过去的还有砖块和木条，而他们要落脚的那栋楼，楼顶上也是一样的状况，甚至有人直接扔了个啤酒箱在中间，他咬着牙，“真脑残。”

有个人走到中间，面对着猴子和顾飞站定了，举起了手。

蒋丞没有办法计算顾飞的步子，也就没有办法用核桃去清理路障，开始了之后他只能跟着顾飞移动，起跳之后估计出他的落点抢出时间差……

中间的人举起的手猛地往下一压。

顾飞和猴子同时冲了出去。

顾飞根本没有看脚下，每一步都迈得很大，裹着风冲出去的时候就像是要起飞。

蒋丞死死盯着他。

顾飞冲出第一步时，他就已经看清了顾飞放手一搏的状态，不看脚下，只管往前迈步。

在顾飞踩着天台边缘几乎再往前一寸就会直接摔下去的位置猛地起跳时，蒋丞的心跳有一瞬间的停顿。

顾飞不顾一切冲出去的姿势，腾空跃起的姿势，迎着风如同飞翔的每一个动作……

“你是个什么样的人？”蒋丞猛地一拉皮筋，松手时核桃飞了出去，目标是顾飞落脚点附近的一个空瓶。

4

第一栋楼和第二栋楼虽然是平行的，但两个楼的间距是最小的。

顾飞没量过有多远，但以往跳过去的人落点基本都能在对面天台内一米多。

刘帆叫来的人已经分布在了几个楼的楼顶，布置障碍这种事，也像一场争斗，有人往他脚底下扔东西，也有人往猴子脚底下扔，在这一点上绝对公平，也不会有人因为扔东西被揍。

这些人，无论谁输谁赢，都会兴奋，他们要看的无非是有人摔倒，有人受伤，最好能看到有人摔下楼去。

耳边的声音很杂乱，有人笑，有人喊，还有女人的尖叫，乍一听起来跟球赛时有点儿像，但细细一听，感受到的只有黑暗。

顾飞看了看四周，这些人就站在天台顶上的各种垃圾上，包装袋、酒瓶、食物碎渣，甚至有时候能看到用过的套子。

唯一让他多看了几眼的是地上很不明显的核桃碎渣子，这种垃圾在天台上并没有什么稀奇，如果不是之前蒋丞用一颗核桃打在了他鞋上，他根本就不会留意到脚边这些小碎渣。

这些小碎渣子是蒋丞弄的。

学霸要干什么？

虽然他并不担心蒋丞会干出什么出格的事儿来，但还是有些在意。

因为无论蒋丞要干的是什么，都是因为他。

脑残的跳楼比赛也是要有裁判的，也就是所谓的中间人，这人顾飞认识，算是隐退的某前老大，大家都管他叫虎哥，现在由他来喊这个开始会显得比较公平。

虽然已经隐退，但虎哥年纪也没多大，不到三十岁，顾飞在工读学校的时候还跟他打过球，那会儿他已经不管“江湖上”的事儿，还一副过来人的样子跟他说过类似回头是岸的话。

现在算是“回头是岸”吗？

他根本就没有想过要往水里走，却要背着一句“回头是岸”，想想也是有意思。

顾飞看着前方的“路障”，没有去计算哪一步要大，哪一步要避开，想甩开一些东西必须要去做的事，他不想考虑太多。

他要做的就是跑起来，跳出去，落地。

受伤了结束，没受伤继续。

唯一需要控制的是受伤尽可能晚一些，如果在第一个落地就伤了，意犹未尽的观众可能会要求他带伤继续。

而且他有自己挑好了的受伤的地点和受伤的方式。

虎哥举起了手，天台上响起了起哄的声音，各种尖叫口哨。

接着他胳膊往下一压。

顾飞根本没有管猴子那边有没有出发，又是怎么出发的，只是盯着天台的边缘冲了出去。

你说一二三，打碎了过往……

顾飞的右脚在天台最边缘的位置狠狠一蹬，身体裹着风跃了起来。

脚下是一片黑暗，前方有火焰的光亮。

有跳动着的火光和跳动着的明暗交错着的影子。

腾空而起的瞬间顾飞突然感觉到了轻松，有些想要大吼一声，想要笑。

他勾了勾嘴角。

落点差不多可以提前判断，他这用力一跃，超过了那个被扔在天台靠近边缘这边的破啤酒箱。

也能避开那两个饮料瓶。

踩到饮料瓶并不会扭脚，却会让人失去平衡，在这种巨大的惯性之下一脚踩滑，后果是不可控的。

但就在他开始下落的同时，旁边突然滚出来了一个啤酒瓶。

这个对着他落点滚来的瓶子让顾飞心里猛地一沉。

他已经没有办法也没有时间再控制身体，这一脚如果踩到了瓶子……

顾飞闭了闭眼睛，随便吧。

核桃打在了瓶子靠近瓶口的位置上，几乎是在顾飞脚落地的同时加快了速度，从他脚下滚了过去。

顾飞落地的姿势很漂亮，没有晃动，稳而坚定，借着惯性在天台上轻轻滚了一圈就站了起来。

蒋丞在响起的各种口哨尖叫和铁棍敲击油桶的嘈杂噪声当中长长舒了一口气，一屁股坐在了地上。

“很好，”他缓了两秒之后重新摸出两颗核桃，“大家都看到了，深呼吸对缓解紧张和害怕的情绪还是有帮助的……”

蒋丞手抖得有些厉害，拿着核桃两次都从皮兜上滑脱了：“看得出来蒋丞选手第一次在这种巨大压力之下进行射击，他手抖得……武器都拿不住了。”

“其实我腿都抖了，”蒋丞弯着腰，手足并用地移动到了小阁楼的侧面，这里距离第二栋楼稍微近一些，这种光线下，距离哪怕能近一米都更稳当一些，他膝盖顶着天台边缘的水泥墩子，“好想尿尿啊。”

顾飞没有受伤，猴子也没有受伤，相比之下，顾飞跳得更远，落地姿势也比猴子要漂亮得多。

不过这只是第一个回合。

蒋丞从弹弓的分叉中间看着第二栋楼顶的情况，现在大概是要等第一栋楼上的人下来，所以平台上的人都在走动。

几分钟之后蒋丞听到对面传来了音乐声。

“明明是傻帽儿，却感觉良好，总想天下美女都投怀送抱……”

一耳朵就能感受到浓浓的城乡接合部美发店气息。

“这真是……”蒋丞忍不住啧了一声，“一言难尽啊……”

这种宛如智障的乡村青年范儿让他一阵无语，跟在摩托车上挂俩音箱就觉得自己是天下第一潇洒帅的傻帽儿们绝对是师出同门。

顾飞跟从第一栋楼过来的李炎说了几句话，站在天台边儿上看着前方。

蒋丞也跟着坐在了天台边上，看着那边的顾飞。

从第一跳顾飞落地到现在，他疯狂的心跳已经慢慢平静了下来，可以静静地盯着顾飞看了。

顾飞脸上没什么表情，像是在看，又像是在出神。

蒋丞也跟他一块儿愣着出神。

他跟所有人都不同，跟那些需要活在各种刺激里的人不同，从他跨出第一步的时候蒋丞就感觉到了。

顾飞要的不是“我赢了”，要的不是那尖叫和目光，他要的只是结束。

结束跟猴子的纠葛，结束他那天平淡地说起的那些过往。

没有人注意到那个瓶子的突然加速，也没有人注意到在他脚边因为跟地面和瓶子同时撞击而碎成了渣子的那颗核桃。

速度太快，顾飞甚至也是在手撑到地上摸到了核桃壳儿的时候才知道了自己为什么没有踩到那个瓶子。

他现在非常想给蒋丞发个消息，想往旁边那栋楼上看一眼，但他不敢。

这种情况下他的任何一点反应都会被人注意到，他只要往那边看了，没准儿就会有人过去。

他盯着地上已经被走来走去的人踩成了粉末踢散了的核桃渣，心里不知道是什么滋味儿。

他不希望把蒋丞拖进这些事情里，蒋丞却还是以一种“置身事外”的方式出现了。

丞哥无处不在。

这满满的，带着几乎要冲破屏幕扑面而来的中二气息的一句话，现在想起来就会觉得心里猛地一阵暖。

蒋丞带给他的不仅仅是“优秀”这么简单的感觉，那种埋在他嚣张上天的中二气息和偶尔的小暴躁之下的透着晶莹光亮的纯净，在这种混沌和无序的生活中从眼角的每次闪过，都能让人心里微微一动。

“开始清场了，”蒋丞起身，还是单膝跪在地上，其实如果站起来，对面也不会有人发现，而且视野会稍微好一些，但是黑灯瞎火站在五层楼的楼顶边缘，还吹着风，他实在没有办法再让自己站起来了，他拉紧了皮筋，“看来第二跳要开始了……不说了，请大家自己看吧。”

第三栋楼比第二栋要矮一层，楼间距也更宽一些……蒋丞感觉到自己的手心在出汗，不得不庆幸自己这把弹弓防滑一流，要换了那天拍照的那种次品，这一下估计连弹弓都能一块儿飞出去。

下面那层的人又开始往中间扔东西，几根烧着了的木棍也被扔了过去，倒是一下让地面上的能见度提高了不少。

蒋丞放慢呼吸，瞄准了第三栋楼顶的一根木条，除了砖块和酒瓶，这根跟顾飞跑动方向平行的木头是最危险的，踩到了百分百能把脚踝扭断，如果是横着的就会好得多，就算踩到了，脚也不会往两边扭。

依旧是有人站在中间，面对着顾飞和猴子举起了胳膊。

接着就是往下一挥。

两个人同时冲了出去，顾飞还是一样的姿态，一样的速度，从天台的边缘飞了出去。

因为间距变大，蒋丞甚至能看到顾飞的腿在空中迈了一步，让身体能继续加速。

如果不是现在实在是太紧张，蒋丞一定会因为顾飞这个帅爆了的飞翔动作叫好，那么长的腿，那么漂亮的跃出跨步……

但就在这时，蒋丞一直盯着的第三栋天台上出现了一阵骚动，他怎么也没想到的情况突然出现了。

有木板和棍子，还有些莫名其妙都看不出来是什么的东西被从两边扔向了天台的上空。

蒋丞这一瞬间的震惊和愤怒简直达到了毕生的最高点，这一瞬间他几乎就想拿出钢珠对着两边谁的脑袋打过去，最好打出个对穿来，让这些缺了氧的脑子都透透气！

但他没有时间再多想，他甚至还要感谢那些兴奋过度提前扔了东西的人，如果是在顾飞下落的时候他们才开始扔东西，他无论如何也不可能有任何反应时间了。

在清理脚下障碍和空中障碍之中，蒋丞选择了空中。

他已经看不清顾飞落点的情况，各种杂物已经挡住了他的视线，他屏住呼吸，没有时间去思考了。

弹弓不是枪，核桃也不是子弹，他不可能在东西飞向顾飞了才出手，他只能在这短短的转瞬之间里找到对顾飞杀伤力最大的东西。

这种方式的难度之大是他几乎没有尝试过的，这个时候他脑子里乱成了一团，混杂着对面疯了一样的叫喊声响成一片。

人群里有人拿起了一块碎砖，蒋丞在他抡出去的同时猛地一拉皮筋。

提前量问题不大，但角度只能是估计。

砖块几乎是在贴着顾飞脸的地方被打偏的，并且撞在了旁边一块飞来的木板上，木板被同时带偏了方向，在顾飞脸上扫了一下飞开了。

顾飞全程连脸都没有侧一下，在这种混乱的情况下，他就像什么都没感觉到一样，只在板子扫在他脸上时，蒋丞看到他晃了一下。

板子上应该是有钉子。

蒋丞已经没有时间再给顾飞脚下清理障碍了，只能眼睁睁地看着顾飞落地，在一片乱七八糟的东西里歪倒，再滚向一边。

接着是空中的东西全都砸了下来。

脑袋没有被重物打中，顾飞能猜到是因为蒋丞。

但落地时还是踩到了什么东西，他感觉自己的左脚猛地往外侧一倾。

就这样了吧。

他咬牙狠狠用紧跟着落地的右脚猛地一蹬地，顺着惯性往左边滚了出去。

地上一片狼藉，这短短的几秒钟时间里他根本感觉不出任何疼痛，腿上和胳膊上应该都会有伤，但他已经没办法判断出位置了。

在滚动最后停止的时候，他用手往旁边一个空罐头上撑了一下。

手掌被罐头边缘切开的感觉倒是很清晰，他控制了一下手掌受力的程度，倒在了旁边的地上。

刘帆是第一个冲过来的，扑到了他身边："伤哪儿了？"

"……腿。"顾飞皱着眉，抱住了自己的左小腿。

"断了？"李炎踢开旁边的杂物，伸手往他小腿上摸了一下。

"啊！"顾飞喊了一声，"……别动。"

旁边的人都围了过来，人人都是满脸的兴奋。

那边的猴子摔得也不轻，顾飞能看到他是被人从地上拉起来的，看到猴子虽然脚下有些打晃，但是还能站着，他顿时松了一口气，往后躺倒在了地上。

就这样了。

终于。

结束了。

“怎么样？”猴子甩开扶着他的人，慢慢从人群让出来的通道里走到了顾飞身边，弯腰看着他。

顾飞没说话。

“腿好像断了。”有人在旁边说了一句。

“是吗？”猴子脸上立刻露出了笑容，看了看顾飞的腿，“是这条吗？都变形了？”

没等有人说话，他往顾飞的腿上踢了踢：“伤得不轻啊？”

顾飞身体猛地一缩，痛苦地往旁边团了过去。

“就到这儿了吧，”刘帆站起来，堵在了猴子面前，“愿赌服输，这把大飞输了。”

“可惜啊，”猴子抱着胳膊，虽然额角有血流下来，但脸上的神情却很愉快，“本来以为这小子能跟我玩到二楼。”

刘帆没接他的话，看了看刚从下一个平台过来的许哥。

“虎哥给句话？”许哥冲一直没有说话的虎哥说了一句。

“起不来了？”有人喊了一句。

这话很明显，只要顾飞还能站得起来，这事儿就还没完。

虎哥走到了顾飞身边蹲下了，看了看顾飞隔着裤子都已经能看到变形的小腿，伸手往骨折的位置一抓，手指按了下去。

顾飞猛地抽了一口气，声音都没能发出来。

虎哥盯着他没有说话。

顾飞拧着眉，跟他对视着。

几秒钟之后，虎哥拿开了手，站了起来：“腿断了。”

四周一阵带着遗憾的抱怨声响起。

“这场跨栏，是你们双方自愿选择的方式，一次解决，后果自负，大家都是见证，”虎哥说，“现在你们俩之间的恩怨已经清了，有没有问题？”

虎哥看着猴子，猴子看了一眼还躺在地上的顾飞：“没有问题。”

“有没有问题？”虎哥又看着顾飞。

“没有。”顾飞说。

“去医院吧，”虎哥一挥手，“以后各走各的。”

蒋丞靠在小阁楼的墙上，他不知道对面顾飞伤成了什么样，只知道顾飞站不起来，而且就算这个距离，他都能看到顾飞手上全是血。

那边的人都在说什么他听不清，只觉得自己现在全身都发软，手抖得厉害，背后全是冷汗，顾飞重重地摔到地上滚向旁边时的那一幕在他眼前反复地闪过。

这一下摔得结结实实，他几乎都能感觉到疼痛。

刘帆把顾飞背起来之后他都没敢再往那边看，点了根烟叼着。

不管怎么样，伤是肯定要伤的，如果只是腿断了，已经是最好的结果。

顾飞用这种无奈又无畏更是无所谓的方式结束了一些事情，一些也许在很多人看来并不需要在现在就急着去解决的事。

他无所顾忌地飞起来，坚定地往前跨出去的那一瞬间，蒋丞觉得已经什么都不想再去思考了。

那一瞬间他所承受的害怕、紧张、担心，是从未感受过的。

对面的人已经散去，只剩下零星的几个人正在楼下拿车准备走人。

蒋丞坐在阁楼墙边已经抽完了三根烟。

他把烟头掐掉，准备收拾一下东西，等人都走光之后下去。

手机在这时响了一声，他感觉自己掏出手机都没有用时间，这手速。

是顾飞给他发来的一条消息。

——我没事。

这种没有任何作用的安慰简直让蒋丞想骂人。

——你在哪里？

——店里，你来。

来你大爷！蒋丞一阵无语，腿都那样了居然没有去医院！居然回了店里！还是就在社区医院处理了一下？

蒋丞没再给顾飞回消息，拿了东西，弯腰到天台边上往下看了一眼，下面已经没有人了。

但就这一眼，却让他猛地觉得一阵头晕，也许是一直紧紧绷着的神经突然松弛下来，五层楼的高度带来的恐惧像海浪一样袭来，比平时更强烈。

他腿一软坐在了天台边儿上，过了好半天才缓过劲来。

他轻轻骂了一句，转过身跪在地上，手撑着地拖着书包慢慢爬到了下去的楼梯旁边，“蒋丞选手心里一万头草泥马跨着楼飞过，他一定非常庆幸自己这副尿样子没被人看到……”

下楼走出这栋楼之前，蒋丞又从窗口往外扫了一圈，确定的确是没有人了，才走了出来。

楼下的垃圾又多了不少，很多是从楼顶上扔下来的，看上去跟遭了灾似的，一个油桶都被踢翻在地，里面还没烧尽的木头带着火在路中间忽明忽暗。

蒋丞慢慢地从这些乱七八糟的东西里走过，把几块大的带火的木头踢进了路边的水沟里。

路灯只有楼那里有，拐了个弯之后路上就只有月光了。

一直走到路口，看到自己莫名其妙被砸歪了后座的自行车时，他才发现自己的腿有点儿发酸。

打完一场球，又一直跪在天台上……不过相比之下，1号的腿才是真的惨……他皱了皱眉，跨上自行车，猛地蹬了出去。

一路简直是风驰电掣，把自行车骑出了F1的感觉，看到前面顾飞家店里亮着的灯时，他才猛地慢了下来。

蒋丞把车往路边一扔，都没顾得上锁，跑着往店里冲，掀帘子的时候他已经看到了拉下来了一半的门，但动作跟不上脑子，他哐的一声撞在了门上。

“哎！”店里传来顾飞被吓了一跳的声音，“丞哥？”

“你蒋爷爷！”蒋丞吼了一声，弯下腰钻进了店里，一抬眼就看到了站在小屋门口的顾飞。

左边裤腿挽到了膝盖上，小腿上缠着纱布和夹板，手上也裹着厚厚的纱布，脸上也贴着一片纱布。

蒋丞瞪着他，好半天才反应过来，用一种“我真的非常同情你们这种脑残”的语气深情地说了一句：“您还站着呢？您怎么不干脆尬舞一段啊？”

顾飞愣了能有十秒钟才突然笑了起来，靠着门框乐得停不下来。

蒋丞指着他，怒火中烧：“你再笑一个信不信我抽你？”

“丞哥，”顾飞抓住了他的手，往下按着，“丞哥，我没事儿。”

“你有事儿才好呢！脑残1号！”蒋丞骂了一句。

“我是真的没事儿，”顾飞抬起左腿，往门框上撞了两下，“我没……”

蒋丞差点儿想伸手接一下自己的眼珠子，“什么意思？”

“我没受什么伤，”顾飞抬了抬缠着纱布的右手，“就手伤了，还有点儿擦伤，我腿没有伤。”

蒋丞看着他，感觉自己有些回不过神来：“腿没事儿？”

“嗯，”顾飞过去把店门拉了下来，进了小屋，“我……”

“真没事儿？”蒋丞看着他走来走去的确不像是腿上有伤的人，突然有一种说不上来的激动感觉，就像是丢了一千块又发现这些钱都在洗衣机里漂着似的。

“真的。”顾飞笑了笑。

“是吗，真的？”蒋丞过去敲了敲他的腿。

“真的真的真的真的，”顾飞说，“别担心了。”

“那我都看见你腿……”蒋丞比画了一下，“都那样了啊！”

顾飞从墙边拿过来一截中间弯了的钢条：“这个，这是我用来防止扭脚和……”

蒋丞拿过来看了看：“这位小哥，你演技有点儿惊人啊？”

“我是想着应该会有什么地方骨折的，但是没想到摔下去又滚了几圈都没事儿，”顾飞说，“就只好演了。”

“我看不是还有人检查你伤了吗？”蒋丞来来回回地看着那截钢条，“他没发现您的骨头整根都长外头了吗？”

“应该是发现了，”顾飞靠到床头，“但是他没说。”

“……明天得去送个锦旗，感谢活雷锋。”蒋丞说。

“谢谢。”顾飞说。

“什么？”蒋丞看着他。

“谢谢你百发百中。”顾飞笑了笑。

“……没什么，”蒋丞摆了摆手，“我都快……吓死了。”

顾飞继续笑着，蒋丞看了他一眼：“又要傻笑吗？我们好歹都是马上要跨入成年人队伍的人，能不能……”

顾飞按着脸上的伤，笑得更厉害了，蒋丞被他带的话都没说完，往旁边椅子上一坐，冲着地就是一通狂笑。

像是庆祝，也像是发泄，更是真实的因为顾飞的腿没有受伤而觉得愉快和轻松。

笑完了这一通，两个人都没有说话。

顾飞靠在床头轻轻地舒出了一口气。蒋丞低着头，用手在脸上搓了搓。

“你没哭吧？”顾飞转头看着他，坐了起来。

“没，”蒋丞低着头，手握在一块儿来回捏着，过了很长时间才抬起头，吸了一口气，“顾飞。”

“嗯？”顾飞应了一声。

“你有没有想过，”蒋丞说得有些吃力，但又没有任何停顿和犹豫，“咱俩……比同学或同桌更好一些的关系？”

5

顾飞看着蒋丞，他叫蒋丞过来只是想让他别担心，刘帆、李炎他们给他腿绑好假夹板走了之后，他马上就给蒋丞发了消息，他不知道蒋丞的情况，但知道蒋丞看到他倒在天台上肯定会着急，他只是想让蒋丞过来看到他的确没事好放心。

但怎么也没想到蒋丞会突然甩出来这么一个问题。

电光石火之间他脑子转了能有一万三千多转，闪过的想法能堆满一个球场。

不知道是有意还是无意，蒋丞这个问题给自己这个独行侠留了足够的余地，起码没扔个直球过来。

无论他怎么回答，蒋丞都还有回旋的空间。

但他很清楚蒋丞想要的是什么样的回答，这个问题看上去空间很宽松，实际却只能有一个回答。

是的，想过，想跟你走得更近。

顾飞很想直接给出这样的答案，但这句本该脱口而出的话这一瞬间却实在难以说出口。

因为他不知道蒋丞想要的是什么，估计蒋丞也没有想过。

其实这个年纪本来就该这样，哪怕会去考虑，却也想不了太远太久，我是不是愿意，是的，我现在就是愿意了，我现在就是要……还需要什么？不需要了吧。

但他想过，想过太多。

但无论如何，顾飞觉得自己无法在这么短的时间里确定蒋丞的想法，表达出自己的想法。

这种情况下他无论怎么回答，都太随意。

他感觉自己眼下唯一能做的就是拖延一下时间，让蒋丞和他自己都弄清对方的想法。

“……啊？”顾飞说完就闭了嘴。

“你刚是不是磕着脑袋了？”蒋丞用一种一言难尽的关爱智障儿童的眼神看着他，让他觉得这是继自己对着夜色中的一栋大楼傻笑之后傻帽程度的再次升级。

“我的意思是……”顾飞想再解释一下，迅速整理着自己的语言。

但蒋丞却突然站了起来。

顾飞下意识地跟着也站了起来，他不希望蒋丞在这种情况下走人。

没等他开口，蒋丞又皱着眉猛地呕了一下。

顾飞觉得自己挺震惊的，一句“啊”居然能把蒋丞给恶心成这样？

“厕所？”蒋丞咬着牙问了他一句。

“后边儿，”顾飞指了指，“厨房旁边……”

话还没说完，蒋丞已经冲了出去，穿过后门跑去了后院。

顾飞赶紧去货架上拿了瓶水，跟了过去。

进厕所的时候蒋丞正撑着膝盖对着厕所发愣，他犹豫了一下：“怎么了？”

“突然想吐。”蒋丞说。

“我哪句话说得这么……”顾飞有些无语，“这么有力量？”

“滚。”蒋丞简短地说，又干呕了一下，但什么也没吐出来。

“是不是哪儿不舒服？”顾飞有些担心，“吹风了？社区医院还有人在值班的，过去看看？”

“不用，”蒋丞吸了口气，直起了腰，“我这就是恐高副作用。”

顾飞愣了快有十秒钟，才又问了一句：“恐高？”

“嗯，”蒋丞什么也没吐出来，走到水龙头那儿洗了洗脸，“很奇怪吗。”

顾飞没说话。

蒋丞抹了抹脸，转过头看着他：“这话其实在厕所里说不是太合适，但是择日不如撞日，我都起了头了，这个时间地点也就不讲究了。”

“嗯。”顾飞应了一声。

“刚我说的事儿，你晚上想一想吧，”蒋丞说，“我先回去了，我突然很困，想睡觉，明天你起床了给我打个电话。”

“好。”顾飞说。

“晚安。”蒋丞冲他一挥手，转身进了店里，往大门那边走过去。

顾飞擦了擦被他甩了一脸的水，跟在他后头。

蒋丞从说话到动作，一切都潇洒自如，走到门边的时候都还是很帅气，就是弯腰两次都没能把卷闸门给拉起来破坏了美感。

“你家门什么毛病？”蒋丞弯个腰瞅着他，一脸不爽。

“我来。”顾飞过去帮他把门拉了起来。

蒋丞没等门全打开就钻了出去，在门外又说了一句：“晚安。”

“晚安。”顾飞扶着门看着他。

蒋丞骑上车头也没回地顺着路走了。

顾飞把门重新关好，一屁股坐在了旁边的小凳子上，愣了很久。

蒋丞一进门就想倒头睡觉，但是考虑到自己在满是灰和垃圾的天台顶上爬来爬去的一晚上了，还是强行去洗了个澡。

往床上倒的时候，脑袋还没碰到枕头他就感觉自己已经睡着了。

身体很沉，但心里很轻，轻得像是飘着。

也许是所有的事都已经过去了，该做的做了，该想的想了，该说的说了，压在他心里有感觉或者没感觉的事，都已经没有了。

明天有什么，明天怎么样，也都没所谓了。

舒坦。

这舒坦劲儿应该能跟潘智说的“被老爸暴揍一顿之后跟按摩完了似的睡得特别香”的状态一较高下了。

他趴在枕头上，勾了勾嘴角。

天亮的时候蒋丞的生物钟第一次失灵了，没有让他从沉沉的睡眠中脱离出来，耳朵里能听到窗外有鸟叫，有早锻炼的老太太出门的声音，有跟着父母出去玩兴奋得一路尖叫的孩子的声音……

不过他都没能醒过来，这种知道自己在睡觉，还睡得很沉很舒服的感觉实在很美妙。

一直到手机响了第二次，他才有些不情愿地睁开了眼睛。

第二次？

啊对，是第二次，第一次大概在老太太早锻炼的时候就响过了。

他摸过手机努力在显得有些过于明亮的屏幕上把重影都合并了才看清来电是顾飞。

顾飞？

……顾飞！

他猛地一下完全清醒了，眼前也顿时一片清晰。

明明昨天根本已经无所谓顾飞的答案，他似乎只是想表达出来，我挺欣赏你的，如果能有更近一步的关系也是极好的。

他只是想把这个意思扔出去，扔给顾飞，而顾飞的回应无论是什么，他都无所谓了，或者说他根本没设想过顾飞的回答。

但现在一想到顾飞这个电话有可能是打来给他一个回答的时候……

突然紧张.jpg。

他瞪着顾飞的名字好半天才想起来要接电话，但刚一伸手，还没碰到屏幕，电话已经断掉了。

好好好，很好，断了好。

他扔开电话坐了起来，看了一眼时间，才刚过8点。

顾飞居然在周日早晨起得这么早？那之前的那个电话……他拿过手机想看看之前的电话是谁的。

手机响了一声，顾飞的消息发了过来。

——还没起？

蒋丞没回复，先看了一下未接来电，6点45，顾飞。

蒋丞愣了愣，顾飞不到七点就起床了？

这也太神奇了，蒋丞忍不住又看了一眼时间，确定现在的确是早上，是6点45，不是16点45。

——刚起。

他给顾飞回了消息。

刚站起来，手机又响了，这回不是消息，是电话。

蒋丞接起了电话。

“下来吧。”顾飞都没等他喂一声，劈头就说了一句。

“什么？”蒋丞愣了愣。

“我在你楼下，”顾飞说，“下来去吃早点。”

蒋丞顿了好几秒钟才把自己脑子里响成一片的混乱声音赶了出去：“我还要洗脸刷牙穿衣服。”

“嗯，”顾飞说，“就昨天那个早点摊，我先去占座。”

蒋丞挂掉电话，又愣了半天。

他扔开电话，有些迷迷瞪瞪地刷了牙，洗脸的时候又瞪着镜子里的自己看了一会儿，看上去也没什么不一样啊，还是……那么帅。

不不，还是有些不一样的，逻辑都没了。

他洗漱完了拉开衣柜的时候，突然不知道该穿哪件衣服了。

虽然他平时出门挑衣服也得纠结好几个来回，找出最能体现他“今日最帅”气质的那身，但今天居然连个备选都挑不出来。

“你大爷。”蒋丞在衣柜跟前儿站了一会儿之后骂了一句，不就是顾飞在楼下早点摊等他吃个油饼吗，至于吗，他随便拿了条裤子出来穿上了，然后闭眼扯了件T恤，胡乱又揪了件薄外套出了门。

一下楼，离着老远他就看到了顾飞，顾飞平时就挺显眼的，今天更显眼了，腿上的夹板再离二十米他都能拿弹弓打中。

他加快步子走了过去，这个时间已经不是早点高峰期，顾飞一个人占了一个桌，桌上已经摆满了早点，他一屁股坐到了顾飞对面。

“这么久。”顾飞看了他一眼。

“我们学霸出门儿都讲究，”蒋丞也看了他一眼，“我没记错的话，您这裤子都没换吧？”

“嗯，”顾飞低头看了看夹板，小声说，“这个板子裹得太敬业了，我裤子脱不下来。”

蒋丞没忍住乐了，也压着声音：“先把板子拆了啊。”

“懒得弄了，”顾飞说，“晚上再说吧。”

蒋丞没再说话，低头拿了碗豆浆喝了一口。

聊天一中断，气氛就突然变得很奇怪。

他喝豆浆的时候感觉自己拿碗的姿势怎么都很别扭，明明十几年来碗都是这么拿的。

喝了一口豆浆连有没有搁糖都没尝出来。

不过这种气氛并不难受，他抽空扫了顾飞一眼，顾飞拿着根油条正咬着，脸上没什么表情，正看着他。

“我脸没洗干净？”蒋丞问。

“随便看看。”顾飞笑了笑。

“哦，看吧。”蒋丞拿起筷子夹了个小笼包，突然又觉得这种奇怪的别别扭扭的感觉挺舒服的。

什么毛病。

“对了，”顾飞吃完油条，拿了张纸一边擦手一边说，“我有个……小礼物送给你。”

“嗯？”蒋丞愣了。

顾飞往四周看了看，估计是在确定有没有认识他俩的人，然后从兜里掏出了个东西递了过来："这个就算是……劳动节礼物吧。"

"您说六一礼物多好啊。"蒋丞接了过来，低头看了看，软软的挺大的一团。

"六一有点儿太早了，"顾飞说，"六一的时候我还要给二淼准备，到时你俩一人一份吧。"

"滚，"蒋丞简短回答，看清了手中的软软的是一个蓝色的毛线绒球，还有根蓝色的线在上头，他捏着线把这个毛线球拎了起来，愣了愣，"晴天娃娃？"

"嗯，希望你每天都是晴天，"顾飞说，"本来应该是白色的，但是想起来上回你买的那团线一直没用，我就织了一片……"

"里面填的是什么？"蒋丞捏了捏，软软的。

"也是毛线，没用完的我就塞在里头了，"顾飞说，"其实还有剩的，给二淼玩吧，也不够织别的了。"

蒋丞没说话，低头看着这个蓝色的晴天娃娃。

娃娃还有眼睛，大概是毛线而且还是蓝色的毛线，画眼睛不好画了，所以眼睛的位置顾飞缝了两颗小扣子。

蒋丞同学！

请控制你的情绪！

请不要在一个蹲坐在小板凳上吃东西的早点摊上哭！

这看上去非常蠢！

"你昨天不是懒得拆夹板脱裤子，"蒋丞把娃娃的圆脑袋在眼睛上压了压，抬头看着顾飞，"你是根本没睡吧？"

顾飞没说话，只是笑了笑。

"你至于吗，"蒋丞不知道该说什么，把娃娃紧紧地抓在手里，"你从店里拿包零食其实也可以……"

"昨天事儿多，我反正也不太睡得着了，"顾飞说，"就弄了个这个，反正也好做。"

"哦，"蒋丞低头又捏了捏娃娃，拎着它头上那根毛线轻轻抖了抖，这个比普通晴天娃娃大了起码三倍的胖晴天娃娃晃起来跟个企鹅似的挺可爱，"那我也送你个小礼物吧。"

"这个又不是交换。"顾飞说。

"你是要拒绝吗？"蒋丞看着他。

"没。"顾飞马上说。

蒋丞拿过自己的书包扯开了。

“真是学霸啊，”顾飞感叹了一句，“不上课出门儿还带个书包。”

“这里头也没书，”蒋丞说，把娃娃放进书包里，“我就是习惯要背个包，有安全感，东西也不用全塞兜里撑得那么难看。”

他从书包里拿出了那把弹弓，放到了顾飞面前：“这个送你吧，纪念你演技爆棚的这一天。”

顾飞笑了起来，拿起弹弓看了看，又拉了拉皮筋：“那你不是没得玩了？”

“我估计潘智会给我带一个来，”蒋丞说，“他之前过来看我给我带了个哨笛，这次过来要带小玩意儿的话也就是弹弓了。”

“他什么时候来？”顾飞把弹弓放进兜里。

“五一，”蒋丞说，“也没几天了，你们这儿有没有什么地方好玩的？他估计得待个三四天的，我总不能带着他天天上广场逛街去。”

顾飞看了他一眼，没说话。

“嗯？”蒋丞也看着他。

“我正在想。”顾飞说。

“最好附近的，别太远，要不太难跑了。”蒋丞又说。

“嗯，”顾飞想了想，夹了个蒸饺慢慢吃着，过了一会儿才说了一句，“新城区那边有个游乐园，去年新弄了个鬼屋，听说挺有意思，都上新闻了，说是吓人。”

“大吗？”蒋丞马上很有兴趣地问。

“挺大的，从地下到地面有三层，面积挺大，”顾飞说，“不过我没去过。”

“到时一块儿去啊，”蒋丞说，“没想到这破地方还有鬼屋呢。”

顾飞没说话，边吃蒸饺边啧啧了几声。

“有什么意见吗？”蒋丞笑了起来。

“没意见，”顾飞说，“说真的，要没这个鬼屋我还真不知道说什么了，就旁边还有个山，不过雪化了也就没什么看头了。”

吃完早点，顾飞站起来伸了个懒腰：“你今天不学习了吧？”

“嗯，”蒋丞应了一声，“你有什么安排吗？”

“没有，”顾飞想了想，“要不咱们去……看场电影？”

“怎么去？”蒋丞看了一眼他的腿，小声说，“我是不是还得装模作样扶一下你？”

“不用，我来的时候都骑的自行车。”顾飞说。

“你不怕猴子的人看到吗！”蒋丞顿时急了，过去抓着他的手腕一拉，把他胳膊搭到了自己肩上，然后再往他腰上一揽，“要让人看见，你昨天不是白飙演技了吗！”

“……我是一条腿蹬着来的，”顾飞往他身上一靠，“特别逼真。”

蒋丞扶着顾飞，往他自行车那儿走过去。

感觉很……奇特。

顾飞的腰很紧实，单腿儿蹦着走的时候，他的手心里能感觉到肌肉的起伏。

他忍不住轻轻捏了两下。

“哎，”顾飞挺了挺背，一把抓住了他的手，“我怕痒。”

“今天有什么电影啊？”蒋丞捏了捏顾飞小拇指尖。

“不知道，”顾飞往他手心里放了颗小圆糖，“赶上什么看什么吧，反正主要目的也不是看电影。我就是想找个阴暗的角落，安静地待着。”

“……为什么非得是阴暗角落？”蒋丞松开了顾飞，顺手从他兜里把自行车的钥匙拿了出来，“我骑车带你过去？”

“嗯。”顾飞点点头。

把车往前骑出去好几米了他又突然停了下来，回过头看着顾飞：“我有句话还是想正式说一下，虽然我好像已经说过一次了。”

“我很喜欢你这个朋友，”顾飞说，“会一直到你不再需要为止。”

蒋丞半张着嘴看着他，没说出话来，就感觉脑子里嗡嗡的。

这话从顾飞嘴里说出来让他有些发晕。

“你要说什么？”顾飞在他背上搓了搓。

“……忘了。”蒋丞说。

顾飞勾了勾嘴角没说话。

“哦，”蒋丞揉了揉鼻子，“想起来了，就是……我也真的很喜欢你这个朋友，我从来没有这样喜欢、欣赏过一个人。”

6

好点儿的影城，得去市中心的购物广场。如果是平时，让蒋丞从这儿骑车带着个人去购物广场，他是不愿意的，那么老远。

但今天就不一样了，后座上那个脑门儿顶他背上手揣在他兜里拽得他脖子都有点儿勒的人，这人早上八点之前还只是他的同桌，现在却已经不再只是同桌了，多神奇。

背后顾飞一直顶着他后背的脑门突然往旁边滑了一下，接着身体跟着也往一边晃了晃。

蒋丞赶紧扶稳车把，回过头：“你是不是睡着了？”

“嗯，”顾飞重新用脑门儿顶住他后背，手也重新在他兜里调整好，“你骑你的，我就假寐一会儿。”

“你知道什么叫假寐吗？文盲，”蒋丞说，“你这是真寐了。”

“我一开始是假寐，后来不小心就假寐成真了。”顾飞说。

蒋丞笑了起来，过了一会儿又叹了口气：“要不别看电影了，你回去睡会儿？”

“不用，”顾飞说，“过了时间了，正经睡睡不着，我就是想跟你一块儿看电影。”

“你电影院里睡着了怎么办。”蒋丞说。

“不会，”顾飞放在他兜里的手突然在他腿上戳了戳，“找个刺激点儿的电影，顺带刺激些的观影方式……”

“你给我注意点儿！”蒋丞被他这一戳过去差点儿撞到旁边的电动车上。

“嗯，我继续寐了。”顾飞没再动。

因为购物广场这片，基本不会有钢厂那边的人，所以一到地方，蒋丞自行车还没锁好，顾飞已经走到旁边的体育用品店里去了。

“你好歹也走慢点儿，”蒋丞跟过去，“这么健步如飞的万一碰上熟人，你装都来不及。”

“钢厂离这儿太远了，我一年到头都来不了几次，”顾飞在货架中间慢慢走着，“他们一般不逛街，要逛也就过桥那边逛逛，就九日他们家那边的商业街。”

“是吗，”蒋丞想了想，“难怪一个个都穿成那样，购物广场这边都卖不出他们那种风格。”

“什么风格？”顾飞笑了笑。

“一个个瘦得跟牙签一样还裹件紧身衣，腿上还紧身九分裤，一晃眼不仔细看你都看不出来他有腿，”蒋丞想到昨天晚上那帮人，顿时火就又被勾上来了，“我跟你说你让我在旁边那楼上打木条我能打得中，打人还真不一定能打得着……”

顾飞拿着个棒球手套笑了半天：“也不都是瘦的，也有挺壮的。”

“是啊，肚子上的那一块腹肌挺壮的。”蒋丞说。

“哎，”顾飞笑着叹了口气，“那不还有我这样的吗。”

“你不在那些人里，”蒋丞看了他一眼，“虽然你昨天穿得也够骚的，今儿怎么不穿您那件机车皮衣了啊？”

“摔破了啊，”顾飞想了想，“其实紧身衣吧，我以前还真有……”

“你要现在还穿，我保证咱俩现在连同桌都不是。”蒋丞说。

“吓死我了。”顾飞戴上棒球手套，拿了个球往手套里扔了两下。

“你买这个玩？你们钢厂打个篮球都用武器，”蒋丞说，“玩这个不得直接扔手雷啊？”

“给二森玩的，”顾飞说，“那天她看电视看着了，想要一个。”

“买个儿童的啊，这个太大了吧？”蒋丞说。

“就得成人的，这东西也不容易坏，万一长大点儿手套小了，你要换，她发火，你不换，她手放不进去了也发火。”

“……好吧。”蒋丞叹了口气，要当顾淼的哥哥，每天脑子里不知道要考虑多少问题。

买好手套和球之后，顾飞把东西强行塞进了蒋丞的书包里。

“……我以后出来不背包了。”蒋丞说。

“给我背。”顾飞说。

“得了吧你一个伤残人士，”蒋丞说，“我又不是女的。”

“其实应该走的时候再买的。”顾飞说。

“啊，”蒋丞看着他，“是哈？为什么现在就买了？”

“是啊为什么？”顾飞也看着他。

“我不想笑，”蒋丞转身就走，“真的，咱俩约定一下行吗？以后不傻笑了，太蠢了这一天天的。”

“嗯。”顾飞一脸严肃地跟上他。

总算把想笑的欲望憋死在了鼻子里，蒋丞觉得还挺有成就感的。

“影城在几楼？”站电梯上往上走的时候，蒋丞问了一句。

“不知道，”顾飞往四周看了看，指了指后头的一个牌子，“五楼。”

“你没来过啊？”蒋丞又问。

“没有，”顾飞想了想，小声在他耳边说，“我最近一次看电影，应该是在工读学校的时候，学校组织我们去看一个什么采访监狱里的犯人的纪录片。”

“那不叫电影吧，”蒋丞突然有些不是滋味儿，“那这之前呢？”

“小学，我妈带我去看过一个什么动画片，记不清了。”顾飞说。

蒋丞一阵心疼：“你平时都不跟人来看电影的吗？”

“跟谁来？”顾飞笑了笑。

蒋丞顿了顿，没说出话来。

是啊，跟谁？就顾飞平时那性格，跟同学不可能，跟朋友……就不是好鸟那几个，看上去就不是愿意去看电影的人，家人……顾飞他妈妈带他去看过一次电影都已经挺让人吃惊的了。

他突然觉得顾飞想跟他来看电影可能不光是想找个人群里也能两个人挤一块儿的地方，也有他几乎没有看过电影的原因。

到了影城，看了一下滚动屏幕，最近这个档期也没有什么好片子，他俩在沙发上坐下了，蒋丞掏出手机：“我先看看打折票。”

“我来吧，”顾飞说，“我……”

“你还得现下个App吧，”蒋丞说，“别跟我争这个。”

“那你，”顾飞往沙发里一靠，笑着说，“别忘了买零食。”

蒋丞拿着手机翻了半天，也没挑出想看的片子，只好转头看着顾飞：“你觉得国产鬼片儿能算是刺激点儿的片子吗？”

“……没别的了吗？”顾飞问。

“别的都是文艺片了。”蒋丞说。

“那就国产鬼片吧。”顾飞点点头。

蒋丞买了个带大号爆米花和饮料的套餐，选座的时候他又犹豫了，这场目前基本是空的，他一开始挑了中间的位置，想想又觉得似乎太正中了……于是又取消了换成了最后一排，选完之后又觉得有些太后了，他瞟了一眼旁边的顾飞，顾飞正低头玩着弱智爱消除。

好吧，折中一下好了，蒋丞把最后一排的位置取消，挑了倒数第二排点了确定。

都弄好之后他站了起来，正要过去机子上取票，一个影城的工作人员推着个轮椅走了过来：“先生，这是我们影城给您提供的轮椅。”

“啊？”蒋丞愣了。

“放映厅走过去挺远的，”工作人员说，“这个方便些。”

“哦，”蒋丞看着这个轮椅，“谢……谢谢啊。”

“一会儿出来的时候您把轮椅放到服务台就可以了。”工作人员留下了轮椅走开了。

蒋丞转头看着顾飞，顾飞用手挡着脸已经靠在沙发里笑了半天了。

“先生您需要吗？”蒋丞看着他。

“需要啊，”顾飞点点头，“一会儿你推我进去吧。”

蒋丞有些无语：“制片方要知道我们推着轮椅也要看他们的国产没有鬼的鬼片儿，估计感动得眼泪都要下来了吧。”

“赶紧的，”顾飞看了一下滚动屏幕，笑着说，“还剩二十分钟了。”

取好票，蒋丞过去把轮椅推到了顾飞腿边：“来吧顾先生。”

顾飞撑着沙发扶手有些吃力地站了起来，单腿蹦了两下转了个身，再撑着轮椅扶手坐下：“好了。”

“这演技，”蒋丞说，“一会儿咱们看的电影里估计都没人演得过你了。”

“过奖，”顾飞把脚放到脚踏板上，“舒服。”

蒋丞推着轮椅过去拿零食，大桶的爆米花、饮料，还有影城送的水、湿纸巾，全都放到了顾飞腿上。

推着顾飞往放映厅里走的时候，能感觉到四周的人有些吃惊的目光。

哦哟这人一定是无聊到一定程度了要在没有任何大片可看的时间里坐着轮椅来看电影。

“几号厅？”顾飞坐在轮椅上用湿纸巾擦了擦手，捏了爆米花边吃边问。

蒋丞没说话。

“嗯？”顾飞回过头。

他瞪着顾飞：“是不是很享受啊？”

顾飞马上转头挑了颗糖多的爆米花递到了他嘴边：“给。”

蒋丞往四周扫了几眼，旁边没有人，他迅速把爆米花一口咬进了嘴里。

“咬我手了。”顾飞说。

“少废话。”蒋丞说。

顾飞吃了两口之后又挑了糖多的两颗反手递了过来，蒋丞低头又一口咬进嘴里。

有点儿傻。

但是……虽然觉得自己跟个被喂食的弱智仓鼠似的，却又觉得很愉快。

放映厅门口的检票员正非常无聊地东瞧西望，看到他俩过来的时候顿时一脸吃惊，马上迎了上来：“里面有台阶，我扶你。”

"不用不用，"顾飞赶紧摆手，"我自己跳就行。"

大概是因为这场没什么人看，检票员太闲了，最后硬是强行帮他们把爆米花捧了进去，又回头去把轮椅推到了最后一级台阶下边儿，这才一步一回头地出去了。

"这待遇。"蒋丞叹了口气。

"怎么没挑最后一排的？"顾飞坐下了。

"……你想干吗啊？"蒋丞看着他。

"没想好，"顾飞笑笑，指了指靠里的那个座位，"你坐那边。"

"你直接过去坐了就行，"蒋丞说，"这还有什么所谓的。"

顾飞没说话，把缠着绷带的右手举到他面前晃了晃。

"哎。"他小声叹了口气，坐下了。

"年轻人啊。"顾飞也坐了下来，拿过饮料喝了一口。

蒋丞扭脸瞅着他。

顾飞喝着饮料目视前方笑着没说话。

"说真的，"蒋丞说，"我一开始真的没想到你会是这样的人。"

"我也没想到，"顾飞把两人位置中间的扶手抬了起来，往他这边挪了挪，跟他挨着，"我作为钢厂这片让人闻风丧胆的……"

"差不多得了，"蒋丞打断他，想想又笑了，"真的，你妹比你酷多了。"

"别打我妹的主意，"顾飞伸手拍了拍他的手。

"哦。"蒋丞说。

蒋丞看了看后面，最后一排一个人也没有，不过虽说最后一排没人，放映厅里的人却并不像他想的那么少，特别是关灯之前几分钟，一对对地突然进来了能有二十个人。

一看就知道都是进来谈恋爱的小情侣。

好在紧跟着又进来了一家四口，坐在了他们前面几排。

蒋丞顿时松了口气。

也不知道自己为什么突然这么没出息。

他看了一眼旁边的顾飞，顾飞正慢慢地吃着放在腿上的爆米花，一脸平静。

"顾飞。"他叫了顾飞一声。

"嗯？"顾飞转过头。

其实他并不知道叫顾飞这一声是要干吗，他并没有什么要说的。

电影正片已经开始了，一开始蒋丞并没有去看一眼的念头，不过这虽然明显不是个什么能吓着人的片子，但是扛不住放映厅音响效果好。

突然从四面八方同时响起的一声尖叫把放映厅里所有的人都吓出了声音。

他本来跳得挺急的心跳，被这一嗓子吓得差点儿直接跳劈了，整个人都在椅子上蹦了一下。

顾飞估计也吓得够呛，跟他几乎同时一蹦。

电影还在演着，虽然蒋丞完全不知道屏幕上那个女人一个人在屋里跑上跑下的是在干什么。

眼前是晃动着的忽明忽暗的光影交错，一部目前看起来完全莫名其妙不知所云的片子，因为有些迷糊的脑子而变得充满了玄妙的美感。

唯一让人无语的就是……尖叫。

尖叫的配角已经不知所踪，女主角接替了她未竟的事业。

连着三声尖叫，他俩虽然并没有完全被吓到，但还是能感觉到对方的身体紧了紧。

“选错片儿了。”蒋丞闭了闭眼。

这也太不温馨了。

7

由于观影态度极其不端正，他俩对这部尖叫声看样子要贯穿始终的鬼片儿已经完全看不懂了。

“这女的为什么……”顾飞一边拿了个小塑料袋把乱七八糟的垃圾收拾进去，一边小声问，“哎这还是刚才那个女的吗？”

“……哪个女的？”蒋丞问。

“就……有几个女的？”顾飞看着屏幕。

“大概三个吧，这个应该是之前那人说的那个孤儿。”蒋丞估计着猜了一下。

“哪个人说她是孤儿？”顾飞问。

“……你玩弱智爱消除吧，要不，”蒋丞看了他一眼，“咱们在后边儿，也影响不到别人。”

顾飞笑了起来：“你对我有什么意见？你看懂了？”

“没有，”蒋丞说，“但是你看我就没打算问你。”

顾飞边笑边喝了口饮料：“你说影院里真的有红外监控吗？”

“这个我还真不确定，”蒋丞往四周的墙边看了看，声音很低地小声说，

“以前我在天涯上看了个帖子，一个个都在说看电影的时候干了什么见不得人的事儿，结果突然出来个人回了一条，放映员告诉你们，你们干了啥我们监控室全能看到，监控都是红外的……感觉这话给那个帖子里的人……还有我，留下了深深的阴影。”

“也有道理，”顾飞小声说，“你看，这么黑，如果普通监控，什么也拍不到了。”

“坐好。”蒋丞坐直了。

“好嘞。”顾飞也坐直了。

一块儿看着剧情已经不知道跑到哪儿去了的电影。

而且居然一直坚持到了结尾。

电影散场的时候，顾飞往通道那边走了两步，突然变成了单腿蹦。

“我去，”蒋丞往前一看，发现门口的那个检查员进来了，正站在轮椅旁边等着，“这服务。”

“下回这套东西借你，”顾飞说，“你也来感受一下。”

“这有什么可感受的，我要感受也得是感受你背我去爬你说的那个什么山。”蒋丞笑了笑。

“行，哪天咱俩去一趟，我背你上去。”顾飞说。

从电影院出来，他俩准备找个地方吃饭，但时间还有点儿早，于是就坐在了广场上。

广场挺热闹，有个什么楼盘搞的活动，人很多，有人唱歌，也有人跳舞，还有走秀。

“我之前看你发朋友圈的照片，”蒋丞看着那边，“是不是有在这儿拍的？就是俩大妈抢一把扇子的那张。”

顾飞笑了起来，拿出手机翻了翻，递到他面前：“你是说这张吗？”

“嗯，”蒋丞点点头，“什么时候拍的呢？”

“去年夏天了，就在这儿，”顾飞说，“最后都打起来了。”

“最后怎么解决的？”蒋丞问。

“一个老头儿过来把扇子掰成两半，给了她俩一人一半。”顾飞说。

蒋丞笑了半天，想想又叹了口气：“一把扇子有什么可抢的呢？”

“什么样的人都有，”顾飞拿了根烟出来点上，“你在这儿坐一天，什么人都能看得到。”

“你总看吗？”蒋丞看着广场上来来往往的人。

“嗯，从镜头里看又不一样了，”顾飞左手伸到他面前，大拇指和食指比了半个框，“试试。”

蒋丞顿了顿，看了看四周，没有人特别注意到他们，于是他伸出右手，大拇指和食指也比了半个框跟顾飞的手指对在一起。

“这样你会看到不一样的人，没有那么多干扰，”顾飞带着他的手慢慢移动，停下的时候手指框住了一个正看着舞台上出神的姑娘，“是路人吗？还是粉丝？或者只是在发呆？”

蒋丞没有说话。

“我看你的时候谁在看我，”顾飞轻轻唱了一句，“眼神里擦肩，无所谓错过……”

“什么歌？”蒋丞问了一句，旋律很陌生，但轻快跳跃还挺好听。

“什么都不是，”顾飞笑了，“我随便唱的。”

蒋丞愣了愣，转脸看着他：“歌词呢？”

“随便想的，”顾飞说，“这种破词儿我随口就能给你编八百字出来。”

蒋丞笑了笑没再说话，跟着顾飞的手指，看着缓缓从指框里掠过的人。

顾飞的这一面藏得很深，蒋丞常常会忘了他其实是个敏感而细致的人，甚至有些文艺。

因为顾飞毕竟是个瘸子，还是一个在街上健步如飞的瘸子，所以他们在广场上进行完“旁观者”活动之后，没有走太远，就在广场旁边的小吃一条街吃了顿午饭。

不知道是不是今天心情兴奋，他俩这顿午饭吃得还没有早点多。

“一会儿回去我得去炸年糕那儿打个包，”顾飞说，“下午肯定会饿。”

“干脆一会儿就再去吃顿炸年糕。”蒋丞想起来那天炸年糕的味儿，感觉突然有点儿馋了。

“也行，”顾飞想了想，“其实吧……”

“其实我们完全不需要在这儿吃，”蒋丞看着他，“对吧？”

“没错，”顾飞笑了起来，“哎，这智商赶上九日了。”

骑车带着顾飞往回走的时候，蒋丞脑子里一直在琢磨，一会儿回去，回去就直接去炸年糕家，吃炸年糕。

“一会儿吃完年糕去我那儿吧？”蒋丞侧过头问了一句。

“嗯，”顾飞依旧在脑门儿顶着他后背点了点头，“正好借你作业我抄一下。”

“你是真写不出来还是不想写，”蒋丞有些无语，“我看你期中考的卷子也不是完全写不出来啊，我本来以为你得拿个年级倒数呢。”

“懒得写。”顾飞笑了笑。

蒋丞本来想再说点儿什么，但想想还是没开口。

顾飞淡定的回答让他觉得说什么都挺多余的，他也不想跟老徐似的来回唠叨，最重要的是，也许是自己也敏感，总觉得顾飞的语气里带着无奈和并不想在这个问题上过多讨论的平淡。

“先去趟店里吧，今天有人送货，我妈不知道弄没弄明白。”顾飞又说了一句。

“好。”蒋丞应了一声。

到店门口的时候蒋丞停了车，腿撑着地，回到钢厂地盘上，顾飞的演技立马就上线了，从自行车后边儿下来的时候用了起码五秒钟。

“你是不是演得太过了。”蒋丞回头看着他。

“疼着呢。”顾飞拧着眉。

“我都要哭了。”蒋丞忍着笑。

“快放了车扶我一把。”顾飞还是很投入。

蒋丞把车靠到墙边，过来扶着他进了店里，刚一掀帘子，就听到了一个熟悉的声音喊了一声：“顾飞这是怎么了？”

蒋丞和顾飞同时愣在了门口，瞪着站在收银台前的老徐。

“哟！”站在收银台后边儿的顾飞妈妈也喊了一声，“是摔了还是打架打的啊？”

“摔的。”顾飞说了一句。

“骨折了？”老徐走了过来，“严重吗？”

“不严重，”顾飞看了老徐一眼，“您怎么在这儿？”

“徐老师来家访，”顾飞妈妈拿了张椅子过来，“你赶紧坐着吧，腿都这样了也没跟我说一声，还到处跑呢。”

顾飞坐下了，没说话。

老徐往这儿一杵，蒋丞感觉一时半会儿炸年糕是吃不成了，而且那天李保国还找过老徐……他觉得自己应该在老徐注意到他并且反应过来之前闪人。

但是他刚转身掀了帘子想走，老徐已经叫了他的名字：“蒋丞！正好我也要找你。”

“啊。”蒋丞没回答，坚强地用手掀着门口的帘子。

“你等我一会儿，我跟顾飞妈妈聊完，我们俩聊聊。”老徐说。

蒋丞没说话。

“你等我一下，”老徐又说，“等我一下。”

蒋丞叹了口气，老徐这语气让他实在没办法强行走人，只得有些郁闷地应了一声。

老徐和顾飞妈妈去了后院，他拿了张凳子坐到了顾飞身边。

刚坐下，老徐又走回了店里：“顾飞，一会儿你跟我说说这腿是怎么回事？”

“摔的，”顾飞说，“开摩托车太快了翻了。”

“严重吗？”老徐走到他面前看了看。

“还行。”顾飞有些不习惯地把腿往回收了收。

“你别动，”老徐摆了摆手，直起了腰，“请几天假吧，好好卧床。”

“……哦。”顾飞点点头。

老徐叹了口气，去了后院。

“老徐怎么来了？”蒋丞小声说。

“他差不多每个月都要挨个跑一趟，”顾飞说，“重点就是我家，还有王旭那几个。”

“真不怕累，”蒋丞皱皱眉，老徐的确算得上相当敬业了，“我估计他一会儿又要跟我说李保国的事儿了。”

“应该是吧，除了李保国你也没什么让人操心的了。”顾飞笑笑。

“前阵儿李保国去学校了，在门口跟老徐不知道说什么，”蒋丞有些烦躁地伸了伸腿，“他到底想干吗？”

顾飞没说话，伸手在他腿上拍了拍：“一会儿听听老徐怎么说，别烦，无非就是回家不回家，儿子不儿子的。”

“嗯。”蒋丞往后院那边看了一眼，在顾飞手上抓了抓。

“跟老徐聊完了告诉我一声，我们去吃炸年糕。”顾飞说。

“吃不下了，没胃口。”蒋丞说。

“那你看着我吃，”顾飞说，“我有胃口。”

老徐在后院跟顾飞妈妈聊了十多分钟，然后回到了店里。

“徐老师拿箱牛奶回去吧，”顾飞妈妈拎了箱牛奶，“辛苦了。”

“不用不用不用……”老徐一通摆手，“这是应该做的，是我的工作范围，不用这么客气，家长能配合我的工作我就很高兴了。”

“配合的，我一定配合，”顾飞妈妈一边说一边继续想把牛奶往老徐手里塞，“徐老师您……”

“妈，”顾飞站起来拦了一下，“明天我拿徐老师家去。”

“那行那行。”顾飞妈妈点点头。

“真不用，真不用，”老徐一边往外走一边冲蒋丞招了招手，“蒋丞，来来，我们出去坐坐。”

蒋丞站了起来，看了顾飞一眼，顾飞冲他笑了笑，做了个打电话的手势。

蒋丞点点头，转身跟着老徐走了出去。

老徐在前头走着，他跟在后边儿，没有加快步子跟上去。

虽然就像顾飞说的，就算是说李保国的事儿，也没什么大不了的，无非就是他不肯回去那点儿事，但本来一上午挺好的心情却还是被破坏干净了。

要不是最后顾飞的那个笑容，他现在真是想扭头悄没声儿把老徐给甩掉。

“我们去前面喝喝茶。”老徐回头说了一句。

“喝茶？”蒋丞挺吃惊，就这条街，他来的次数实在不算少了，每次虽然也没怎么细看，毕竟都是些灰头土脸的小店面，但基本上也能确定不会有茶室这么悠闲的地方。

“不爱喝茶啊？”老徐笑了笑，“也是，年轻人嘛，顾飞第一次带我来这儿喝茶的时候我还挺意外的，这小子还喝茶呢。”

“啊。”蒋丞又吃惊了一下。

他只知道顾飞喝水爱放柠檬，但完全不知道顾飞还喝茶。

他突然有点儿不怎么爽。

老徐都知道的事儿，他居然不知道！

蒋丞小声啧了一声。

啧啧。

这个喝茶的地方，是一家灰头土脸的茶叶店，蒋丞路过不止一次，愣是没注意过。

其实也并不是专门的茶室，统共就一张小茶桌靠在窗边，就是卖茶叶，你想喝茶，就买了泡就行。

老徐要了壶绿茶，他俩坐下了，蒋丞沉默着，有点儿走神，老徐给他倒了杯茶的时候他才回过神来，有些不好意思：“谢谢徐总。”

“这次期中考试你考得满意吗？”老徐问。

“就那样吧。”蒋丞说。

“按四中的水平来说，已经非常好了，”老徐一边说一边打开了自己的包，“但是我看了一下，除掉满分的那三科，别的科被扣了不少分，里面不算你的字太丑被扣的卷面分……”

“就是跟我说这个吗？”蒋丞说，“期末考就这题目我能再拉第二名一百分以上。”

“你这小子，”老徐笑了，从包里扯出一个文件夹放到了他面前，“这个是我托朋友从你们原来那边要来的卷子，不过附中我不认识人，找的是三中的卷子，都是重点难度应该差不多……”

蒋丞愣住了。

“你有时间可以自己看个时间做一下，”老徐说，“做完了我找老师帮你判判卷子，你看怎么样？”

蒋丞怎么也没想到老徐会做到这一步，他低头打开了文件夹，里面的确是一大摞的各科的卷子。

“徐总你……”他盯着卷子，不知道该说什么了。

“应该的应该的，”老徐说，“我在四中这么多年了，第一次碰到你这么好的苗子，当然是要尽力的。”

“谢谢。”蒋丞把文件夹扣好。

“还有一个事儿我想说的啊，你估计也猜到了，”老徐说，“你这个家庭的情况呢，我知道你不愿意说，我也不多问，但是就是怕你会影响学习，所以我还是希望你能……”

“李保国找你说什么了？”蒋丞抬眼看着老徐。

“也没说什么，就是说你不回家了，”老徐叹了口气，“还说他病了……蒋丞啊，你不回家我也能理解，但是还是希望你能跟他谈谈，要不……”

“我知道了。”蒋丞说。

老徐没再说下去，又叹了口气：“真是想象不出李保国还能有这样的儿子。”

蒋丞看了他一眼。

“李辉，他大儿子，”老徐说着摆了摆手，“以前也是我学生，哎，简直不成器，不成器。”

蒋丞笑了笑，虽然非常不愿意问，但还是开口问了一句：“他什么病？”

“肺的问题吧，他也说得含糊。”老徐说。

“哦。”蒋丞皱了皱眉，李保国每天烟酒不断，从早咳到晚，要说肺出了问题，他真是一点儿都不奇怪。

但这个“肺的问题”，是什么？

老徐今天倒是没像平时话那么多，说完这些，喝了两杯茶，就让蒋丞走了。

“我喝完再走，”老徐说，“你先回去吧，你爸……李保国那边，你还是沟通一下。”

“嗯，”蒋丞站了起来，拿起文件夹，对着老徐鞠了个躬，“谢谢徐总。”

“哎，”老徐大概是从来没碰到过给他行此大礼的学生，赶紧站了起来，对着他也鞠了个躬，“回去吧回去吧。”

蒋丞转身走出了茶室……不，茶叶店。

往顾飞家店慢慢走过去的时候，他拿出手机给顾飞打了个电话。

“完事儿了？”顾飞接了电话。

“嗯，”蒋丞说，“你那儿能走了吗？”

“炸年糕？”顾飞问。

“必须的。”蒋丞说。

“那你过来扶我吧。”顾飞说。

蒋丞过去从店里把顾瘸子扶了出来，然后用自行车把他带到了炸年糕那儿，再扶进店里坐下。

“真享受，”顾飞笑了笑，“以前我骨个折什么的就自己躺床上挺着，没人带我出来吃东西。”

“那是因为你现在没骨折好吗，”蒋丞低头正看着菜单准备再要点儿凉菜，扫了两眼猛地又抬起头，“你骨折很多次吗？”

“也没多少次，”顾飞说，“三四次吧，都不严重，我就是说出来让你担心一下。”

蒋丞瞪着他，几秒钟之后一只手突然按在了胸口上，另一只手撑着旁边的墙，拧着眉，一脸痛苦地艰难说着：“好……好，好疼……我可，可能不……行了……”

“我……去，”顾飞先是被他吓了一跳，想要站起来，反应过来之后笑得茶杯都拿不住了，“您这演技才是真牛啊，我差点儿要打120了。”

“我们学霸技能是比较多的，你不用自卑。”蒋丞收了架势，继续看着菜单，他是没好意思告诉顾飞，就这套表情，他刷牙的时候对着镜子没事儿就来一次，早就炉火纯青了。

吃完年糕，肚子是真的撑了，带着顾飞往出租屋过去的时候他一直边骑边揉着肚子。

到了楼下，顾飞下了车，等着他扶，他看了看四周，人影都没一个，于是直接进了楼道："你还有瘾了啊？"

顾飞笑着跟了上来。

蒋丞刚把门打开，顾飞就从身后挤进了屋里，往床上一倒。

蒋丞跟着也进去往他旁边一躺，枕在了他胳膊上，摸了摸肚子。

两个人谁也没再动，就这么静止着。

顾飞只感觉很舒服，只想这么一直待着，发呆也行，睡着了也行。

"哎，"蒋丞的手伸过来在他腰上捏了捏，"我发现你比看上去重多了，床垫都比我这边凹得多点儿。"

"不知道它是不是喘不上气儿了。"顾飞说。

"怪可怜的。"蒋丞说。

顾飞笑了，翻了个身。

"你一会儿抄作业吗？"蒋丞侧过脸看着他。

"嗯，"顾飞也侧过脸，"你呢？"

"我要做套题，"蒋丞说，"老徐居然给我找了套卷子，原来我们那儿的，三中的卷子。"

"……天，"顾飞有些吃惊，"老徐也真是……"

"其实潘智给我找了卷子，我都做了，"蒋丞说，"但老徐这套，我还是得做做。"

"嗯。"顾飞坐了起来。

"你帮我看着点儿时间，"蒋丞下了床，坐到了床边的书桌前，"你坐……"

"你写完卷子我再写作业，"顾飞靠到床头看着他，"你写吧。"

"那你干吗？"蒋丞伸手在鼻尖上摸了一下。

"我监考。"顾飞说。

蒋丞没再说话，拿了一套卷子低头开始看。

顾飞看了一眼时间，给蒋丞计了个时，然后偏头静静地看着他。

蒋丞有个让他非常佩服的技能，那就是一秒投入，就从低头看卷子的那一秒钟开始，他身边的所有的东西就像是消失了。

这种状态，顾飞从来没在身边的人身上看到过，包括易静。

蒋丞的确是特别的，跟谁都不一样。

顾飞闭上一只眼睛，另一只眼睛从手握成的圈里看着蒋丞的侧脸。

在落笔的瞬间，包裹在他身上的那种不知不觉就吸引了目光的气场里满满的全是骄傲，让人骄傲的骄傲。

8

有一个学霸在身边是种什么样的体会？

就是在你们本来可以舒服躺着聊会天儿的时候他会突然要做一套卷子，而你只能在旁边给他看着时间监考。特别是如果是个超级学霸，他决定开始做卷子的时候，就能把“做套卷子”这种无聊到极致的事做出满满的神圣感来。

而等他终于做完了一套卷子，时间已经快到饭点了，你正想说吃点什么的时候，他会突然提醒你，你还有作业没有做。

等你一边鄙视着自己一边抄完作业，想着总算完事了，你的手机响了一声……

顾飞拿起手机看了一眼，上面是顾淼发过来的简单、简洁、简略的一个消息。

——回。

昨天没有回去吃饭，或者说从昨天早上他出门打球到现在就没回去过，顾淼估计是想他了。

——回。

他给顾淼回了个信息。

“你晚上吃什么？”他回完消息之后看了看蒋丞。

“……炸年糕？”蒋丞想了想。

“又是炸年糕，”顾飞笑了，“你是吃不烦啊？”

“或者叫个外卖，”蒋丞摸了摸肚子，“年糕挺顶饱的，我现在都还没饿呢……谁给你发消息了？”

“二淼，”顾飞说，“叫我回去。”

“那你回去吧，作业也抄完了，”蒋丞拿过他的本子看了看，“您好歹也改改答案，全抄得一个样……”

“又不是考试，”顾飞说，“我在学霸同桌的帮助下，把作业全写对了，有什么问题吗？”

“你学霸同桌只想叹气，”蒋丞把做完的卷子收了起来，“你明天卧床休息？”

“不卧了，”顾飞摇头，“你去我家接我吧？”

“起得来吗？怎么突然这么积极了。”蒋丞靠着椅背伸了个懒腰。

“你说呢。”顾飞笑笑。

蒋丞坚持把懒腰伸完了，站起来搂住了他。

顾飞抱紧他，闭了闭眼睛。

下午做的是语文卷子，蒋丞感觉还行，把顾飞送到他家楼下之后，他打算去吃点儿东西，晚上再把英语卷子做了。

“自己能上去吗？”蒋丞看着沉迷于瘸腿表演不能自拔的顾飞。

“能，进了楼就健步如飞了，”顾飞一条腿蹦了蹦，“车你先骑回去吧，明天反正还要过来接我。”

“我出门的时候给你打电话，你别晚了，我不想迟到，”蒋丞说，“毕竟老徐……怎么也得给他点儿面子的。”

“嗯，放心。”顾飞笑笑。

“那你……上楼吧，”蒋丞左右看了看，这会儿楼下来来往往的人不少，他也没办法再有什么别的动作，“我回去了。”

顾飞伸手在他抓着车把的手上拍了拍。

“手欠，”蒋丞说，也飞快地在他手上拍了一下，然后掉转了车头，看着他，“你上去了我就走了。”

“晚上卷子写完了给我发消息。”顾飞往楼道口蹦了两下。

“嗯。”蒋丞点点头。

看着顾飞蹦进楼道然后三步跨着往楼梯跑上去了之后，蒋丞才骑着自行车走了。

有一个装瘸中的人在身边是什么样的体会？

就是你早上得比平时提前二十分钟起床，然后打电话叫他起床，再骑着自行车去他家楼下，看着他装模作样地瘸着腿坐到你车后头，再带着他去吃早餐，吃完早餐还得带着他去学校。

为了显得真实可信，你还得在课间给他买水，扶他去上厕所，放学了你也没办法跟他多待一会儿，你得按时把他送回去，因为他妹妹很担心，一到放学时间就守在门口等着了。

不过这种日子过上三天，你就会习惯了，毕竟这人平时基本就没按时来上过学，一大清早能一块儿去学校，还是很奇妙的。

明天就放五一的假了，虽然就三天时间，大家还是很兴奋，兴奋地边说去哪儿玩边骂老师布置了一堆要拖后腿的作业。

其实这假期的作业并不多，比起以前来简直跟没有一样，之前他们三天的假期，都按七天的量来布置作业。

以前潘智都是抄他的，这次五一不知道要抄谁的了。

“一会儿我要去社区医院一趟。”顾飞说。

“去干吗？”蒋丞愣了愣。

“换药，换个小点的夹板，行动能方便一些的。”顾飞说。

“那不是露馅儿了吗？”蒋丞看了看他的腿，那夹板的确是缠得有些夸张。

“去买回来就行，”顾飞说，“之前就是李炎他们去买了回来缠上的，这次换小点儿的。”

“行，一会儿陪你去。”蒋丞点头。

“主要就是让老头儿老太太们看看，我腿真的断了几天了。”顾飞说。

“嗯，”蒋丞想想又笑了，“得多久才能拆啊？”

“半个月吧，”顾飞说，“拆了以后再瘸一阵子就可以了。”

蒋丞的手机响了一声，他拿出来看了一眼，是潘智发来的消息。

——我们上车了！

蒋丞愣了愣，飞快地回了一句。

——们？

——放心没有于昕。

——都谁？

——胡疯疯和大李，还有两个你应该不认识的女生。

——谁？

——到了给你介绍。

——两个都需要介绍？可以啊，你很棒棒。

——给我们备好消夜。

——怎么住？

蒋丞一边扶着顾飞往学校门口走，一边手不停爪地发着消息，他知道潘智会带人过来，但没想到他会带女生，还这么神秘……这么快就撬墙脚成功了？

还是这么快就换了目标了？

“潘安吗？”顾飞问了一句。

“嗯，他们晚上到，”蒋丞说，“我还得去接这帮家伙。”

“一会儿你在店里吃吧，”顾飞说，“吃完了去接人？”

“行，有菜吗？”蒋丞转脸看了看顾飞，顾飞胳膊搭在他肩上，这么一转脸，他几乎就能碰到顾飞的鼻子，赶紧又把脸转开了。

“有，我妈买了。”顾飞笑笑。

潘智的信息过了一会儿才又发了过来。

——我跟你挤，他们住店，你甭管了，订好了。

——你不跟那其中一个女的一块住店？

——我很严肃地跟你说我不是那种人。

蒋丞笑了半天。

“这么高兴。”顾飞说。

“潘智带了俩女生过来，”蒋丞边乐边说，“也不知道是什么关系。”

“他们住哪儿？”顾飞问。

“潘智住我那儿，别的都住酒店了。”蒋丞说。

“哦——”顾飞拉长声音应了一声。

“早知道该买俩枕头，算了，让他拿被子卷卷吧。”蒋丞说。

“他为什么睡你那儿，”顾飞说，“他就不能去住酒店吗？别的人都住酒店，他为什么非得住你那儿？”

“啊，”蒋丞看着他，有些无言以对，“是啊。”

顾飞也转头瞪着他，过了一会儿才笑着又说了一句：“是什么啊？”

“闭嘴。”蒋丞看到了站在校门口的顾淼。

顾飞长这么大，没体会过，也没什么机会去体会，并不知道吃味是个什么感觉，大概就是现在这样，所谓的“不适应”，大概只能说是蒋丞之前成长的环境，和他曾经的那些朋友，那些不曾接触过的人和事带给他的疏离感。

不过蒋丞心情很不错，他也愿意忽略自己的这些感觉跟着心情上扬。

回到店里，蒋丞又扶着他，两人一脸沉痛地进了社区医院，买了轻便一些的夹板，又要了些绷带和药。

医生跟顾飞挺熟的，这些年他没少受伤，买这些东西，医生都没有多问，也没问问为什么不在医院里换药换夹板。

拿了一堆东西，顾飞回到小屋里自己换着，蒋丞靠在小屋门口放哨，怕有什么人突然进来看到了。

顾淼抱着滑板站在顾飞面前一脸冷漠地看着热闹，她已经知道了顾飞的伤是假的，但对于往腿上绑东西充满了好奇。

顾飞把新夹板换上之后，她把自己的腿往顾飞面前一伸，撸起裤腿儿瞪着他。

“……好吧。”顾飞叹了口气，从旁边拿了绷带，弯腰在顾淼腿上缠了几圈，用胶条粘好了。

顾淼表示非常满意，抱着滑板从蒋丞身边挤出去的时候走路都带着小风。

“你坐着吧，”蒋丞看着她一路去了后院，回头笑了笑说，“你告诉我这些菜怎么处理怎么弄就行。”

“一锅煮了就行……”顾飞话还没说完，顾淼又跑了回来，站在了蒋丞身边。

“怎么了？”蒋丞问她。

顾淼弯腰拉了拉蒋丞的裤腿儿。

“我没事儿啊，”蒋丞说，“我腿好好的，你哥的腿也没事儿……”

“来，”顾飞笑了起来，拿过了旁边那卷绷带，“有好玩的事她要跟你分享。”

“……我靠？”蒋丞愣了愣，又看了顾淼一眼，犹豫着走了过来，“我也得缠上这个？”

“嗯。”顾飞点点头。

蒋丞有些无奈地拿了张凳子坐到了他面前，把裤腿儿往上扯了扯：“行吧。”

顾飞抓起他的腿架到了椅子上，拿了绷带往上缠了一圈，两圈，三圈……然后指尖在蒋丞的皮肤上轻轻一划——

“你大爷。”蒋丞说了一句。

“嗯？”他抬眼看着蒋丞。

蒋丞脸上的表情有些玄妙：“会不会弄？不会弄我去隔壁找大夫弄。”

“会，”顾飞忍着笑，低头很快地又缠了两圈，然后用胶带粘好了，“行了。”

蒋丞把裤子放下来，站起身跺了跺脚，跟着二淼走出小屋了又回过头指了指他：“顾飞我今儿算认清你是什么人了。”

“什么人？”顾飞笑着看他。

“浪吧你就，”蒋丞说，“数浪骚人物，还看顾飞。”

顾飞笑着倒在了床上，乐了半天都没停下。

蒋丞做饭的水平跟他的学习水平比起来，绝对属于渣，还得是大号的那种，顾飞坐在收银台后头能看得到他在厨房里忙活，在顾淼的指挥下手忙脚乱地切菜，然后往锅里一扔。

正想拿手机录一段作纪念，门外走进来几个人，他扫了一眼，把手机放到了收银台上："马哥。"

猴子姓马，这会儿自己已然是他的手下败将，索性叫一声马哥让猴子能一爽到底。

"腿怎么样了？"猴子从他身后的架子上拿了包烟，拆开点上了。

"今天换了副夹板，还得一个星期。"顾飞说。

"好好休息，"猴子冲身后看了一眼，跟着他进来的几个人里有一个走了过来，放了一箱牛奶在收银台上，猴子拍了拍牛奶箱子，"这是给你的。"

"谢谢马哥关心。"顾飞说。

猴子没说话，转身在店里几个货架之间慢慢转着，边转边拿了东西扔给身后跟着的人。

这几个人顾飞只有一个脸熟的，另外几个应该是猴子新收的小弟，带到他这儿来算是给小弟看看，证明自己既有收拾人的本事，也有一笑泯恩仇的肚量。

顾飞无所谓服个软，他担心的是猴子看到蒋丞在这儿，会不爽。

毕竟蒋丞是他的"小弟"，这会儿他都落了下风，小弟还给做饭，这跟送他去学校的程度又不一样了。

顾飞往后院看了一眼，发现蒋丞没在厨房里了，只有顾淼还在灶跟前儿站着，默默守护着那一锅汤。

默契。

顾飞突然觉得很想笑，蒋丞的确是聪明，反应也快，就这么一会儿，居然已经躲了起来。

猴子在店里转了一圈，拿了点儿吃的，也没跟他再说话，直接带着人走了。

等了几分钟，顾飞才站了起来，单腿蹦着去了后院。

"丞哥？"他叫了一声。

"嗯，"蒋丞从旁边厕所里走了出来，边走还边提了提裤子，"走了？"

"走了，"顾飞看了他一眼，"还装呢。"

"你不也还装呢吗。"蒋丞也往他还勾着的腿上看了一眼。

顾飞放下腿笑了笑，蒋丞进了厨房，锅里的汤已经开了，他过去把火关小了：“猴子姓马啊？”

“嗯。”顾飞点头。

“他为什么能接受猴子这么个外号，”蒋丞说，“他不担心人背后管他叫大马猴吗？”

顾飞笑了起来，没说话。

肉和菜煮一锅，怎么吃都好吃，是最能掩盖厨艺渣的一种烹饪方式。

就他们三个人，居然把一大锅菜都吃完了，顾淼还吃了两碗饭。

收拾完碗筷，他俩就坐在店里玩手机，顾淼趴在小桌上写作业，不去学校之后，顾飞每天还是要求她自己看课本，然后给她布置作业。

小丫头写得倒是很认真，但基本都是错的。

“提前半小时过去时间够吧？”快9点的时候蒋丞看了看手机。

“嗯，”顾飞点点头，“现在过去差不多了，你打车还是坐公交车？”

“坐公交车，”蒋丞说，“接着了再打车吧。”

“那你现在得去了。”顾飞说。

“一会儿接了人我给你打电话，”蒋丞说，“一块儿去吃夜宵。”

“不用了吧，你同学……我就不跟着吃了。”顾飞犹豫了一下。

“重点不是吃啊，”蒋丞看着他，“就是想……你不愿意认识一下我同学么，别的无所谓，就潘智吧，我之前也就跟他关系最铁了。”

“好，”顾飞点了点头，“那我等你电话。”

再次站在火车站的出站口，蒋丞看着四周，混乱的人群，破败的小店，跟他刚到这里的时候没有任何变化。

也挺神奇的，蒋丞点了根烟叼着，总感觉一回头还能看到头发乱七八糟的顾淼。

几个月的时间，他从愤怒、难受、迷茫，一路走了过来，现在居然能心平气和地站在这里，带着几分兴奋，等着潘智他们。

这些同学，身上有他过去的生活和过去的记忆，他却并没有因为想到这些，而像几个月前那么怅然。

自己的适应能力果然还是很强的。

蒋丞揣在兜里的手给自己竖了竖拇指。

棒棒哒。

有车到站了，蒋丞也没注意是哪趟车，也懒得盯着人群看，就直接站到了旁边的一个石墩子上，等着潘智他们来找自己。

“丞儿！”几分钟之后左边传来了潘智激动的吼声。

蒋丞转头看到了潘智拖着个箱子正冲他跑过来，他笑着跳下石墩子喊了一声：“孙子！”

“爷爷！”潘智跑到他跟前儿又喊了一声，过来搂了他一下，“等多久了啊？”

“刚到，”蒋丞往他身后看了看，看到了胡枫和李松，再后头是两个女生，他虽然不认识，但还是认出来了是黄慧一个班的，他立马凑近潘智小声问，“你怎么就盯着黄慧他们班的人了呢？别班没女生了啊？”

“爷爷，讲道理，”潘智压着声音，“黎雨晴，是她盯的我，那个蘑菇头，另一个叫许萌。”

蒋丞又看了一眼，俩女生发型都差不多，一个长点儿，一个短点儿，他啧了一声：“长头发的还是短头发的啊？”

“短的，长的那还叫蘑菇头吗！”潘智一边说一边转过身冲后面几个人喊，“快点儿！”

胡枫和李松过来冲着他一通嚷嚷的时候，蒋丞突然有一种久违了的感觉，明明没几个月，明明觉得已经适应了现状，但还是突然有种说不上来的激动。

“疯疯你怎么又胖了。”蒋丞看着胡枫。

“不不，我没胖，大李一天天消瘦，把我都衬胖了。”胡枫说。

“我还行吧，”李松退后一步，上上下下打量着蒋丞，“蒋丞你是没什么变化啊，依然如此英俊。”

“废话，”潘智说，“校草不是白叫的，他一走，顿时就选不出下一根草了。”

俩女生一直没说话，站在一边看着他们笑。

“滚，”蒋丞说，“走吧，打个车，你们订的酒店在哪儿？先去放了东西，然后去吃点儿夜宵吧。”

“找了个如家，应该离你挺近的，你不说没搬多远吗？”潘智说。

“嗯，很近了，”蒋丞点点头，“放了东西叫上我……朋友一块儿去吃。”

蒋丞想说同学，但是最后还是说了朋友，相对于同学这个称呼，他更愿意说朋友。

同学太官方，朋友才是真诚的。

几个人叫了两辆出租车直接去了如家。

今天这一路尽感慨了，站在火车站出站口感慨完了，站在如家门口又一通感慨，回头看到对面的周家旅店时，蒋丞都觉得自己有些恍惚。

这些事似乎已经淡忘，在眼前的时候才又猛地发现，离他跟顾飞在街边雪堆上如同智障般打成一团，也就几个月而已。

是啊，就几个月而已。

他笑了笑，那个智障居然已经是自己最在意的哥们儿了。

一帮人把行李放到房间之后又出了门，黎雨晴和许萌站在酒店门口左右看着："去哪儿吃夜宵啊？"

"没多远，"蒋丞拨了顾飞的号，"走过去就行。"

"吃点儿特色的，这儿有什么特色小吃？"胡枫说。

"不知道，一会儿问问。"蒋丞带着他们往旁边的街走过去，那边顾飞接了电话。

"接到了？"顾飞问。

"嗯，住如家了，我们现在过去，"蒋丞说，"顾淼在吗？带她一起。"

"她回去睡了，"顾飞说，"我就在门口等你吧。"

"好。"蒋丞挂了电话。

走到顾飞家店门口的时候，顾飞已经把门关好了，叼了根烟靠在门口的灯柱上。

"哎？"潘智愣了愣，"是这小子啊？"

"是，"蒋丞应了一声，"怎么了？"

"没什么，就有点儿意外，"潘智小声说，"这人看着不像是能跟你一块儿玩还没相互打死的啊。"

"这什么形容。"蒋丞听乐了，潘智果然是铁子。

顾飞听到他们这边的说话声，转过了头。

"我朋友，"蒋丞转身给后面的几个人介绍了一下，"顾飞。"

"啊！"后面的许萌小声喊了一声，抓着黎雨晴的胳膊晃了晃，"好帅！"

黎雨晴马上反应很快地笑着说了一句："蒋丞，你朋友是单身吗？介绍给萌萌吧。"

你想得美！

蒋丞瞬间觉得自己脑子里的特大字号弹幕对着许萌就砸了过去，他没说话，一脸假笑地看了她俩一眼。

9

蒋丞的几个同学，男生没有特别帅，女生也没有特别漂亮，但就像顾飞第一眼看到蒋丞时的感觉，这些人一看就不是这儿的。

那种自身带着的属于大城市里普通高中生的气息，跟四周的一切都显得那么不同。

“我同学，潘智你见过的，不知道还记不记得了，”蒋丞走到他面前，把几个同学给他介绍了一下，“找个地儿吃点儿东西？”

“嗯，”顾飞点了点头，“炸年糕吧。”

蒋丞瞪大了眼睛刚想说又是炸年糕，这两天尽吃炸年糕了，嘴还没张开，潘智在身后说了一句：“哎，不错，炸年糕我挺久没吃了。”

“可以啊，炸年糕吧，糖水年糕也好吃啊。”黎雨晴马上也说。

“走吧，”顾飞拿过旁边的自行车跨了上去，把打着夹板的腿放在车镫子上，另一条腿在地上划拉了一下，“没多远。”

“你腿方便吗？”潘智问了一句。

“方便。”顾飞说。

“走。”蒋丞招呼了一声，过来扶了一下车把。

顾飞迅速竖起拇指，在蒋丞的手收回去的时候，在他手心里划了一下。

一帮人跟上来之后，顾飞就往路边让了让，听着他们聊天。

蒋丞话不多，基本都是潘智和那几个同学在说，主要是汇报开学以来学校的各种八卦，顾飞跟在一边听着。

“对了丞儿，他给你的信，”潘智在说到他们班主任的时候从兜里掏出了一个牛皮纸信封，“差点儿忘了。”

“嗯。”蒋丞接过来塞进了自己兜里。

这个班主任也挺不错了，顾飞慢慢划拉着往前，跟老徐说不定能有一拼……丞儿？

顾飞转过头，正好蒋丞也转头看他，他眯缝了一下眼睛。

蒋丞有些茫然地冲他一歪头，他也一歪头，做了个口型。

蒋丞猛地反应过来顾飞的重点之后，先是有些不好意思，但想想又很想笑。

潘智叫他就俩称呼，丞儿，爷爷。

爷爷这个称呼一般都用在私下交流或者比较激动的语境之下，丞儿就是他的日常称呼……这个其实没什么。

蒋丞又看了顾飞一眼，顾飞感觉到他的目光之后又偏过头，继续是一个无声的口型。

蒋丞没忍住乐了。

“是吧！”潘智在他旁边说了一句，“我差点儿没笑死，差点儿上一半课又被赶出去……”

“啊，”蒋丞应了一声。

他并不知道潘智在说什么，反正这个回答用在他和潘智之间是万能的。

“哎，上回你们球赛，有没有视频？”潘智又问，“发给我看看啊，现在没机会一块儿打球了，好歹看看也行。”

“不知道，”蒋丞转头问顾飞，“有吗？”

“有，”顾飞说，“九日那儿肯定存了。”

“那是谁？”潘智问了一句，马上又转移了重点，“给我发一份吧？”

“你加我吧。”顾飞在手机上按了两下，屏幕对着潘智。

“好，”潘智立马掏出手机对着屏幕扫了码，把顾飞的好友给加上了，“这是你号？很……萌嘛。”

蒋丞在一边看着他俩顺利地加上好友，然后潘智刚把手机揣回兜里，立马被许萌拽到了一边。

“不行不行，”潘智小声说，“不行不行……自己要去。”

蒋丞顿时有些不能忍，潘智现在是不会告诉那个许萌，但回去了之后……或者没准儿都等不到回去，许萌自己来要了呢，本来不提这茬儿人都不一定能想得起来，现在人来要的话，一个微信号都不给，也说不过去吧。

他转头瞪着顾飞。

“丞儿？”顾飞也压着声音。

“顾飞你满五岁了吗？”蒋丞继续压着声音。

“没有呀。”顾飞说。

蒋丞脸上的表情都绷不住了，笑得差点儿喷出鼻涕来。

“什么鬼。”他揉了揉鼻子。

炸年糕的店旁边还有不少小店，一帮人坐下来之后，俩女生就出去扫荡了一圈，买了一堆烤翅烤串儿还有饮料回来。

顾飞坐在桌边，低头玩着手机，他跟蒋丞的这些同学没什么共同语言，这些人跟蒋丞一样，很干净，聊的话题哪怕是谁跟谁好上了，听起来也都天真烂漫得很。

就像李炎说的，你跟你的同龄人都有代沟了，看你同学都跟看儿子似的。

不过蒋丞还是不一样的，蒋丞比潘智他们明显要成熟一些，所以他俩之间没有沟，如果非要说有，那也不是这些沟。

蒋丞的话依旧很少，大部分时间就那么靠在椅子里看着几个同学说，顾飞看着他连表情都不太有只带着天生不屑的那张脸，这是最初的蒋丞。

如果不是又看到了这样的蒋丞，他几乎已经无法想象蒋丞是因为跟收养家庭关系恶化到无法缓解而被退养回来的了。

顾飞把腿往桌下伸了伸，轻轻在蒋丞鞋上踩了踩。

蒋丞转过头看着他，眼睛微微弯了一下，然后又把脸转回去，看着几个聊得狂笑不止的同学。

这是现在的蒋丞。

“现在牛小阳是真牛起来了，满脸阳光了，”潘智一边吃着烤翅一边说，“哎哟蒋丞一走，他可算能挤进前三了，那脸，自带光源了，每天欻欻闪。”

“管他呢，”李松说，“反正他不欻欻，也轮不上你欻欻啊，劳那个神呢。”

“那不一样，”潘智说，“你等着吧，我回去了就得跟他说，他得给丞儿写感谢信，特诚恳的那种，再带一挂鞭。”

“你现在考试抄谁的。”蒋丞笑了笑，摸了根烟出来点上了。

“我现在自力更生了，”潘智叹了口气，“期中考成绩一出来，我爸把我抽得我妈都不认识了。”

一帮人都乐了，开始围绕这次期中考试展开了话题。

蒋丞继续沉默着，他以前也差不多就这样，除了跟潘智待一块儿的时候话多点儿，跟别的同学关系虽然不差，但也找不着太多可说的内容。

现在的话题，他听着有些怅然。

这小半年以来，这种围绕考试和名次的聊天儿，已经变得很陌生，四中没有这种氛围，能围绕考试进行下去的讨论大概只有作弊。

蒋丞听着听着突然就觉得有些发慌。

老徐给的卷子只做了两套，放假这两天估计没有时间做了，只能等潘智他们回去……

一路坐车过来，又兴奋地聊了差不多俩小时，这帮人终于困了，潘智去结了账，喊着要回去睡觉。

“明天可能起不了太早，”潘智看了看手机，又看着顾飞问了一句，“十点之前起床去玩应该也差不多吧？”

顾飞看了他一眼，想说你最好三点就起来出门。

“差不多，看去哪儿了，爬山的话就有点儿晚。”顾飞说。

“先去鬼屋嘛，”黎雨晴说，“我一直想玩鬼屋呢。”

“鬼屋的话时间就来得及，”顾飞说，“还可以在公园里玩一下，有个什么古塔……我们小学每学期都去那儿参观然后写作文。”

“行，”潘智笑了起来，“正好我周记还没写……”

出了店门，顾飞依旧是跨着自行车慢慢划拉着往前走。

前面50米就是路口，从那里左拐再50米，他就该拐另一条路回家了。

啧。

他看了一眼蒋丞，蒋丞也正往他这边看着，目光对上之后，蒋丞走到了他旁边：“一会儿到家给我发消息。”

“你给我发。”顾飞说。

“好，”蒋丞应了一声，“那你也还是得发。”

顾飞扒拉了一下车把上的铃，一帮人都转头看了过来，他挥了挥手，指了指前面的路口，“我往那边走了。”

“那明天见！”潘智说，“明天我们叫了车过去接你。”

“嗯，”顾飞应着，又小声说了一句，“晚安。”

“晚安。”蒋丞小声说。

潘智随身的换洗衣服都带着没放酒店，这会儿就跟蒋丞直接往出租房那边走了，另外几个说好明天的时间之后就自己回酒店了。

“明天你朋友能去吗？”潘智边走边说，“他腿那样，还让人陪着玩，是不是不太好？”

“他的腿出了这片儿就好了。”蒋丞说。

“啊？”潘智愣了愣。

蒋丞的手机响了一声，他拿出来瞅了一眼，是顾飞发来的消息。

——丞丞你大胆地往前走呀，往前走莫回呀头。

蒋丞趁潘智调整肩上的包偏过的时候飞快地回头扫了一眼，远远的灯柱下顾飞腿撑着地跨在自行车上的身影很模糊，但他还是一眼就认出来了。

他给顾飞回了一条。

——么么哒。

蒋丞忍着笑把手机放回兜里。

“那个顾飞，”潘智把包的带子整理好之后又继续问了一句，“是不是惹什么麻烦了？”

“也不算吧，算是解决麻烦。”蒋丞说，潘智虽然总被他骂，但其实人并不傻，一句话就立马能听出不对来。

“丞儿，”潘智犹豫了一下，“你自己小心点儿啊，别被牵扯了。”

“我有数。”蒋丞说。

“我不是说你朋友怎么……”潘智想想又想解释。

“行了，”蒋丞打断他，拍了拍他的肩，“我知道你的意思。”

“我还有一句话要说。”潘智说。

“这么坚强，”蒋丞叹了口气，“说吧。”

“咱俩是哥们儿，”潘智说，“一直都是，你可别忘了我。”

“不会，”蒋丞看了看他，“你永远是我孙子。”

“我想了想，决定收回我之前的话。”潘智说。

蒋丞笑了起来。

潘智对于明明有一张双人床却被安排到了沙发上枕着一卷毛巾被睡觉并没有任何疑义，这就是蒋丞跟他关系好很重要的一个原因，潘智心大，也懒，就这种事，他根本想不起来问，也懒得问。

蒋丞没关卧室门，两人都躺下了之后，一边跟顾飞发着消息，一边一里一外地又聊了半个多小时。

主要是讨论了一下一个月内给潘智写了四封情书的黎雨晴同学。

“你要答应吗？”蒋丞问。

“没呢，先普通朋友处着啊，”潘智说，“我不喜欢她那个蘑菇头，长长点儿了我再感受一下。”

“不是，你就看发型啊？”蒋丞笑了。

“并不是就看发型，”潘智一本正经的，“还看脸和身材，我们这个年纪，就是这么浅薄，她看我也差不多就是看脸，大家都一样。”

跟潘智又扯了几句后，潘智没了声音，应该是睡着了，他放下手机，从旁边的外套里拿出了老袁的信。

“亲爱的蒋丞同学，你好！”

第一句他就差点儿笑出声来。

“一别已经快半年了，为师甚为想念。”

第二句他还是笑出了声。

又整理了一下情绪，才继续看了下去。

老袁的这封信并不长，主要内容还是安慰和鼓励，跟他平时的语气很像，不知道为什么蒋丞看到一半突然有点儿想哭。

“是金子总会发光的这句话其实没有什么用，但是金子的确是很亮的可以发光，所以现在这句话有一半对你是有用的，不要把自己埋掉……”

“你的脾气要改，学会控制，在这一点上我觉得换了环境对你是有好处的，起码你的脾气不再是有恃无恐，‘陌生’会让你学会收敛和控制……”

“潘智把你做的卷子给我看了，我觉得你目前没有退步，这很让我惊喜，说明你有着非凡的适应和自控能力（非凡二字可能我是夸得有些厉害了），的确是一块金子……”

“不要有被谁放弃了的想法，只有自己放弃了，才是真的放弃了，你自己抓着不放，就什么都没有变……”

最后的落款是你“永远的班主任，老袁”。

蒋丞笑着把信叠好，放回了信封里，然后塞到了枕头下面，闭上了眼睛。

早上蒋丞是被潘智打电话的声音吵醒的，他拿过手机看了一眼时间，还没到9点，离约好的十点有点儿远。

“楼下往右吗？”潘智在客厅里说着话，“那就是我们从你家店那儿过来的方向对吧？”

蒋丞本来还有些迷糊，听到这句话顿时清醒了，这是在跟顾飞打电话？

“那我就知道了，”潘智说，“要不你过来一块儿吃？蒋丞还没起呢……我可不敢叫他，这人就靠起床气就能杀人，我领教过一次，这辈子都不想再尝试了……”

那边顾飞不知道说了句什么，潘智非常愉快地笑了起来，又继续聊下去了。

蒋丞躺床上听了一会儿，起身下了床，别的不说，潘智这个自来熟的技能简直能立于天地之间，再无第二人能与之并肩。

“哎？他起来了，”潘智一抬眼看到他，“哦……好的，丞儿，顾飞要跟你说话。”

蒋丞接过潘智递过来的手机，走进了厕所：“喂？”

“你这哥们儿话真多啊，”顾飞劈头就感叹了一句，“我都不知道该怎么结束话题了……”

“你给他打的？”蒋丞笑了起来，“他平时话也没这么多，出来玩了兴奋。”

“他估计是起早了没事儿干，就问我起没起，去哪儿吃早点，然后他听不明白，就要了号码打过来了，”顾飞说，“结果聊了十几分钟。”

“你别吃早点了，”蒋丞笑着说，“一会儿我们过去一块儿吃吧。”

“嗯。”顾飞应了一声。

住酒店的那几位估计是头天晚上尽聊天儿了，他们三个早点都吃完了又在早点摊上等了二十分钟，那几位才打着哈欠过来。

“好香啊，”许萌说，“本来没什么感觉，闻着味儿就觉得好饿。”

“赶紧吃了出发，”潘智说，“去晚了人肯定多，还得排队。”

几个人在桌子旁边坐下了。

“你们这儿早上还挺凉的呢。”许萌没话找话地跟顾飞说了一句。

“现在已经五月了。”顾飞说。

许萌有些不好意思地捂着嘴笑了起来。

顾飞拿出手机低头开始玩。

好容易几个人吃完了说要出发，顾飞立马第一时间就站了起来，连瘸都忘了装，蒋丞在他腿上戳了一下，他才又伸手扶住了旁边的树。

这边儿出租车少，好容易叫了两辆车过来，顾飞以比公交车上抢座的老头儿还利索的身手钻进了车里，坐在了副驾驶上。

蒋丞忍着笑坐到了后面，旁边坐了潘智和黎雨晴，许萌跟胡枫、李松坐到了后面的车里。

车一开动，黎雨晴就笑了起来：“是不是萌萌吓着你了啊？顾飞。”

“没。”顾飞告诉了司机去哪儿之后在前面继续低头玩着手机。

“她人挺好的，就是二乎乎的，但是很可爱的。”黎雨晴又笑着说。

“嗯。”顾飞应了一声。

“你对她一点兴趣也没有吗？”黎雨晴又问。

“你去点个痣吧要不。”潘智说了一句。

“什么啊？”黎雨晴看着潘智。

“就这儿，”潘智指了指自己的嘴角，“就这儿点一个。”

黎雨晴愣了半天才反应过来：“哎，你真是的！你才媒婆呢！”

几个人都笑了起来，司机都笑了半天。

蒋丞偏过头看着车窗外面，黎雨晴一直推销许萌的时候，他并没有不爽，倒是有点儿紧张。

很矛盾。

他怕顾飞被问急了会说出什么话来。

“她不是我的菜，”顾飞一边玩手机一边说了一句，“真不是，差了十万八千多里。”

“啊？真的啊？”黎雨晴叹了口气，想想又小声说了一句，“不好意思啊。”

“没事儿。”顾飞偏过头冲她笑了笑。

转回头去的时候又扫了蒋丞一眼。

蒋丞勾了一下嘴角，潘智就坐在他边儿上，面对这个非常了解他的铁瓷，他不敢有什么太明显的举动。

顾飞的这个回答让他安心，却又有点儿说不上来的感觉，他怕顾飞看出他心里的那点胆怯。

迈出第一步的是他，迈出第二步的也是他，一步一步都是他，但害怕的也是他，一惊一乍的同样是他。

10

在车上没有太多思考的时间，暖场小能手潘智在说话，他不可能一直思考人生一句话也不接，接了两句，他就会忘了自己思考到哪儿了。

算了，先不管了，蒋丞看了看顾飞的后脑勺，难得一块儿出去玩，挂着心事影响心情，影响自己的就算了，顾飞这么细心的人，肯定也会跟着被影响。

到了公园门口，蒋丞掏了钱包准备付钱，潘智一把按了他的手，也掏出了钱包：“我出来的时候跟我妈要了不少钱，你不用尽什么地主之谊。”

“我好歹是你爷爷……”蒋丞挣扎着想把手抽出来。

“我知道，爷爷你就让我尽个孝吧。”潘智依旧按着他。

在他俩挣扎的这十几秒里，顾飞拿出钱给了司机，然后下了车。

“搞什么！”潘智喊了一声，赶紧推着黎雨晴下了车，“怎么让顾飞给钱了！”

“放过司机吧，人家还要拉下一个活呢。”顾飞说。

潘智拿了钱强行往顾飞兜里一塞，转身飞快地跑开，迎着后头那辆车过去了：“就这儿，下下下。”

“你干吗给钱啊？”蒋丞问了一句。

“你俩都快搂上了，我再不甩钱估计就要亲一块儿去了，”顾飞看了他一眼，“有伤风化……”

“滚，”蒋丞笑了起来，往售票处那边看了看，“我去看看门票多少钱，不知道有没有打折票。”

“我有市民票，”顾飞从兜里拿出了一张卡片，“一会儿带你们进去。”

“怎么进？”蒋丞说，“也没有身份证啊。”

“我认识人，”顾飞笑笑，“小地方，没那么严的，你让他们别说话拿着身份证跟后头就行。”

人都下了车之后顾飞带着他们往侧门走了过去，这个侧门，如果不是顾飞带着，一般游客还真注意不到这儿有条路，也想不到这条路过去还有个门。

“我们过来了啊，你在吧？”顾飞边走边打了个电话。

“他腿没事儿了吗？”李松在后边儿问了一句，“昨天看着还落不了地呢？”

“快好了呗，”潘智说，“上学期我胳膊上夹板的时候，能不能动也是要结合当天心情的。”

“……那你好棒棒。”李松说。

几个人笑成一团，蒋丞叹了口气：“一会儿傻笑可以，不要说话。”

“好。”胡枫马上回答。

几个人闭着嘴挺了一会儿又笑崩了。

顾飞回头看了他们一眼，又瞅了瞅蒋丞，蒋丞过去跟他并排走着：“这帮磕错了耗子药的。”

“你不也经常磕错吗？”顾飞说。

“放屁，”蒋丞说，又想起来自己这几个月跟顾飞在一块儿傻笑的次数也的确不少，想想都觉得很傻，于是又叹了口气，“我大概是跟你在一块儿的时候才会磕错，你也好不到哪儿去。”

“年轻嘛。”顾飞说。

侧门很小，不太起眼，进门检票那儿一共就两人，一男一女。

顾飞走到男的旁边，把自己手里的票递了过去，那人往后扫了一眼，数了数人，低头在票上打了几个洞，挨个扫了一眼他们的身份证，就放进去了。

“这人看着眼熟啊？”蒋丞进去了之后想了想。

“刘帆他哥。”顾飞笑了笑。

“啊？”蒋丞愣了愣，“看着比刘帆正经多了。”

“刘帆再过几年也就正经了，”顾飞说，“这些人就这样，胡混几年，然后回归所谓的正轨，凑合着就过下去了，恋爱结婚生孩子，波澜不惊，一辈子就过完了。”

“是吗？”蒋丞看了他一眼，顾飞说得很平静，他听完了却突然觉得空落落的。

“表面上看起来就这样，”顾飞说着笑了笑，“至于里边儿有什么想法，就不知道了，谁还没点儿想法呢，王旭都还想着去隔壁哪个大城市开个馅饼店呢。”

你呢？

蒋丞很想问，你呢？

你也要这样顺着这个“正轨”，跟身边的那些人一样，把一辈子就这么过完吗？

但他没有问。

鬼屋在公园最里边儿，以前不是公园的地盘，这两年公园扩大了一下才一块儿包了进来，鬼屋原来是个占地不小的旧厂房。

“这里原来是一片荒弃的乱葬岗，”潘智看着鬼屋的简介，“埋的都是无主的尸首……”

“哎呀，好吓人。”黎雨晴说。

“厂房建好之后，怪事就开始不断发生……”潘智继续念着，“夜里值班的工人总会听到没有人的房间里传来歌声……”

“说得跟真的一样。”蒋丞小声说。

“万一就是真的呢？”顾飞说，“我们这边荒地多，乱葬岗也多，好些学校下边儿都是坟地。”

“你闭嘴。”蒋丞看着他。

“就四中旁边那个技校……”顾飞说了一半停下了，也看了他一眼，“你是不是害怕？”

蒋丞没出声。

顾飞沉默了一会儿笑了起来：“我真没看出来你怕这些啊。”

“我还怕蟑螂呢，”蒋丞说，“有什么不可以的吗？”

“没有，”顾飞收了笑容，清了清嗓子，“没，其实我也挺怕蟑螂的，还有蜘蛛……”

蒋丞其实挺喜欢看鬼片儿、恐怖片儿、灾难片儿、科幻片儿……但喜欢看鬼片儿就是因为看着会怕。

别的没事儿，他就是怕鬼，这种他坚定地相信不存在但又坚定地害怕着的玩意儿。

小时候回家走到楼道里的时候，他总会盯着楼梯拐角，总觉得一转过去，就会有……

“我来！”潘智的吼声突然从他身后传来。

还全身心沉浸在童年自己吓自己的回忆当中浑身立着鸡皮疙瘩的蒋丞被他这一嗓子吓得差点儿连头发带汗毛都发射出去，忍不住跟着也喊了一声。

“怎么了！”潘智被他吼愣了，半天才又接了一句，“来之前我就说了鬼屋我请客，我最想玩的就这个了。”

“哦，”蒋丞瞪着他看了一会儿，挥了挥手，“去吧，去买票。”

“里面应该挺黑的。”顾飞笑着小声说。

“废话，开着200瓦的灯泡还叫鬼屋吗。”蒋丞说。

“我是说，”顾飞啧了一声，“你要是害怕，拉我一下应该不会有人看到。”

“……哦，”蒋丞斜了他一眼，“也许我并不需要拉您呢，不要自己想太多了。”

“你要是不拉我，”顾飞往他身后瞄了一眼，“可能别人就……”

蒋丞回头看到了正跟黎雨晴相互搓着胳膊原地小蹦着的许萌，瞬间把脑袋甩了回来看着顾飞：“我跟你说你最好检点一些。”

“嗯。”顾飞笑着点了点头。

五一假期，鬼屋排队的人比平时要多，他们在门口等着放行的时候，就能听到里边儿的人在尖叫。

“有这么吓人吗？”潘智回过头小声跟蒋丞说，“叫成这样。”

“不知道，”蒋丞说，“一会儿我们进去的时候，那俩女的不定叫成什么样呢。”

“我还想单挑呢，”潘智啧啧两声，“刚问了一下不让单挑。”

蒋丞刚想说话，从里面跑出来惊魂未定的几个人，有男有女，女生脸上还带着泪痕，头发都跑乱了。

“我再也不来这里了……”一个女生边抹眼泪边说。

“啊，”许萌有些紧张地原地跺了几下脚，“我们买票的时候这几个人刚进去啊，说是全程要四十分钟呢，没走完就出来了啊？这么吓人？”

“迷路了也不一定。”蒋丞说。

“我们别跑散了啊，”许萌有些担心，“雨晴你拉着我点儿。”

“嗯，”黎雨晴点点头，一脸严肃的悲壮，“我们走中间，男生开路和断后吧。”

一帮人对于探险阵型商量了半天，最后轮到他们进场的时候也没讨论出个所以然来。

“不管了，”潘智一挥手，“走！”

本来还犹豫不决的几个人一看他进了，生怕被落下，赶紧连推带搡地都进去了。

“慢点儿，”蒋丞小声说了一句，跟着也进了面前的小门，“我怎么觉得有点儿吓……”

外面晴空万里，一迈进小门，阳光顿时就消失了，只剩了眼前一条窄小昏暗的走廊，连窗都没有。

他顿时就愣在了原地，手迅速往后兜了一把：“顾飞？”

“在。”顾飞在他手上拍了一下。

蒋丞稍微安心了一些，回头又确定了一下顾飞的距离：“跟紧我。”

“嗯。”顾飞勾了勾嘴角。

潘智他们就在前头，正东张西望地往前走着，虽然走廊这里不算正式鬼屋，只是一个通道，可也已经有了恐怖的气息。

斑驳的墙体上有很多被水浸过的地方长出了青苔，蒋丞觉得这些青苔一定是假的，但并不敢上手摸一下确定。

一帮人谁也不敢往两边靠，都挤在中间，在靠近鬼屋正式入口的那个黑洞洞的门框时，蒋丞看到了墙上有几个血手印。

“天哪你们看。”黎雨晴小声说。

“别让我看别让我看，我什么也不看。”许萌声音都颤了。

蒋丞又回手往后兜了一把，摸到顾飞的外套之后抓住了，顾飞叹了口气，凑过来用很低的声音说：“其实你胆子并不小啊，你就不怕一回手抓着别的东西吗？”

蒋丞咬着牙回头说了一个字：“滚。”

进屋之后几个人都没了声音，眼睛还没有适应黑暗，四周一片漆黑，也没有任何声音。

“都……在吗？”胡枫问了一句。

“在呢。”潘智说。

“报个数吧？”胡枫又说。

“神经病，”潘智说，“一。”

“二。”胡枫说。

“三。”李松也开了口。

“四。”“五。”黎雨晴和许萌差不多是同时出声。

“六七。”顾飞说了一句。

“……啊，我在七旁边。”蒋丞说。

几个人刚笑了两声，突然不知道从哪儿又传出一个女人的声音夹在了他们的笑声里：“八……”

这带着些飘忽的声音顿时让所有人都安静下来了。

“谁？！”本来笑得最响的潘智吼了一声。

“啊——”在许萌和黎雨晴的带领下，一帮人顿时喊成了一团。

蒋丞虽然没出声，但也吓得死死捏紧了顾飞的手。

这鬼屋里还有演员！

一个小破城市里的一个鬼屋！

有演员就算了居然还如此敬业！

就现在他们这动静，比刚才听到的惨叫震撼得多，外边儿的人估计得以为他们被鬼叼走了。

“有灯！”潘智喊着，“有灯！我看到墙上有开关了，我开灯……”

随着啪的一声，屋里猛地亮了起来，但紧接着灯就开始疯狂地闪。

蒋丞觉得自己此时此刻受到了双重惊吓暴击，一是在灯光的闪烁之下，他看清了这是一间墙上用血迹涂满了“救我”“她在那里”“不要进去”这些让人觉得后背发凉的句子，二是他死死拉住顾飞的衣服的手还没有来得及撒开。

不过这种情况下也没谁会注意到这种细节了，俩女生已经抱成了一团，连胡枫都抱住了潘智的胳膊。

就在蒋丞刚要松开手的瞬间，对面一扇关着的门突然打开了，没等大家反应过来，一个人就从门的那边猛地挂了下来，吊在了门框上。

正对着那扇门目睹了全过程的顾飞猛地跳了起来，一把抱住了蒋丞。

本来就处于惊恐当中的蒋丞连看都没太看清那边是什么情况，就也吼了一声抱住了顾飞。

大家立马又喊成一片，各自都抱紧了身边的人。

闭眼狂喊了起码十秒之后，才慢慢平息下来。

潘智撑着墙，盯着挂门上的那个人："假人！"

"废话这能挂个真人吗，"蒋丞吸了两口气，"我觉得我们应该平静一下，就这一个屋子，我们已经喊了两分钟了，别人三个人进来的都没喊这么惨，太丢人了。"

屋子里的灯还在闪，但估计机关已经走完流程，没再有什么吓人的情况出现。

潘智扒拉了一下吊着的那个假人，也没有再动，他伸脑袋往那边探了探："这边有亮，往这边走吧？"

大家慢慢跟着都往门那边走了过去。

"我以为你多大胆子呢？"蒋丞揉了揉被顾飞勒得生疼的胳膊，看了顾飞一眼，低声说，"我个儿要矮点儿你是不是能顺着爬我脑袋上去啊？"

"哎，"顾飞又看了看吊着的假人，想想又笑了起来，"我也没说我不怕啊……刚吓死我了。"

一翻惊吓之后，大家终于略微适应了恐惧，走进下一个房间的时候，听到了低低的哭泣声居然没有尖叫。

"声控，"潘智指了指墙角，"我们进来的时候肯定有感应器。"

这间屋子挺大的，看上去是个小车间，中间还放着两个电刨床，上面也都带着血迹，地上还有被撕碎了的血衣。

"做得还挺逼真……"潘智凑过去看了看，地上一团破衣服中间突然动了动，露出了半只手，"啊——"

旁边的人没有靠近，视觉效果上没像潘智体会得那么深刻，大家都只是吓得后退了两步，潘智直接被吓得一屁股坐在了地上，但还是很坚强地把没说完的话喊完了："真！靠！"

蒋丞没忍住笑了。

"哪个门？"潘智叹了口气。

"就一个门吧，"顾飞看了看前面的两个门，"右边那个门是逃生通道，直接就出去了吧？"

"哦，"潘智看了一下，右边的那个门下方亮着个小灯，写着出口，"那走左边。"

黎雨晴马上跟了过去，拉住了他的衣角。

"你紧张的时候别拽我，你刚差点儿把我裤子拽掉了。"潘智看了她一眼。

“哦。”黎雨晴愣了愣，然后笑了半天。

从这间屋子出去之后是走廊，走廊右侧是墙，左侧是一间一间的屋子，前面没路了，他们得从这些屋子里找到出路。

蒋丞觉得自己紧张的心情慢慢平复了一些，虽然跟顾飞走在队伍最后这种恐怖片里通常第一个挂的位置上，但……他看了一眼旁边的顾飞。

居然不太有马上就挂的觉悟。

“你觉得后边儿会有东西吗？”顾飞小声说。

“别吓我。”潘智在前头说。

“你后头是我们六个人，”蒋丞说，“吓得着吗？”

“谁知道呢，”潘智说，“你也是阅片儿无数的人，经常有那种在前面走着的人走啊走，一回头，就只剩自己了。”

“这是个人造鬼屋，”胡枫提醒他，“就算有演员，想拖个人走也不太可能。”

“像蒋丞那样的战斗力，拖一半就成真鬼了。”李松说。

紧张的情况下，人的笑穴也容易像是被点得卡死了一样，就这一句话，一帮人莫名其妙就开始笑，一边惊恐地看着四周，一边狂笑不止。

“傻帽啊。”蒋丞感叹了一句。

不过这会儿他的感觉尤其明显，这帮人疯狂大笑的时候，他居然并没有跟着笑，想想以前，他也很少加入傻笑行列，最多是潘智傻笑的时候他凑热闹笑几声以示他俩是同一战线。

只有跟顾飞在一起的时候……他转脸看了看顾飞。

顾飞在他右边稍微靠后一些的位置，现在进的这间屋子有忽暗忽更暗的血红色的光，虽然气氛诡异，他看到顾飞冲他龇了龇牙的时候还是觉得这小子实在是720° 没死角。

太帅了！

比从身后门外飘进来的那个血淋淋的鬼要帅多了……

嗯？！

“啊——”蒋丞在吼出来的同时就觉得自己现在这反应还不如跟着一块儿傻笑呢，喊得嗓子都有点儿破音了。

而且明明心里非常清楚这是一位假发都戴歪了的群众演员，他却还是吓得在吼的时候都快把心脏从嗓子眼儿那直接贡献给顾飞了。

他这一吼，顾飞这个在进门前还嘲笑过他的人连头都没回一下，直接就跟着吼上了，他转过身跟顾飞往人堆里扑过去的时候都觉得自己人生里所有的脸都丢在这里了。

好在前面几位的脸丢得更彻底，俩女生直接摔到了地上，胡枫和李松以高出两倍的分贝边喊边往右侧逃窜。

最前面的潘智回过头的时候瞪圆了眼睛连喊都喊不出声了，就往后踉跄着，也不知道是要躲蒋丞、顾飞他俩，还是要躲他俩身后的那个戴歪了假发的鬼。

那个鬼从闪进屋里到转身不小心在门框上撞了一下捂着脑袋跑走，一共也就几秒钟的时间，这一屋子大好的少年们已经喊得七零八落了。

喘了一大通之后，蒋丞叹了口气："真是……一场大戏啊。"

"这里头是不是有监控？"潘智问了一句。

"有，"顾飞往门框上方指了指，"咱们再这么摔两次，保安估计就要进来把我们强行架出去了。"

"不是，"潘智指了指他俩，想想又笑了，"你俩要不闭眼走得了，我是真没发现看着胆儿最大的俩，居然能……"

潘智看了看他俩，顿了顿："跑过来的时候肝儿都让你俩吓裂了。"

蒋丞笑了笑没说话，扫了顾飞一眼。

顾飞偏过头，很不明显地勾了一下嘴角，冲他笑了笑。

"走，"潘智招呼了一声，"跟紧，要扯衣服的扯衣服，要搂着的搂紧……"

蒋丞乐了，对他做了个口型，傻缺。

潘智也给他回了个口型。

二　勇敢

11

鬼屋的设计有至少三层，介绍上说了全程大约四十分钟，但这个四十分钟应该不包括停在原地抱团尖叫的时间，反正蒋丞感觉他们一边发出各种能吓得死鬼的尖叫，一边在忽暗忽更暗的一个个房间里转了快二十分钟，连一次楼梯都没有走过。

“我们是不是应该找个地方上楼？”蒋丞问了一句。

“我在找呢，”潘智在最前头回答，“这间屋子我们是不是进来过？”

“没有。”顾飞说。

“那这个门我们应该也没走过，”潘智指了指前面一个关着的门，“也许就是通……”

话还没说完，一串小孩子的笑声从他们身后飘过。

尽管蒋丞都听出了这笑声里的电流声可以确定就是从某个藏在角落里的喇叭发出来的，但还是一阵毛骨悚然。

“后面有鬼？”李松问了一句。

“快走吧快走吧……”许萌扯着黎雨晴的衣服，低着头都不敢往四周看了。

正说着，又一串笑声响起。

“啊——”一帮人同时喊了起来，挤着潘智就往那个门扑了过去。

“别怕别怕别……”潘智被推得站都站不稳了，赶紧过去把门拉开，紧接着就是一声暴吼，“啊——”

门外站着一个不知道是路过还是等半天了的鬼，潘智被一帮人直接推进了这个鬼怀里。

号叫声中这个鬼都被撞得靠到了后边儿的墙上，不得不使劲把潘智给推开。

“啊——”一帮人转身又跑。

身后还有个门，一帮人慌不择路，世界已经毁灭了一般地冲了过去，拉开门就往里冲。

明亮而耀眼的阳光在他们的号叫声中洒满了人间。

他们几个人站在阳光里还号了好几声才一脸茫然地停下了。

潘智震惊地眯缝着眼睛，“怎么出来了？”

“连楼都没上就出来了？”蒋丞回头看了看那个小门，“这是个紧急出口吧？”

顾飞站在最后，抱着胳膊清了清嗓子。

“嗯？”蒋丞回头看着他。

顾飞往右边递了个眼神，一帮人顺着看过去，顿时就想回头再挤回鬼屋里去。

右边大约30米，就是入口排队的地方，几十个人排着队一块儿往他们这边看着，脸上的表情都挺一言难尽的，还有几个已经笑得不行了。

“这谁带的路啊！”潘智悲痛欲绝地问。

“疯疯？”黎雨晴说。

“不是我，”胡枫马上说，“我是跟在大李后头出来的！”

“我？”李松一脸茫然地愣了好半天，还伸了个手比画了半天，“我好像是有一个……开门的动作？”

“蠢货！”潘智扑过去对着他连捶了好几下，在他的带领之下，一帮人全上去一人给了李松几下。

已经出来了，就没法再回去了，他们只好绷着脸，一脸“我们真的只是走错了路”的表情在排队的人目送之下离开了鬼屋。

“去那个古塔看看吧？”许萌提议，“人文景观嘛，也挺有意思的。”

“嗯，”顾飞拿了手机出来看了看时间，“古塔上去下来以后……差不多可以去吃点儿东西，公园里头应该有一家味道不错，我得先问问在哪儿。”

“也是个路痴吗，”黎雨晴笑着说，“吃东西的地儿都不记得在哪里了啊？”

“不是，”顾飞一边拨号一边说，“我上次来这儿都是小学春游了。”

“啊？”黎雨晴愣了愣，“我看还有个游乐园呢，还有动物园，要换了我可能一学期得来玩好几次呢。”

“说明你心智不健全。”潘智说。

“你才不健全！”黎雨晴瞪了他一眼。

顾飞走到一边，估计是又给刘帆他哥打了个电话问吃饭的地方。

蒋丞看着他逆光的背影。

无论是看电影，还是去游乐园、公园，顾飞的娱乐活动，似乎都停留在很久以前，虽然自己也不爱去公园，但跟同学朋友一块儿去的次数也不算少，学校取消了春秋游之后他们还老自己出去。

顾飞的生活就在钢厂，除了旷课出去玩过几次，他似乎就一直在钢厂那片。

蒋丞这几个月以来的生活也一样，如果没有顾飞，他的四周就像凝固了一样，所有的人，就沿着脚下的那几条街，困在那小小的一片空间里。

活得沉闷而无力。

这样的生活一天两天可以，一个月两个月咬牙，一年两年可能就会爆发，蒋丞走到旁边的垃圾桶边站定，时间长了呢，也许就会习惯了，无奈也好，不甘也罢，最后就沉下去了。

古塔在公园里的一个湖边，湖水不怎么干净，但塔很漂亮。

塔挺高，站在塔顶上能看到公园外面的街道，来来往往的车，不过也更能看清这个阳光下都带着些灰扑扑落寞的城市。

“我记一下内容，”潘智一边拿了手机拍着墙上的介绍一边说，“字数还不少，回去一抄，周记就齐活了。”

“这个不错。”李松也开始拍照。

“我跟你们说，”潘智看了一眼都拿出手机对着墙开始拍的几个人，“别都跟我抄一样的。”

“没事儿，写清是引用就行了，引用都一样嘛。”胡枫说。

“想想也是悲凉，”潘智叹了口气，“几百字的周记，大概就最后一行是咱们自己写的，以上引用自古塔旅游图。”

几个人顿时笑成一团。

“我好久没写周记了，”蒋丞靠在栏杆上伸了个懒腰，“老徐也没这个要求。”

“要求了也没人写，”顾飞说，“要让我一周写一篇这玩意儿，我肯定写不出来。”

“也不会，你肯定写得出，”蒋丞笑笑，“你可以写诗。”

顾飞笑了起来："对哦。"

"哎我跟你说，"蒋丞转身撑着栏杆，看了一眼潘智，又转回头小声说，"潘孙子知道我很多事儿。"

"嗯，我看出来了，"顾飞也放低声音，"你们关系很好。"

"嗯，"蒋丞点点头，"我有一些事只有他知道……当然，现在你也知道。"

顾飞笑了："我有你把柄哦。"

"我也有你把柄哦。"蒋丞斜了他一眼。

顾飞笑着没说话。

"其实，"蒋丞沉默了一会儿，"有些事其实对于你来说，算不上什么把柄吧？"

"对你算吗？"顾飞反问。

"我不知道，算吧，"蒋丞皱了皱眉，"我说不清，我不喜欢被人盯着，被人议论，我很讨厌被人……指责。"

顾飞看着他，他停了一会儿："你这样是不可以的，你那样是不对的，这里你需要改正，那里你需要提高，我讨厌被人说你这样是错的，那样是错的，从小到大我听得太多了，我就是真的……实在是……"

"我知道，"顾飞说，"我知道你的意思。"

"我本来不想说这个，"蒋丞轻轻叹了口气，趴到栏杆上，"我不想让你觉得我……㞞。"

"这个跟㞞不㞞没什么关系吧，"顾飞也趴到栏杆上，"不㞞也不表示需要把这些事昭告天下，就像我不介意别人知道我内裤是什么样的，但也并不表示我会穿着内裤到处走。"

蒋丞偏过头看着他，绷了一会儿之后笑了起来："这什么破比喻。"

"我已经用尽全力了。"顾飞说。

潘智从鬼屋之后一直没有跟蒋丞讨论过顾飞的事儿，一直到假期结束他们要回去了，晚上的车，下午吃完饭回到出租屋，潘智收拾完行李才说了一句："你跟那个顾飞……"

"嗯？"蒋丞坐在沙发里靠着。

"什么时候关系这么铁的？"潘智问。

"没多久，"蒋丞说，"你有什么建议吗？"

"没有，"潘智笑了笑，"这有什么可建议的，天要下雨，爷爷要发芽，多正常的事儿，我还拦着吗。”

蒋丞笑着没说话。

“不过说实话啊，我挺吃惊的，”潘智说，“我压根儿就没想过你在这儿还能跟人走得这么近……”

“为什么？”蒋丞看着他。

“有什么为什么的，”潘智坐到他旁边，“就觉得这种情况下你不会有这个心情呗。”

“嗯，”蒋丞倒在沙发扶手上枕着胳膊，“我自己也没想过。”

“但也不是不能理解，”潘智想了想，“之前我还挺担心你的，后来看你也没崩溃……总好过一个人闷着吧。”

说到顾飞这个人，蒋丞不得不承认，顾飞很多时候比自己想得多太多，自己并不能说有多冲动，但毕竟这么主动的原因就是那一个，我跟你在一起很舒服。

这是顾飞最后会到楼下等他的原因。

但如果有一天，没有路可走了，顾飞的选择大概就是“到此为止”，而自己的选择呢？

顾飞应该是习惯了把所有的事都想到，他的成长环境，他的家人，他的经历，让他习惯了把所有的可能性都想到，找到每一种可能性的应对方法。

而他不一样。

他没有需要他这样去思考、去确定每一件事的环境，哪怕是突然被扔到了这样的地方，他也没有去想太多，眼前碰到了什么，就解决什么。

我不是亲生的，我的亲生父母是这样的，我换了个从天到地的环境……每一件事，他都没有往纵深里思考过，他所有的行动都是看着脚下，这里有块石头，我怎么过去，这里有条沟，我怎么过去。

在这一点上，他跟顾飞有着完全不一样的却又习惯了的思维方式。

“他给我的感觉吧，”潘智摸了摸鼻子，“就是……怎么说，我看到他就想叫声哥。”

“他比你小。”蒋丞说。

“……我就是这么个意思，”潘智啧了一声，“你也比我小，我还叫你爷爷呢，我的意思就是，他一看就是那种……扛过特别多事儿的人。”

“是吗。”蒋丞轻轻叹了口气，这个判断倒是相当准确。

“有些人你一接触就能知道，就气场这东西，还是能感觉得到的，”潘智说，“虽然他在鬼屋里……但是我还是一看他就想叫声飞哥，你懂我意思吧。”

“懂。”蒋丞说。

“不过我叫你爷爷不是这个原因。”潘智又说。

“这个就不用专门补充说明了。”蒋丞说。

“丞儿，”潘智一脸深沉状地思考了好半天，“有些话，你别觉得不合适。”

“啊。”蒋丞应了一声，也一脸深沉地凝视着他。

“你跟顾飞走得近呢多半……要受点儿伤，毕竟你……还小，”潘智努力地措着辞，很艰难地磕巴着，“我就是想说，别让自己伤势太重，你懂我意思吧？就……爷爷啊，我看顾飞吧，他应该是那种已经很清楚该怎么自我保护的人……我没别的意思。”

“啊。”蒋丞半天才从整理出来他想表达的意思。

“别觉得我说话那什么，不合适。”潘智说。

“谢谢，”蒋丞起身在他肩上拍了拍，“我知道了。”

“嗯。”潘智点头。

送潘智他们去火车站的活动，顾飞就没再参加了，这几天虽然他并没有全程参加所有的活动，但在顾森看来，他在家的时间还是少了，所以晚上顾飞带着她去王旭家吃馅饼。

蒋丞把潘智他们送到了车站：“行了，都别说什么临别感言啊，太肉麻承受不住。”

“不说，”胡枫说，“暑假了回来看看我们啊，有来有往嘛，怎么样？”

“……这个真不好说。”蒋丞这几个月以来还真没想过回去的事儿，无论是回去干什么，都完全没有想过。

“或者约个地方一块儿去旅游也行啊。”李松说。

“到时详细约。”潘智说。

“对了，顾飞这几天一直给当导游，也没跟人说声谢谢，”黎雨晴把手里的一个袋子递给了蒋丞，“那天不是说他有个妹妹吗，直接买东西给他好像不合适，我们就买了个娃娃……”

蒋丞笑了笑接过来：“哪用这么客气。”

如果这帮人见过这个妹妹，估计谁也不会再想着给她买个娃娃。

一帮人都进站之后，蒋丞转身去了公交车站，非常节约贤惠地坐了公交车回了出租房。

进屋之后他给那个娃娃拍了个照，发给了顾飞。

——我同学送给顾森的。

顾飞很快地回了一条消息过来。

——送走了？

——嗯，你们还在九日家吗？

——还在，你过来吗？

——不了，我有点儿累，躺会儿松松老腰。

——捏腰.jpg

蒋丞笑了半天，在屋里又转了两圈，看看潘智有没有什么东西漏了的，然后进了卧室，时间还算早，够……做一套卷子的。

蒋丞站在书桌前，对自己的决定表示了深深的膜拜。

这，就是一个学霸的素质。

跪。

手机又响了一声，顾飞发了张顾森的照片过来。

照片上顾森抓着一个馅饼，一脸茫然。

——我给她看了娃娃的照片，她是这个表情。

——哈哈哈哈，你这哥当得真好，一个小姑娘看到娃娃居然是这种样子。

蒋丞把床上乱七八糟的被子扯起来抖了抖，虽然是要做卷子，但是环境也还是很有影响的，要整齐一些……他看到枕头下面露出了一个黑色的盒子。

他拿起来看了一眼，打开了盒子，虽然看到盒子的时候他已经猜到了这是什么东西。

但打开看到里面真的放着一支骚红色的钢笔的时候，他还是有些震惊，潘智居然会送支笔给他。

里面还有张小纸条，上面有一行字。

——当面给你肯定被嘲笑，所以放在这里了，给你支笔是让你时刻记着自己是个学霸。

蒋丞拿着笔坐到书桌前，笑了好一会儿。

想想又叹了口气，潘智这朋友没白交，享受着孙子的待遇，操着爷爷的心。

他拿过一张纸，在上面随便写了几个字，就是这字吧，用什么笔，都显不出笔好来。

他盯着纸看了一会儿，慢慢运着气，写下了一行字。

希望我们都能像对方一样勇敢。

12

五一的假期太短，也就是比一个周末长了那么一天而已，回到学校的时候，甚至都没有放过假的感觉。

而讲台上的老徐已经连续三四天都在强调期末考的事了，被反复提及的还有这个期末考之后他们将要面对的是还有一年时间就要到来的高考。

蒋丞趴在桌上，把下巴搁在本子上，半闭着眼睛听着老徐在讲台上苦口婆心，下面的人嗡嗡地说着话。

四中的这种氛围里，老徐关于期末和高考的提醒，这一个教室里的人，能抓住的重点大概都是处于中间阶段的暑假。

虽然听说高三要提前开学，但就算只有半个暑假，也比刚过完的三天五一假期要强得多，周围的人都已经开始提前讨论了。

“你暑假都干什么？”蒋丞偏过头问了正低头玩着手机的顾飞。

“打工，坐店里听李炎他们扯闲篇，偶尔出去吃个饭，”顾飞说，“陪二淼，暑假有时间可以陪她去做系统的康复训练。”

“……哦。”蒋丞愣了愣，听着都觉得挺无聊和疲惫的一个暑假。

“你要不要一块儿打工？”顾飞小声说，“丁竹心有活儿，她自己的，还有她朋友的。”

蒋丞从来没有想过有一天“打工”这个词会出现在他的暑假生活里，但生活费，房租水电电话费，下学期的学费，以及不确定的将来的花费，让他突然觉得就凭自己手里那张卡，的确有些没有安全感。

而他这时才感觉到自己还想着暑假怎么放松，最多是做做题的想法有多么甜，他愣了一会儿：“你去吗？”

“嗯，”顾飞应了一声，“我不去的话也不会叫你了啊。”

“你都拍模特那些吗？”蒋丞问。

“也不是，还接别的，商品之类的，没人的还好拍些，”顾飞笑笑，“有时间还可以拍点儿投稿的片子，今年还没有投过。”

“哇，”蒋丞小声说，“你为何如此厉害？以前投的都在哪儿了？”

“就是一些杂志，摄影的，旅游的，”顾飞放下手机，“没多少钱，但是能让我接别的活儿的时候有谈价格的空间。”

“嗯。”蒋丞点了点头。

顾飞对学习完全不上心，似乎也从来没考虑过这些事，但在别的方面用起心来还真是很牛。

也许将来顾飞并不需要用一个成绩或者一个学校来做支撑。

但又也许蒋丞已经习惯了通过这样的途径来衡量自己，这样漫不经心的顾飞又总让他有些不安。

潘智回去之后很快就把这次过来玩的照片整理出来了，发了不少朋友圈，还单独打了包给蒋丞发了一份。

“我发现吧，”蒋丞翻着照片，“潘智简直是一个合格的原创表情包拍摄者。”

“嗯，”顾飞凑过来看了一会儿，“连你的脸都无法跟他的水平抗衡。”

“我要不要回夸一下呢？”蒋丞说。

“不用，”顾飞说，“我有多帅我自己知道。”

蒋丞瞅了他一眼：“你这么自恋你的迷妹们知道吗？”

“我藏得深，”顾飞笑了，“不过你有多自恋，我知道。”

“滚。”蒋丞说。

放学前他去了一趟老徐办公室，把这两天写好的卷子都拿了过去。

老徐一脸欣慰地看着卷子：“我一会儿就去找找别的老师，让他们给你判判卷子，别松劲，期末考要继续加油。”

“嗯。”蒋丞应了一声。

顾飞的“伤”腿已经好了不少，现在只需要扶一把就能慢慢行走，不需要再架着胳膊往外蹦了，顾大夫的意思是再有一个星期，这夹板差不多就能拆掉了。

扶着顾飞一块儿走出校门的时候，蒋丞看到了快有一星期没见着的顾淼。

……还有顾淼屁兜上挂着的一个娃娃。

“这……”蒋丞愣了愣，走过去弯腰看了看，这个娃娃不大，但也绝对超过了哪怕是大号包挂的尺寸，就这么用一根绳子拴着脖子挂在了顾淼屁兜的扣眼儿上。

视觉效果一言难尽。

“她自己要求的，”顾飞说，“我花了两天时间才教会她怎么把绳子系上去。”

“系绳子都要学两天？”蒋丞知道顾淼连加减法都算得很费劲，本来还想着她是不是用脑子计算不行，动手能力会强一些，毕竟滑板玩得实在太溜。

"嗯，"顾飞看了看顾淼，"有时候想想都觉得……累死了，怎么教都学不会。"

蒋丞没说话，跟顾飞一块儿把自行车推了出来，往前一骑出去，顾淼就飞快地蹬着滑板跟了上来。

炫酷的姿势，藐视世间万物的表情，狂野的发型……

"你不说让李炎给她理发吗？骗了我五十块都多久了啊？"蒋丞看着正单腿慢慢蹬着自行车的顾飞。

"这就叫他过来，"顾飞拿出了手机，"一会儿去店里吃吧？陪我待会儿。"

"嗯。"蒋丞应了一声。

五一假期他俩就没怎么好好待过，上课之后连着几天顾飞他妈妈都在店里猫着，似乎是有什么心事，顾飞又要陪顾淼，又要盯着亲娘……

"你妈没事儿了？"蒋丞问。

"鬼知道，"顾飞给李炎发了消息，"不知道又跟什么人好上了。"

"她这……到底是为什么啊？"蒋丞叹了口气。

"我让她去找心理医生，她就跟我闹，"顾飞说，"现在我也懒得说了，只要敢带到家里来，来一个我打一个。"

"……比如上回那个？"蒋丞说。

"嗯。"顾飞笑了笑。

"你也别瞎打，万一下回来个好人呢。"蒋丞想起那人被顾飞抡到树上的场面，就感觉自己从鼻子到肋条连带裤裆那儿都一阵隐隐疼痛。

"她就捧着她那颗傻白甜还爱幻想的少女心，要能在这里找着什么好人我就上街裸奔去。"顾飞说。

蒋丞看了他一眼，乐了半天才又叹了口气。

李大发型师兼李大厨是拎着一兜菜过来的，一进店里看到顾淼和她屁兜上的娃娃就愣住了："拍恐怖片儿呢？"

"什么恐怖片？"顾飞坐在收银台后头看着进货单。

"妹妹背着洋娃娃。"蒋丞跟李炎同时开口。

"二淼，"顾飞叫了顾淼一声，"把李炎哥哥撵出去。"

顾淼蹬着滑板就往李炎腿上撞了过去，李炎一边往门口退一边指着顾飞："你知道我这会儿就看你这德行我特别想说什么吗？"

"喜新厌旧吗？"顾飞说。

“喜新厌旧有什么杀伤力，”李炎说，“怎么不得说你对我始乱终弃啊！”

“喊，”顾飞指了指外面的街，“再喊大点声儿，没十个人听到我腿给你打折了。”

“顾二森！”李炎在门口大喊了一声，“你跟我这么多年的感情哪儿去了！”

“李炎……”蒋丞犹豫了一下，走到收银台旁边小声说，“对咱俩这段时间走得近有什么看法吗？”

“我没问，”顾飞看了他一眼，“你想要我问吗？”

“不，不用，”蒋丞摇摇头，“太刻意了我反倒别扭。”

顾飞和李炎他们几个虽然并不是见天摽一块儿，但一接触就能感觉得出这几个人的稳定关系不是一天两天就能处得出来的，所以蒋丞并不想让顾飞特意去说明什么，那种破坏了一个朋友圈子习惯节奏的事儿，想想都挺让人不舒服。

李炎在外头跟顾淼对着撞了一会儿，又拎着那兜菜进来了：“就我们四个，我就随便炒了几个菜啊？”

“行。”顾飞点头。

李炎看上去还真不像是个会做饭的，但每次顾飞这儿要是需要做饭，只要李炎在，下厨的一定是他，虽然做得味道也就那样。

不过有一点强的，就是动作快，蒋丞摸了本潘智上回给他寄来的复习资料刚看了没几页，那边桌上几个菜就摆好了。

“快吃，”李炎坐到桌边，“吃完了给二淼理发，我晚上还有事儿。”

“什么事儿？”顾飞坐了过去。

“玩。”李炎说。

“你一直没回家是吧？”顾飞问了一句。

“回个屁。”李炎皱了皱眉。

蒋丞在一边端了碗沉默地吃着，李炎不回家的事儿顾飞跟他说过，他当时就有一种庆幸自己现在没人管的感觉。

无论怎么样，至少不会因为这样的事情跟家里闹得不可开交。

虽然一想到李保国，他心里还是会一阵堵。

李保国这么长时间都没再联系过他，让他不知道是应该松口气，还是应该不安，不知道还会有什么样的变化在前面等着他。

顾淼理发的时候还挺乖的，围着一块布，一动不动地坐在收银台旁边，老实地让李炎在她脑袋上一下下地剪着。

“给她弄个合适留长头发的发型吧，”蒋丞拿着书靠在椅子里，边看书边看顾淼，“好歹是一个小姑娘。”

“我一直就这么想的，”李炎叹了口气，“但是没办法啊，头发长了她就咬，而且洗头时间长了就发火。”

“以后戴假发吧。”顾飞说。

“你不怕她把一顶假发都给吃了吗？”李炎说。

“没准儿以后开发点儿什么新毛病，就不咬头发了，”顾飞伸了个懒腰，伸腿往顾淼脚上踢了一脚，“是不是？”

顾淼面无表情地看着他。

“你还有什么新毛病没给哥哥展示吗？”顾飞又踢了踢她的脚。

顾淼继续面无表情。

“快点儿长大吧，”顾飞往前倾了倾身体，胳膊撑着膝盖看着她，“别让哥哥担心了好不好。”

李炎给顾淼理了很可爱的短头发，齐着耳朵尖儿，圆圆的，衬得顾淼酷炸天的表情都变得可爱了不少。

“你的头？”李炎一边收拾东西一边又看了一眼顾飞。

“嗯？”顾飞飞快地往蒋丞这边扫了一眼，“不弄了，天儿再热点儿我就直接剃光了。”

“剃光？”李炎愣了愣，过了一会儿又笑了起来，“好吧，知道了。”

蒋丞正在思索顾飞这个颜值能不能撑得住光头，李炎又转身看着他问了一句：“你要不要理发？”

“不用了，”蒋丞下意识地往后靠了靠，“我……”

“嗯知道了，”李炎笑了起来，“你是不是也要去剃光头？”

“不！”蒋丞坚决地给出了否定的答案。

“我走了，”李炎把理发工具都收到了箱子里往收银台下面一踢，“有个事儿我本来答应了刘帆不跟你说，不过想想还是说一声。”

“嗯？”顾飞看着他。

“丫住院了，”李炎说，“他说……”

“什么？”顾飞立马站了起来，“受伤了？”

“不是，”李炎清了清嗓子，“是那什么，痔疮，明天手术，前天是我帮他开车去的医院，反正就是不让我说，也不让去看，但是我觉得吧……”

“还是要去看的，”顾飞松了口气坐回了椅子上，“这么好笑的事儿大家都不应该错过。”

“是的，”李炎点点头，“所以你通知一下罗宇他们？明天去看看吧，我订了个大果篮。”

“好。”顾飞笑了起来。

李炎走了之后，蒋丞看了顾飞一眼：“你们好残忍哦！”

“是的呢，”顾飞笑了起来，“这帮人可无聊了，就爱干这种事儿，你明天一块儿去吗？参观一下刘帆的屁股。”

“……痔疮手术也不用一直光个屁股在那儿吧，”蒋丞想想也笑了，“而且参观他的还不如参观你的屁股……”

话没说完他就赶紧停下了，顾淼还坐在旁边，正专心地、不停地用手指在被剪短了的头发上一下下地抓着。

“二淼，”顾飞抓住她的手，“新的发型很好看。”

顾淼没有什么反应，顾飞的手一松开，她立马又抬起手继续在头上抓着，顾飞叹了口气，伸手跟着她的手指在头发里抓了抓，然后没再管她了。

“不会揪掉头发吗？”蒋丞有点儿担心。

“我试了一下，没用劲，就是不适应头发短了，抓会儿就好了。”顾飞说。

“……哦，”蒋丞看着顾淼，半天才也叹了口气，“我不知道她理了发会这样，早知道不催着你让她理发了。”

“总得理的，长长了还咬呢，”顾飞笑了笑，“而且也不是回回理了都这样。”

蒋丞莫名其妙地有些沮丧，低头看着手里的书：“我都没有李炎了解她。”

“我跟李炎算是发小，”顾飞说，“他看着二淼长大的，这不奇怪啊，而且要这么说，李炎才郁闷呢，这么多年二淼都没怎么搭理过他，倒是跟你很亲近。”

蒋丞笑了笑，也是。

不过……笑完了他还是觉得有点儿不爽：“那我也不知道你还喝茶呢？”

“嗯？”顾飞一下没明白。

“连老徐都知道你喝茶，”蒋丞啧了一声，“居然还带老徐去喝茶呢，哎哟真是雅致呢，这位少年。”

顾飞愣了愣笑了起来：“哎……”

“哎什么哎？”蒋丞说，“我就是挺郁闷的，我什么都不知道，我现在连你喜欢吃什么都不知道。”

“我带你去吃过的都是我喜欢吃的，”顾飞往他旁边凑了凑，“还有那个茶，只有老徐知道，我也不总去，你想去的话，咱俩现在就去。”

“没，”蒋丞想想又觉得自己挺幼稚，“我就是感觉有些失落。”

“我那十几年错过了是好事儿，”顾飞看了看他，“我并不愿意别人真的看到，再说了，你真在这儿长了十几年，我也未必愿意搭理你。”

“滚。”蒋丞笑了笑。

是啊，如果他就在这里长大，在钢厂，在李保国家长大……

“而且我都还没说我很郁闷呢，”顾飞把手伸到了在旁边趴桌上写作业写得鼻子都快蹭到纸上了的顾淼的脑门上，往上推了推，“我跟着你一帮同学，天天听着你以前跟他们一起的事儿，我上哪儿哭去。”

“什么鬼，”蒋丞看着他，“我的过去多简单啊，就是上上课，旷旷课，跟人争争年级前三……”

“不是还交过女朋友吗。”顾飞说。

“那不叫女朋友，”蒋丞想了想，“就，我也说不清，跟凑热闹似的，就边儿上的人起个哄，她给我带带早点，没事儿打个电话发几条信息，然后就是她生气，哄，她生气，哄，她生气，哄……”

“哟，”顾飞有些意外，“你还会哄人啊？”

“压着火哄，不然呢，人毕竟是个女孩子，反正挺烦的，”蒋丞皱皱眉，“我就跟个傻帽似的，什么也没干，就成天哄人玩了。”

“什么也没干？”顾飞勾了勾嘴角。

“嗯，”蒋丞斜了他一眼，“手都没拉过。”

“这么纯情，”顾飞往顾淼那边看了看，凑到他耳边小声说，“现在可变得厉害、堕落了。”

蒋丞也压着声音凑到他耳边，“我现在不纯情吗？我现在一样英俊而纯情。”

“对，没错，”顾飞继续说，“跟我一样纯情。”

“不是，”蒋丞瞪着他，“您稍微把脸往里收收行吗？挤着我了！”

顾飞笑了起来，看着他乐得有点儿停不下来了。

“笑个屁啊，”蒋丞叹了口气，很费劲地压着声音。

13

顾飞盯着他看了一会儿，笑着眯缝了一下眼睛："你是不是想到什么见不得人的事儿了？"

"比如？"蒋丞也眯缝了一下眼睛。

顾飞没说话，侧过身，胳膊架到椅背上，又看了他一会儿之后开始笑。

"笑什么？"蒋丞一脸严肃。

顾飞还是不出声，就是看着他笑，一脸意味深长我什么都明白的笑容让蒋丞想绷都绷不住了。

"不是，"蒋丞起身倒了杯水重新坐下，"君子坦荡荡，想说什么就说。"

"咱俩没少坦，"顾飞笑了半天，"你在想什么？"

"你在想什么？"蒋丞啧了一声。

"我知道你在想什么，"顾飞拿过他手里的杯子喝了一口水，再把杯子重新放回他手里，"你也知道我知道你在想什么。"

"啊，"蒋丞想想又乐了，"我想了点儿臭不要脸的，不过你要不说，我真没具体想过。"

"我也没想过。"顾飞说。

"都不知道该不该信，"蒋丞看着他，"反正你自己都说了，藏得深。"

"也不是完全没想过……"顾飞说着又笑了，好一会儿才开口，"不过我是想起以前看的一个事儿。"

"什么？"蒋丞问。

"就有个人吧，处了个男朋友，两人感情特别好，"顾飞小声说了一半又回头看了看顾淼，把椅子往蒋丞身边又拖了拖，凑到他耳边，"然后就那什么……"

蒋丞呛了一下，转开头咳了半天："就这个事儿？"

"没说完呢，"顾飞说，"咳完了没？"

"咳完了，"蒋丞重新转回头，"说吧。"

"啊，"顾飞看着他，估计是不知道该怎么说了，"啊。"

突然尴尬.jpg

两人都说不下去了，就那么相互瞪着。

那边的顾淼很及时地打破了这种氛围，大概是因为一直写不出算术题，画圈圈也画不圆，她抓着笔开始一下下地往纸上戳。

顾飞回过手拿走她手上的笔时，铅笔的笔头已经断了，木头也被她戳得开了花。

蒋丞看得有些目瞪口呆，可算明白为什么顾飞没给她买自动铅笔了，就这爆发力，自动铅笔来一支就能坏一支，木头铅笔刨刨还能用。

顾淼手里没有笔之后，动作也还是没有停，对着桌子一下下锤着，脸上没什么生气的表情，平静得很，只能从桌子被砸出的哐哐声里听出她应该是不怎么愉快。

“二淼，二淼，看着我，二淼，”顾飞没拦她，只是蹲在桌子旁边不断地重复着这句话，“二淼，看着哥哥，二淼……”

蒋丞之前各种销魂的想法都随着哐哐的声音和顾飞不断重复的话消散掉了，他不知道这时自己有什么能做的，只是静静地在一边看着。

顾淼不是一般的孩子，现在的行为也不是熊孩子，除了一份耐心，再也没有别的方法。

蒋丞看着顾飞，无法体会他现在的心情，也无法想象如果是换了自己，能做到什么样的程度。

不是一次两次，一天两天，顾淼虽然个子偏小，但今年也十岁了，这么多年，顾飞是怎么坚持下来的，他不敢想象。

倒是慢慢知道了顾飞身上那种永远看淡一切的气质是怎么来的。

顾淼的小发作持续了十分钟，在顾飞不厌其烦地重复之下，她终于看着顾飞，停下了手里的动作。

“不会做的题可以不做，”顾飞看着她，语速很慢地说，“不用生气，知道了吗？”

顾淼看着他没有反应。

“点点头让哥哥知道你听懂了。”顾飞又说。

顾淼点了点头。

“丞哥口渴了，”顾飞指了指蒋丞，“给他倒杯水好不好？”

蒋丞没有准备，一听这话，赶紧想拿起杯子把剩下的水喝掉，但顾淼已经点了点头，站起来走到了他身边，一把拿走了他手里的杯子。

“我……”蒋丞不知道该说点儿什么。

顾淼低头看了看杯子里没喝完的半杯水，干脆利索地哗啦倒在了地上，然后走到一边重新接了一杯，过来递给了他。

“谢谢小美人儿，”蒋丞接过杯子，马上一口就喝掉了一半，“渴死我了。”

还好顾淼的思维不同于普通孩子，要不就冲这句话，蒋丞就得被划进弱智那拨里。

“丞哥陪你玩半小时滑板好不好？”顾飞又问。

“好，”蒋丞马上放下杯子，蹲到顾淼面前，“咱俩玩会儿滑板？”

顾淼的眼睛亮了一下，点了点头，往放在旁边地上的滑板沿儿上用脚尖一挑，把滑板拿在了手里，转头就走了出去。

“辛苦了，”顾飞松了口气，“丞哥。”

“一会儿给你丞哥捏腿。”蒋丞站起来跟着顾淼走了出去。

现在这个天气玩滑板还是很舒服的，不冷不热，踩在滑板上感觉着风从身体上滑过，还挺享受。

顾淼顶着新理的可爱娃娃头，一脸炫酷地跟蒋丞来回轮换着。

蒋丞每次看着她熟练地跳上滑板，做出各种高难度的动作，就觉得如果时间就一直停留在这里，或者一直在顾淼玩滑板的状态下往前，该有多好。

顾淼没有了烦恼，顾飞也不必再背负着压力。

蒋丞踩着滑板从店门口滑过，看了一眼蹲在门口台阶上叼着烟看着他的顾飞，伸手打了个响指。

顾飞立马回了一声口哨，清亮的哨声跟着他往前了十来米才消失。

本来之前的话题挺让蒋丞想入非非的，但跟顾淼玩了半个小时滑板之后，出了一身汗，想入非非暂时被压了下去。

他想起来初中的时候看到的一篇文章，用运动戒掉手淫的坏习惯……当时觉得净扯淡，现在想想，也许也有一定的道理……

顾淼坐到桌子边开始收拾自己的书本时，顾飞走进了小屋里，冲他招了招手，他进了小屋。

大概是他俩在一块儿待久了都变得有点儿幼稚，一进去他就扑过去对着顾飞一招偷袭，顾飞反击，两人莫名其妙就很认真地过起招来。

难舍难分的，最后还是顾飞一口咬在了他肩膀上，才算是战斗结束。

“你怎么不往我脸上咬呢？”他摸了摸肩，压着声音，“你是不是还有个隐藏身份是吸血鬼啊？”

“说得这么正直，就好像你没有隐藏属性似的，”顾飞在他肩上勾了勾，把衣服扯过来遮着牙印，“再过两招这门儿就出不去了。”

“我……”蒋丞话还没说完，外面顾淼一脚踢开桌子的动静传了过来。

他俩以神之速度迅速分开，顾淼拖着她的小书包走到小屋门口的时候，蒋丞和顾飞之间已经拉开了起码一米的距离，顾飞站在窗边，蒋丞站在床边，甚至还以思想的速度拿出了手机假装看着。

保持了哥哥们非常成熟正经从来不幼稚的形象。

“收拾好了？”顾飞问。

顾淼点点头。

“丞哥，”顾飞又叫了蒋丞一声，声音里带着笑，“这演技。”

“走吧？”蒋丞抬起头，把手机放回兜里。

“嗯。”顾飞点点头。

最近顾淼特别黏顾飞，不知道是不是因为五一那几天顾飞没太陪她，现在晚上顾飞要是不在家，她就坐在床上发愣，不睡觉。

“你会不会有什么意见？”顾飞在岔路口跟蒋丞道别的时候小声问。

“什么意见？”蒋丞问。

“我本来想着今天晚上去你那儿……”顾飞清了清嗓子，“待会儿的。”

“……我没有那么寂寞无聊。”蒋丞看着他。

“明天还是早点摊等我。”顾飞说。

“嗯。”蒋丞应了一声，自打腿“伤”了之后，顾飞以非凡的决心和毅力，一次都没再迟到过。

“晚安。”顾飞摆了摆车头，冲踩着滑板在人行道上窜着的顾淼吹了声口哨。

“晚安。”蒋丞捏了捏他的手背。

蒋丞回到出租房，按部就班地洗澡换衣服，对着镜子检查了一下顾飞的牙印，整体来说还好，不明显，但两个虎牙小眼儿还挺深，这一口要再往脖子那儿靠近些，他明天都得穿衬衣。

“狗变的！”他对着镜子错了错牙，然后转身回了屋里，坐到桌子前开始写作业。

第二天蒋丞看到顾飞的身影从路口往早点摊这边闪出来的时候，心里顿时就觉得一阵舒服。

一直到现在，他才觉得盯着一个人的脸看，并不是一件多么傻的事儿，就看这人是谁了。

就这一天上课都不觉得老师上课像念经了，就老鲁的课他不能看得太尽兴，老鲁上课太有激情了，而且最大的乐趣就是教鞭往教室后边儿一指："蒋丞，你来回答一下。"

自习课的时候蒋丞趴桌上一边写作业一边继续往顾飞脸上扫着，顾飞看了他一眼，笑了笑，低头在手机上划拉了几下。

他的手机震了震，拿出来看到是小兔子乖乖发来的消息。

——我还挺开心你这么一直盯着我的。

"为什么？"蒋丞趴在桌上小声问。

"踏实。"顾飞转头笑了笑，腿在桌子下边儿碰了碰他。

——我想，在你眼里，撒野奔跑，我想，一个眼神，就到老。

蒋丞看着顾飞发过来的这句话，往四周看了看，确定没有人注意到他们，把手伸过去，在顾飞的背上用力搓了搓。

下午放学一出校门，就看到了刘帆的小破车停在路边，李炎坐在驾驶室里。

"走走走，"李炎招手，"他们已经过去了，医院门口集合。"

顾飞上了车："手术做了吗？"

"上午已经做了，这会儿估计趴床上品味人生的酸甜苦辣呢。"李炎说。

"哪儿来的酸甜，"蒋丞坐到了后座上，看了看旁边放着的一个巨大的果篮，中间还插着张卡片，他念了一遍上面的字，"众人托起小雏菊……就冲你们这心意，他估计连辣都不能品味，就剩苦了。"

"出院了肯定得挨个儿收拾你们。"顾飞说。

"你也得算上。"李炎说。

"你问问他敢吗。"顾飞啧了一声。

跟不是好鸟在医院门口集合了之后，几个人拎着这个找打的果篮去了住院部的病房。

病房条件还不错，刘帆这间三张床只住了两个人，他们进门的时候刘帆正趴床上玩着手机。

听到有人进来，他回过头，看清之后发出了真心实意地一声吼："李炎我早晚抽死你！"

"大家兄弟一场，"李炎把果篮放到床头柜上，"我们怎么能让你一个人在医院苦哈哈地趴着。"

“那你赶紧跟医生说给你们一人一刀挨个儿上这排着来啊！”刘帆瞪着眼看了一圈，“哎蒋丞你挺正经一个人，也来凑什么热闹！”

“我是路过。”蒋丞说。

“我记着你们了，”刘帆冲他们抱了抱拳，“这辈子都忘不了！”

“帆哥，什么感觉？”罗宇凑过去问了一句。

“爆菊的感觉！什么感觉！你要不要试试啊！”刘帆瞪着他。

一帮人笑得非常响亮。

旁边病床的家属皱了皱眉，大概是觉得他们太吵了，但是说实话这帮人往这一杵，一个个脸上全明晃晃地挂着“别惹我”三个大字，看着跟黑社会出巡似的，那个家属看了几眼也没敢出声。

“安静点儿。”顾飞靠着墙说了一句。

几个人这才收了声音，憋着笑安慰着刘帆。

在刘帆这儿没待多久，他们就被护士以吵着病人休息赶了出来。

“一会儿都去哪儿？”李炎站电梯里问，“我开着刘帆的车呢，可以送。”

“送我们回去。”顾飞说。

“都去大飞那儿吧，好久没喝点儿了。”罗宇说。

“嗯。”顾飞应了一声。

电梯下了两层停了，门还没打开，就听到外面有乱糟糟的吼声。

门打开的时候，吼声一下大了起来。

“你们就是想坑钱！”一个男人的声音吼着，“手术什么！非让我住院！住了就让手术！老子就不手术！什么放化疗！都是骗钱的！你们骗了我的钱还说我钱不够了？信不信我把你们这里砸了啊！”

“大叔，治疗方案可以跟主治医生商量，给你用的药也都有清单……”

蒋丞整个人都僵在了电梯里，门打开之后，他一眼就看到外面一个挥着胳膊满脸怒气的男人。

他的亲爹李保国。

“我不看什么单子！我现在不治了！退钱！”李保国推搡着旁边的几个医生和护士，“死就死了！也不让你们坑我的钱！你们不把我交的钱退给我，我跟你们没完！”

进了电梯的人都还在往外面看着，小声议论着，还有个人卡在电梯门那儿要进不进地看着热闹。

蒋丞动了动，顾飞一把抓住了他的胳膊。

李炎站在门边，往这边看了一眼之后，一巴掌把那个卡门口的人推了出去，按了关门。

那人扭头还想进来，往电梯里看了一眼之后又停下了。

电梯里的几个人都没说话，到了一楼之后顾飞拽着蒋丞的胳膊出了电梯。

“那我们先走了，店里等你还是……”李炎问了一句。

“店里，我妈估计又不在。”顾飞说。

“嗯。”李炎几个转身走了。

蒋丞有些麻木地跟着顾飞走到了一边的角落里。

“丞哥？”顾飞叫了他一声。

“嗯。”蒋丞应着。

“这个事儿……”顾飞犹豫了一下，“你不能管。”

蒋丞看了他一眼，没有出声。

“你管不了，”顾飞看着他，“这事儿你没法管，你可以等他回家了去找他谈，但你现在不能过去，你懂我意思吗？”

“懂。”蒋丞闭上眼睛，深深吸了口气，慢慢地吐出来。

他当然知道顾飞的意思。

14

心情在谷底并不是最差的体验，比心情在谷底更难受的是心情从天上直接跌入谷底。

好心情简直是摔得粉身碎骨、尸骨无存。

蒋丞已经很长时间没有这么强烈的心里堵得结结实实的感觉了，跟顾飞在一楼大厅的椅子上坐了快十分钟都没能缓过来。

李保国的病，基本已经能确定是什么了，肺癌吧，蒋丞盯着自己的手指，肺不好，每天都在咳，现在又出现了放化疗这样的字眼儿。

蒋丞觉得自己像是沉在旋涡的最下方，四周是喧嚣，耳边却静得可怕。

顾飞不让他过去是为什么，他很清楚。

他卡上就那些钱，够学费，够生活，但他没有收入，在他真正能养活自己之前，每一分花销都得从这里头拿。

李保国是不是还欠了医院的钱，他不确定，可一旦他过去了，基本就可以想象得出会面临什么样的局面。

这事跟李保国被人围着打不同，那时他一半为了发泄，一半为了李保国，他可以冲过去跟人打一架，但现在呢。

一个保安从电梯里走了出来，小跑着去了住院部门口，迎进来了两个警察，把他们又带进了电梯。

“走吧。”蒋丞狠狠地在自己脸上搓了几把，站了起来，他不想看到一会儿李保国被警察带出来的场面。

顾飞起身跟他一块儿走出了医院。

蒋丞出了医院直接就往公交站走过去，顾飞拉了他一下：“打车吧。”

“哦。”蒋丞停下了，站在一边看着顾飞拦了辆出租车。

“去我那儿吃饭吗？”顾飞上了车之后问他。

“不了。”蒋丞只觉得脑子发胀。

“那我一会儿陪你去吃点儿东西？”顾飞又问。

“现在没什么胃口，”蒋丞闭上眼睛，捏了捏眉心，“一会儿我直接去李保国家等他，他被警察带走的话，晚上应该会回来吧。”

“嗯。”顾飞似乎想再说点儿什么，但吸了一口气之后却没有开口。

车在路口停了，两人下了车。

蒋丞看了看李保国家的那条路，自从那天从李保国那儿把东西拿走之后，他就再也没有走过那条街。

现在这么看过去，街上一片破败的平静，两边的楼里亮起的暖黄灯光里，看上去一户户平静的人家，而这之下，是什么样的人，又有什么样的家，那就没有人能想象了。

“我过去了，”蒋丞把书包甩到肩上，像是在下决心，“你回店里吧，我完事儿了给你打电话。”

“好，”顾飞应了一声，蒋丞转过身准备走了，他又犹豫着叫了一声，“丞哥。”

“嗯？”蒋丞回头看着他。

“我不知道你是怎么想的，”顾飞轻声说，“我说这句可能不太合适，但还是得提醒你。”

“说吧。”蒋丞笑了笑。

“先别拿钱，”顾飞说，“李保国真不一定会把钱用在治病上，你可能没见过把命放在很多东西之后的人，但他就是。”

蒋丞看着他，过了一会儿才点了点头。

“他还有俩孩子，”顾飞说，“你要想做什么，先看看你哥你姐的态度再考虑，你得……学着给自己留路。”

“明白了。”蒋丞走回来站到顾飞面前看着他。

“别觉得我冷漠，”顾飞说，“我在这里长大，这些人，这些事，我见得太多了，我习惯了这样去判断，你不用像我这么极端，但也不能太天真。”

虽然在顾飞说出这样的话时，会有陌生的错觉，但依然会觉得暖，蒋丞伸手在他胳膊上抓了抓：“我知道了。”

顾飞回到店里的时候，几个人已经把饭菜都做好了，顾淼已经吃过饭，被李炎安排到小屋写作业去了。

“李保国是怎么回事儿？”罗宇看他进来，问了一句。

“不知道，肺癌吧，”顾飞去后院洗了个手，进小屋跟顾淼待了一会儿才出来坐到了桌子旁边，“喝点儿？”

“喝啊！”陈杰从地上拎了两瓶酒放到桌上，“就等你回来喝呢。”

“我这不是有吗。”顾飞说。

“李炎不让呗。”赵一辉在旁边笑了。

“成天占人便宜。”李炎说。

“占吧，”顾飞给自己盛了碗汤，“你们过来帮忙也没给发过工资。”

“那还是不一样的，”罗宇开了瓶酒，一个个杯子里倒着，“蒋丞怎么没过来？”

“他怎么可能还过来，”李炎啧了一声，“过来听我们讨论李保国要死了吗。”

“说真的，我都没太看出来，反正他成天都那样，脸色也难看，”陈杰说，“我上礼拜过来还碰着他打了一宿牌出来呢，牌比命大。”

“李辉李倩回来过没？”李炎问了一句。

“没见过。”顾飞说。

李保国除了还拼着命要坚持打牌大业之外，别的事儿好像还的确是不太顾得上了，吃完饭顾飞顺手拿了赊账的本子翻了翻，李保国自打上回来买过酸奶之后，就一直没再来过。

挺长时间了，看来这次的确是病得不轻，顾飞合上本子，如果真是肺癌……他咳嗽已经很久，久到顾飞都快记不清不咳是什么样了，但最近这大半年连声音都是嘶哑的，按他平时的生活状态和时间来看，这要是肺癌，肯定已经不是早期了。

他拿出手机，点开蒋丞的聊天框，蒋丞那边没有消息发过来，不过也就一顿饭的时间，李保国都不一定回来了……他慢慢地往上翻着消息记录，一直翻到了头。

他跟蒋丞发的消息不算多，白天排排坐着，晚上发不了几条就直接打电话了，不过所有的记录，他都还记得当时的情形和心情。

“蒋丞自己手上是不是有点儿钱？”李炎坐到了旁边。

“嗯，有点儿吧，之前养母给他的。”顾飞说。

“让他别傻了吧唧地把钱拿出去给李保国看病，”李炎说，“那人，肯定不会用到正地方，拿了正好去打牌。”

“我跟他说了，”顾飞把手机扔到收银台上，“看他自己吧。”

“我怎么觉得悬，”李炎说，“他那人看着拽，其实就是个大城市来的少爷，钢厂这种环境里能出什么样的人，他估计做梦都想象不出来。”

“你操什么心，”顾飞看了他一眼，“真拿了钱也不是拿你的。”

“我感慨一下人生，”李炎笑了笑，伸了个懒腰，“我是替你分忧，连游戏都不玩了，跟这儿发愣。”

“滚。”顾飞说。

“滚之前我再说一句？”李炎说。

顾飞没出声。

“他要真想给李保国花钱，你也别拦得太起劲，”李炎说，“省得让人觉得你这人太绝情，李保国这样下去就是个死，何必在他心里留个坎儿。”

“你知道你为什么瘦吗？”顾飞说。

“我不瘦。”李炎在自己腰上掐了掐。

“你要不操这么多心，还能再长点儿肉。”顾飞说。

李炎笑了：“我怎么跟你这么个玩意儿当了哥们儿，总换不着一句好话。”

“谢了。”顾飞冲他笑了笑。

手机还有9%的电，蒋丞看了一眼时间，从书包里拿了充电宝给手机插上，然后塞回了书包里。

他在李保国家楼道口这棵树下的石墩子上已经坐了两个小时，好在他过来的时候已经过了下班时间，来来往往的邻居没几个。

他其实可以去趟出租房，李保国家的钥匙他没扔，但说实话，他并不愿意一个人在那个弥漫着霉味儿的房子里待着，闻着因为长期不收拾而时不时飘来的各种诡异气息。

一个明明住着人，却没有人气的屋子，让人想起来都会浑身不自在，待时间长了整个人情绪都是低落的。

又过了半个多小时，他手里的烟快抽完的时候，终于看到李保国从街口那边走了过来。

也挺神奇的，就这么一个逆着光的身影，他居然能认出来那是李保国。

李保国走得很慢，走到打牌那家楼下，仰头冲上面二楼喊了两声，上面有人探出头来，他不知道跟那人又喊了几句什么，蒋丞就听到了一句“一会儿就过来”，然后他继续往这边走了过来。

蒋丞掐了烟站了起来，李保国一直没往这边看，他站起来之后，李保国才像吓了一跳似的往这边看了一眼，然后愣住了。

“你……回来了啊。”蒋丞有些不知道该怎么开头。

“你？你谁啊？”李保国手里拎着个酒瓶，一开口就很冲，“你你你你的，叫谁呢？”

蒋丞没说话，闻到了酒味儿。

李保国说完话对着他就是一通咳，咳得撕心裂肺的，带着嗓子眼儿里卡着痰的呼噜声。

蒋丞没有退开，沉默地等着李保国不知道是有意还是无意对着他的一通咳嗽结束了，才说了一句：“我想跟你谈谈。”

“谈谈，”李保国冷笑了一声，又往他脚下啐了一口痰，“真文雅，我可听不懂什么叫谈谈。”

蒋丞再次沉默。

这不是他想沉默，李保国这样的态度，他实在不知道该怎么再开口，也不知道下一句还能说什么。

李保国没再说别的，又咳了一通之后转身进了楼道。

蒋丞绕开他吐的那几口痰，跟着进了楼道，再跟着李保国进了屋里。

一进屋，看到满眼的灰暗和杂乱，他就觉得心里一阵堵，过去把关着的窗打开了。

“翅膀挺硬啊，飞得挺愉快？”李保国往沙发上一坐，“飞过我这儿顺便来看看我死没死？”

“你的病是怎么回事？”蒋丞直接问了。

“哟，”李保国笑了起来，又是一通咳，“我小儿子可算知道我病了啊？”

蒋丞借着灯光才发现李保国瘦了很多，但脸和脖子却有些浮肿。

“肺癌，晚期，”李保国起身倒了点儿水，从热水瓶里倒出来的水，但没有看到一丝热气，“没几个月了，狗屁医生早先让我手术，我不同意，手个屁术，癌症手术有屁用！现在又说手术我身体吃不消，让化疗什么的，屁！变着花样骗老子的钱！”

蒋丞一阵无语，他不知道李保国这个病到底拖了多久，从可以手术拖到身体情况已经不允许再手术……

“我查了资料，”蒋丞拿过桌上的烧水壶，往里看了看，确定里边儿没有蜘蛛蟑螂什么的之后进了厨房把水烧上了，“肺癌如果好好配合医生，是可以延长……”

“放你的屁！”李保国打断了他的话，“你还真是读书读傻了！你老子现在连打牌都坐不住，胸口疼得要死，睡觉都睡不着，还延长个屁！你还想给医院送钱！你就是以后等着让人骗钱的傻子！你这么有钱怎么没拿点儿来给你老子！”

蒋丞手撑着桌子，闭眼吸了一口气，憋了半天才把情绪压了下去：“那你是怎么想的？”

“我告诉你！”李保国一指他，“我这辈子，想怎么活就怎么活，我想骂谁就骂谁，想打谁就打谁！我过得潇洒！”

蒋丞看着他，没找着他这句话跟前面的话题关联在哪儿。

“你也不用假惺惺地劝我去治，”李保国说着又开始咳，咳了一会儿之后低头往地上吐了一口痰，拿鞋蹭了蹭，“我也没那个钱去治，我仨孩子，一个有良心的也没有！”

蒋丞虽然胃里一阵翻江倒海迅速偏开了头，但还是看到了地上的血丝。

“你应该有医保吧？”蒋丞说。

“你以为医保就不用自己掏钱了啊？”李保国瞪着他，“还有那一堆自费药呢！医生都黑心，都给你开自费药！”

“医生是治病，也不会就……”蒋丞觉得跟李保国简直没法沟通。

“你今天跑来是想说什么？”李保国打断了他，“说了这么多废话，有没有个重点？”

“我就想问问你病的情况。”蒋丞说。

“我以为你良心发现给你爹送点儿钱治病呢，”李保国笑了起来，“原来就是来打听打听我还有多久死。”

蒋丞闭上眼睛，定了定神。

过了一会儿他才睁开了眼睛看着李保国："你给李辉和李倩打电话，让他们找个时间回来一趟，商量……"

"你少命令我！"李保国吼了一嗓子，声音里带着嘶哑的痰声，"还轮不上你……"

"你闭嘴！"蒋丞猛地一脚踹翻了面前的桌子，指着他也吼了一声，"你给我！闭嘴！"

李保国愣了愣，没了声音。

"你要想治病，叫他俩回来，商量一下该怎么弄，"蒋丞还是指着他，"你要不想治了，就随便你！我就算要出钱，也是直接给医院，想从我这儿要钱去赌，你想都别想！"

李保国看着他，一脸似笑非笑的表情，仿佛他说了一件多么可笑的事。

蒋丞也没再理他，进了厨房，等着水烧开了之后，把水灌进了暖水壶里，然后甩门离开了李保国家。

他并没有多么心疼李保国，他只怕自己要是走了，李保国估计扭头就能把这壶水给忘了，赶着出门去打牌，不是把水烧干了来场火灾，就得是水把火扑灭了来场煤气中毒。

出了门之后迎着夜风往顾飞家店那边走了一段，满心满脑的烦闷才总算是稍微消散了一些。

他拐进了岔路，一边走一边掏出手机。

左边路边的树影里传来了轻轻地一声口哨，他转过头，看到了靠在墙边的顾飞。

"你怎么在这儿？"蒋丞走了过去。

"等你。"顾飞笑了笑。

看到顾飞的笑容，蒋丞顿时觉得身上轻了很多，各种复杂的说不清也理不顺的情绪猛地一下全涌了上来。

他过去一把搂住了顾飞。

顾飞抱了抱他，在他背上轻轻拍了几下，抱着他往后退了两步，退进了阴影里："顺利吗？"

"不知道该怎么说，"蒋丞用下巴在顾飞肩上很用力地磕了几下，"你喝酒了啊。"

"嗯，喝了二两，"顾飞笑着说，"刷了牙才出来的，还能闻到吗？"

“废话是你身上的味儿。”蒋丞说。

“那我把衣服脱了？”顾飞说。

“文明点儿，”蒋丞啧了一声，“我就是问问，并没有嫌弃你。”

“要回去吗？”顾飞问，“我送你回去。”

“李炎他们走了？”蒋丞松开了他，整了整衣服。

“早走了，”顾飞说，“去K歌了，我店门都关了，二淼也弄回去了。”

“要不，”蒋丞轻轻叹了口气，“今儿晚上你去我那儿待着吧，我不想一个人。”

“好。”顾飞点点头。

这本来是一个大好的晚上，但因为蒋丞心情比李保国家还要破败，他跟顾飞并排在床上躺着连聊天儿的兴致都没有了。

蒋丞愣了一会儿动了动腿：“过来给你丞大爷捏捏腿。”

“好嘞，”顾飞坐了起来，把他一条腿架了起来，轻轻捏了几下，“丞大爷您看这个力度可以吗？”

“继续，”蒋丞闭着眼睛挥了挥手，“捏得舒服还有赏。”

顾飞笑了笑没说话，在他腿上一下下捏着。

蒋丞闭着眼躺了一会儿才轻声说了一句：“李保国肺癌晚期了，我今天等他回来的时候查了一下资料，他这情况估计不太好，咯血，脸和脖子都肿的。”

“他是不是不打算治了？”顾飞问。

“嗯，大概是这意思，说没钱治，”蒋丞拧着眉，“回来的时候还跟街口那儿约牌局呢。”

“那你怎么跟他聊的？”顾飞又问。

“他的意思还是要钱，”蒋丞说，“但我估计不是拿去治病，我的意思是……”

蒋丞睁开了眼睛，枕着胳膊看着顾飞：“你别说我傻，也别说我圣父。”

“不说。”顾飞点头。

“我是想，如果他想治，我可以跟李辉李倩一块儿出钱，他有医保，手术现在做不了了，放化疗还可以做，能控制一些，”蒋丞说，“费用不会太高……”

“你打算拿多少？”顾飞问。

“一万，”蒋丞说，“李辉他俩出多少我不管。”

“嗯，”顾飞点了点头，“那你要多讨好我，我可以给你介绍点儿不占上课时间的活儿。”

蒋丞笑了起来："听着这么不像好话。"

"如果李辉他们不拿钱呢？"顾飞又问。

蒋丞看着他愣了愣。

如果李辉他们不拿钱呢？这个他还真没想过，他本来想说不太可能吧，毕竟是亲爹……但一细想，又觉得并不是没可能。

"你觉得……如果他们不拿钱，我该怎么办？"蒋丞把手搭在了眼睛上，轻轻叹了口气，这会儿脑子里挺乱，他一时半会儿也想不出来。

"你先告诉我，你给钱是为什么。"顾飞说。

"我不想被他说没良心，不想听他瞪着眼睛跟我说你老子你老子……"蒋丞说，"我说过的，我非常……讨厌这样，被人指责，而且他毕竟……我没办法做到完全像对待一个陌生人那样……"

"知道了，"顾飞握住他的手，在他手心里轻轻按着，"如果是我的话，丞哥，这个钱你就给李保国，不用管李辉他们给不给。"

"为什么，让他拿去赌吗？"蒋丞说。

"如果他真的想治，"顾飞看着他，"你给他，他自己就会去治，如果他就是不想治，你强行帮他把钱交了，他也不会念你一句好。"

蒋丞没说话。

"我说句不好听的，"顾飞说，"他应该是已经放弃了，就是等死，你一定要给，就给他好了，拿着愿意吃愿意喝愿意赌随便他，他还能舒坦些，不过也别一次全给了，一次一两千地分着给。"

蒋丞拉长声音又叹了口气。

"还有，这个钱，必须当着李辉李倩的面儿给，李倩没事儿，主要是李辉。"顾飞说。

"嗯，"蒋丞应了一声，重新闭上了眼睛，"知道了。"

顾飞没再说别的，继续给他捏腿。

过了一会儿，蒋丞又睁开了眼睛："顾飞。"

"嗯？"顾飞看着他。

"来个拥抱，顾飞，"蒋丞说，"我怎么有点儿害怕。"

顾飞笑了笑，在他脑袋上摸了摸，"呼噜呼噜毛，吓不着。"

蒋丞闭上眼睛。

顾飞又揪起他一撮头发捋了捋："撸撸撸撸毛，吓不着。"

"我去，"蒋丞乐了，"你这个不要脸的。"

15

这是蒋丞到四中之后，第一次没把作业写完。

自习课上写了一半，剩下的本来想着晚上写，但被李保国的事儿弄得心里很烦躁，也就没什么心情写了，而且跟顾飞有一句没一句地闲扯着，他也不想动。

一直到他摸过手机，看到上面显示的时间快两点了，才挺不情愿地坐了起来："都这么晚了。"

"明天我起不来了，"顾飞靠在床头，"你明天起来了自己去学校吧，别叫我了。"

蒋丞看了他一眼："这段时间一直没迟到，真是苦了你了。"

"没办法，谁让我见天儿跟学霸腻一块儿呢，"顾飞说，"宝宝也就是心里苦，一般不说出来。"

"滚蛋，"蒋丞下了床，打开了衣柜，"睡吧，你穿我睡衣。"

"你就一个独苗枕头吧？"顾飞问。

"嗯，"蒋丞拿了套睡衣出来扔给他，"一会儿给你个毛巾被自己卷一下。"

"我不睡那玩意儿。"顾飞回答。

"那你睡枕头，我睡毛巾被。"蒋丞说。

"不。"顾飞说。

"找抽呢？"蒋丞看着他。

"我要睡一样高的，一个高一个低不行。"顾飞说。

"你这什么莫名其妙的习惯，"蒋丞把毛巾被扔到他身上，"你自己整理一下弄成一样高吧。"

"好嘞。"顾飞站了起来。

蒋丞洗漱完了回到卧室的时候，发现自己的那个独苗枕头已经被放到了书桌上，床头的位置被叠成了长条的被子占领了。

"……什么鬼？"蒋丞愣了愣。

"一样高了，"顾飞拍了拍手，"枕着舒服……你有牙刷吗？"

蒋丞从柜子里拿了把牙刷给他，又看着床头，早知道那天直接买个长枕头了。

"这牙刷为什么没有包装，"顾飞把牙刷伸到他眼前一下下晃着，"是不是潘智用过的？"

“一套两支，拆了以后……”蒋丞说了一半停下了，斜了他一眼，“是啊，就是潘智用过的，我没舍得扔呢。”

“挺好的，”顾飞一边往外走一边说，“潘智吧，哪儿都好……”

蒋丞没出声，看着他进了厕所之后，过去把厕所门一关。

“想把我锁厕所里吗？”顾飞在里头笑着说，“你们学霸是不是不太有生活常识，厕所门一般都从里边儿上锁。”

蒋丞冷笑了一声：“你们学渣的观察能力果然是差。”

这套房子之前只有房东大妈一个人住，大概是为了安全起见……他伸手把厕所门上的一个插销一拔，门从外面被锁上了。

顾飞的声音突然停止了，接着就听见他拧门锁的声音。

“这个世界还需要你探索。”蒋丞靠在门边。

“我去？”顾飞一边拧门锁一边在门上敲了敲，“你不是吧，你这什么行为啊，大半夜的。”

“打击，”蒋丞说，“报复。”

“我错了。”顾飞马上说。

“……不是，”蒋丞有点儿想笑，“你能不能有点儿出息，你好歹也是钢厂小霸王。”

“不能，”顾飞说，“我错了丞哥。”

“你能不能按剧本走，”蒋丞说，“好歹先嘴硬威胁我一下，然后再跪地求饶啊？”

“丞哥我错了，”顾飞靠在门上一下下轻轻敲着，“放我出去呗，我错了。”

“……硬气点儿行不行！”蒋丞说。

“不行，”顾飞继续用可怜巴巴的语调说着，“我错了，我再也不瞎说话了，丞哥放我出去吧。”

“先洗漱，别浪费时间！”蒋丞说，“都几点了！”

“哦。”顾飞应了一声。

接着就听到他刷牙洗脸的声音，蒋丞回屋去把手机拿了过来。

“丞哥，”里面的水声停止之后，顾飞的声音重新在门后响起，还是可怜巴巴的，“丞哥你在外面吗？”

蒋丞点了录音，把手机贴到门上：“再说一遍。”

“丞哥我错了。”顾飞说。

“刚才那句，特别可怜的那句。”蒋丞说。

“丞哥你在外面吗？”顾飞很配合，还在门上轻轻扣了两下，“放我出去吧。”

“再求两句，情真意切点儿。”蒋丞忍着笑。

“求求你了丞哥，”顾飞小声说，“我以后再也不敢这样了，我错了，放我出去吧。”

“说，你是谁。”蒋丞说。

“我是小兔子乖乖。”顾飞还是小声说着。

顾飞这种平时跟朵高岭之花似的脸一拉就能冻人一哆嗦的人设，撒起娇来却毫无违和感，简直给人一种他从来就是一朵娇花的错觉。

蒋丞都想过去摸摸小兔子乖乖脑袋上有没有小花花了，很满意地把这段录音存好之后他打开了厕所的门：“我跟你说……”

话还没说完，门被顾飞一把拉开了，接着蒋丞就觉得一阵风卷了出来，没等他回过神来，顾飞已经一把拿走了他手里的手机，一口咬在他的脖子上：“你是不是还录音了？”

蒋丞有些震惊，说好的小兔子乖乖呢！

“是不是还挺过瘾的啊！”顾飞恶狠狠地把他推进了卧室里，“丞哥！”

蒋丞乐了：“我大意了？”

“太大意了！”顾飞又推了他一把，“看在你今天可怜的分儿上！让你小瞧兔子。”

这片居民区的劳动人民，比李保国家那边的要勤劳，早上起得早，嗓门儿也大，没有特殊原因，蒋丞很少能睡过头。

但今天就睡过头了，因为心情烦闷跟顾飞聊天儿到半夜还精神百倍，跟吃了什么药似的，这个原因非常特殊。

所以他睁开眼睛摸过手机看时间的时候，时间显示第一节课都快下课了。

蒋丞把手机扔开，闭上眼睛，迟到了……迟到了就迟到了吧，算是给自己放个小假。

又迷糊了一会儿，他伸手往身后摸了摸，摸到了顾飞的后背。

顾飞没动，估计睡得正香。

蒋丞抓过衣服胡乱套上下了床，又凑过去看了看顾飞，说实话，顾飞的各种样子他差不多都看全了，就这个睡觉的样子，还真是没怎么看过。

顾飞睡觉挺老实，侧身侧得也很标准，半张脸埋在被子里，睫毛很乖地垂着，蒋丞看了一会儿，忍不住伸手过去在他睫毛上拽了一下。

顾飞的眼睛颤了颤，他收回手，过了几秒又伸过去拽了一下。

“抽你啊。”顾飞闭着眼睛，埋在被子里说了一句，声音里带着浓浓的睡意。

蒋丞笑了：“醒了啊？”

“您这么欠，想不醒都不行吧，”顾飞睁开了眼睛，“大清早地盯着人看，看到眼屎了没？”

“没有，”蒋丞想了想，立刻后退了几步，揉了揉自己的眼睛，“我有吗？”

“不知道，”顾飞说，“我还没来得及看。”

“你起吗？已经晚了快一节课了，”蒋丞拿过裤子边穿边说，“你为什么睡成了这种姿势？”

“哎，”顾飞翻了个身平躺着，“你睡着以后跟神经病一样，我胳膊稍微碰到你一下，回手就是一胳膊肘，肋骨差点儿没让你给我砸断了，我没睡沙发上去就不错了。”

“不能吧？”蒋丞愣了愣，“上回我在你家睡觉的时候也没这样啊。”

“废话，”顾飞叹了口气，“那会儿我也没碰到你啊，而且我就跨过去还差点儿让你揍了呢。”

“……来来来，丞哥揉揉。”蒋丞过去在顾飞肋条上摸了摸。

顾飞伸了个懒腰：“你先去学校吧，咱俩一块儿迟到再一块儿去学校，你信不信今天贴吧得瘫痪。”

“嗯，”蒋丞笑了笑，“你是不是挺享受的？你看，那贴吧因我而瘫痪，而我，就是那英俊的花式帅，我，也是那潇洒的帅炸苍穹。”

顾飞也笑了起来。

昨天晚上的心情不怎么好，后来有所缓解，早上起来看到顾飞之后又继续上扬，出门的时候想到李保国，情绪又有些低落。

蒋丞在门卫室的迟到名册里写上自己的名字。

“蒋丞啊，”门卫看了他一眼，“年级第一还迟到啊？”

“啊，”蒋丞应了一声，“年级第一也有睡不醒的时候啊。”

进教室的时候正好压着第二节上课的铃声，蒋丞坐到最后一排自己的位置上，屁股刚挨着椅子，周敬就回过了头：“你迟到一节课啊？”

“是啊，”蒋丞说，“你算术真好。”

“你居然还会迟到啊？”周敬又说。

“是啊，”蒋丞拿出书，“我还会旷课呢。”

周敬继续说："你……"

"嘘，"蒋丞竖起食指，"闭嘴，要不揍你。"

周敬有些不爽地啧了一声，转回了头，没到两秒又转了过来："哎蒋……"

蒋丞伸手对着他脑袋狠狠地弹了一下。

"啊！"周敬捂着头，"这么狠！我就是想说怎么现在就有蚊子了！"

蒋丞看着他，没听明白他说的是什么。

"你脖子。"周敬指了指他。

脖子。

是顾飞干的！

他早上由于神志不清洗漱的时候都没仔细观察自己英俊的面容以及英俊的脖子！

"大概有吧。"蒋丞说。

"才五月呢……"周敬搓着脑袋，念念叨叨地转回了身，"你家是不是种了好多花花草草啊……"

好在第二节是老鲁的课，他进来站到讲台上就是一声暴喝："都睡醒了没！"

蒋丞都能感觉到一片低着的脑袋同时都抬了起来，周敬自然也被这声暴喝打碎了记忆，放下了蚊子包的事儿。

"上课！"老鲁吼。

蒋丞低头拿出了手机，迅速地打开了前置摄像头，装着玩手机的样子把摄像头对准了自己的脖子看了看。

果然有顾飞的虎牙留下的两个明显的红点，唯一庆幸的就是红圈经过了一夜的休息已经变得淡了，如果不凑近了，看不出是一圈牙印。

他对着脖子拍了张照片，给顾飞发了过去。

——你干的好事！

顾飞很快回了消息。

——你脖子真美。

——滚！

——我桌斗里有创可贴，你拿两片贴一下。

蒋丞扔下手机，伸手到顾飞的桌斗里摸了摸，摸到了一整盒创可贴，他拿了两片出来，趁着这会儿四周的人都被老鲁吼愣了，迅速地撕了贴到了牙印上。

又拿起手机检查了一遍，确定没有别的蚊子包了，这才松了口气。

一直到第三节课下课，顾飞都还没来学校，蒋丞正想给他发个消息问问他是不是还没起床，就听到走廊上有女生的尖叫声。

“天哪我要疯了，他是疯了吗！”

“我觉得很好看啊，啊啊啊很酷啊！你不觉得很酷吗？”

“我喜欢他原来的样子啊！”

“又没毁容，我也觉得现在这样挺酷的……”

蒋丞转过头，看到一排女生都趴在走廊栏杆上往下看着。

“看谁呢？”王旭站在旁边，“这学校里有个屁的很酷的人，一帮没见识的。”

“我去看看，”周敬很有兴趣地起身出了教室，趴到栏杆上往下看了一眼之后就猛地转过了头，“我去，顾飞！”

“他怎么了？”王旭愣了愣。

“剃了个光头，”周敬说完又看了一眼，再转回头的时候笑得不行，“跟老徐在操场上说话呢。”

“我看看，”王旭马上从蒋丞身后贴着墙挤了过去，“校规里不是说了不让剃光头吗……”

“我们还有校规啊？”周敬的同桌迷茫地接了一句。

顾飞的光头，居然说剃就剃了，早上他出门儿的时候顾飞都没提这个事儿，蒋丞坐在椅子上没动，内心有些翻腾。

他完全不介意顾飞是不是光头，以顾飞的颜值，只要不是地中海，什么样的发型应该都能撑得起。

但是顾飞突然就变成了秃瓢，这还是让他有些震惊，震惊完了又有点儿想笑。

他很想跟着趴栏杆上去看两眼，但最终还是坚持坐着没动。

过了几分钟，上课铃响起的时候，顾飞从教室前门晃了进来，戴着顶鸭舌帽。

他刚一迈进来，教室里就响起一片口哨声和拍桌子的声音，夹着女生的没压住的尖叫声。

顾飞面无表情地慢慢晃到蒋丞身边坐下了。

蒋丞也全程面无表情，从帽子边缘能看到顾飞脑袋上的青皮，严格来说，他并没有完全剃光，基本是贴着头皮，视觉效果上跟光头差不了多少了。

“顾飞，”周敬撞了撞桌子，回过头，“哎顾飞，顾……”

顾飞用手指了指他，他停下了，过了两秒才又继续说下去：“帽子摘了看看，是全剃光了吗！老徐说什么了？”

“滚。”顾飞简单回答。

周敬有些失望地啧了一声转回了身。

顾飞在旁边清了清嗓子，蒋丞扭脸看着他。

他也转了脸跟蒋丞对视着，两人面无表情地绷着看了好半天，顾飞低声问了一句：“怎样？”

蒋丞趴到桌上，脸冲着桌子一通狂笑，笑得都快咳嗽了。

“不是，”顾飞也趴到了桌上，“有这么好笑吗？”

“不知道，”蒋丞好一会儿才平静下来，“你早上也没说要去剃头啊。”

“我昨天就说了要剃光头。”顾飞说。

“真是言出必行啊，”蒋丞看了看四周，发现不少目光，“哎还想让你摘帽子让我看看呢。”

“你要看啊？”顾飞摸了摸帽檐。

周围顿时一阵低低的骚动，蒋丞摇了摇头：“算了吧，都等着看呢。”

“挺好看的。”顾飞说，“我估计今儿晚上二淼起码得摸半小时。”

“为什么要剃个光头啊？”蒋丞小声问，“原来不是挺好的吗。”

“那个花纹，”顾飞拿出手机趴在桌上扒拉着，“不想留着了。”

“我一直也没问过你，”蒋丞想了想，“你那个音符，跟丁竹心耳朵上那个，是不是一套的？”

“……算是吧，之前一块儿弄的，”顾飞说得有些犹豫，“挺长时间了，也一直没换。”

“哦，”蒋丞小声说，“一块儿玩乐队的时候吗？”

“嗯，”顾飞点了点头，又看了他一眼。

蒋丞啧了一声没说话。

16

连续好几天，四中文科楼的注意力都在顾飞的脑袋上，之所以说文科楼，是因为顾飞的活动范围也就在文科楼，下了楼除了去厕所，别的地方他一般不会经过。

贴吧里也挺热闹，各种偷拍展示，但顾飞的脑袋除了那天被老徐强行摘了帽子检查的时候有人拍到了个头顶之外，再也没有人拍到过全貌。

全貌只有蒋丞观察了，不仅观察，还是细致地观察，不仅细致地观察，还一有时间就上手摸。

“我就想问问你还写不写作业了？”顾飞坐在床边，看着右手拿笔正在写作业，左手一直放在他脑袋上的蒋丞，“不说写完了出去吃夜宵呢吗？”

“放心，”蒋丞说，“你只要不吵我，我作业一会儿就能写完，你们四中这作业，也就打发要饭的水平。”

“你不还要写原来附中那份吗？”顾飞说。

“我晚上可以写，自习也可以写，”蒋丞的手指在他脑袋上搓着，“哎这才两三天，就扎手了啊。”

“你以为呢，”顾飞也懒得再反抗了，低头接着玩手机，“你要不这么老摸，还能长得更快点儿，我现在都担心让你摸秃了。”

“哎，”蒋丞偏过头，“你讨厌别人摸你脑袋吗？”

“不知道，”顾飞说，“也没人敢摸我脑袋，除了你和顾二淼。”

“好歹是朋友，总得有点儿特权吧，”蒋丞笑了笑，侧过身用一只胳膊夹住他的脑袋，在头顶上用力搓了几下，“可惜你不摘帽子，要不我怎么也得在这儿啃个牙印出来。”

“这印可不容易消。”顾飞说。

“我脖子上的刚消呢。”蒋丞啧了一声。

蒋丞目前想得更多的是，快生日了。

生日该怎么过，他跟顾飞的生日都在暑假，一头一尾，可以合起来一块儿过，强行同年同月同日生。

从小到大，他的生日都挺没意思的，正生日那天只能待在家里，同学是不会请到家里来的，因为太闹腾，要想跟同学出去只能提前或者延后。

但虽说非要在家过，在家过也从来没过出什么花样来，永远都是一家人一块儿吃碗面，就连个生日蛋糕都不会买，因为这种甜食吃了对身体没有什么好处。

然后就是总结过去、展望未来，由父母指出你这一年来的不足之处，提出对你的期待。连工作总结都会有个环节是对自己的肯定，但别说平时，就是在生日这天蒋丞也从来没有得到过一次肯定，永远都是不足、不够、不行，需要提高，需要进步，需要努力……每次蒋丞都觉得憋气得很，在生日那天就会浑身别扭，看什么都不顺眼，差不多每年生日都会跟家人大吵一场。

他不知道还有没有人像他一样，在不断地否定中挣扎出了一身的刺儿。

这是他长这么大以来第一次可以自己做主过一个生日，他第一次可以这么轻松地面对这个日子。

虽然现在这个日子跟李保国有着很直接的关系，但他并不介意，只是在想到李保国的时候会有些郁闷。

李保国那边的情况他不太清楚，只是知道李保国自打那天从医院出来之后，就再也没有去过医院，只去过两次社区医院，拿了些止咳的药。

蒋丞是在半个月之后才接到了他的电话。

“今天晚上你哥和你姐都过来，”李保国说，“你不是要叫他们过来吗？”

“嗯，”蒋丞站在走廊上看着操场上的人，“我放了学就过去。”

“自己吃点儿东西再过来，不做饭了。”李保国说。

“好。”蒋丞应了一声，李保国现在说话声音嗓门儿还是很大，但明显已经没有之前那么足的中气了。

蒋丞挂掉电话之后觉得有些迷茫，四面不着边儿的感觉。

他跟李保国之间没有感情，更没有什么父子情谊，但这个人在半年时间里以他能感觉得到的速度迅速地衰弱下去，还有可能在没有多久之后彻底消失，他又突然会有些说不上来的不适。

“李保国？”顾飞站到了他旁边，跟他一块儿往操场上看着。

“嗯，”蒋丞把手机放到兜里，“说李辉李倩晚上都过来，叫我回去。”

“别跟李辉起什么冲突，你就表明你的态度就行，他自己要怎么做你不管，”顾飞说，“他那种人，算我们这片儿的特产，挺一言难尽的。”

“知道了，”蒋丞笑了笑，“你这心操得，都不像17岁了。”

“我早就熟透了。”顾飞说。

“是吗？”蒋丞斜眼儿瞅了瞅他。

“啊，”顾飞想了想也笑了，“你就当自己是返老还童吧。”

“哎……”蒋丞盯着他看了好一会儿才小声说，“有时候我就特别想抓着你用力搓来搓去揉来揉去，有时候还想随便抓着谁就跟人说，你知道顾飞吗？你知道他不是你看到的那样吗？哈，哈，哈，哈，只有我看到了！”

顾飞看着他，过了一会儿才低头开始笑。

“笑屁啊？”蒋丞瞪着他。

“其实我也挺想这样的，”顾飞偏过头笑着说，“没人知道年级第一背地里是什么样，只有我知道。”

“而且我吧……说不清，我就是挺不乐意别人只觉得你是个特别牛气的老大，你明明很优秀……我是不是挺二缺的？”蒋丞叹了口气，“我以前也不是这样，你一定要记着这一点。”

明明很优秀。

顾飞没有再说话。

大概就像顾飞每次在蒋丞身上看到不一样都会觉得骄傲，蒋丞也是一样吧，虽然蒋丞并不知道他并不是特别希望有人留意到这些。

他没有办法让蒋丞知道自己的想法，却很能体会蒋丞的想法。

这个帅气的，拽上天的，看谁都像是看傻子的学霸，只有我知道他这层伪装下面真实的样子，干净得有点儿傻，脾气挺臭，但要是毛摸顺了就一点儿脾气都没有……

但有时候他不愿意去多想，每看到多一点，每感受多一点，他就会感觉距离更远一点。

更会感觉这样的人不该只在泥里闪光，他根本就不该在泥里。

顾飞看着蒋丞嘴角的笑容，眼睛里的笑容，只有看到这样笑容的时候，他才能暂时把别的想法都抛到一边。

他应该像蒋丞一样，不去想太多，至于以后，以后还没有到呢。

如果有一天，“以后”站在了“眼前”，我也无所畏惧，只要我往前走，就没有什么能拦得住我。

蒋丞身上有这样的特质，而自己身上，却未必有。

但他还是愿意跳进去，像蒋丞一样活一段，也许到那一天，蒋丞走了，一切就会慢慢淡掉，但起码他不会后悔。

“今天我先拿两千吧，”放了学蒋丞一边取车一边说，“也不说住院治疗的事儿了，就说给他零用。”

“嗯。”顾飞点点头。

“请我吃碗凉面，”蒋丞看着他，“特别想吃。”

“走。”顾飞跨上车。

天气一天天热起来，虽然真正的夏天还没有到，但也是随便动动就会出汗的季节了，凉面吃起来相当爽。

“明天下午，”蒋丞说，“咱们去跟何洲打场球吧。”

“他还没放弃拉你进校队吗？”顾飞叹了口气。

“放弃了，”蒋丞笑了笑，“这次是跟技校的练习赛，何洲一直就想跟我们配合一次，跟我说无数回了。”

“那你去打啊，”顾飞说，“我就……算了。”

“为什么？”蒋丞偏过头看着他，“你不打的话，我自己打着没意思。”

“我去看你打吧，我真的不想打。”顾飞笑笑。

他向来不参加学校的活动，之前的篮球赛已经是破了例，他并不想融入身边的同学里，他有自己习惯了的节奏和状态，让蒋丞走进自己的生活，已经是完全没有想过的改变。

而有些坚持是要保持一成不变，禁锢着、沉睡着，才能坚持的。

蒋丞没有再说让他一块儿去打篮球的事儿，大概心里还扯着李保国那边，没什么心情。

顾飞陪着他去取了钱，看着他拿个信封装了，然后再一块儿去吃了凉面。

两人一块儿走到路口的时候蒋丞看了看他：“晚上你是在店里还是在家？”

“今天回家，”顾飞说，“我得在放假之前做通二淼的思想工作，让她同意暑假去进行那个治疗。”

“她不愿意去治疗吗？”蒋丞叹了口气。

“不是不愿意去治疗，她理解不了治疗是怎么回事，”顾飞说，“她就是不肯去她不熟悉的地方，得提前跟她沟通。”

“嗯，”蒋丞点了点头，“到时我也一起去吧。”

“怎么？”顾飞看了看他，“体验生活啊？”

“就想看看。”蒋丞说。

我都没有李炎了解她。

顾飞想起这句话的时候有点儿想笑，这种状态的蒋丞的确很可爱。

“那带你一块儿去。”他说。

“还有……”蒋丞想了想又挥了挥手，“没了，我先去李保国那儿了，完事儿了给你打电话。”

蒋丞往李保国家那条街里走了一段之后回过头，顾飞还骑着车，一条腿撑着地在路口往这边看着，为了表示他不是在依依不舍地目送，蒋丞回头看的时候他还马上摸出了一根烟叼上。

“傻子，”蒋丞乐了，也没看路，脚底下不知道被什么绊了一下，一个踉跄差点儿没摔了，他啧了一声，“大家一定已经发现了，蒋丞选手最近的日常有些不太一样……潇洒自如的状态保持得不是很好，虽然不应该有偶像包袱……”

他的话没说完，离前面李保国家的楼道口还有十几米的距离，他就已经听到了李保国的吼声。

下午打电话的时候明显有些虚弱，这会儿也许是因为看到了好久不见的李辉，顿时又中气十足了。

蒋丞吸了口气，放慢脚步调整着自己的状态，努力安慰自己，不要吵，不要生气，不要郁闷，给了钱就行。

“哟，他家那个小儿子也回来了……”二楼厨房窗口那儿有个大妈兴奋地说了一句。

这些把盯着别人家的事当成乐趣并且以此为主要娱乐活动的人，也是神奇。

同样是旁观者，哪怕不使用好友滤镜……顾飞旁观得那么云淡风轻，这些人却旁观得如此不堪入目。

“吃饱了就剔剔牙，”蒋丞冲二楼窗口说了一句，“先把自己嘴里那点儿渣子嚼干净了再去嚼别人家的事儿。”

二楼的大妈愣了几秒才发出了一声：“哟——”

接着似乎又不知道该说什么了，没有继续发出别的声音。

蒋丞也没管后续发展，进了楼道。

李保国家的门开着，难怪老远就能听到，他进了门之后想关门来着，但是闻到屋里的味儿之后又犹豫了。

屋子里烟雾缭绕，李保国和李辉都叼着烟，这架势是一支接一支地不知道抽了多少了，蒋丞自己是抽烟的，这会儿闻着这个味儿都有点儿想发火了。

“现在这身体情况就少抽点儿吧，”蒋丞看了李保国一眼，“咳起来不难受吗？”

“死我都不怕，还怕难受？”李保国笑了起来，边笑边咳。

“说事儿吧，”李辉坐在一边，一脸不耐烦地看着他，“你面子也是大，一声招呼我们都得过来。”

“现在……”蒋丞看了看李保国，这个称呼他实在是叫不出口，只能含糊地带过了，“这个病，他也不愿意去医院……”

“我说了！”李保国打断了他的话，“我说了我不去医院！你们要是有良心！把给医院的钱给我！”

“让你拿去赌吗？”李辉一声冷笑。

“你少给我在这拣便宜话说，”李保国瞪着他，“我在医院的时候你也没掏一分钱！钱是你妹拿的！”

“那你现在去住院！”李辉说。

“你出钱我就去住院。”这回轮到李保国冷笑，“我看着你长大，你是个什么玩意儿我还不知道？”

李辉把手里的半截烟往地上一扔，站起来就往李保国跟前儿走了过去。

一直在旁边沉默着没有说话的李倩赶紧也站了起来：“哥……”

“你少装好人，”李辉一把推开她，指着她，“你钱多你拿啊！”

李辉再想往前走的时候，蒋丞拦在了他跟前儿。

“干什么！”李辉瞪着他，“想动手？你在这个家里才待了几天？就跟我抖架子？”

蒋丞感觉自己这几个月来脾气都好了很多，刺儿也没一直炸着了，也许就像老袁说的，陌生的环境，自己的脾气不再“有恃无恐”，而且没有了那些否定，他也不再总是焦躁不安。

但是现在，在跟自己真正的这些“家人”在一起的时候，跟自己亲哥面对面的时候，他再次感受到了那个久违的自己正在蠢蠢欲动。

自己脸上的表情，自己的眼神，一定不怎么美妙，李辉在跟他对视了两秒钟之后，气焰明显弱了下去。

“我不是跟什么人都会动手的，”蒋丞冷着声音，“你根本够不着。”

“我够得着，”李保国突然在他身后笑了起来，边笑边咳嗽着，“我俩还动手了呢。”

“我只说我的意思，”蒋丞没理会李保国，还是盯着李辉，“他愿意不愿意去医院，我不管了，我今天叫你们来的意思就是……”

他就这状态下去，活不了多久了，死之前爱怎么样就怎么样，想赌还是想什么，就这几个月了。

蒋丞特别想把话说得直白，但最后还是没有说出来，只是拿出了那个信封，回手递给了李保国：“这里面有两千块，你先拿着，愿意去开点儿药就去开，不愿意随便你。”

“哟！”李保国搓开信封看了看，把钱抽了出来，在手上甩得啪啪响，“看看！看看！”

“你自己控制着点儿，”蒋丞看着他，“我也不是随时都能拿得出钱的。”

“看看！看看！”李保国跟没听见他说话似的，不断地重复着。

“那我也……”李倩明白了蒋丞的意思，低头从包里数了钱出来递给了李保国，“爸你先用着吧，最好还是去医院……”

“看看！看看！”李保国还是大着嗓门儿重复着。

“你逞什么能？”李辉突然冲着李倩吼了一嗓子，“你充什么大头！就你能耐了是吧！”

李倩被他吼得一个哆嗦，往旁边躲了躲，没有出声。

“你钱多你怎么不买个别墅给你爸住啊！”李辉继续吼，“你钱多你怎么不把你女儿斜视给治治啊！”

“你不想出钱也没谁逼你出啊！”李倩声音都有些颤地说了一句。

蒋丞都还没反应过来，李辉突然一扬手，一巴掌甩在了李倩脸上：“我让你说话了吗！”

顾飞之前交代过，蒋丞自己也想忍过去，给了钱就走，但怎么也没想到李辉能干出这样的事儿来。

蒋丞震惊过后就只有从脚底下升起来的怒火，他对这些家人，他对这个家，所有的压抑和无奈，都在这一瞬间爆发。

他对着李辉的脸一拳砸了过去，正中鼻梁。

李辉一个踉跄坐到了旁边的凳子上，又晃了一下，差点儿摔到地上。

蒋丞看着他，没有说话。

在李辉捂着鼻子站起来之后，李倩冲过来把蒋丞往门外推：“你先走吧，小丞，你先走吧。”

蒋丞转身大步走了出去。

李倩跟在他身后跑了过来，他回过头看着李倩。

“你哪来的钱啊？”李倩说，“是原来家里给的吧？”

蒋丞没出声。

李倩拿出了钱包：“你一个学生，又不挣钱，我给你补上吧，你不用出钱的，爸他……也花不了什么钱了，我给他点儿就行。”

“不，不用，”蒋丞突然有些手足无措，往后退着，“你别……”

“没事儿，”李倩笑笑，“我都没想到你能拿钱，你还上学呢，你拿钱不合适。”

蒋丞不知道自己该说什么，本来憋着的一口气一旦泄掉了，他顿时就陷入了尴尬当中，最后只得转身就跑。

李倩在后面还说了什么他都没听清，就那么一口气跑到了街口。

缓了一会儿之后他才拿出了手机，准备给顾飞打个电话。

刚解了锁，就听到身后一声口哨。

“我就受宠若惊了，”蒋丞转过头，“你又在等我吗？”

“别惊了，”顾飞骑着自行车慢慢滑了过来，脸上带着笑，“我是出来等李炎，他顺路给二淼拿点儿吃的过来。”

蒋丞扶住自行车的车把，看着顾飞，在一通乱七八糟之后，突然看到顾飞的脸，他顿时就觉得脑子里一空，整个人都轻了。

“我们去弄个文身吧。”蒋丞没头没脑地说了一句。

“什么？”顾飞愣了愣。

“就是咬个牙印，然后弄成文身。”蒋丞说。

顾飞半天都没说话，像是没听懂他说什么，又像是在愣神，在蒋丞想再开口解释一下的时候，顾飞才点了点头：“好。”

蒋丞看着他，皱了皱眉：“你是不是……不愿意？”

17

“没有。”顾飞很快地回答。

没有不愿意，虽然顾飞觉得咬个牙印再去文身这种事儿本身有点儿不太像蒋丞能干得出来的，但如果蒋丞愿意，他是没什么所谓的。

只是……文身不像别的，就算以后能洗掉，也不可能完全没有痕迹。

“那你琢磨这半天？”蒋丞盯着他。

“我只是在琢磨……”顾飞犹豫了一会儿，“会不会有点儿太傻了。”

“又不咬你脸，”蒋丞说了一半又停下了，拧着眉想了半天，最后乐了，“好像是挺傻的。”

顾飞笑着没说话。

“傻就傻呗，”蒋丞一挥手，“其实这种傻事儿我以前是不会干的，也就……跟你在一块儿吧，被传染了。”

“你还真敢说，被我传染？”顾飞看着他。

“敢啊，”蒋丞手往兜里一插，“算了，要不再想想，想个不那么傻的方式，文身这个我也就是有感而发。”

“嗯。”顾飞点点头。

有人在对街按了一下喇叭，蒋丞顺着声音看了一眼，一辆摩托掉了个头开到他俩旁边停下了。

头盔拿下来之后他看清这人是李炎。

“这个饼干上回二森吃得挺带劲的，估计挺喜欢吃，”李炎把车把上挂着的一个袋子拿了下来递给顾飞，“还有点儿别的，她要不爱吃你俩就吃了吧。”

“嗯，”顾飞接过袋子看了一眼，“这么多。”

“里面有两盒榴梿酥，你们一人一盒，”李炎看了看蒋丞，“你应该没吃过，超级无敌大跟头后空翻侧手翻式好吃。”

“哦。”蒋丞差点儿没听懂他在说什么。

“就是这店太远了，我去一趟得下好几天决心，去了就给他们都带点儿，”李炎说，“这次就给你也带了，你尝尝。”

“谢谢。”蒋丞突然有点儿饿，从袋子里拿出那盒榴梿酥打开直接就吃了一个。

“怎么样？”李炎马上问。

“嗯，”蒋丞点了点头，的确是好吃，感觉牙刚碰着就开始掉酥皮儿了，松软可口，“螺旋桨滑翔翼平地托马斯式好吃。”

随便聊了几句之后，李炎就走了，说是约了酒。

蒋丞一边吃着一边想了半天才想起来之前他跟顾飞说的是什么。

那个牙印文身。

但这个话题他没有再继续下去，一个是文身的确傻，一个是……他连吃了三个榴梿酥之后慢慢冷静下来了。

从进了李保国家开始他就一直觉得自己脑子里乱，到现在他才回过神来。

“还想吃东西吗？”顾飞说，“一碗凉面不顶饱吧，再吃点儿？”

“现在吧，说饱了又想吃点，但说吃点儿什么，又好像没饿到那个程度，想不出来。”蒋丞叹了口气。

“要不……”顾飞想了想，“去店里，我给你弄点儿吃的吧。”

“嗯。”蒋丞应了一声。

现在的确是不知道想吃什么，李保国那边并没有让他有一种解决了什么问题之后该有的轻松感觉，他没什么胃口。

一直到进了店里，顾飞去后院厨房准备弄吃的，他才跟过去问了一句：“其实……”

顾飞手里拿着几个鸡蛋看着他：“什么？”

“你其实是想着以后我们要是没在一个地方了，不再联系了，在身上留着个消不掉的文身不怎么合适，”蒋丞看着他，“对吧。”

顾飞愣了愣：“没。”

“那玩意儿能洗掉的，”蒋丞说，“你不用担心这个……算了，当我没说，本来也的确是很傻。”他转身回了店里，坐在收银台后边儿拿了手机出来没什么目标地划拉着。

“我没那么想过。”顾飞手里抓着鸡蛋也过来了，把鸡蛋一个一个放在收银台上。

“顾飞，”蒋丞啧了一声，“你是不是觉得我……”

“去文牙印，”顾飞打断了他的话，“李炎认识很好的刺青师傅。”

“不用了，”蒋丞皱了皱眉，感觉自己跟个不讲理的小朋友似的还得顾飞来哄着他，“我也就是随便一说。”

“我给他打个电话，让他联系个时间。”顾飞说。

“哎，”蒋丞看着他，“我说了不弄了，没什么意思，我又不是说非得强迫你干什么……”

“我说了，去文牙印！”顾飞手往收银台上一拍，撑着桌面凑到了他眼前，声音压着，带着一股子恶狠狠，“现在是我强迫你。”

蒋丞让他这气势吓得一愣。

“牙印。”顾飞盯着他。

“啊？”蒋丞瞪着他，“牙印怎么了？”

“咬哪儿合适？”顾飞问。

蒋丞看着他半天没说话，最后没绷住乐了：“你是不是有病啊？”

“要不要啊？”顾飞又问。

“要。”蒋丞点头。

“一会儿我给李炎打电话，”顾飞直起身，把收银台上的鸡蛋摆成了一排，“一，二，三，四，五，够吗？”

“我吃不了五个，”蒋丞看着鸡蛋，“吃这么多蛋白质中毒。”

“还有我的呢。”顾飞笑着把后门带上进了厨房。

蒋丞本来觉得没什么胃口，但顾飞突然“强迫”他去弄牙印之后，他又开始感觉到饿了。

其实他对弄个牙印文身并没有什么执念，之所以会想到文身，也就是因为他从来不被允许做任何这类的事情，别说是个文身了，就连潘智送他一个石头挂坠，沈一清也不允许他挂在脖子上，差点儿让他把东西还给潘智。

有朋友愿意跟他一块儿弄这种傻玩意儿，他当然会很高兴，而真正让他有了食欲的，也就是那句“我没那么想过”。

人有时候就是这么奇怪，就是这么容易满足，不需要佐证，不需要逻辑，只需要对方的那一句话，空口无凭也一样能感觉愉悦。

顾飞很快地弄了吃的，五个煎鸡蛋，一小盆儿醪糟汤圆，闻着很香。

“来，这是我的煎鸡蛋，”顾飞从连在一块儿的鸡蛋里夹了两个出来放到蒋丞碗里，“给你吃。”

“行吧，”蒋丞也夹了俩鸡蛋放到了他碗里，“这是我的，你慢慢吃。”

“嗯。”顾飞笑了笑。

“这个蛋谁的？”蒋丞指了指剩下的那一个。

“鸡的呗。”顾飞说。

蒋丞愣了愣，接着就乐得不行，手里的碗都差点儿拿不住了：“哎顾飞有时候你挺可爱的。”

“只是有时候啊？”顾飞看着他。

“我能把可爱这词儿用你身上就已经挺神奇了，”蒋丞说，“知足常乐懂吗？”

“懂了。”顾飞认真地点了点头。

给李炎打电话让他跟刺青师约时间的时候，李炎的反应倒是挺平静的：“你？还有谁？”

“蒋丞。”顾飞说。

“哦，”李炎应了一声，“你俩病得不轻。”

“你就别给诊断了，”顾飞说，“给联系好就行。”

“你没去过那边吧，我带你俩过去？”李炎问。

“不。”顾飞很果断地回答。

“是见不得人的部位吗？”李炎又问。

“嗯。”顾飞笑笑。

“我以后再找机会看吧，”李炎啧了一声，“反正夏天已经到了。”

李炎认识的这个刺青师，格调很高，有个号称不对外接客的工作室，客人主要靠熟人介绍，之前李炎在后腰上文了个柯基屁股，顾飞看过，效果还不错，柯基屁股的蛋糕感都体现出来了。

不过关于他和蒋丞这个弱智牙印到底要啃在什么部位，顾飞没什么想法。

不过蒋丞倒是已经想好了，坐车去那个工作室的路上，蒋丞小声凑到他耳边。

“腿上。”蒋丞晃了晃腿。

“腿上？”顾飞乐了。

“我要能自己咬着我就不找你了。”蒋丞说。

顾飞偏过头冲着车窗外面笑了半天，又转头小声问：“那你看我文哪儿？”

“锁骨，”蒋丞用手指在他左边锁骨上轻轻点了一下，“就这儿。”

这个工作室在这个小破城市最豪华的新区的一个看上去还挺不错的小区里，电梯直上九层，门上挂着个黑色的木板牌子，上面一个字儿也没有，就仨白点儿。

“这个工作室是叫三饼吗？”蒋丞问。

“不知道，就知道老板姓陆，”顾飞忍着笑，按了门铃，“一会儿问问。”

门很快打开了，老板亲自开的门，这个老板看上去比这个到处都用黑色装饰着的工作室要阳光得多。

“李炎说必须得我亲自给你们做，”陆老板给他俩倒了杯茶，“所以我就没叫助手过来了，不过我一个人做的话，时间会久一些。”

“没关系，”蒋丞说，“关键是给做得漂亮些就行。”

“这个你们放心，我做刺青都多少年了，”陆老板说着突然走到他俩跟前儿，一扬手把身上的T恤给脱掉了，“你们看。”

“哎哟。”蒋丞吓得往后躲了躲才看清这人是要展示他自己身上从天到地看不到一寸黄色皮肤的刺青。

“很酷。”顾飞发出了非常由衷的赞扬。

虽然看上去很像神经病，但图案什么的都很漂亮、精致，艺术感也很强。

陆老板穿好衣服：“背后那些是我助手做的，我能够得着的都自己做，你们放心，就你们想做的一个小小的图案，没有问题……你们想好做什么样的图了吗？在什么部位？”

“……牙印，”蒋丞回答完之后顿住了，突然发现自己不知道该怎么开口解释这个创意，“就是……”

“你俩相互咬吗？”陆老板直接问了一句。

蒋丞顿时觉得无法回答。

“对，”顾飞回答，“先我的吧，锁骨上可以做吧？”

“可以，就是会有点儿疼，那里皮肤薄，”陆老板伸手过去拉开了顾飞的衣领，回头看着蒋丞，“是哪里？”

“……这儿。”蒋丞挺想把他的手拍开的，但考虑到人家这是工作需要，只能咬牙过去指了指。

“那你咬的时候，”陆老板也指着顾飞的锁骨，“往肩这边靠一些，要不印子咬不全，他锁骨挺挑的。”

“嗯。”蒋丞点了点头。

陆老板大概是见多识广，对于两人要相互咬牙印这种事儿完全没有任何反应，仿佛天天都有人在大街上对着咬似的。

还很人性化地让他俩先到旁边的工作间里准备着。

“脱吧。”蒋丞抱着胳膊站在顾飞面前。

“……这场面。”顾飞笑了笑，把衣服脱掉了。

“我咬了啊？”蒋丞扳着他的肩，左右研究着角度，“就这儿。”

“你可以咬狠点儿，一次成型，要不咬两次就没法弄了。”顾飞往后仰了仰头。

“嗯。”蒋丞点了点头。

“好了，咬吧。”顾飞说。

蒋丞扳着他的肩一口狠狠地咬在了他锁骨上。

“啊——”顾飞喊了一声，非常嘹亮，情真意切，一点儿没有进行艺术加工，纯粹就是被疼出来的动静。

18

这一口咬得实在全情投入有点儿狠，简直快赶上那天指虎砸锁骨上的疼痛了。

“这个应该可以了，”蒋丞退了一步，看了看牙印，“真圆啊，我发现我牙还挺好的。”

“是，”顾飞往锁骨上摸了摸，“毕竟是能咬掉拉链头的牙。”

“没错，”蒋丞眯缝了一下眼睛瞅着他，“所以你给我老实点儿，信不信我把你嚼了连渣都剩不下。”

“知道了。”顾飞非常诚恳地回答。

陆老板准备好了要用的工具，进来看了看牙印，“可以了，是要卡通一些的，还是立体感强些的？”

“有什么区别吗？”蒋丞问。

“你们可以看看照片，”陆老板把旁边的笔记本打开了，找了几张图片出来，“立体感强一些的呢，就像这样的……”

蒋丞有些吃惊，原来往身上弄牙印这事儿干的人还不少，他和顾飞在他们的掩护之下顿时就显得不那么傻了。

但是这个立体感觉强的牙印，他看了一眼立马就觉得有些受惊，黑色的牙印，视觉上还带着红肿的效果，有些惊悚。

“这种不行吧？”蒋丞看着顾飞，“看着跟即将毒发似的。”

“你好毒，你好毒，你好毒毒毒……”顾飞靠在一边小声唱了一句，“卡通的什么样？”

“卡通就平面一些，阴影做得少，没有那么强的立体感，”陆老板又展示了两张图片，“基本就是按你咬上去的痕迹做个平面的，这种比较可爱。”

“那就这种，”蒋丞看了看照片，相比之下，卡通的虽然叫卡通，但实际上看着比立体的那种正常多了，没有那么强烈的非主流感，“能不用黑色吗？”

“什么颜色都行，你要喜欢，给你做成七彩都可以，”陆老板说，“但是我个人建议还是深一点的颜色，比较好看。”

要不是考虑到这种一旦弄上去，就算洗也不是马上能洗掉的，蒋丞还真想给他弄个什么粉红粉蓝的，小兔子乖乖嘛。

最后还是挑了黑色，低调得傻中带酷。

顾飞躺到床上之后，陆老板戴上手套，一样样开始展示要用到的一次性工具，这个针头那个管子的，蒋丞一边看一边觉得这做个文身跟要上刑似的。

接着就是消毒，开始描出图案。

描完之后陆老板还让蒋丞检查了一下，又拿个镜子让顾飞看了看：“就大致是这个样子，没问题我就开始割线了。”

听陆老板的解释，割线就是先把图案的边缘给划拉出来，但就是这个“割”字，让蒋丞觉得自己大腿隐隐作痛，他皱了皱眉：“不抹点麻药什么的吗？”

“这个面积不大，能忍还是忍一下吧，”陆老板说，“好的药膏倒是不影响上色，但是影响皮肤的弹性，对图案形状还是有影响的。”

“那你忍忍？”蒋丞把脸伸到顾飞脸上方看着他。

“嗯。”顾飞笑了笑。

蒋丞坐回到旁边的椅子上，看着陆老板拿了个不知道什么玩意儿跟笔似的东西开始在顾飞锁骨上一下下地不知道是戳还是割地折腾着。

顾飞没什么反应，这个疼痛估计还是能忍的。

就是时间有点儿长，这个陆老板戴着个口罩，半脸投入地低头忙活着，光是割这个线，就精雕细琢地用了四十多分钟。

“准备开始上色了，”陆老板一边换工具一边说，“现在应该不怎么疼，一会儿开始上色就会有点儿疼了，不过痛并期待着嘛，还是很有乐趣的。”

蒋丞在旁边搓了搓腿，小声问顾飞：“疼吗？”

“现在还行，感觉不太大，”顾飞偏过头冲他笑了笑，“可能这里的皮肤不够细嫩，就不觉得疼，如果是腿的话……”

“闭嘴。”蒋丞打断了他的话。

“大腿也还好，其实还不如锁骨疼，大腿上有脂肪，相对来说没那么痛，”陆老板看了蒋丞一眼，“你的牙印是要做在大腿上吗？”

“啊，”蒋丞有些尴尬地跷了个二郎腿，“您开始上色吧。”

上色的过程相当无聊，蒋丞在一边看着陆老板拿着跟牙医用的洗牙器差不多的玩意儿趴床头那儿，一点一点地弄着，而且视觉效果也跟洗牙似的，时不时就得擦一下渗出来的血。

蒋丞不怕血，但是一联想到自己身上，也还是有点儿瘆得慌。

他拿出手机，对着顾飞那边拍了几张照片，低头开始P图玩，折腾了一会儿之后顾飞说了一句：“你要无聊，不如帮我把爱消除那关过了，老过不去，我都好几天没玩了。”

“……行吧。”蒋丞伸手往顾飞裤兜里摸了摸，把手机拿了出来，还顺带戳了他一下。

顾飞啧了一声。

“是不是疼？”陆老板马上问。

“不是，”顾飞说，“已经疼麻了，感觉不到疼了。”

“差不多了，”陆老板擦了擦渗出来的血，“你锁骨漂亮，这个文出来肯定很酷。”

蒋丞凑过去看了一眼，牙印已经有了半圈，虽然皮肤是红肿的，但效果还是能看得出来的，比起立体的那种要好看不少，顾飞锁骨形状漂亮，这么一衬，的确还挺性感的。

蒋丞捏着顾飞的手指给手机解了锁，开始给他过关。

不过一打开弱智爱消除的界面，他就看到了三百多颗小红心：“这么多心？”

“嗯，”顾飞笑了笑，“几天没玩攒的。”

“我半个月没玩也攒不了这么多，”蒋丞点开他好友看了一眼，有种好友列表翻不到头的感觉，“好友数量有点儿惊人啊。”

“都是同学什么的，”顾飞说，“为了小红心，就这么多人，平时老玩的话都存不住呢。”

蒋丞简直不理解顾飞这种行为，平时宛如一朵高岭之花，但为了玩个游戏居然能加上一堆他平时根本不搭理估计连认都认不全的人，一个学渣，为了一个弱智游戏，连精心维护了十多年的人设都不要了……这是一种什么样的精神。

顾飞卡的这一关李炎已经过了，蒋丞看了一眼，李炎差一关就能到顶了，竞争对手即将登顶并向自己发来嘚瑟贺电，而自己还被卡在特别恶心，步数超级少的那一关，实在挺憋气的。

蒋丞低头开始琢磨，如果文身的时间够长，他没准儿能多过几关。

他们学霸的强项就是无论做什么事都能迅速集中注意力，哪怕是一个弱智游戏，也能认真投入，用脑效率和时间效率都不是顾飞那种半吊子渣渣能比的。

这一关蒋丞用了六颗心通过了，接着又继续冲了两关，离李炎还有两关的距离，正想活动一下有些发酸的脖子继续，那边陆老板手里的伪牙医小机器停了。

“可以了，”陆老板说，“看看效果，现在还是肿的，等消肿之后就不一样了。”

“我看看！”蒋丞立马蹦了起来，撑着床沿凑了过去。

顾飞的锁骨和肩那一块有些红肿，但还是能看得出上面的黑色牙印很漂亮，当然，这也跟自己的牙长得整齐划一、风流潇洒有很大关系。

总之这个牙印比蒋丞想象中的要漂亮不少，他拿过镜子给顾飞看了看：“我觉得不错，你感觉呢？”

“你牙真整齐啊。”顾飞看着镜子笑了。

“废话，我不光牙整齐，我整个人都很整齐。”蒋丞说。

陆老板需要休息半小时，蒋丞和顾飞到楼下转了转，找了个小咖啡店要了点儿吃的坐下了。

“衣领拉开我看看。”蒋丞盯着顾飞的肩。

“刚不是看过了吗，”顾飞拉开衣领，“过两天消肿了才能看出效果吧。”

“疼吗？”蒋丞问。

“火辣辣的，”顾飞皱了皱眉，“我一直忍着没说，真挺疼的，我以为戳麻了以后能不疼了呢，结果就是在一片疼里跳着疼。”

蒋丞让他这一说，顿时有些紧张，顾飞是个很能忍疼的人，这要换了自己，不知道会是什么状况了，“他刚是不是说腿上有脂肪所以没那么疼？”

“嗯，”顾飞看着他，“你要是怕疼……我看他家还有文身贴卖呢，很漂亮，比几块钱买来玩的那种格调高多了，还能定制……”

“你什么意思啊？”蒋丞打断了他的话。

顾飞真的特别想跟蒋丞认真探讨一次关于傻气是谁传染给谁的这个问题，他在认识蒋丞之前，真的不会出现这种一次又一次说错话的情况，特别是这种已经思考过的内容。

“你不是怕疼吗。”顾飞只能给自己圆场。

“人都说了有脂肪的地方没那么疼，”蒋丞看着他，“而且我怕不怕疼跟我能不能忍疼是两回事儿好吗？我都没试试到底疼不疼呢。”

“试了以后发现好疼怎么办，弄个半拉牙印吗？”顾飞笑着说，“要不改成弄屁股上得了，脂肪更厚。”

“不行，”蒋丞啧了一声，“就得是大腿上。”

对大腿上文身的事进行了一番讨论之后，再回到陆老板的工作室时，蒋丞老有一种他给顾飞付了钱然后把他带进了小黑屋准备进行可以打110的活动似的。

“进去准备一下吧，”陆老板还是这套话，“我准备一下工具，都得换新的了。”

“好的。”顾飞进了操作间。

蒋丞跟进去的时候，顾飞正站在床边搓着手冲他笑。

“你要敢打击报复，”蒋丞指了指他，“我就抽你。”

蒋丞到这会儿才开始直面自己要在这种地方文身的现实。

“要换地方吗？”顾飞笑着问。

蒋丞没说话，靠着墙沉思了很长时间，最后一咬牙把外裤脱了：“不换。”

“哎！”顾飞被他这突如其来的动作吓了一跳，下意识就过来挡在了他身边，“你干吗？”

“咬啊，”蒋丞坐到了床上，脱了鞋腿往床沿上一踩，“来吧这位少年。”

顾飞往外间看了一眼，清了清嗓子。

“赶紧的，”蒋丞担心一会儿这姿势咬一半的时候陆老板进来了，“清什么嗓子您是还想高歌一曲吗？”

“来了。”顾飞看了看他，突然两步走了过来，低头一口咬了下去。

蒋丞被这个新时代的速度吓着了，愣了起码能有五秒钟，他才在一阵疼痛中回过神来。

“疼疼疼疼疼……”他赶紧推了推顾飞的脑袋。

顾飞咬着他的腿没撒嘴。

“你大爷啊顾飞！好吃吗！”蒋丞又在他脑袋上拍了一下，压着嗓子，“是不是还得给您上点儿蘸料啊！”

顾飞还是没松嘴，抬手在他腰上掐了一把，又过了好几秒钟，才终于抬起了头。

“哎，”蒋丞往后一倒，躺在了床上松了口气，“顾飞你完了，今儿这事儿我给你记一笔……”

19

陆老板拿着一套新的工具进来的时候，顾飞正靠在墙边玩手机，蒋丞坐在操作床上发愣。

“咬好了吗？”陆老板问了一声。

“嗯，”蒋丞点点头，“这个位置……好弄吗？”

“大腿啊？”陆老板看了他一眼，“没问题，我什么位置都给人文过，你这还算好做的了。”

“够圆吗？”顾飞在一边问。

“挺好的了，”陆老板看了看蒋丞的腿，“你……有虎牙啊？还挺对称，要不我把虎牙这两个点儿做成心形？”

“……也不错，”蒋丞其实都还没仔细看过这个牙印，到这会儿了他才低头看了一眼，“还真是可以。”

顾飞的牙印也很整齐，但两个虎牙的眼儿特别明显，略微往出了一点儿，文成两颗小心还真是……挺好看的。

“心上色的时候可以用红色，”陆老板说，“会很好看的，你侧着躺吧，让图案平着，我比较好操作。”

顾飞看着蒋丞侧躺到床上，右腿侧着平放在床上，左腿屈起来……这姿势真是嚣张透顶，陆老板往上一趴，开始割线的时候他差点儿过去把人家一把给掀开。

这个部位不比肩膀，他拿了张凳子坐到了蒋丞身后的床边，趴到了床沿儿上，跟陆老板隔腿相望。

“好像不疼。”蒋丞说。

“割线是不怎么疼的，”陆老板抬眼看了看顾飞，“一会儿上色会有点儿疼，不过比锁骨上要好得多，锁骨比较疼。”

“我肩膀现在都疼了。”顾飞点点头。

“明天就好了。”陆老板继续割线。

蒋丞听到他的声音，扭头往这边看了一眼：“你怎么坐那儿？”

“哪儿？”顾飞也看了他一眼，“我坐这儿看得清。”

“随便你吧，”蒋丞枕着胳膊，“我刚把你那关过了，你不玩会儿吗？”

“不。”顾飞说。

蒋丞没再出声。

顾飞继续趴床沿儿上看着陆老板割线。

蒋丞一开始是睁着眼的，不过后来就闭上了，轻轻叹了口气：“顾飞。”

“嗯？”顾飞应了一声。

“你手机里是不是有电影？”蒋丞问，“找一个给我看看吧。”

“行，”顾飞拿出手机，“我给你找一个。”

腿上皮肤比较平展，陆老板割线比之前要快一些，让他俩看了看没什么问题之后就开始上色。

蒋丞一边看电影一边还在琢磨着那两颗虎牙小心还挺精致的，但没琢磨两下，就感觉到了疼痛。

这种来自皮肤表面的疼痛，一下两下的话，根本没什么感觉，都说不上是疼，但要是在同一个位置不断重复，这滋味儿就不怎么好受了。

陆老板做得很仔细，蒋丞只感觉到时光一点儿也不匆匆，跟凝固了似的，戳了老半天，看一眼时间，也没过去多久，而因为疼痛而下意识收紧的肌肉，加上这个姿势左腿还必须用劲，要不就会直接砸陆老板脑袋上，一个小时之后他开始感觉到累得不行，电影都看不下去了。

“顾飞。”他叫了一声。

“嗯。”顾飞站起来看着他。

“你……帮我扶一下腿吧，”蒋丞叹了口气，“我腿酸了。”

顾飞笑了起来，手扳住了他左腿膝盖：“这样行吗？”

“哎，”蒋丞顿时一阵放松，“累死我了。”

“没多久了，”陆老板说，“过半了。”

“您辛苦了。”蒋丞感叹了一句。

顾飞扳着他膝盖之后，他感觉腿上被折磨着的那两寸皮肤都没有那么疼了，不过顾飞站那儿扳着膝盖的姿势没坚持多久似乎也有点儿累，蒋丞看到他回手从旁边的桌上拿了一根绳子。

“干吗？”蒋丞看着他。

“我想坐着，”顾飞把绳子在他腿上绕了一圈，拉着绳子拽着他的腿，坐回了凳子上，“这样就不用一直站着了。”

“有创意。”蒋丞说，“我想喝水。”

“外面有饮水机。”陆老板停下了手里的活儿。

顾飞出去倒了杯水进来递给他，趁着陆老板起身边活动胳膊边往外也去喝水的时候，转到他身后，拿起绳子轻轻拽了一下。

他的腿跟着往一边分了分。

“你死定了。”蒋丞指了指他，这会儿大腿根儿跟火燎了似的劲儿全上来了，又疼又辣。

“疼吧？”顾飞问。

“嗯。”蒋丞瞅着他。

顾飞笑着看了看他还没完工的腿：“这几天什么也干不成了，这儿不能见水呢。”

蒋丞的这个牙印上虽然有两个小爱心，不过花费的时间比顾飞肩上的那个要稍微短一些，陆老板手里的小机器终于停止工作的时候，蒋丞长长地舒了一口气，不仅仅因为那种在一片疼痛里跳着疼的感觉终于停止了，还因为陆老板终于走开了。

“可以了，”陆老板很满意地检查了一下，“非常完美，大腿皮肤比较白，衬起来挺酷的。”

“我看看。”顾飞探过头看着牙印。

蒋丞坐起来低头也看了看牙印，相比顾飞锁骨上的那个，他这个因为两个小红心而在性感中透出了一点儿可爱。

嗯，不错。

走出工作室的那栋楼时，蒋丞觉得自己今天穿着宽松运动裤还是非常明智的，就这样，走路都还有点儿下意识地就想迈螃蟹步。

“不坐公交车了，”他扯了扯裤腿儿，“咱们打车吧，我不想走路。”

顾飞笑着伸手拦了辆出租车：“明天上课怎么办。”

“穿大裤衩呗，”蒋丞上了车，“陆老板不是说过了一夜就没什么感觉了嘛，就是先别沾水。”

“嗯，大裤衩挺好，”顾飞坐在他旁边小声说，“还可以随时观摩。”

蒋丞的手机在兜里响了，他一边掏手机一边说：“你等我腿好了收拾你……”

但看清来电的名字时，他顿时就不想再说话了，要不是因为今天心情不错，他这会儿没准儿连食欲都没有了。

“喂。”他不太情愿地接起电话。

“小丞吗？”那边传来的却并不是李保国的声音，而是一个女声，没等他回答，那边又有些焦急地说了一句，“我是李倩。”

“李倩？”蒋丞愣住了。

李倩用李保国的手机给他打电话，他的第一反应就是李保国的病……加重了？不行了？还是？

“你现在有时间吗？”李倩说，“有没有时间过来一下，爸他……现在正闹呢，我们劝不住，派出所也来了人，但是……你看你能不能过来劝劝他？”

“他干吗了？”蒋丞心里有些不安。

“他在楼顶上，”李倩说话时背景里能听到闹哄哄的声音，“说要自杀。”

“什么？”蒋丞声音都有些跑调，李保国闹自杀？

挂掉电话之后，他转脸看着顾飞，满脑子的无语，都不知道该怎么开口跟顾飞说了。

虽然顾飞知道他家的情况，也知道李保国的为人，甚至比他更清楚，但他还是不愿意一次又一次，让顾飞看到跟他有关的这个男人不断地折腾出各种事来，不愿意让顾飞隔三岔五地看到跟他有关的各种麻烦。

就算他每次碰上事儿的时候看到顾飞都会觉得踏实，但自己老有各种糟心事儿，他不知道顾飞会有什么样的感受。

“李保国？”顾飞问。

“嗯，”蒋丞应了一声，又拍了拍司机的座椅，“师傅麻烦稍微开快点儿。”

“李倩打来的？”顾飞又问。

“嗯，”蒋丞沉默了一会儿，轻声说，“说李保国闹……自杀呢，在楼顶。”

顾飞愣了愣：“现在？”

“是，”蒋丞拧着眉，“警察都来了。”

顾飞抓了抓他的手：“没事儿，一会儿过去劝下来就行……李辉没去吧？”

“不知道，”蒋丞按着眉心揉了揉，“我没问。”

“就是闹给李辉看的，李辉要去了，用不了多久就能下来了，”顾飞说，“以前也有过一次，说是要抹脖子，举着刀在街上逮谁砍谁。”

“这跟李辉有什么关系？”蒋丞有些莫名其妙，也有些震惊，李保国居然还有过抹脖子和砍人的事儿。

“作吧，你看他俩见面就吵，李辉估计是真不愿意搭理这个爹，”顾飞把他的手抓到自己腿上放着，轻轻地搓着，“但李保国还是很在意他的，长子嘛，跟别的孩子不一样的，所以就作，人和人作的方式不一样而已。”

“是吗？”蒋丞皱着眉轻轻叹了口气，心里乱得很，他知道李保国不会真的跳楼，但一想到即将面对的混乱场面，那些围观的邻居，那些说着风凉话的闲人，他就觉得头很疼，比大腿根儿还要疼。

李保国家楼下比蒋丞想象中的要更热闹，这会儿正是大家都下了班买了菜回来的时间，别说是这条街，顾飞家店那边的人都过来了，楼下围了能有一二百人，连楼顶都有不少人，警察正在往下赶人。

蒋丞往楼顶看了看，李保国蹲在楼顶最边缘的角那儿抽着烟，时不时还回头冲身后的民警吼两声。

“哎来了来了，”一个大妈喊了起来，“这李保国小儿子，小儿子来了。”

“小儿子？怎么还有个小儿子？”马上就有人追问了一句。

“你不知道了吧，就小时候送走的……”

“送走？我怎么不信呢，卖掉的吧。”

蒋丞一阵心烦，正想问问顾飞这种老式楼该怎么上楼顶，旁边一个男的喊了一声：“跳啊！赶紧的！磨叽个屁啊！跳啊！”

接着就有人跟着起哄，一片口哨声里好几个人都喊了起来，跳啊跳啊。

顾飞跟蒋丞离着有几步的距离，蒋丞转头看向那几个起哄的人的时候，他紧走了两步，眼下的情况，蒋丞会有什么样的情绪他都能猜得到，在听到有人说出这种充满了恶意和无聊的话，以蒋丞的脾气，不可能压得住。

顾飞刚走到他身后，蒋丞已经一拳砸在了那人的鼻子上。

不得不承认，蒋丞的拳头还是相当拉风的，跟他的弹弓一样有力，直接就把那人砸得脚下一飘，往后摔倒在了地上。

那人撑着地，脚蹬了好几下才站了起来，瞪着蒋丞就想扑过来，顾飞推了蒋丞一把："你别管这里了。"

"嗯。"蒋丞应了一声，转身进了楼道里。

顾飞挨个往那几个人脸上扫了一圈："怎么？"

"我说句话他就动手！"被砸了脸的人狠狠地骂着，"他哪儿来的！我等他下来！"

"那你等。"顾飞看着他，这人有点儿眼熟，但并不认识，反正钢厂这片儿的老中青三代同堂混混们，他差不多都能看个眼熟。

那人看着他，手伸进了兜里。

要按以往，一般情况下没有人会跟他正面冲突，这些人差不多也都认识他，但今天当着这么多人的面，再加上"顾飞已经被猴子收拾了"的江湖消息，这人大概是准备动手。

顾飞一向的原则就是如果非得动手，那就得快，不给对方反应的机会。

在这人向他迈出了一步，手都还没来得及从兜里把武器拿出来的时候，他一抬左手兜住了这人的后脑勺，右手手掌下部猛地撞在了他的脑门儿上。

这一击劲儿不算大，但是够他晕几秒的。

顾飞手收回来了之后，这人才晃了晃，扶了一把旁边的人。

"什么时候混到能跟猴子说上话了，"顾飞看着他，"再来找我麻烦。"

几个人都没了声音，顾飞也没再继续跟这几个人多说，仰了头往楼顶天台看过去。

李保国还在边缘上蹲着，但正扭了头往后看，然后又转回来冲着下面吼了一句："你别管我！我现在就要跳下去！我反正也活不了几天了！早死晚死都是死！你要想陪我！你就过来！"

顾飞皱了皱眉，扒拉开几个人，跑进了楼道，往楼上冲。

他本来以为蒋丞会先在下面喊喊话，但听李保国这话，蒋丞已经上了天台，虽然这老楼统共也没几层，但对于在五楼天台待着都能吐的恐高选手蒋丞来说，这个高度估计能让他当场吐出来。

"顾飞你上来干什么？"三楼有个老民警拦住了他。

"叔，"顾飞认识这个民警，以前老爸的事儿就是他最先到的现场，"我朋友刚上去，你让我上去，他恐高，别一会儿李保国没事儿，他出点儿什么问题。”

老民警盯着他看了一会儿：“上去吧，不要靠近李保国。”

“我知道。”顾飞跑了上去。

上了天台，上面有不少人，民警，居委会的几个大妈大姐，李倩站在天台中间，正低着头抹着眼泪，李保国大着嗓门一边咳嗽一边骂着，骂李倩，也骂蒋丞，话说得非常难听，顾飞在这里长大，听过各种刷新下限的语言，但李保国这种结合了世间万物生殖器的针对李倩和蒋丞莫名其妙的指责，还是让人有种想过去直接把他推下楼去的冲动。

蒋丞蹲在她身后靠近天台楼梯的位置，背对着这边也看不清是什么情况。

“蒋丞。”顾飞没法过去，只能在这边叫了他一声。

蒋丞转过了头，犹豫了几秒钟之后，手脚并用地往他这边爬了过来，一边爬一边拧着眉说：“我要下去，我不管了，我要下去……”

顾飞往前两步伸出了手，蒋丞一把抓住他的手之后顿时整个人都软了下去，顾飞不得不半拖半抱地把他搂到了楼梯边上。

“我不管了，我再也不想听到他任何消息，”蒋丞小声说着，“我们下去。”

“嗯。”顾飞应了一声。

“那什么，”蒋丞声音有些微微发颤，“你……背我下去，我动不了。”

20

蒋丞的声音很低，似乎是不想让旁边的人听到，顾飞点了点头，应了一声，但如果要背他下去，这动静别说是旁边的民警和大妈大姐们，就是那边的李保国估计都能看得到了。

而且……蒋丞大腿根儿的牙印刚做好，这会儿都还又红又肿的，他根本没法背，他犹豫了一下，也小声说：“背你会蹭到你的牙印吧，我……抱你下去？”

“放屁。”蒋丞虽然还是很小声，但拒绝得还是很坚决。

“那行吧。”顾飞叹了口气，抓过蒋丞的胳膊往自己肩上一搭，微微侧身一使劲，几乎把蒋丞拽离了地面，拖着就开始往楼梯那儿下去。

这姿势下普通的楼梯没什么问题，但这老楼通天台的楼梯是个铁架子楼梯，背着人下去没什么问题，要这么单手搂着蒋丞下去，难度就有点儿大了。

他能感觉到蒋丞整个人都发软，这估计不光是恐高，还有对李保国带着震惊的失望。

他不得不一手拽着楼梯，一手搂着蒋丞，基本就用一只手和一条腿的力量把蒋丞给弄下了楼梯，最后一步他胳膊都拉得有点儿疼，差点儿把蒋丞直接扔地上。

松手之后蒋丞往墙边一靠，慢慢蹲到了地上。

天台上李保国还在骂，夹着李倩的哭声，还有民警不断的劝说，虽然内容听得不是太清楚，但却依然能从语气语调里听出压抑和烦躁来。

“下去吧？”顾飞弯腰撑着膝盖看着他。

“嗯，”蒋丞皱着眉深吸了两口气，站了起来，又按了按肚子，“想吐。”

“那吐吧。”顾飞说。

“文明点儿，钢厂是我家，”蒋丞看了他一眼，“爱护靠大家。”

顾飞笑了起来，在他肩上捏了捏：“那下去找个垃圾堆吐。”

蒋丞没说话，闭着眼又缓了缓，但顶楼天台上的混乱似乎让他没办法缓过来，他叹了口气，低头扶着栏杆往楼下走。

顾飞跟在他身后，听着天台上的声音一点点变小。

刚下了两层楼，楼下传来了一声怒吼：“想死你就死啊！蹲那儿吓唬谁呢！有病！”

蒋丞的脚步停了停，五楼一户人的门开着，屋里的人正趴在窗口看热闹，这吼声一传上来，这家人立马兴奋起来：“他家大小子来了，这有得闹了！”

顾飞在蒋丞身后轻轻推了一下：“走。”

蒋丞转身继续往楼下走，走得有些慢，也许是因为下了楼就会碰到李辉，一个接一个他不愿意看到的人就这么轮流出现。

“一会儿去吃点儿东西吧，”顾飞在后头打着岔，“去九日家吃馅儿饼怎么样？挺久没去吃了。”

“嗯，”蒋丞应了一声，“不过这个点儿过去没有驴肉了吧，我挺喜欢吃驴肉的。”

“可以吃……里脊的，”顾飞看着蒋丞后背，“你上回不是说里脊的也挺好吃吗？吃里脊的呗。”

“好。”蒋丞点了点头。

越往楼下走，李辉的声音越大，顾飞感觉认识李辉这么多年，从来没见他中气这么足过，跟李保国对骂的那个劲头如同多年的死敌，就连李保国也像是来了精神，咳嗽停了，也不喘了，骂得相当响亮，嘹亮的声音在楼道里反复回荡着，都听不清骂的是什么了。

民警和居委会的人肯定都后悔把他叫来，但要见李辉是李保国的要求，见不着破口大骂不下来，见着了也破口大骂不知道什么时候能下来，这种两难的局面也是不好处理。

唯一觉得愉快的大概只有围观群众。

这里的人，生活就在这如同死水交错纵横的几条棋盘路上，每一个十字路口最后都会绕回原点，反反复复，几代人也许都重复着同样的路，甚至已经不需要再抬头往前看，就能顺着路重重复复地走到终点。

楼下仰着脖子往上看的人，楼下窗口探着脑袋向下看的人，关着门竖耳聆听的人，大多数人的心情早就没有了“希望”两个字，或者从来就没有过，也根本不会去想，唯一的乐趣大概就是围观身边的那些混乱和痛苦。

有人比自己更混乱，有人比自己更痛苦，就是最大的乐趣。

顾飞不知道今天这场闹剧会怎么收场，李辉前所未有的强硬，上回李保国拿刀砍人，他一边骂着还一边上去抢了刀，顺便打了李保国，今天却没有退让的意思，隔着好几层楼的距离吵得生龙活虎，仿佛一场气势磅礴的诗朗诵。

也许是因为这次李保国闹起来跟他的病有关，跟病有关，就跟钱有关，这对于钢厂特产来说，是件相当要命的事。

值得一场巨大的争吵。

“我真的不知道，”蒋丞低声说，“他们为什么可以用这样的姿态活几十年，活一辈子。”

“你不用知道，”顾飞说，“你又不需要这样去活，你活你自己的就行，这世界上的人这么多，总能保持物种的多样性。”

蒋丞回头看了他一眼：“你这个文盲。”

“嗯，”顾飞笑了笑，“我就是其中一样啊，你也是。”

“你这样的我还挺喜欢的。”蒋丞说。

“你这样的我也挺喜欢，”顾飞说，“而且你对我来说，还是个稀有品种，之前都没想过能碰着。”

蒋丞笑了起来，下楼的步子似乎也轻了一些。

不过走到一楼李保国家门口时，蒋丞还是顿了顿，因为李辉就站在楼道口，咒骂的声音穿过楼道，共鸣的嗡嗡声连顾飞都觉得震得耳膜难受。

“为老不尊说的就是你！你也别说我浑！你没资格！”李辉指着楼上吼着，“也别说我怎么对你了！我怎么对你！都是你的报应！”

蒋丞没往前走，顾飞也停下了，在他身后靠着楼梯栏杆听着外面李辉的怒吼，周围的人半真半假地也都在劝，但这些劝说对于李辉来说如同空气，间或几句还会戳中他的怒点。

本来看戏的一帮人，慢慢也都开始有些出戏，李辉和李保国的情绪都有些过于激动，眼瞅着就往失控那个方向狂奔而去了。

“李辉你少说两句吧，”有大妈拉了拉李辉的胳膊，“我说句不好听的，你爸还能活多久，他想骂你也骂不了几句了，你何必……”

“他现在死了才好呢！”李辉一甩胳膊，指着楼上，“我这辈子就看你丢人现眼打人骂人！你还活个屁！”

“你别说了——别说了！够了没有啊！”楼上突然传来了李倩声嘶力竭带着哭腔的声音，尖锐而绝望，“你们到底想要怎么样！”

“他想要我死！”李保国的声音响起，如同炸雷。

没等李辉和李倩再出声，楼上楼下一瞬间猛地同时爆发出了惊恐的尖叫声。

接着顾飞就听到了楼道外面像是有水泥袋子砸到地面上的声音，沉闷而巨大的一声响，听得人呼吸和心跳似乎都暂停了。

惊心的这一声响的同时，一个小小的黑影从楼道口飞过，落到地上的时候，顾飞才看清了那是一只鞋。

四周的不间断的尖叫声，混乱的吼叫声，还有女人和孩子爆发出来的带着极度惊恐的哭声，短短的几秒钟里仿佛充满了所有的空间，让人无处可躲、无处可藏。

顾飞在短暂的空白之后往前一冲，抱住了蒋丞，用手捂住了他的眼睛。

蒋丞整个身体都是僵硬的，但却出奇地顺从，像是一个被切断了电源的机器人，他捂着蒋丞的眼睛半推半搂地把蒋丞带出楼道的时候，蒋丞就那么机械地跟着他移动，没有声音，也没有一丝反抗挣扎。

四周的人乱成了一团，顾飞没有往李保国最后一跃的方向看，他静静地看着这里的人仿若窒息一般的生活，但不想再一次看到生命的结束。

这种经历有一次，这一生都不会愿意再去见证第二次。

混乱中没有人注意到被他带离现场的蒋丞，楼下的李辉没有了声音，但还能听到楼顶上李倩尖叫的哭号声，透着难以言喻的情绪，不断地、一声声地尖叫着。

像是在为李保国这一生里最勇敢的一幕歌唱。

顾飞不知道该把蒋丞带到哪里，所有能去的地方都属于这里，属于充斥着

“类李保国”的气息。

他不知道蒋丞现在是什么样的状态，也无法判断几分钟之后蒋丞缓过来了会是什么样的反应，最后他还是只能把蒋丞拉回了店里。

路上碰到不少往李保国家那边跑过去的人，跑过他们身边的时候会投来充满了刺激和好奇的目光，但步子依然迈得又大又快，毕竟活人没有死人精彩。

人人都这么活着，却不是人人都那样死去。

顾飞把蒋丞推进了店里的小屋，再回手关上了店门，今天是老妈看店，不过这会儿没有人，不知道是去看热闹了，还是去跟小情人约会了。

关好店门顾飞一转身，蒋丞已经从小屋里冲了出来，往后院跑了过去。

顾飞跟过去的时候，蒋丞已经进了厕所，撑着墙吐得天昏地暗，隔着两米距离他都能看到蒋丞撑在墙上的手在抖。

他回店里拿了两瓶水回到厕所，蒋丞还在吐，但已经吐不出东西，只是不断地干呕着。

他沉默地站在蒋丞身后，一直等到蒋丞停止了呕吐的动作，才开口说了一句：“要水吗？”

蒋丞没说话，手往身后伸了过来。

顾飞把瓶盖拧开，把瓶子放到他手里。

“出去等我，”蒋丞仰头灌了两口水吐掉了，“我没事儿。”

“还有一瓶我放这儿了。”顾飞把另一瓶水的盖子拧松，放到了旁边水池边儿上。

“嗯。”蒋丞继续仰头灌水。

顾飞回到院子里，站着发了一会儿呆之后点了根烟叼着。

抽了差不多半根烟，他才感觉平静下来了一些，无论李保国是什么样的人，也无论他做过什么样的事，最终李保国以这样的方式结束自己的一生，对于所有人包括那些看热闹不嫌事儿大的人来说，都是一时间难以消化的冲击。

到这会儿顾飞才又重新感觉到了锁骨上火辣辣的疼痛。

不知道蒋丞的大腿根儿疼痛有没有重新回来，他刚看蒋丞吐的时候也是分着腿站的……当然，正常也不会有人在呕吐的时候还并拢双腿……

顾飞莫名其妙地有些想笑，叼着烟仰头无声地笑了好一会儿才停下。

一根烟抽完，蒋丞从厕所里走了出来，步子有点儿飘，但脸上的神情却挺平静。

“好点儿没？”顾飞问。

“苦胆水儿都吐出来了，”蒋丞皱着眉，弯腰按了按肚子，“难受。”

“进屋躺会儿？”顾飞又问。

“不能躺，”蒋丞直起身走进了店里，用脚勾过一张小矮凳坐下了，“我现在就想这么团着坐着。”

“那就团着。”顾飞也拿了张小矮凳坐到了他对面。

蒋丞胳膊肘撑着膝盖发了一会儿呆：“李保国跳楼了是吗？”

“……是的。”顾飞犹豫了两秒才回答。

蒋丞没出声，把手伸到了他面前。

“要水？”顾飞看着他的手，问完了以后又伸手在他手心里抠了抠，“还是要吃的？”

“烟，”蒋丞看了他一眼，“默契呢？”

“吓迷路了。”顾飞从兜里拿出烟，抽了一根和打火机一块儿放在了他手里。

“李保国跳楼了啊。”蒋丞点了烟，狠狠抽了两口，看着明亮的烟头。

“是。”顾飞看着他。

“我……有点儿难受。”蒋丞拧着眉咬了咬嘴唇。

“别说你，”顾飞叹了口气，“我都挺不好受的。”

“你说，”蒋丞抬眼看着他，“我走的时候，他是不是看到了？”

顾飞没有说话，面对异常平静的蒋丞，他突然有些不太敢随便接话。

“我说我再也不想听到他的任何消息，”蒋丞说，“他是不是听见了？”

“丞哥，”顾飞把凳子往前挪了挪，“这事儿跟你没关系。”

“嗯，我知道，”蒋丞点点头，“我知道，但我第一反应还是这些，是不是我什么行为，我说的什么话……”

“不是，都不是。”顾飞打断他。

“你知道吗，”蒋丞停顿了一会儿，拧着眉，“有时候人就是这样，我把这些说出来，我问你这么多，无非就是想有个人告诉我，这样的后果不是我造成的，想要把自己从一场灾难里摘出来。”

“这不一样，”顾飞看着他，“你自己很清楚，不需要别人来告诉你，你自己就清楚这不是因为你。”

蒋丞盯着他，很长时间才轻轻笑了笑：“是啊。”

“吃东西，”顾飞说，“或者睡一觉，你选一个？”

“先吃东西再睡觉，”蒋丞说，“你这儿有方便面吧，给我煮一碗。”

“好，加鸡蛋吗？”顾飞问。

"加一个吧。"蒋丞说。

顾飞起身拿了方便面去了厨房，一般他自己吃方便面的话就是开水一泡完事，有时候懒得动还会直接干啃。

不过蒋丞现在就是让他跑去王旭家买馅饼，他也会照做。

烧水，放面条，放鸡蛋，煮了一会儿之后他又有些拿不准，站到门边问了句："鸡蛋要全熟的还是溏心的还是打碎的？"

蒋丞坐在小凳子上还是之前的姿势，没有回答他，似乎也没听见他说什么。

顾飞等了几秒钟："那就全熟吧。"

转身往厨房去的时候，蒋丞的声音才慢悠悠地传了过来："溏心的。"

顾飞跑回厨房，拿筷子戳了戳鸡蛋，发现虽然没全熟，但也不是溏心了，只好又打了一个鸡蛋进去，小心盯着，煮了个溏心的。

全熟的那个蒋丞不吃，他可以吃掉。

他回到店里，把小桌子架好，把煮好的面放到蒋丞前面，正想再去拿双筷子吃那个全熟的鸡蛋，蒋丞拿起筷子，把全熟的那个鸡蛋夹成两半看了看，然后夹了半个放进了嘴里。

"……你不是要吃溏心的吗？"顾飞愣了愣。

"我说了吗？"蒋丞边吃边看了他一眼，"我从来不吃溏心的，稀屎一样。"

顾飞本来想着要不自己就吃那个溏心的，一听这话顿时就放弃了，坐到了桌边。

"你不吃点儿吗？"蒋丞问。

"我不饿。"顾飞说。

"哦。"蒋丞一边说一边慢慢吃，先吃了另半个全熟的，然后也没吃面，接着把溏心的那个鸡蛋也吃掉了。

"……你不说稀屎一样吗？"顾飞有些无语。

"我说了吗？"蒋丞把碗推到了他面前，"好像是说了，我帮你把屎吃掉了，你吃面吧。"

"你不吃了？"顾飞笑了起来。

"本来也不想吃，"蒋丞捏了捏眉心，"我就是想听着你忙活一会儿，我心里能踏实点儿。"

"那你看着我吃面能更踏实点儿吗？"顾飞问。

蒋丞点了点头。

顾飞低头开始吃面，味道还挺不错的。

三　生日快乐

21

一碗面顾飞吃得没滋没味儿的，本来说好要去王旭家吃馅饼的，现在也去不成了，这方便面跟大肉馅饼一比，那真是格外的无趣。

特别是一抬眼就能看到坐在自己对面发呆的蒋丞，这面就变得更没意思了。

顾飞有点儿担心，蒋丞现在这状态，看着真不像是真的缓过劲儿来之后的平静，而是根本就还恍惚着没醒。

今天晚上他不想让蒋丞一个人待着，但现在又不敢随便开口让蒋丞留下或者自己上蒋丞那儿过夜去，总怕哪一句话，哪一个点，就让蒋丞爆发了。

吃完面他把碗洗了，回到店里的时候，蒋丞还坐在那里没动。

他过去把桌子收了放到一边，站在蒋丞身边。

"钢厂那个房间，"蒋丞过了挺长时间才问了一句，"今儿晚上有人在吗？"

"没有。"顾飞回答。

"陪我去那儿待一晚上吧，"蒋丞说，"我不想在熟悉的地方过夜。"

"好。"顾飞点头。

又站了一会儿，蒋丞也没动，顾飞也没催他，走到收银台后边儿坐下了，打开了手机。

朋友圈里就这点儿时间已经刷爆了，说是这边儿有人跳楼了，一个个有的在打听，有的说得有鼻子有眼就跟他在下边儿接着似的。

顾飞退出朋友圈正想玩儿把游戏缓缓脑子，王旭发了一条消息过来。

——跳楼的听说是你们隔壁街的？

顾飞没回复。

王旭又发了一条过来。

——有人说是蒋丞他爸，他是不是就住你家隔壁那条街？

顾飞皱了皱眉，街坊四邻口口相传在这个时代里因为搭上了各种即时通信工具而变得惊人地迅速，让人害怕。

——这事儿明天要有人瞎传了，我就找你算账。

——我也没瞎传啊，我这不是第一时间找你问吗，我都没问蒋丞。

——反正我要听到有人说，我就找你。

——行行行，我去警告一下，行了吧。

顾飞没理他，关了手机，这会儿爱消除也不想玩了。

“几点了？”蒋丞问了一句。

“八点多，八点二十六，”顾飞看了他一眼，“你……”

“再坐会儿吧，”蒋丞说，“我现在不知道为什么，就是不想动，就想这么愣一会儿。”

“嗯。”顾飞应了一声，重新拿起了手机，点开了爱消除。

蒋丞这种状态他很了解，不想动，不仅仅是身体不想动，脑子也不想动，就那么团着、愣着、空白着，就好像任何一点动静都会把自己拉回现实里，那些害怕去面对的，各种烦乱和恐惧，就会跟着你微小的一点点动静，潮水一样涌过来。

看着老爸死在河里的那段时间里，他不知道有多少个晚上就是这么坐着愣着度过的。

蒋丞就算在那张小凳子上坐上一天一夜，他也不会觉得奇怪。

只是明明这一切，蒋丞都不该去面对、去经历、去承担，却又被莫名其妙地送回了这里。

蒋丞想要离开，就算他出生在这里，他的父母都是这里的特产，他也依然不属于这里，顾飞有时候会害怕，害怕蒋丞会沉下去。

好在蒋丞骨子里的那份“傲慢”一直在顶着他，无论在怎样的环境里，他都站着。

顾飞家店里墙上有一个小钟，每到一个整点时，时针往前走一格，都能听到轻轻地咔的一声。

响过第三声之后，蒋丞知道已经11点了。

他很困，非常困，感觉自己一闭眼就能睡着，但真的闭上了眼，一直闭到了眼睛都酸痛了，也睡不着。

这种状态很折磨人。

李保国最后飞身一跃的场面他没有看到，但落地时的声音，划过眼前的那只鞋子，却像甩不掉的梦境，半真切半模糊地不断在眼前晃动，恍惚中他甚至有些分不清那是梦到的，还是真的经历过。

天儿挺热的了，下午文身的时候他还出了汗，这会儿却觉得手发凉，全身都发凉，一阵阵地起着鸡皮疙瘩。

唯一还滚烫的地方是他的眼睛，如同火烧一般地发烫，并没有流泪的冲动，尽管他来这儿之后泪腺有点儿发达，但他很清楚自己不会因为李保国的死而想流泪，他跟李保国之间没有那份感情，只是眼睛发烫，也许再继续烫下去，他就会头痛了，他不得不一直用手按着眼睛好让自己舒服一些。

最后他叹了一口气站了起来，回过头看向顾飞的时候，顾飞也已经站了起来，把手机息了屏放进兜里。

“这关过了吗？”蒋丞问。

“过了。”顾飞说。

“扯淡，”蒋丞说，“我就没听到过关的声音，都是失败的，这局还没打完。”

顾飞笑了起来：“耳朵真好，我音量都调到一格了。”

“给我，”蒋丞伸手，“我玩玩。”

顾飞拿出手机递给他，上面那关果然是没过完，不过虽然步数只剩了七步，但大有希望，他低头看着屏幕：“走吧，去小房间。”

顾飞拉开店门的时候，他往外看了一眼，街灯亮了，街上的店铺都关门了，一条街上冷冷清清的没有人，之前的喧嚣已经被黑夜抹掉。

这一瞬间他有一种奇异的感觉，那么可怕的事，那么震惊的事，让几条街的人都为之疯狂尖叫的事，就几个小时而已，一切都已经消失不见。

一切都已经变成了这一家一户亮着的灯光下的一段反复咀嚼的佐餐佳品，再过几个月，过几年，就像顾飞杀了亲爹一样，变成一段走了样的坊间传说。

多么奇妙而可怕。

蒋丞低头盯着手机屏幕上的游戏画面，关闭了余光，这样的状态能让自己像是一枚被蛋壳包裹着的小鸡蛋黄。

顾飞跟他并排往钢厂那边走，一只手在他后背上轻轻推着，有障碍物的时候会微微带一把，他就可以跟着这个力度避开地上的石头砖块和沟沟坎坎。

一直到顾飞打开了钢厂那间小房间的门，他坐到了沙发上，才松了一口气，抬起眼看了看四周，把已经过了两关的游戏还给了顾飞。

“厉害啊，”顾飞说，“我应该改个昵称叫我背后有人。”

“改吧。”蒋丞靠着沙发笑了笑。

这沙发上之前的垫子和铺的布都换成了细麻的那种料子，凉快不粘皮肤，很舒服，他又开始觉得疯狂地犯困了。

“你先……起来，”顾飞扳着沙发想拖出来把沙发放平，“我连你一块儿这么一拖，这沙发就得散架了。”

蒋丞站了起来，往前慢吞吞地走了两步，想想又叹了口气：“应该洗个澡再来，起码刷个牙什么的。”

“有，”顾飞把沙发拖出来，放倒了椅背，“你看看厕所里那个小箱子，李炎应该在里面放了一次性的牙刷毛巾什么的，擦擦吧，反正你那腿也不能见水。”

蒋丞进了厕所看了看，厕所里什么都没有，但角落里放着一个塑料箱子里东西还挺齐全，不过一次性的牙具和毛巾包装上都印着各种酒店的名字。

“他哪来这么多酒店的东西？”蒋丞一边刷牙一边走出厕所问了一句。

“他妈干的就是这个，家里多的是，以前拿来的，天儿冷一直也没人用，”顾飞说，“一帮人都不讲究。”

蒋丞笑了笑。

就跟顾飞这么没什么内容地闲扯几句，是他眼下能聊的唯一方式了，能缓解情绪，也不会勾起什么郁闷来。

两人随便洗漱收拾了一下，躺到了沙发上，关了灯之后，屋里就只剩了外面透进来的月光，越晚越亮，在没有窗帘的窗口外挂着，莫名就给人一种不踏实的感觉。

蒋丞翻了个身，对着顾飞的侧脸。

顾飞抓住他的手：“快点儿睡着，明天要上课的。”

蒋丞闭上眼睛，顾飞的手指一直在他手心里很有节奏地一下下捏着，虽然蒋丞觉得这种跟哄孩子一样的方式有点儿好笑，但却依然觉得踏实。

只是顾飞明显比他要先睡着，手指的速度一点点变慢，最后停下了，蒋丞笑了笑，听着顾飞放缓了的平稳呼吸，跟着他的节奏呼吸着，没多大一会儿也睡着了。

早上醒过来的时候，顾飞已经起床了，蒋丞闻到了牛肉面的香味。

“醒了？”顾飞在身后问了一句。

“嗯。”蒋丞转过头，看到沙发旁边的小破桌上放着两碗打包回来的牛肉面，他坐了起来，揉了揉脸。

一夜睡过来，倒是没有惊醒，但梦却没有断过，以至于他现在醒来时，对昨天发生的事完全没有一个重新想起并且重新震惊再重新适应的过程。

李保国死了，当着他三个孩子和众多街坊的面，从楼顶一跃而下，结束了不知道到底有没有意义的一生。

他这一夜的梦境里都闪烁着这样的画面，现在醒过来，画面变得更清晰了一些而已。

“没有人打过我电话，”蒋丞拿过手机看了看，“李保国的事儿……不需要我参加处理吗？”

“要拿钱的时候李辉会找你的，”顾飞说，“还有分财产的时候。”

“李保国有财产吗？”蒋丞在手机上无意识地划拉着。

“不知道，”顾飞把挤好了牙膏的牙刷递到面前，“多少有点儿吧，说不定有个几千块钱。”

“他要真能有几千块钱，也不会到处要钱了吧，”蒋丞接过牙刷塞进嘴里，“不过也没所谓，他有一百万跟我也没关系，我一根线都不会要。”

“丧葬费拿点儿，别的就不用管了。”顾飞说。

“嗯。”蒋丞应了一声，慢慢刷着牙。

按说亲爹死了，怎么也得请几天假，蒋丞却不知道自己有什么必要请假，请了假又该干点儿什么。

走进校门的时候，正好碰上老徐在门口站着，这周估计是他值日。

“徐总早。”蒋丞叫了他一声。

“蒋丞啊……早早早，”老徐似乎是想说什么，但最后又什么也没说，“进去吧，好好上课。”

“徐总早。”顾飞跟在后头也叫了一声。

“好孩子！今天没迟到！”老徐很高兴地拍了拍他的肩，“一会儿上课能听听老师讲就更好了！”

“啊。”顾飞应了一声。

蒋丞往楼上教室走的时候，不知道是不是有些敏感，他能感觉到四周的目光，但没有听到议论，当然，以他平时的状态，也不会有人来问，虽然略微有些不自在，不过这样挺好，让他紧绷着的神经稍稍松弛了一些。

“蒋丞，”进了教室刚坐下，王旭就推开周敬一屁股坐下了，“中午去我家吃馅饼？我让我妈留了驴肉的。”

“嗯？”蒋丞愣了愣。

“去不去啊？”王旭问，“你们好久没去吃了，我妈上礼拜还问来着，以为我又得罪同学了。”

“去，”蒋丞笑了笑，“羊肉汤有吗？”

“必须有啊，馅饼和羊肉汤都管够，”王旭说，“那说好了啊，中午一块儿去。”

“嗯。”蒋丞点点头，又看了一眼顾飞。

“大飞肯定也去，”王旭站了起来，往自己座位走回去，“你去了他还能不去吗。”

“什么鬼，”顾飞看着王旭的背影，很小声地说，“我真想说我不去啊。”

蒋丞笑了起来，低头冲着桌斗乐了半天：“那你别去。”

“怎么可能，”顾飞叹了口气，“你都去了，我现在就是买一送一捆绑的那个。”

“那……”蒋丞看了他一眼，“我说跟何洲一块儿打场球，你怎么就不买一送一了呢？”

“那不一样。”顾飞说。

那不一样，有什么不一样，蒋丞不是太明白，不过也没心情细问。

顾飞的手伸到了他面前，在他桌上放下了一颗奶糖。

“就一颗啊？”蒋丞看着他。

“就剩这一颗了，我从嘴里省下来的，”顾飞翻了翻兜，“冬天外套口袋大，装得多，现在统共也就能放十来颗的，昨天还忘了补充。”

“那今天二淼要是过来问你要糖呢？”蒋丞问。

“一会儿去小卖部给她买一颗棒棒糖就行，五毛的那种。”顾飞说。

“真好打发。”蒋丞笑了笑，拿过奶糖剥开了放进嘴里。

“她就是喜欢嘴里有个甜的硬的糖，无所谓味道好不好，”顾飞拿出手机，点开了弱智爱消除，“李炎是不是请代练了？”

“一个弱智手游请个屁的代练。”蒋丞说。

“他怎么又到我前头去了，昨天不是就差一关追上他吗？”顾飞很不服气，“中午给我追回去吧？”

“叫哥。”蒋丞说。

“丞丞哥哥，”顾飞低声说，“帮我追回去吧。”

“好嘞。”蒋丞笑着点点头。

虽然一直觉得自己应该没受什么影响，李保国跟自己没有多少感情，无论从哪方面来说，他的死，自己都不该有什么太难受的情绪。

但事实证明，蒋丞趴在桌上闭着眼，事情并不完全是这样，李保国用对任何人来说都会留下永远阴影的一种方式结束了生命，这种刺激真的不是一句我跟你并没有多大关系所以我无所谓就能过得去的。

蒋丞并不伤心，也并不痛苦，但一个上午他都情绪低落，老鲁上课的时候吼得天花板上的墙灰都震掉了全班哄堂大笑的时候，他甚至连眼睛都懒得睁开。

这种状态很可怕，对所有的事都提不起精神来的状态。

他最怕的就是这种情绪落入低谷的状态，一旦失控，就会一发不可收拾，时间长了想再提起来都很难。

最后一节还是老鲁的课，他用了整整一节课的时间在老鲁的吼声中给自己收拾心情，不断地给自己打气。

下课铃响起的时候，他没再趴在桌上，直起腰靠在椅背上深吸了几口气，慢慢吐出来。

没什么大不了的，从到这里那天开始，那么多他觉得烦躁的人和事，现在不也一件一件解决了吗，没什么大不了的，人的潜能是自己无法预知的，只要开始去处理、去解决，就没什么大不了的。

他继续深呼吸，刚提了一口气准备吐出来，王旭走过来一巴掌拍到他桌上：“走走走！”

蒋丞一口气差点儿憋得从眼睛里喷出来，呛得咳了半天。

走出校门的时候，蒋丞感觉自己的心情起码表面上好了不少，手机响起的时候，他虽然心里一阵收紧，但还是能平静地拿出来接了这个陌生号码的来电。

电话号码是他没存过的，不过用牙印都能想得到，这个电话是李辉打来的，他接起电话的时候都想说谢谢你没在上课时间给我打。

“蒋丞，”李辉的声音有些沙哑，但是依旧很冲，仿佛蒋丞欠了他的钱，这个调子，至少也得是一万，“你挺悠闲啊，爸死了，你连来都不来一趟？看都不来看一眼？”

“说正题。”蒋丞也冷了声音。

“哟！正题是吧！直奔主题是吧！反正你跟这个家也没什么关系，不需要知道别的对吧！”李辉一连串地说。

“不说我挂了。”蒋丞没有接他的话。

“你少跟我要横！”李辉火了，“你是不是以为上次你跟我动手我没还手是怕你？你信不信我今儿就找人收拾了你？”

“我就问你找我什么事儿，你要不说，我就挂了，你以后再想说，我也不会听，”蒋丞还是冷着声音，“我等着你找人收拾我，你要收拾不了我，就等着我收拾你。”

“你……”李辉估计是一下不知道说什么了，接下去一句内容也没有，全是骂街，凑一凑能够得上一篇八百字作文了。

蒋丞听着学习了一会儿之后准备挂电话，那边李辉的声音小了，传来了一个女声：“蒋丞啊？我是你嫂子，你别听你哥瞎说，他心情不好呢。”

嫂子？蒋丞对这个嫂子完全没有印象，于是只是应了一声。

“是这样的，你爸爸没了，大家都很难过，你呢……我们也能理解，但是现在事情一堆，用钱的地方也一堆，你什么也不管……这说不过去吧？”嫂子说。

“嫂子，”蒋丞看了一眼拉着王旭在前面走着的顾飞，放慢脚步，“我先说一点，我一个学生，我没有工作，没有收入来源，正常谁家里要出钱，都不会跟一个还在上高中的人要吧，这一样说不过去。”

“哎这话吧不能这么说……”嫂子一听，有些尴尬但也有些急了。

“我就这么说了，”蒋丞打断她，“我可以拿钱，三千，之前想给李保国但是没来得及给，现在可以用在他后事上面，但是你得给我写收条，收到多少钱写清楚，用在哪里我不过问，但我就给这一次，多了没有。”

“三千啊……”嫂子犹豫着，估计是觉得少。

“李保国有没有财产，有多少，都跟我没有关系，我也同样不会过问，”蒋丞说，“但是我话放在这里，谁也别再来找我麻烦，我浑起来你们不一定能吃得消，收条准备好了到我学校来给我打电话。”

蒋丞说完，也没等那边回答，就把电话给挂了。

手机放回兜里的那一瞬间，他长长地舒出了一口气。

前面顾飞也正接着电话在说什么，回头看到蒋丞这边电话打完了，他指了指王旭，转身往蒋丞面前走了过来。

“不是，”王旭很不爽地站在原地，“你俩有什么事儿能不能吃完了再说啊，我一个请客的，还老被你们晾一边儿，这什么世道啊！”

“嗯？”蒋丞看着顾飞。

“我得先问问他，这个我不保证他能同意，不是……唇模这种不都找姑娘吗？你让个大小伙子涂一嘴红去拍照……我知道反差，关键是他又不跟李炎似的长得像个姑娘，他就……行行行我先问问。”顾飞挂了电话，看着他。

“唇模什么玩意儿？”蒋丞问。

“就是，展示一些唇部保养产品和口红什么的，”顾飞小声说，“丁竹心的朋友，看过你照片，觉得你嘴……漂亮。”

蒋丞愣了，盯着顾飞的嘴唇。

他自己嘴唇什么样他没太留意过，一般对着镜子欣赏自己英俊帅气的脸的时候都是看整体……不过顾飞的嘴唇他倒是一直觉得很性感……

不知道是不是跟李辉那边刚放完狠话，他这会儿心情有些飘忽，盯着顾飞嘴唇的时候都听不清他还在说什么了。

“生日的时候我要玩个大的。”蒋丞说。

“那边的意思就是要视觉冲击力，不过你要是不愿意……”顾飞话没说完愣了愣，“什么？”

“没什么，”蒋丞说，“唇模吗？你拍的话屁模都行。”

“什么？”顾飞再次愣了。

“哦，不是屁模，是臀模。”蒋丞说。

22

顾飞说的唇模，蒋丞还觉得挺意外的，丁竹心和她的朋友似乎都是神经病，丁竹心设计要饭制服，配的图片恍恍惚惚格调很高，他看过顾飞给她后期过的图片，各种高深莫测或者小清新的文案，而她的朋友要找个男的涂口红、拍照片……

不过好像钱不少，像他这种完全没经验的新手，去拍几天差不多能把已经给李保国和即将给李保国的钱补个一多半了。

蒋丞并不在意涂不涂口红，毕竟他连疯狂原始人都穿过了，毕竟他是一个有颜值、有身材，于是不惧一切神经病打扮的帅哥，他觉得自己去拍个口红照也不会难看到哪儿去。

“我本来想把时间推到暑假，”顾飞说，“但是他们比较急，不能等，我看他们定的时间在期末考前一周，会有影响吗？”

“不会。”蒋丞说。

“你复习的时间呢？”顾飞问。

“碎片时间加晚睡一小时，”蒋丞看了他一眼，“学着点儿吧渣渣。”

“碎片时间我最多用来睡觉。”顾飞笑笑。

去王旭家吃完馅饼之后，似乎一切又回到了之前的状态里。

一般来说，蒋丞对于困扰自己又解决不了的事儿，有两种处理方式：一种是不停地去想，不断地反复地想，想到最后，这个事已经失去了它的原始威力，再想起就会有一种麻木的感觉，比如那些似乎永远也得不到的肯定，习惯了之后他也就不再有什么感觉；另一种就是埋进心里，再也不去触及，刻意地回避，会在某些时候真的忘却，比如那些永远没有尽头的冷静的指责。

李保国的事，蒋丞用了后一种方式，这种过于惨烈的结束并不适合反复去想、去重现，他把这些埋进了心里，努力地再也不去触及。

李辉那边并不会通知他任何消息，几天之后李辉和嫂子拿着一张三千块钱的收条到学校来找他拿钱的时候，甚至没有告诉他李保国火葬的时间。

“等等，我看看，”蒋丞站在学校门口，拿着收条仔细看了看，对着一堆狗屎一样的字辨认着，好在他长期面对自己的字比较有经验，看完之后他从兜里拿出一盒印泥，这是他出来之前去老徐办公室里借的，“按个手印，在你名字上按。”

“你有完没完！”李辉火了，“按什么手印！就三千块你以为你拿的是三百万啊！”

“嗯，就这三千块你俩还一块儿来拿呢，”蒋丞冷笑了一声，“按不按，没这手印钱不会给你，你哪天转脸说这字儿是我仿的，我上哪儿说理去。”

李辉一瞪眼睛就想往前凑，身后传来了王旭的一声暴吼：“磨叽什么呢！完事儿了没！用不用哥几个出去帮忙啊！”

校门里站着几个人，顾飞、王旭，还有卢晓斌和郭旭，这几个人里就顾飞知道这是怎么回事儿，王旭知道个大概，卢晓斌和郭旭都是王旭叫来撑场面的，几个人摆个横脸往那儿一杵，有种随时能把校门推倒出来干仗的架势，门卫都有些紧张，李辉看着自然也没了声音。

李辉一把拿过印泥，用拇指沾了一下，按在了收条上。

“行了，”蒋丞看了看指纹，还挺清楚的，从兜里拿出了一个信封递给李辉，“点点。”

李辉压着火搓开信封看了一眼，也没数，黑着脸转身走了。

蒋丞看着他俩的背影，长长地舒出一口气。

转身往学校里走的时候，顾飞冲他勾着嘴角笑了笑，他也勾了一下嘴角。

轻松过后却又有些怅惘，李辉似乎对于李保国的死没有任何感觉，甚至要钱时都底气十足，这是一种什么样的心态，他实在理解不了。

李保国的事结束了之后，似乎一切都结束了，蒋丞把这件事埋进了心里，连潘智都没有告诉，如果潘智再也不提这个人，他估计也永远不会主动说起这件事。

生生死死，想想也觉得挺神奇。

一个人就这样消失了，从一种谈资，变成了另一种谈资，出了钢厂这几条街，就再也没有人知道有这样一个人存在过，也不会有人知道这个人是这样离开的。

他怎么活过，他怎么死去，都只存在于少得可怜的那些人遥远的记忆里。

蒋丞突然觉得自己渺小得吓人，他从哪里来，怎么生活过，怎样挣扎过，如何努力过，最后要去哪里，也一样只是一个没有人知道的故事。

只有自己知道，是往上，还是向下，都只有自己。

老母鸡一样的老徐又过了一周才找了他去谈话，主题并不是李保国，而是还有一周就要到来的期末考试。

蒋丞看着老徐，突然觉得这位大叔的情商诡异地有了提高。

“复习得怎么样了？”老徐一边问他，一边递给他一个牛皮纸文件袋，“这是我给你找的一些卷子，你有时间做做看？”

“嗯，”蒋丞接过文件袋，“还行吧，这周我有两个下午要请假……提前跟您说一声。”

“请假？”老徐看着他，“是什么事情？”

“是……私事。”蒋丞说，心里还想着：“我要去涂口红挣钱呢徐总。”

“能给我说说吗？”老徐又问。

“不能。”蒋丞很干脆地拒绝了。

“你这孩子，”老徐叹了口气，沉思了一会儿之后又很亲切地微笑着问，“你在钱方面有困难吗？我可以帮你申请一下……”

“不，不用，我没有困难，”蒋丞赶紧说，“不用麻烦老师、学校和国家。”

“真是个好孩子，”老徐说，又想了想，“那我们在班级里弄一个捐款……”

“徐总！”蒋丞觉得老徐这情商连在心里表扬一下都不行，这眼看着就一滑到底了，他相当诚恳地看着老徐就差泪流满面了，“我真的不缺钱，我有钱，真的，千万！千万！不要在这个事儿上替我操心，我求你了。”

“好好好，”老徐点点头，点完头又马上补了一句，“你要有什么困难一定要跟我说。”

“我会说的。”蒋丞也用力点点头。

老徐没有再追问蒋丞请假的原因，不过请假的时候他倒是都批准了，只是……

蒋丞坐在出租车里，看了一眼旁边的顾飞：“你是请了假还是旷课？”

“旷课，”顾飞低头玩着弱智爱消除，“我请假老徐怎么可能同意。”

“那他是不是知道咱俩一块儿出去了？”蒋丞问。

“你怕他知道吗？”顾飞说，“没事儿，你明天不也是下午才请假吗，我明天全天不去就行了。”

蒋丞皱了皱眉，“我不是怕他知道我跟你一块儿出来，我是怕他知道了又找你打听。”

“知道了，”顾飞笑了笑，腿轻轻往他腿上撞了撞，“我有一百种回答。”

蒋丞叹了口气：“那你明天上午别旷课。”

“嗯。”顾飞点点头。

蒋丞没再说话，余光里看着顾飞的侧脸，想说点儿什么，又觉得没什么可说的，顾飞这种始终游离在学校和同龄人之外的状态，让他觉得有什么地方不对，但又实在想不出有什么不对。

他想要顾飞像所有的同学一样，但明显不可能，他希望身边的人看到顾飞不仅仅是一个爱旷课的刺儿头学渣，但顾飞似乎也并没有兴趣让人看到自己的闪光点。

就这种两头都靠不上的感觉，让他时不时就觉得很不安。

丁竹心这个要找男唇模的朋友是个胖胖的中年大姐，不过虽然胖，气质倒是很不错，戴个眼镜还挺优雅的，一看就跟商场里抢金饰和出国跳广场舞的那些不一样。

“现在的小男孩儿，”胖姐姐打量了他一下，“真是一个比一个好看，我年轻的时候硬是一个都没碰到，现在倒是老能看到了。”

“谢谢姐。”蒋丞说。

“辛苦你了，”胖姐姐说，“你们忙吧，我出去转转……顾飞，辛苦你了。”

“不辛苦。”顾飞一边装镜头一边应了一声。

“改天请你也帮拍一套怎么样？”胖姐姐问。

“不。”顾飞说。

“哎，这回答，我话都接不下去了，”胖姐姐笑了，“行了你们忙，我走了。”

胖姐姐走了之后，摄影棚里还有一个设计师和一个化妆师，看上去跟顾飞都挺熟的，化妆师小姑娘一会儿还兼顾飞的摄影助理。

“不是涂口红吗？”蒋丞靠在椅子上，感觉化妆师往他脸上糊了一层又一层的，“为什么脸上也要糊这么厚。”

“那也不能只拍一张嘴啊，”化妆师笑着说，“其实拍衣服的话也不用化这么细，但是这都是特写，你坚持一下吧。”

“哦。”蒋丞应了一声，把腿伸长了，闭上了眼睛。

本来想着就是给脸刷个大白，然后嘴上抹点儿口红就完事了，结果大白就刷了老半天，刷完大白又折腾眼皮，蒋丞本来这几天为了期末考熬夜复习就挺困的，眼皮再被刷来刷去的，眼泪都快下来了。

“你眼睛真好看啊，”化妆师说，“比那些专门去做出来的下至好看多了。”

“什么叫下至？”蒋丞也问。

“就是狗狗眼啊。”化妆师笑了。

“……狗狗眼是什么？”蒋丞很茫然。

“他这个也不算完全的狗狗眼，看着挺拽挺坏的，不走可爱系，”设计师在旁边说，“挺有范儿。”

“也是，”化妆师点点头，“他这眼睛我都不用专门画了。”

蒋丞打消了继续提问的念头，因为化妆师开始给他画眼线，他实在有些扛不住了：“等等等等……”

“不舒服？”化妆师停下了。

“我现在能马上去拍场哭戏，”蒋丞转开头，看着顾飞，“给我张纸巾。”

顾飞一直坐在一边玩相机，蒋丞那边化妆的进展他没有太注意，这会儿蒋丞突然转过脸来，他一边伸手递纸巾一边往蒋丞脸上扫了一眼，拿着相机的手差点儿把相机扔到地上。

说实话蒋丞化妆的感觉挺陌生的，虽然现在嘴唇还没有处理，但恰好这种突出了眼睛的感觉一下抓住了他的目光。

眼妆挺重的，平时在街上看到这样的妆，别说是个男的，就是个姑娘，他也有点儿受不了，但看着蒋丞的时候却没有这样的感觉。

化妆师继续给蒋丞化妆，他没有了继续玩相机的心情，拿着相机开始对着蒋丞的脸专心地瞄。

这个化妆师顾飞认识挺长时间了，平时给人拍照片经常能碰到，电视台出来兼职的一个小姑娘，化妆水平挺高的。

她给别的人化妆顾飞感觉还没这么明显，给蒋丞化妆的时候他才注意到，蒋丞五官所有的优点都被她细致地表现出来了，眼睛、鼻梁、脸形。

还有嘴唇。

蒋丞的嘴唇平时看着……也就那样吧，不过现在只是刚打了个底，他就已经看出美来了。

“怎么，这次要拍花絮吗？”化妆师停下手里的活儿，看了他相机一眼。

“嗯，”顾飞应了一声，还是看着镜头里的蒋丞，“我自己留的。”

“别瞎拍，”蒋丞睁开一只眼睛看着他，“都没弄完……”

顾飞按下了快门，蒋丞只睁着一只眼睛的样子很性感。

“你大爷，”蒋丞骂了一句，顿了顿又问，“什么样？”

“记不清了。”顾飞说。

“什么记不清了？”蒋丞愣了愣。

“我大爷什么样。”顾飞说。

“……神经病，”蒋丞又骂了一句，“我问你我什么样！”

化妆师拿着支小刷子笑了好半天都停不下来。

“美不胜收。”顾飞一本正经地回答。

一个唇妆，因为要搭配整体，用了一个小时才弄完，化妆师还说是飞速了，蒋丞也不知道该不该相信。

“可以了，”化妆师最后用刷子在他脸上跟扫地似的刷了两下，站了起来，“可以开始拍了。”

“真棒，”设计师盯着蒋丞的脸看了一会儿，“是这个感觉。”

“我照照镜子行吗？”蒋丞问。

设计师从镜子前让开了，蒋丞一直也没往镜子那边看，这会儿猛地一眼看过去，顿时吓了一跳。他转过身瞪着面前的三个人，感觉自己的表情肯定是一脸惊恐万状，“什么玩意儿！”

“是不是不习惯，”设计师笑着说，“很好看，而且不女气，就是很爷们儿的那种性感。”

蒋丞不是特别能理解一嘴深深浅浅的口红的爷们儿是什么状态，不过扫了顾飞一眼，顾飞冲他竖了竖拇指，他突然又放心下来了。

虽然他觉得自己就算是画成了一坨溏心屎，顾飞也会竖拇指，但来自顾飞的肯定，还是让他放下了担心。

“开始吧，”蒋丞说，“完事儿了我还要……写作业复习。”

这句话大概让化妆师和设计师都有些难以想象，他都站到灯光前了，她俩才一块儿应了一声：“哦！”

顾飞觉得自己身体里的原力在复苏，他拍过的帅哥不少，屁模都拍过，但对着蒋丞的脸时，那种源于内心深处的感觉才会一点点钻出来，窸窸窣窣地顺着七经八脉在皮肤之下慢慢地伸展。

咔嚓。

微微扬起的脸。

咔嚓。

带着不屑勾起的嘴角。

咔嚓。

蔑视的眼神。

咔嚓。

蒋丞式嚣张的冷笑。

一套拍完，准备换个唇妆的时候，顾飞放下了相机，转身去了厕所。

刚进了厕所，手撑着墙对着小便池还没有开始，他就听到了脚步声，接着人影一晃。

“你是来沉思的，”蒋丞抱着胳膊往门边一靠，声音很低地说，“还是来上厕所的？”

顾飞侧过头看着他：“你是来看热闹的？”

“必须是看热闹啊。”蒋丞眼睛一眯缝，很愉快地笑了起来。

“有没有点儿人性了？”顾飞说完把裤子一提就要伸手拽他。

“这位少年，”蒋丞手指戳到了他下巴上，“现在想开打外面的人都会知道。”

顾飞笑着抬起头：“这位少年，全身上下都是把柄的人还敢来挑衅呢？”

蒋丞笑了。

“丞哥，”顾飞压低声音，“我问你个事儿。”

“嗯？”蒋丞看着他。

“你说生日的时候玩个大的，”顾飞看着他，“多大？”

23

“你觉得有多大？”蒋丞看着顾飞。

顾飞笑了笑退开了两步，转身回到了小便池前，拉开了拉链：“一块儿吗？”

“不是我说，”蒋丞过去跟他并排站着，两人一块儿脸冲着墙，“你以前拍了那么多帅哥美女……”

“没有。”顾飞马上回答。

“什么没有，你想说你拍的是吃藕专辑吗。”蒋丞说。

“别人拍出来的感觉没有像你这么美不胜收。”顾飞说。

“我怎么那么不信呢……”蒋丞看了他一眼。

顾飞冲着墙笑了好一会儿。

蒋丞尿完尿拉好拉链，斜眼瞅着他：“您是不是前列腺有毛病，站这么半天没尿出来。”

“本来我就不是很想尿，”顾飞说，“就顺便尿点儿。”

“……我跟你的对话进行不下去了。”蒋丞拧开水龙头洗着手。

“不用等我，你得换个妆了，去准备吧。”顾飞说。

“我也没说要等你。”蒋丞看了看他，转身出了厕所。

顾飞走出厕所的时候，蒋丞正半靠在椅背上，让化妆师在他脸上折腾着，有气无力地说：“不是就换个口红吗，怎么连眼睛都要重新弄啊……”

“不一样的感觉当然要不一样的妆面啊。”化妆师笑着解释。

“啊……”蒋丞叹了口气。

顾飞把光源调整了一下，拿着相机站到了蒋丞身边。

“再瞎拍我抽你。”蒋丞闭着眼说。

“嗯？”顾飞从镜头里看着他，“居然知道我在这儿？”

“废话，一阵儿小风吹过。”蒋丞说。

“还记得昨天，那个夏天，微风吹过的一瞬间……”顾飞唱了一句，按了快门。

蒋丞啧了一声。

“没拍你，”顾飞说，“我拍的妮妮。”

“妮妮？”蒋丞眼睛睁开一条缝。

“我，”化妆师笑了，“他有时候会帮我拍点工作照，我发朋友圈用。”

“为什么不拍我？”蒋丞睁开了眼睛，看着顾飞。

“……来了。”顾飞对着他又按下了快门。

第二组的口红是正红，蒋丞拍之前转头看了一眼镜子，再次愣住了：“天爷，这什么鬼？”

“这个色号是我们最新的，”设计师笑了，“冷艳而性感，还有一些魅惑。”

“不是我说，”蒋丞叹了口气，“你们说的这些概念还有文案，就没打算让人明白吧，反正我自己随便找感觉吧，我是没听懂。”

几个人都笑了起来，妮妮指了指顾飞：“他懂的。”

“你懂吗？”蒋丞看着他。

“我差不多能猜出来，”顾飞举起相机对着他，“脸往右侧点儿……右边得补点光……”

妮妮马上过去调整了一下光源。

“看我，别看镜头，”顾飞说，“手指放到下巴附近吧，找个你自己舒服的姿势。”

“嗯，”蒋丞应了一声，脸往左偏了偏，“看哪儿？”

顾飞放低声音：“看你的牙印。”

蒋丞愣了愣，接着就勾起嘴角笑了，往他锁骨那儿扫了一眼，顾飞迅速按下快门。

蒋丞的脸型和脸部的线条，特别适合对比分明的光影，清晰立体，又不失柔和，强烈的黑白之中的红色尤其抢眼，有种神秘感。

手指也很漂亮，蒋丞的手指按他的要求在下巴和嘴附近找着合适的摆放姿势，不过顾飞并没有等他最后挑定姿势才拍，手指移动，手指靠近，手指离开，他一直都在按着快门。

“把口红抹乱吧。”拍了一通之后设计师说了一句。

“怎么……抹？”蒋丞没明白。

“就是手指按到唇上，”设计师在自己嘴上示范了一下，“往下或者旁边拉一下……”

蒋丞看着她，几秒钟之后偏开头笑了起来，笑了半天都停不下来，顾飞又按了一串快门。

“别笑，”设计师让他也带笑了，“就这个意思你懂吧？别跟我似的做成傻二哥就行。”

“懂了，”蒋丞笑着点点头，“其实你也不是太傻。”

“我能扣你费用吗？”设计师说。

“别，”蒋丞说，“你很美。”

蒋丞领会了设计师的意思，其实这也不是什么特别有创意的画面，但凡要标榜个性的照片里能有一半会用到抹乱的口红。

不过蒋丞用食指在下唇上轻轻勾着往下一拉时，顾飞还是觉得镜头里的蒋丞跟那些妖艳贱货有着完全不一样的帅气，说实话，并没有设计师想要的魅惑，反倒是透着野。

蒋丞天生的气质，无论什么样的着装，什么样的妆容都压不住，混乱的猩红色里依旧嚣张，眼神里依然不羁。

“再用手背抹一下吧。”设计师说，声音里能听得出尽管跟她想要的感觉不同，但还是很满意。

“手背？”蒋丞看了看自己的手背，犹豫了一下，抬手很潇洒地往嘴上一抹。

顾飞感觉蒋丞做这个动作的灵感来源大概就是糙人吃完饭没纸擦嘴用手抹一下，但在手将离未离的状态下抓拍下的几张却意外地帅气。

“来个全身吧，”设计师说，“看门狗式就行。”

“什么狗？”蒋丞再次愣住。

“这身衣服行吗？”顾飞问，今天拍脸部特写，所以蒋丞身上穿的是他自己的衣服，黑T和咖色休闲裤。

“可以，”设计师点头，“对比强烈。”

“以前你拍过的，站直胳膊垂着什么动作都不需要，”顾飞一边换镜头一边说，“那个就是看门狗。”

“……我以为要蹲着。”蒋丞垂下了胳膊。

“你想蹲着也行，”顾飞笑了起来，“吐个舌头。”

“滚。”蒋丞说。

“头不用偏，肩放松。”顾飞换好镜头再次举起相机，拍了几张。

少年和他嚣张的倔强。

很棒。

拍摄一共两个下午，蒋丞觉得这模特实在也挺辛苦的，就这两个下午，他都觉得自己嘴唇快被擦裂了。

最后一次换妆面的时候，顾飞出去了一趟，给他买了支唇膏。

“一会儿完事儿了涂点儿这个吧。”顾飞说。

“啊，”蒋丞接过来看了看，“有颜色吗？”

“……你想要什么色？我给你买。”顾飞说。

“滚。”蒋丞指了指他。

顾飞笑笑，正想说话，摄影棚的门被推开了。

蒋丞看了一眼，这两天就胖姐姐来过两次，偶尔进来的只有工作人员，但站在门口的不是胖姐姐，看穿着也不是工作人员。

门口站着的是个二十七八岁的年轻男人，修身的裤子和挽着袖子的衬衣，看上去很随意又不那么太随意。

蒋丞用一只眼睛看了看顾飞，本来想看顾飞会不会给介绍一下是谁，但看过去的时候他发现顾飞的脸色已经阴了下来。

这种看上去心情不怎么爽的表情，他已经很久没有在顾飞脸上看到过了。

“这么巧。”年轻男人冲顾飞点了点头。

顾飞很敷衍地应了一声，要不是站得近，蒋丞都有点儿分不清他这是应了一声还是只是喷了点儿气。

“昨天喝茶碰上唐姐了，说你这两天在这儿，”年轻男人似乎没太在意顾飞的态度，“我今天路过，就来看看。”

“哦。”顾飞拿了相机到一边的椅子上坐下，低头摆弄着镜头，没有再跟他说话的意思。

年轻男人在门口站了一小会儿，跟设计师和妮妮打了个招呼之后，过去坐到了顾飞身边。

蒋丞只听到了妮妮叫了这人一声林哥，别的就没再说了，这个林哥坐到顾飞旁边之后距离有点儿远，说了什么也听不清。

蒋丞支着耳朵听了半天，硬是一句也没扫着，只能看得出顾飞一直低头弄着相机，似乎没有聊天儿的欲望，林哥有一搭没一搭地说了几句，也没再出声，靠在椅背上看着这边。

他只能收回了目光。

顾飞的朋友，他就认识李炎、刘帆那几个，还有个丁竹心，这个林哥他连提都没听顾飞提起过，应该不算什么太熟的人。

但顾飞看到他时态度转变又挺明显的，不像是不熟的人。

蒋丞心里突然有点儿别扭，就跟屁股上刚文了个火把似的，烧得他简直有种坐不住想过去问一声的冲动。

不过开始拍摄之后，这个林哥看了几分钟就走了。

蒋丞盯着顾飞研究了一会儿，顾飞从拿起相机对着他开始，之前那种浑身不自在的感觉就消失了。

他研究了半天，也没研究出什么来。

“小蒋这个状态很对，”设计师在一边表扬着，“就是有点儿……不耐烦？或者……”

“生气。”顾飞说。

“对，就是很不爽，”设计师点头，“这个状态非常对。”

蒋丞侧脸扫了顾飞一眼。

“林哥过来干什么？”顾飞问设计师，“唐姐跟他有合作吗？”

“好像是吧，唐姐想请他做一个小型的发布会，”设计师说，“还在谈。”

“哦。”顾飞看了蒋丞一眼。

蒋丞跟他对了一眼，知道这话就是给他问的，想让他知道这个林哥跟胖姐姐关系更近一些。

但是这解释不了顾飞看到这人时的变化。

小样儿，什么也瞒不了我们学霸，我们学霸还不近视！

拍完照片，妮妮给蒋丞卸妆，顾飞走出了摄影棚。

完事儿了之后蒋丞一边狠狠地涂着唇膏一边走出去的时候，顾飞正靠在墙边叼着烟。

“弄完了？”顾飞看到他出来问了一句。

“嗯。”蒋丞点点头。

“还有一半的钱明天上午就可以结了。”顾飞说。

“嗯。”蒋丞把唇膏放进兜里，感觉挺累的，饿不饿都不知道了。

顾飞没有说那个林哥的事，他倒是挺想问，但又犹豫着不知道该不该问，顾飞之前看到那人时明显不太高兴，他要问了，可能会让顾飞更不高兴。

但要不问，又太刻意了。

“去吃冷面吗？”顾飞问。

“好。”蒋丞回答。

打车到了地方，下车的时候他还是问了一句：“那个林哥是你朋友吗？”

“不算朋友吧，”顾飞倒是回答得并不犹豫，“认识。”

“哦。”蒋丞不知道该怎么再问下去了。

“以前……玩乐队的时候，”顾飞皱了皱眉，“认识的。”

“这样啊，”蒋丞看了看他拧着的眉，“那挺久以前的事儿了。”

“嗯，”顾飞点头，“我跟他没什么来往，只是他有个工作室，拍照的时候经常会用他的模特，有时候能碰上。”

“知道了。”蒋丞揉了揉鼻子。

虽然并不知道顾飞对这个只是认识的人为什么会是这样的态度，但他也不太想知道了。顾飞看样子不愿意细说，那他问下去除了让两个人都不高兴也没什么别的意义。

吃完冷面，顾飞本来是想去出租房陪着他复习的，但走到一半接到了他妈的电话，说是顾淼在家里发脾气，劝不住。

“你回去吧，”蒋丞说，“是不是这两天都没在家吃饭她不高兴了？”

“不是，”顾飞叹了口气，“她有一条小毛毯，天天要抱着的，都有味儿了，我昨天就给洗了……”

“晾干了还她不就行了？”蒋丞问。

“味儿不一样了啊，有洗衣粉的味儿，”顾飞说，“今天早上就发了一通火了，估计这会儿又想起来了。”

“那你快回去，”蒋丞一想到顾淼的尖叫就有些不安，“好好哄哄，不行就……裹自己身上跑跑步做点儿什么俯卧撑、引体向上的，出点儿汗弄臭了。”

顾飞笑了：“好，我试试。”

在路口跟顾飞说了晚安之后，蒋丞站在原地看着顾飞的背影，大概是因为担心顾淼，今天顾飞没有回头，脚步很快地往他家的方向走着。

蒋丞本来想随便看看就也回去了，作业还没有写，还有一堆习题想做，但是刚要走，余光里就看到前面的顾飞转过了身。

他马上又快速地把眼珠子分开，看着前面，顾飞胳膊一抬对着他做了个狙击的动作，偏过头往这边瞄准。

“傻帽儿。”蒋丞说完立马右腿往后一步，胳膊一抬摆了个拉弓的姿势。

傻帽儿的道别仪式做完之后，顾飞转身小跑着走了，蒋丞伸了个懒腰，慢吞吞地溜达着回了出租屋。

马上期末考了，期中考结束的时候蒋丞放过话，要拉第二名一百分，这种话虽然也应该归在吹牛的范围里，但属于可以实现的牛，他一般不吹实现不了的牛，吹了就会拼命达到。

脑子里伴着乱七八糟的事儿写完了作业之后，他就去洗了个澡，换好睡衣靠到了床上，抱着习题集开始写。

这样可以随时睡，也随时醒，每次考前复习他差不多都是这种状态，并且他从来不像别的学霸那样号称昨天玩了一晚上游戏，有人感叹他成绩的时候，他都会直接回答："我半个月没睡好觉了。"

我考得好就是因为我比你能拼，这感觉才是最牛的。

啧啧啧。

蒋丞冲着习题笑了笑，扯过一个草稿本，拿了潘智送他的那支笔，开始复习。

脑子一直在转着，明明"困"这种状态完全不会出现，但却还是会睡着。

以往复习也会睡着，然后差不多二十分钟他就又会醒过来，今天也是一样，但醒过来的方式有些不太一样。

他是被噩梦惊醒的。

"他要我死！"李保国喊。

蒋丞醒过来的时候瞬间感觉呼吸都是混乱的，心跳得也有点儿没有节奏，瞪着手里的笔缓了很长时间，才慢慢平静下来。

他一直以为自己已经成功地把李保国和他的死封存，不再会干扰到他的生活，这一阵子他也的确是回到了从前的生活状态里，但没想到还是会在完全没有防备的情况下再次面对这一幕。

他闭上眼睛，左手的手指在眉心上轻轻捏着，右手拿着笔飞快地转着，很长时间才长长地呼出一口气，换了本英语习题开始做。

第二天早上起床的时候他才发现被子上、枕头上包括睡衣上全是他疯狂转笔甩出来的墨滴。

"我天，"他跳下床，进了浴室，对着镜子看着自己脸上的墨点子，看了一会儿之后他对着镜子蹦了两下拍着手捏着嗓子，"哎呀好帅呀！"

然后拿起牙刷开始刷牙。

一晚上无梦的状态让他心情很好，别说是甩了点儿墨，就是一瓶墨水都倒床上了，也没什么大不了的。

“蒋丞选手看起来气色还不错，”他洗完脸之后一边换衣服一边说，“是的，看起来不像是昨天熬夜看书的样子……不过一个弹弓选手长期不练习，会不会影响到他的发挥？听说最称手的弹弓都送给神秘伙伴了？”

蒋丞给顾飞发了条消息，起了没？

顾飞五分钟之后才回了消息过来。

——困。

——那你睡吧，我去学校了。

——中午。

——嗯。

神秘伙伴这个“中午”的意思是中午一块儿吃饭，这种极简表达一般都是他困得不行的时候会用的。

“任何技能都是需要练习的，不过像这种天赋型选手，”蒋丞拎了书包换上鞋出了门，一边下楼一边继续小声说，“我们不需要担心。”

从出租屋去学校，会经过顾飞家的店，这个时间还没有开门，他骑着车经过的时候往锁着的店门上看了一眼，莫名就觉得心里有毛茸茸的暖意。

神奇的感受，你欣赏、喜欢一个人，看到所有跟他有关的东西，都会变成一团毛球。

这条路他已经很熟悉了，闭着眼都能知道旁边经过的是什么地方，各种店铺，破旧的，新装修的，乡非风的，强行装逼风的，真我风的，这会儿都还关着门，有种熟悉又陌生的感觉。

有意思，蒋丞迎着风拐了个弯。

往前骑了一小段之后眼角掠过一个破旧的灯箱。

他眉毛没忍住挑了一下，迅速转头看了一眼之后又迅速转回头盯着前方。

成人。

用品。

怎么以前没有注意过这里还有这么一个店？蒋丞又回头看了一眼，这店也太烂了吧！怎么看都不像个正经店。

“看路！”旁边有人吼了一嗓子。

“哎！”蒋丞转回头看到前边儿几米有个正要过马路的大叔，赶紧捏了捏闸，“不好意思。”

“看什么呢，也不怕一扭头撞树上。”大叔说。

24

拐角那里有个成人用品店。

相比要不要进去转一圈，或者说这个店为什么看上去像个火车站小发廊一样那么不正经来说，蒋丞更吃惊的是自己居然从来没注意到。

但这个事儿他没好意思跟顾飞讨论，要换个别的店他肯定就说了，哎那儿居然有个包子店，以我这种学霸的不近视的锐利的眼神居然以前没发现。

这是个成人用品店，就不太好开口讨论了，何况期末考甩第二名一百分的豪言壮语还放在那儿，他不能分心。

一上午听着各科老师在讲台上或念经或激昂或苦口婆心的，蒋丞把那个流氓小黑店暂时放到了一边，没有顾飞在边儿上坐着，他不容易走神老瞅人脸，听课倒还是听得很认真。

最后一节课还有不到十分钟下课的时候，顾飞打着哈欠懒洋洋的身影从前门闪过，然后一路慢吞吞地走到了后门，进了教室。

这节是地理，老师一脸怒气加无奈的表情盯着顾飞。

顾飞冲老师鞠了个躬，然后坐下了。

“有些同学，”地理老师敲了敲讲台桌面，“只图眼前的舒服，从来不去想自己的将来该怎么办，等你后悔的时候……”

“你昨天没睡觉吗？”蒋丞小声问，顾飞看上去有点儿睡眠不足，平时按时来上课都不是这样子。

“没怎么睡，”顾飞又打了个哈欠，老师还在讲台上不点名地教育着他，他没有马上就趴到桌上，低着头一副认真听训的样子，“二淼闹了一晚上。”

“一个小毯子，怎么这么严重？”蒋丞皱了皱眉。

“不知道，情绪不好吧，”顾飞叹了口气，“不过也挺久没这么闹过了，我打了她一巴掌才消停了。”

“你打她了？”蒋丞转过头。

“屁股上拍了一下，”顾飞说，老师开始布置作业，他趴到了桌上，“很轻的，我对她也……很难一直没脾气啊。”

“那打完了她会不会有什么别的不高兴？”蒋丞有些担心。

“没，”顾飞说，“打完我又给她讲了半天，小朋友不听话就会被打，所有小朋友都一样，累死我了。”

“你下午睡觉吧，请个假？”蒋丞不知道该说什么了。

“请个屁，后天考试，今天老徐怎么可能准假，我又不是你，”顾飞笑了笑，“我下午在教室睡。”

学校旁边开了个比萨店，装修挺像那么回事儿，四中的学生像是找到了一个显示自己与众不同的地方，大家都优雅地坐在里头吃比萨。

“吃比萨去。”顾飞说。

“门口那个店？”蒋丞问。

“嗯，”顾飞点头，“尝尝，我反正也没吃过，好吃的话我带点儿回去给二淼吃。”

“那行。”蒋丞点了点头。

他对这个店里的比萨味道没有任何期待，不过顾飞没吃过的话，尝尝也没什么，万一出现奇迹呢。

不过走进店里看了一眼价格之后，他就感觉不会出现什么奇迹了，7寸的才二十二块，倒是相当实惠。

店里人多，还都是四中的学生，顾飞让打了个包，拎着出去了。

“去哪儿吃？”蒋丞问。

“桥边？”顾飞看着他，“晒晒太阳……再买两瓶可乐吧，野餐。”

蒋丞觉得挺傻的，简直不能更傻了，俩老爷们儿，坐在桥边，对着没什么水的一条破河，一块儿吃着二十二块的比萨，还要喝着可乐。

虽然心里这么想着，他却还是在顾飞刚一说完时就很迅速地点了点头。

傻是傻点儿，可是很好玩，很……说不上来，就这种感觉吧很难描述，让他跟顾飞一块儿去扫厕所可能都会觉得……不，扫厕所还是算了。

中午桥这边没什么人，他俩在桥下小路边的一张长椅上坐下了，隔着几张椅子有人正戴着耳机大声地背着英语。

蒋丞觉得有些稀奇，大中午的，还是在这么一个小破城市里最破败的钢厂势力范围里居然能看到有人在背英语，这种说不上来是违和还是久违了的亲切感让他觉得很感慨。

“真难吃。”顾飞拿了一块咬了一口。

“做好了还是挺好吃的，”蒋丞也拿了一块咬了一口，果然不怎么样，比王旭家的馅饼差远了，“要不考完试我们带顾淼去吃必胜客？”

“我们这里没有必胜客。”顾飞说。

“……啊，”蒋丞愣了愣，“行吧，那找个好些的店去吃比萨？”

“那还不如去吃王二馅饼呢，”顾飞说，“便宜，他妈心情一明媚了还会给咱们免费。”

蒋丞喝了口可乐，笑了好一会儿：“那我们生日也去他家吃馅饼吗？”

“那就不必了，”顾飞想了想，“你生日想怎么过？要请同学吗？”

“就……不请了吧，”蒋丞说，“我是想，咱俩生日差不多时间，取个中间段，一块儿过了，怎么样？”

“就你生日那天一块儿呗，”顾飞说，“要不两人都空出一个生日来。”

“哦，”蒋丞乐了，觉得顾飞这个空出一个生日来的说法很可爱，“那阴历呢？”

“那你看看你阴历生日，跟我阳历的能不能凑一块儿？”顾飞说。

“应该也不好凑，”蒋丞一边说一边拿出手机，刚按亮屏幕又马上关了，把手机放回了兜里，“不不，按我的来，你的太晚了。”

“行吧，”顾飞笑笑，“你急什么？”

“再笑一个我抽你。”蒋丞说。

顾飞收了笑容，侧过身，胳膊搭在椅背上一脸严肃地看着他：“丞哥，就按你的生日过，就在那天，我非常着急，想跟你一块儿过生日。”

蒋丞瞪着他，过了好一会儿才拍了拍他的肩：“好。”

期末考前一天，四中的贴吧里开了赌局，一开始是有人想赌这次高二年级第一是谁，然后被以没有悬念为由推翻了，接着又有人提出可以赌全校最高分，但还是被大家以相同的理由推翻了。

最后经过讨论，决定赌一下第一名能拉开第二名多少分。

“我下注了，”顾飞骑车跟蒋丞一块儿回家，一边玩手机一边慢慢蹬着车，“我赌的118分，8根黄瓜。”

“你真无聊。”蒋丞有点儿无语，他倒是看到了那几个帖子，但没有点进去看。

“你觉得怎么样？118分有难度吗？”顾飞看着他。

“你怎么不去赌第一名满分啊。”蒋丞说。

“那不实际，”顾飞笑了，“如果你字儿有我写的一半好，我就赌了，就你那个字儿不可能满分。”

“滚。”蒋丞说。

“真的丞哥，你练练字吧，”顾飞说，“要不高考被扣卷面分了怎么办。”

“我练着呢，我天天写作业的时候都一笔一画的。”蒋丞啧了一声。

“那超118分行不行？”顾飞说。

“不知道，100没什么问题，你以为18分那么好拿呢？”蒋丞说，“不是我说，你们玩假赌都不舍得赌大点儿，黄瓜好歹赌个一车两车的啊。”

顾飞笑了半天：“有些昵称是爆过真身的，去年他们赌运动会名次，就有人真拿了黄瓜去。”

“……会玩，”蒋丞由衷地赞叹，“高三还有运动会吗？”

“有，”顾飞说，“运动会结束的时候还有联欢会，高三都会参加，这之后学校的活动就没有高三的什么事儿了。”

“哦。”蒋丞突然觉得有点儿紧张，过完这个暑假，就高三了，一年不到的时间了，这要放在原来学校，暑假都不可能还有，老师想不补课，家长都不干，哭着喊着集体要求不要放过高三的可怜蛋们。

四中居然有差不多半个暑假，高三居然还有运动会和晚会。

“你运动会是不是也不参加？”蒋丞问。

“嗯。”顾飞笑笑。

“联欢会呢？”蒋丞又问。

“看还是会看的。”顾飞说。

“哦。”蒋丞也笑了笑。

一个期末考本来不会给蒋丞多大压力，就算他给自己定下了超一百分的目标，拼一把想完成也不是什么了不起的事儿，但不知道为什么，一想到花式帅的八根儿黄瓜，他就莫名其妙地紧张起来了。

虽然也没人知道花式帅是谁，但还是凭空多出了一种叫“不能让花式帅丢黄瓜”的压力。

考试跟期中考的时候没什么区别，前后左都在等着他接济答案，只有右边的顾飞一脸平静地每科都在抓阄。

不过期末考的题目明显要比期中考的难度高，为了花式帅的黄瓜，蒋丞没有提前交卷，每科都坐到了最后一分钟。

最后一科考完走出考场的时候，顾飞刚走了过来想跟他说话就被加塞儿的老徐挤到了一边：“今天下午怎么样？”

“挺好的。”蒋丞说。

“怎么觉得你的情绪不是很高涨呢？”老徐很关心地打量着他，“是不是哪科不是很满意。”

“没，”蒋丞说，“全满分我也是这个样子。”

“好好好，”老徐放心地点了点头，“这个心态好，好好休息几天，到时就要补课了，要尽快进入高三的状态！”

“嗯。”蒋丞点点头。

这个学期结束了，成绩出来之前有两天的假，所有的学生都跟狂欢似的抓紧时间玩，蒋丞本来想琢磨一下生日给顾飞送点儿什么礼物合适，但被王旭抓着连着两天都没闲着。

除了郭旭那几个，王旭还约了女生一块儿，其实他在想什么，所有人都知道，无非就是找个机会把易静拉出来而已。

蒋丞不想去，但王旭把顾飞和顾淼也强行叫上了，他也就跟着去了。

唯一无语的是这帮人好容易一块儿出去玩，娱乐项目居然是去市中心逛街，吃点儿喝点儿，然后打个电动什么的，蒋丞都想说王旭你这样要能把易静追到也是个奇迹了。

两天瞎逛的时间里，最精彩的活动居然是在广场上碰到一帮玩滑板的年轻人，顾淼踩着滑板跟他们一通玩，引来一大群围观的路人纷纷拍照拍视频。

最后一个领头的年轻人向顾淼发出了邀请：“小妹妹，有没有兴趣到我们俱乐部来一起玩？”

顾淼一脸冷漠地看着他，最后脚尖一挑，滑板翻到她手里，她拎着滑板转身走了。

“那有缘再见啊妹妹！我们每个月第一个周末都会在这里玩！有空过来啊！”那个年轻人冲着她的背影喊。

蒋丞远远地看着顾淼走过来，笑得不行：“哎，这范儿。”

“简直没礼貌，”顾飞笑了笑，弯腰对着走过来的顾淼晃了晃手，“二淼，谢谢那些哥哥，人家跟你一起玩了这么久。”

顾淼看了他一眼，转过身，冲还在朝这边招手的那几个年轻人鞠了个躬。

“其实……那个俱乐部，如果可以的话，顾淼跟着去玩一下也应该不错吧？”蒋丞想了想。

“那得我一直跟着，她不懂得怎么跟人交流，别人也不知道她的开关在哪儿，”顾飞叹了口气，“我哪来的时间？我跟人已经约了拍照的时间，下周还安排了她去做康复……到时再说吧。”

蒋丞伸手在他背后轻轻捏了一下，不知道该说什么好。

顾飞的假期安排得很满，家里的店要守，要拍照打工，还要陪二森去治病……每一件事都已经无关是否愿意，是否安排得过来，这些就是他必须要去做的。

这种不经意间感受到的无奈，让他有些郁闷，有时候看着顾飞就像看着一只被铁链拴着站在细绳上的鹰，能站稳已经很艰难，翅膀不是用来飞翔，只是为了保持平衡的。

不过顾飞也许是已经适应了，除了偶尔的叹气，蒋丞几乎没有听到过他抱怨，出了成绩之后，他还心情很好地去买了8根黄瓜。

“来，分你4根。”顾飞把装着黄瓜的袋子递给他。

蒋丞的心情也很不错，总分第二还是易静，不过第一名这次虽然没拉开118分，但之前给老徐放的话还是做到了的。

“我们是新时代的年轻人，”蒋丞看着在超市门口就愉快地开始啃黄瓜的顾飞，“我们能不能用高雅一些的方式来庆祝啊？”

顾飞啃了一口黄瓜之后开始笑。

“我真想见见你大爷啊顾飞！”蒋丞瞪着他。

生日的事蒋丞还是很重视的，这是他第一次可以随心所欲地安排生日。

顾飞的生日礼物他跟打坐似的盘腿坐床上想了三个小时，最后跳下床直接打车去了购物广场。

他不想直接买现成的礼物，没什么意思，但自己做，又没那个能耐，于是他选择了一个折中的办法，买现成原料来做。

上回跟王旭他们一块儿来逛的时候，在一个店里看到不少人都在做手工，易静还进去转了两圈，说是做拼豆的。

蒋丞决定就做个拼豆的钥匙扣给顾飞。

走进店里的时候顾飞的电话打了过来：“漫漫长日啊朋友，我拍完照片了，不出来浪一浪吗……你在外面啊？”

“嗯，我……办点事儿。”蒋丞说。

“办什么事儿？”顾飞问，没等蒋丞回答，他又笑了起来，“给我买礼物吗？”

“别想太多，”蒋丞看了一眼旁边书城的招牌，“我在书城。”

“买资料吗？”顾飞问，“要不要我过去陪你？”

“不用，等你过来我早买完了。”蒋丞说。

“那行吧，我带二淼出去玩玩。”顾飞笑笑。

挂了电话之后蒋丞重新走进了拼豆店里。

店主挺热情，给蒋丞介绍了半天：“这个不难的，只要心细点儿就行，做几个简单的就知道怎么回事了。”

“你们有图案吗？”蒋丞问。

“有的，你想要什么样的图？”店主问。

“就……Q版小人儿的，”蒋丞看了看旁边正在做的人，“我想做个钥匙扣。”

“有，”店主在电脑上点了几下，找出了一张Q版的，“这样的喜欢吗？”

“那个，有没有……”蒋丞清了清嗓子，“适合男孩儿的？”

“也有的，”店主笑了笑，“我给你找找，你也可以给我你喜欢的图，我帮你做成像素图。”

拎着一袋拼豆工具甚至还有一个熨斗走出店门的时候，蒋丞觉得汗都下来了，旁边就有一家奶茶店，但他没进去，老觉得拼豆店主就在他身后目送他。

出了购物广场，他才在街边买了杯奶茶，一口气灌完了。

站车站等公交车的时候，潘智打了个电话过来：“丞儿！我要去给你过生日！”

“我生日过了你再来。”蒋丞说。

“……我去，”潘智愣了愣，“你是要跟顾飞一块儿过？”

“啊。”蒋丞看了看手里的袋子。

“爷爷你怎么能这样对我？”潘智很悲愤，“大家一块儿过不行吗？大家一块儿吃吃喝喝热闹地庆祝你成年？”

“不行。”蒋丞说。

“我地位怎么掉得这么快？”潘智很不爽，“这才多久啊！你在老朋友和新朋友之间没有挣扎过吗？怎么这么轻易就做出了选择？”

“你能不能体谅一下长辈。”蒋丞说。

“那先说好，”潘智说，“我到时去了还是住你那儿，你别让我去住酒店。”

“嗯。”蒋丞笑了笑。

“我给你准备了好礼物，保证你喜欢。”潘智说。

“是什么？”蒋丞马上问。

“我的小心心。”潘智说。

“……不要，你这小心心送过没一百个人也有五十个了，”蒋丞啧了一声，“打成渣了一人一粒儿分着送的吧。”

“我靠，”潘智笑得不行，“等着我，我买了票了告诉你车次，去接我。”

“嗯。”蒋丞笑了笑。

顾飞觉得学霸还是挺沉得住气的，这几天蒋丞一直在忙活，也不知道在忙什么，叫他出来说没时间，过去出租屋，也没发现蒋丞有什么在忙着的事儿。

生日礼物和生日那天怎么过，蒋丞硬是一点儿也没透露，只让他等着。

顾飞坐在电脑前一边作图，一边看了看屏幕右下角的时间，再过5分钟，就是蒋丞的生日了，他拿过手机，准备零点一到就打电话过去。

时间一秒一秒过去，他看着手机上的时间，发现自己居然有些激动，手指都无意识地微微发抖。

23：59：55

他在心里数着，56，57，5……

手机屏幕画面突然切换，跳出了蒋丞的头像，猛然响起的铃声吓得他差点儿把手机扔到地上。

“生日快乐，”他接起电话，没等那边出声就开了口，“丞哥。”

“生日快乐，”蒋丞笑着说，“是不是在掐点儿呢？”

“嗯，”顾飞笑着叹了口气，“没掐过你，你提前了。”

“我们学霸是很有计划的，你接起来的时候正好到点，”蒋丞说，“你现在强行18岁了，感觉怎么样？”

“岁月催人老啊，”顾飞说，突然在听筒里听到了风声，他愣了愣，“你在哪儿？”

“你家楼下，”蒋丞说，“下来，丞哥带你去过生日。”

25

“把弹弓也带下来。”蒋丞说。

“好。”顾飞应了一声。

挂掉电话之后蒋丞往后靠在了灯柱上，轻轻舒了口气，心情愉快。

这几天对于蒋丞来说简直是前所未有的经历，现在站在顾飞家楼下还有种没回过神来的感觉。

不仅仅是这个他可以自己做主的第一个生日，还有他为这个生日做过的那些从来没有想过会去做的事。

拼豆这东西，号称是儿童益智类，但蒋丞觉得没哪个儿童能耐得住性子去做出一个完整的图案，也没有哪个儿童的手能那么稳，准确地把一粒粒“豆子”平稳地码到模具里。

当然，也有可能跟他从小到大都没怎么做过手工有关，小学的时候做点儿手工都是现成的，按着图案剪一剪粘一粘就完事。

反正他拿着镊子夹着豆子往模具上放的时候就感觉自己的手仿佛长在了别人身上，放下这粒就会碰到旁边两粒，拼豆店的那个老板还跟他说，他挑的图案小，颜色也简单，做起来会很快，生手也就个把小时。

个把小时个屁！

第一个试验品他就哆里哆嗦地做了快俩小时，烫的时候还烫过头了，把豆子压成了一个饼。

第二个也用了一个多小时，中途起码有三次他想把模具带豆子一块儿掀了。

第三个因为终于有了些经验，速度快了不少，但是烫好以后才发现有一个小人没有眼睛。

“蒋丞选手此时此刻的内心感受我们无法体会，但应该是焦灼而无奈的，”他盯着这个瞎了眼的小人，“隔行如隔山，对于一个从来没有做过精细挑战的选手来说……他可以分别打中间隔不超过一厘米的两个物体，却无法……真心烦，不做了。”

话是这么说，礼物却还是要做的，生日就在前方，他必须把这个礼物做出来，做完之后他还有一些别的准备工作要做。

于是最后他用了2个小时，把自己活了18年里攒下的所有耐心都用在了这一个小小的布满了小颗粒的平面里。

他终于做出了一个五官齐全颜色也没有出错的豆饼。

美中不足的就是烫豆子的时候因为对此作品太过满意而激动地抓在了熨斗上，右手食指和拇指被烫出了两个水泡。

他把手搁水里冷却了一会儿，用两片创可贴粘上，坚持着把最后的钥匙环给安上了。

装礼物的是他跑了3个礼品店才找到的一个黑色透明盖的马口铁盒子，因为没有合适的海绵垫着，他拿了牛皮纸色的包装纸揉皱了垫在了里头，再把钥匙扣放了进去，盖上盖子之后欣赏了半天，最后各种角度地摆拍了能有十几张才算结束了这个工作。

生日之前几天他跟顾飞差不多就只见了两三面，吃个饭，聊两句，顾飞一走，他又开始进行各种准备工作。

有时候他都觉得自己是不是有点儿神经，就一个生日，他这动静不知道的得以为他要去炸地球了。

等着顾飞从楼上下来的过程中，他又在脑子里边过了一遍一会儿要做的事，直到确定没有什么漏洞。

顾飞下来得挺快的，蒋丞刚看清楼道里有一个影子闪出来，顾飞已经到了他跟前儿，一抬手把他叼嘴里的烟拿走了下："生日快乐丞哥。"

这个时间四周已经没有人，楼上的灯都差不多全熄了，但就算有人经过，蒋丞感觉自己此时此刻也没所谓了，他伸手用力搂了搂顾飞："生日快乐。"

"要带我去过生日了吗？"顾飞笑着问。

"嗯，"蒋丞松开他，一招手，"走。"

"去哪儿？"顾飞问。

"一个地方，"蒋丞说，又看了他一眼，"那什么，顾森已经睡了吧？"

"早睡了，"顾飞勾了勾嘴角，"今天晚上我在你那儿过夜吧。"

"好。"蒋丞点点头。

"那个是要送我的吗？"蒋丞看到了顾飞手里拿着一个纸袋，看着似乎还挺沉。

"是，"顾飞笑笑，"一会儿给你。"

"要我给了你礼物你才给我吗？"蒋丞问。

"是啊，我要交换的。"顾飞说。

"行，"蒋丞笑了，"丞哥现在就带你去拿礼物，拿了礼物回我那儿去吃蛋糕。"

"你也买蛋糕了？"顾飞问。

"嗯，本来想自己去做个蛋糕，这儿我也不熟，没找着DIY的店，就直接买了一个小的，"蒋丞说，"怎么你也买了？"

"我……做了一个，搁店里冰柜里了。"顾飞说。

"你去哪儿做的？"蒋丞一挑眉毛。

"王二馅饼后面那条街有一个烘焙工作室，"顾飞说，想想又叹了口气，"我以前带二淼去玩过，她在那儿发脾气砸了人家的秤，我还赔了五十块钱，买一个现成的蛋糕才二十块。”

蒋丞听着挺不是滋味儿，但顿了顿又觉得很想笑。

“我……”他忍了半天之后转头看着顾飞，“好想笑啊，你介意吗？”

“……不介意，笑吧。”顾飞说。

蒋丞冲着地一通狂笑，顾飞跟他边往前走边傻笑了半天，乐完了之后才注意到这条路不是回蒋丞出租屋的路。

“去哪儿？”顾飞问，“你是不是迷路了？”

“没，”蒋丞指了指前面，“往前，我这两天在这片转了好儿圈才找着这么个地儿，平地，没有垃圾，也没什么人过去。”

顾飞看了看他指的方向。

钢厂倒闭了之后，这片空地和荒弃的破楼很多，但按这个方向过去，左边是市场，右边是一个厂办幼儿园，还真没有什么没人的平地。

蒋丞非常坚定地领着他一直往前，中间往右拐了一次，又往左拐了两次，回到了之前的路上继续往前。

顾飞忍着一直没出声，跟着走了快半小时，他可以肯定蒋丞迷路了，但这人迷路的方式很奇特，每次拐出去了，又都能顺着拐回来，然后继续向前。

最后看到空无一人还没有散尽味儿的市场时，蒋丞终于停了下来，双手往裤子屁兜里一插，愣了能有十秒才问了一句：“这是菜市场对吧？”

“嗯，”顾飞点头，“你要没瞎拐的话，十分钟之前咱们就能到了。”

“哎？”蒋丞往四周看了看，又原地转了两圈，“啊？”

“迷路了是吧？”顾飞问。

“啊，”蒋丞看着他，“让你给我咒的。”

“怪我喽？”顾飞忍着笑。

“不然呢？”蒋丞瞪着他，瞪了一会儿又有点儿着急，“我真忘了是怎么去的了，我给你的礼物还藏在那儿呢！”

“是什么样的地方？”顾飞叹了口气，“你给我说说。”

蒋丞皱着眉给他描述了一下，有挺大一片沙地，有点儿坏了的运动器材，还有一个拆掉了一半的水泥儿童滑梯……

还好蒋丞虽然认路不行，但观察力还不错，顾飞一听就知道是哪儿了，离得不是太远，但的确挺偏了，以前钢厂的两个幼儿园之一，一个就在前面，还有一个因为厂里没人了就拆掉了，就是蒋丞找到的那里。

“走吧我知道了，”顾飞一搂他的肩，“下回要去哪儿还是我带路吧？”

“闭嘴迈腿。”蒋丞说。

“不过你能找到那儿还挺厉害的，”顾飞说，“我都好几年没去那边了。”

“其实吧，”蒋丞叹气，“我去你家之前刚从那儿出来，我都挺佩服自己的，我迷路大概也是学霸级的。”

顾飞笑着没说话。

走了十多分钟，前面的楼慢慢变少，最后连路灯都没有了，四周只有月亮的反光。

“闭上眼睛。”蒋丞突然说。

“嗯？”顾飞犹豫了一下，闭上了眼睛。

“来。”蒋丞带着他往前走。

他跟着走了一段估计能有百十来米了，蒋丞停下了：“弹弓呢？别睁眼。”

顾飞闭着眼睛从纸袋里拿出了蒋丞的那把弹弓，蒋丞接了过去，松开了他的手，声音离开了他身边：“好了，睁眼吧。”

顾飞睁开了眼睛。

闭眼睛的时间有点儿长，当看到眼前的一片彩色的光斑时，他先是愣了愣，又揉了揉眼睛才把重影着的光斑看清了。

“这是……”顾飞看着从十米开外的地方一直往前延伸向前的两条扭着8字的彩色光斑。

光斑都是长方形的，红色黄色蓝色绿色相间隔着。

“学渣，如果我不说，你大概看不出这是无穷符号吧，”蒋丞在他身边拉开了弹弓，往前瞄准着，“跟着光，去拿你的礼物。”

蒋丞手里的弹弓发出了嘭的一声，前方领头的一块黄色光斑往前倒了下去。

接着两串彩色的光就开始像波浪一样顺着一路倒下，慢慢地连接成了两条线向前漫延过去。

虽然顾飞已经看出来了这些光斑会有什么样的变化，但当这一幕真的出现时，他还是愣住了。

眼前的光一路往前，从点到线地延展着，他在这一瞬间还是感觉到了震撼。

深夜，微凉的风里，身边的这个人，给他展示了一幅彩色的画。

那些闪动着的光一点点变得模糊，渐渐地占满了他的视野，满眼跳动着的彩色光芒。

他没有往前走，蒋丞也没动，两个人就这么站在黑夜里，看着这一片彩色的光，一直到前方的彩色线条停止，连续的无穷符号静静地铺在了他们脚下。

“哎？”蒋丞出了声。

“啊？”顾飞被他这一声拉回了现实里，“丞哥，你真……”

“不对啊！”蒋丞啧了一声，“没完呢！”

“什么没完？”顾飞愣了愣。

“表演……哎，我去看看，你就站这儿等我，”蒋丞往那边跑了过去，边跑边回头指了指他，“站那儿看着！”

“哦。”顾飞应着，站在原地没动。

蒋丞跑到那边，弯腰看了看，伸手把一块绿色的光斑重新立起来，再用力一推倒，随着光斑倒地，旁边窜起一束很小的火苗，接着就滋出了火花。

蒋丞退后了一步，一阵小火花过后地上一个什么东西像开花似的爆开了，一圈小火苗亮起。

“听到了没有——”蒋丞在那边吼了一声。

“听什么？”顾飞也吼了一声。

“生日歌！听不到吗！”蒋丞继续吼。

顾飞往前走了过去，走了几步之后听到了夜风里传来的细细的吱吱声，辨认了一会儿之后他终于听出了这是生日快乐歌。

祝你生日快乐，祝你生日快乐……

也看清了那头地上放着的是一个自动生日蜡烛，点着了就会弹开，挑着几支小蜡烛开始唱歌。

祝你生日快乐，祝你生日快乐。

“听到了没！”蒋丞喊。

“听到了！”顾飞笑着用力点了点头。

“来！”蒋丞招手。

顾飞向他那边走过去，边走边跟着蜡烛传出来的非常像蛐蛐叫听着有点儿想笑的音乐吹了声口哨。

生日快乐丞哥。

希望你永远都这么快乐。

生日快乐丞哥。

希望你永远都笑得像一束阳光。

生日快乐丞哥。

希望你以后想起这段日子的时候没有遗憾。

生日快乐。

“送你的，”蒋丞蹲下，指了指蜡烛旁边的一个小盒子，“我做的，看看喜不喜欢……不喜欢也给我憋着。”

顾飞也蹲下，拿起了地上的小盒子，透过盒盖上的玻璃一眼就看到了里面的Q版小人儿。

“喜欢，”他笑了起来，打开盒盖，看到了一个很精致的小钥匙扣，“怎么做的？”

“拼豆，”蒋丞把钥匙扣拿出来放到他手上，“玩过吗？”

“你手怎么了？”顾飞揪住了他的手指头。

“烫了俩泡，”蒋丞啧了一声，“你不知道这玩意儿做起来有多烦人，还儿童益智玩具呢，哪个儿童玩熨斗啊！”

顾飞笑了起来：“谢谢。”

“你会用吗？”蒋丞问。

“用啊，”顾飞从兜里把自己的钥匙拿了出来，把这个钥匙扣扣了上去，“正好我没有钥匙扣。”

“我的礼物呢？”蒋丞看着他。

“这个礼物吧……”顾飞把纸袋放到了他面前，“也是我自己做的，不过没有你做的这么精致，我这个走的狂野风。”

蒋丞觉得自己心跳得有些厉害，手比做拼豆的时候抖得还敬业，伸手把纸袋里的东西拿出来的时候，居然一下没拿住。

“这么重？”他愣了愣，“是什么？”

“这么娇弱，”顾飞说，“投三分的时候不是挺有力气的吗？”

“什么鬼，”蒋丞笑了，把纸袋里的东西拿了出来，一个像比萨盒似的扁盒子，他打开的时候愣了能有十秒，盯着看了半天才抬起头，“迷宫？”

“嗯，”顾飞点点头，从兜里拿出了一颗鹌鹑蛋大小，亮银色的金属球放到了上面，发出了铃声一样的细微的声响，“这个是我。”

“那我呢？”蒋丞问。

“那儿。”顾飞指了指迷宫的一角。

这是一个用铁板焊接出来的迷宫，底下是一块一尺见方的铁板，上面用一根根长长短短的铁条焊出来的通道。

蒋丞怎么也没想到顾飞还有这样的技能，看着手上这个沉甸甸的迷宫，粗糙狂野中透出的细腻，每一个转角，每一个接口，都处理得光滑平整，应该是做好之后细心打磨过。

“顾飞”小钢球是可以滚动的，“蒋丞”小钢球不知道是用的什么办法，固定在了迷宫的出口，“顾飞”小钢球找到出口时会跟“蒋丞”小钢球撞在一起。

“真没想到啊，顾飞，”蒋丞看着顾飞，“你还会这个？”

“嗯，”顾飞笑了笑，“我也是想了很久送你什么，最后想着自己做一个吧，我们这里，这些材料还有工具都很好找……”

“谢谢。”蒋丞撑了撑顾飞的膝盖，凑到他眼前看着。

顾飞也看着他。

蒋丞想把眼珠子努力分开，但以目前这个距离，显然不太可能，于是他放弃了，对眼看着顾飞。

“那些是砖头吗？”两人一块儿往回走的时候顾飞问了一句。

“嗯，”蒋丞低头一边玩着迷宫一边点了点头，小钢球是空心的，里面不知道什么构造，滚动时会发出很好听的叮当声，“钢厂后面不是有人在盖自建房吗，我去跟人家买的。”

“刷了荧光粉？”顾飞笑着问，手在他后背带了一下。

“嗯，”蒋丞低头跟着他，“买的那种，本来想网上买，又怕来不及，结果跑了好几天才找到卖这玩意儿的店，怎么样，漂亮吧？”

“漂亮，太有创意了。”顾飞说。

“迷宫几条路？”蒋丞问。

“一条，”顾飞回答，“对你来说应该很容易吧，学霸嘛。”

“是的，”蒋丞把迷宫递到他眼前，手轻轻一晃，“顾飞”小钢球顺着通道穿过两个拐角，叮的一声撞在了“蒋丞”小钢球上。

顾飞笑了半天：“哎，其实本来我挑了个高级的迷宫想做，但是面积不够。”

“我喜欢这个。”蒋丞说。

26

回到出租屋的时候已经挺晚了，不过蒋丞没有什么睡意。

“我先去洗个澡，”在床上躺了一会儿，他偏过头问顾飞，“你明天是不是要送顾淼去做那个什么治疗？”

“是今天。”顾飞纠正他。

“今天？”蒋丞在顾飞背上拍了一下，“是下午吗？我也去。”

“下午两点半，”顾飞翻了个身平躺着，“我带你俩去。”

“是我俩带顾淼去，”蒋丞下了床，又看了看，犹豫了一下才问了一句，“我先洗？”

“嗯。”顾飞笑了笑，摸了手机过来按亮了，估计是要玩弱智爱消除。

这个澡他没洗太久，他不想让顾飞一个人在床上玩手机，冲水抹沐浴露冲水刷牙洗脸，也就十分钟不到，他就又跑出了浴室。

回到卧室的时候顾飞正趴在床上玩着，看他进来愣了愣：“这么快？”

“要不我再去洗个半小时的，”蒋丞说，“你睡一觉醒了再去洗？”

“帮我把这关过了吧，”顾飞把手机递给他，下床走到了衣柜前，“我拿你衣服了啊？”

“嗯，你随便拿吧。”蒋丞说。

顾飞拿了衣服出去了，蒋丞捧着他的手机，脑子里全是今天生日的细节，顿时有些出神。

顾飞往门口走了两步又转身走回了他身边，手往他面前伸了过来。

“嗯？”蒋丞赶紧抬头看着他。

“黑屏了。”顾飞在手机上摸了一下，嘴角带着笑地说了一句。

“啊！是！黑了！”蒋丞跟睡着了被人叫醒还想强行假装没睡着的人似的半喊着应了一声。

顾飞没再说别的，笑着转身出去了。

蒋丞站床边愣了好一会儿才抱着手机倒在了床上：“啊……”

过个生日还过得这么沉醉，还真是没过过生日的。

“啊……”蒋丞翻了个身，再一看手机，又黑屏了。

顾飞洗完澡回来的时候，他还拿着个手机靠床头发着愣。

“过了吗？”顾飞问。

“……又黑屏了。”蒋丞把手机还给他。

“哦，”顾飞接过手机，看了他一眼，“那你还帮我玩吗？”

“你解锁吧。”蒋丞叹了口气。

顾飞解了锁把手机又递给了他，他低头开始玩游戏的时候听到了顾飞的笑声，本来他不想搭理顾飞，但顾飞一直乐，他只得抬头瞪着顾飞：“笑什么？”

“笑你啊。”顾飞边乐边说。

“你信不信……”蒋丞继续瞪着他，瞪了一会儿之后自己也乐了，“哎。”

“快玩，”顾飞上了床，躺到他旁边，“要不李炎又要超过去了。”

“他怎么那么闲，”蒋丞啧了一声，低头开始玩，“因为没有谈恋爱吗！”

“我明天问问他。”顾飞说完偏开头又想乐。

不过今天真不比平时，哪怕是学霸最拿手的一秒进入状态这会儿也失灵了，他盯着一堆脑袋看了半天，居然连一个可以消除的都没找到。

挺着玩掉两颗小心心之后他把手机扔到了一边，蹭了两下躺到了枕头上：“算了，浪费次数。”

“怎么了？”顾飞翻个身过来。

“思绪万千。”蒋丞伸手关掉了灯，随着黑暗裹过来。

顾飞没说话。

早上醒过来的时候……不，中午醒过来的时候，蒋丞往身边一摸，空的，顿时就清醒了，瞪着眼就吼了一声：“顾飞！”

“哎，”顾飞过了几秒才出现在卧室门口，“这儿呢。”

“干吗呢？”蒋丞问。

“一个人寂寞地在窗前。”顾飞说。

“服气，”蒋丞坐了起来，“那您继续。”

顾飞笑了笑，转身走开了。

蒋丞打了个哈欠，站起来提了提裤子，走到卧室窗边，挑起窗帘往外看了看。

一到暑假，从空气到景致，突然都充满了夏天的气息，满眼的绿，耀眼的阳光，微微带着些燥热的空气，就连这一片破败的楼，都在阳光下透出了些许生机。

这一夜睡得很香甜，睡着之前那种混杂着让人找不到合适情绪的感觉都消失了，走出卧室看到客厅窗前顾飞的背影时，他只有满脑子的愉快。

“中午出去吃？”他过去站到顾飞身边问了一句。

“出去吃也行，或者把蛋糕吃了？”顾飞掐了烟。

“哦对，还有蛋糕，那吃蛋糕，”蒋丞想了想，“你那儿还一个呢。”

"那个可以晚上吃，"顾飞摸出手机，"一会儿再叫两份面吧，全是甜食太腻了。"

"嗯，"蒋丞点头，"我要打卤面，加一份肉酱。"

"要饮料吗？"顾飞问，"这家还有鲜榨果汁。"

"都有什么汁？"蒋丞问。

"就两种，黄瓜……汁儿，"顾飞声音里突然带上了笑，"还有橙橙汁儿。"

蒋丞愣了愣才反应过来："我去。"

"你要黄瓜汁儿吧，我要橙橙汁儿。"顾飞说。

"不是，"蒋丞啧了一声，"咱能好好说话吗？"

"好的，蒋丞丞。"顾飞看着他。

"你大爷，"蒋丞推了他一把，"顾飞飞。"

"我点餐了啊，"顾飞说，"吃完歇会儿就得带顾淼淼出门儿了。"

蒋丞对生日蛋糕没有什么执念，以前生日总没得吃，时间长了也就没什么兴趣了，他本来对甜食也并不是特别有兴趣，参加同学的生日他都不记得自己有没有吃过蛋糕，只记得砸蛋糕扔蛋糕抹蛋糕这些充满了少年中二气息的片段。

顾飞做的那个蛋糕他还挺想吃的，他买的这个也就那么回事儿，但这是他第一个自由安排的生日，也是第一个可以吃蛋糕的生日，蛋糕的意义就又不一样了。

于是他和顾飞把蛋糕拿了出来，得把生日的这个程序走完。

"窗帘拉上吧？太明亮了。"蒋丞说。

"嗯。"顾飞点点头。

蒋丞把窗帘拉上，觉得还是挺亮，过去又把卧室和厕所的门都关上了，客厅的光线暗了下来。

他回到桌子旁边的时候，顾飞往蛋糕上戳了8根蜡烛。

"怎么就8根啊？"蒋丞问。

"因为咱俩8岁啊。"顾飞拿着火机一根根把蜡烛点亮。

"别装可爱。"蒋丞啧了一声。

"因为这家送的蜡烛一共12根，"顾飞看了他一眼，"你想点18根的话……我出去再买一包？"

"不用不用，"蒋丞愣了愣，"我对这个没要求，我以前生日都不吃蛋糕呢。"

"哦。"顾飞手停了停，继续把蜡烛都点亮了。

“吹吧？”蒋丞撑着桌子。

“等等，”顾飞想了想，飞快地把插好的蜡烛又拔了出来，一边拔一边换了位置重新插了回去，又把之前剩下的几根都加进去，摆成了一个18的形状，“18岁了。”

蒋丞笑了起来：“现在吹？”

“嗯，你要许愿吗？”顾飞问。

“一直在许呢，”蒋丞说，“已经许完了。”

“吹吧，”顾飞说，“一，二，三。”

两人一块儿对着蛋糕一通吹，把蜡烛吹灭了，还吹倒了好几根。

“哎，”蒋丞坐到椅子上，“我才发现，我就让人写了个生日快乐，没写个名字上去，人问我要写什么的时候我还琢磨这也要问？”

“我做的那个写了，”顾飞拿了刀一边切蛋糕一边说，“晚上我去拿过来。”

“写的什么？”蒋丞问。

“写的是，”顾飞一脸严肃地看着他，顿了顿之后突然挥了挥胳膊喊了一声，“丞哥丞哥，校草一棵！”

蒋丞让他吓了一跳，往后躲了躲，愣了几秒才乐了，“这么不要脸的东西，你写的时候有人看到吗？”

“有啊，”顾飞说，“烘焙店的人。”

“真写的这个？”蒋丞看着他，“太不可信了。”

“晚上看了就知道了。”顾飞切了一块蛋糕递给他，把生日快乐的那块巧克力小牌子放在了上头。

蒋丞接过来咬了一口，不得不说，这蛋糕的味道一般，不过这片估计也没有什么好吃的蛋糕店了。

但是一人一块蛋糕这么吃着，感觉又很美妙。

不想说话，也不想动，就想这么一口一口地，一直吃下去。

顾飞要带顾淼去参加的那个康复课程，估计价格不低，带着孩子们做各种小游戏的老师看上去很专业也很有耐心。

蒋丞没进房间，在窗口往里看着，他发现相比其他的孩子，顾淼的情况算是很好的，起码没有完全不能交流和沟通，那些面对呼唤始终完全没有反应的孩子，才让人心疼和绝望。

游戏的时间不长，大概是考虑到这些孩子并没有正常孩子的耐性，在他们不耐烦之前就结束了。

顾淼抱着滑板出来的时候，心情挺不错的样子。

顾飞还在跟老师说话，蒋丞带着她走到外面的人行道上玩着滑板等着顾飞出来。

看着顾淼在阳光下鼻尖顶着小汗珠飞一样地掠过，他轻轻叹了口气。

顾飞出来的时候，蒋丞正蹲在人行道的花坛旁边给顾淼鼓掌，他走过去站到蒋丞身后，蒋丞也没注意到。

顾飞伸手在他肩上轻轻戳了一下，蒋丞几乎没有给他反应的时间就一胳膊肘往后顶在了他腿上。

“哎！”顾飞搓了搓腿，“还是很灵敏啊？”

“有病，”蒋丞回过头，“你叫我一声多好啊，我要再往上点儿，你一会儿就得住院去了……”

27

因为有顾淼在，这个生日从下午开始就变得正经起来了，蒋丞坐在店里一脸正经地给顾淼解释这个生日：“我和你哥哥，今天一起过生日。”

顾淼因为心情好，挺专注地看着蒋丞，但是估计没听明白。

“我生日是今天，你哥呢，还有一个月，但是我们为了节约时间，节约钱，”蒋丞继续解释，“就合在一起过了，懂了吗？懂了就点个头。”

顾淼看着他，没有点头，过了一会儿突然冲他招了招手，拿着滑板转身就往外跑，顾飞一敲收银台桌子：“顾淼！”

顾淼顿了顿停下了，但是脸还是冲着门外，没有回头。

“先吃饭，”顾飞过去蹲到她面前，看着她，“吃完饭休息半小时再去玩，好不好？”

顾淼看了他一会儿，点了点头。

“她点头了，”蒋丞在一边看着，“那刚才她还是没听懂我说的什么吧？”

“嗯，她听不明白，”顾飞笑了笑，“一般就日常这些事儿，她总干着的，就能明白，像你刚说的，起码得解释个半小时，还得她耐得住性子听，正常情况下她几分钟就会走神了。”

“今天去的那里，能有用吗？”蒋丞问。

“多少有点儿作用，我之前在医院见过一个差不多的小孩儿，现在有进步了。”顾飞说。

“用了多长时间？”蒋丞又问。

“七年。”顾飞看了他一眼，学霸就是学霸，看问题还是很能看到关键的，现在的关键就是时间。

顾淼算情况不是特别严重的那种，虽然不能很好地控制情绪，不能很好地感知和理解别人的情绪，也有攻击性，但只要有耐心和正确的方法，她可以跟人做简单的交流，并且很少受伤。

可是如果想再有进一步的提高，需要的时间是很漫长的，长得顾飞根本不敢去想。

蒋丞张了张嘴，没说出话来。

“叫外卖吧？”顾飞换了个话题，掏出手机，“点几个大菜回来吃吃？你有没有什么想吃的？”

“好，”蒋丞说，“鸡鸭鱼肉都行，我就是特别想吃肉，啊，大五花肉。”

“我看看，要不直接叫人送点儿烤肉过来，我们可以用平底锅……”顾飞把椅子拉过来，坐了下去，“来，烤，肉。”

“可以，”蒋丞一听就很愉快地打了个响指，往货架那边走了过去，“顾淼你来，我们一起找找有没有烤肉酱？你认识不少字儿吧，你指给我看？”

“有，就在那边。”顾飞指了指。

烤肉的原料送来的时候，蒋丞带着顾淼从货架上把各种酱料都挑好了，一字码开放在桌上。

“现在我们把酱料舀出来放在盘和碗里，好不好？”蒋丞拿了几个碗和小盘子过来，把顾淼拉到了桌子旁边。

顾飞一边玩手机一边看着，下午老师带着顾淼做过差不多内容的小游戏，蒋丞一直站在窗户外边儿，只露了半张脸，没想到还记得挺清楚。

顾淼拿了个勺开始往碗和盘子里舀酱，看上去挺认真。

但舀了3种酱之后，她开始有些不耐烦了，因为酱里的油会滴到桌上，勺子上的酱也甩不干净。

“换个勺吧，你是不是喜欢……”蒋丞正想起身去再拿一个勺，顾淼已经把手里的勺扔到了地上，他刚把勺捡起来，顾淼又把一个盘子掀到了地上，然后对着桌子开始发呆，蒋丞盯着她叹了口气，“我这暴脾气嘿。”

顾飞勾了勾嘴角，忍着没笑，顾淼的这些行为对于他来说早已经习惯了，不常有，但一直也没断过，他面对这些就像面对别人家孩子偶尔的小脾气一样习以为常。

“顾二淼我跟你说，”蒋丞把盘子捡起来，拿了纸一点点清理着地上的酱，“我就是看你长得漂亮，换个丑点儿的，我这会儿就把你拎门口去了。”

“你觉得我帅吗？”蒋丞把纸扔进垃圾桶，然后凑到顾淼眼前，“嗯？”

顾淼看着他，盯了差不多有十多秒钟，然后点了点头。

蒋丞一下兴奋了，转头一脸得意：“听到没？你妹说我帅。”

“本来就帅。”顾飞说。

蒋丞再转头看着顾淼的时候，她伸手捧住了蒋丞的脸，然后揪着他的耳朵把他往自己跟前儿拉了拉，在他脑门儿上亲了一下。

“哎？”蒋丞愣住了，半天才猛地又回过头看着顾飞，“你看到没有？”

“看到了。”顾飞也有些吃惊，顾淼很少能正确表达自己的喜恶，她挺喜欢李炎，从来都冷着脸，但会允许李炎玩她最喜欢的玩具，对蒋丞的喜欢的表达方式是以前没有过的。

“谢谢二淼。”蒋丞回头冲顾淼笑了笑，凑过去也想在她脑门儿上亲一下的时候顾飞站了起来。

“丞哥，”顾飞叫住了他，“别亲她。”

“嗯？”蒋丞愣了愣，但似乎很快就反应过来了，“哦，我知道了。”

“二淼，”顾飞蹲到了顾淼面前，手指在她眼前晃了一下，“看着我。”

顾淼看着他。

“不可以亲男生，也不可以让男生亲你，”顾飞一字一句地说着，“你6岁以后哥哥就没有亲过你了，对不对？因为你长大了，不可以亲了。”

顾淼很专注地看着他。

“我跟你说过的，还记得吗？”顾飞说。

顾淼点了点头。

“换一个方式好不好？”顾飞说。

顾淼转过头盯着蒋丞看了很长时间，似乎是在思考，最后她伸出手，冲蒋丞打了个响指接着竖起了拇指。

“哎！”蒋丞赶紧也打了个响指冲她竖起拇指，“你最帅。”

顾淼笑了笑，然后继续看着桌上的酱。

“你帮她弄吧，她的耐心和注意力集中的时间就这点儿了。”顾飞说。

“嗯。”蒋丞把剩下的两种酱舀了出来，顾淼看得倒是还挺认真。

“可以吃了，”顾飞拿了炉子和锅放到桌上，“要把蛋糕拿过来吗？”

“不，先不拿，”蒋丞一直坚持不看蛋糕，“等我们吃完饭，外面黑透了再拿出来，这个蛋糕得贴合气氛，毕竟我长这么大第一次吃到同桌亲手做的蛋糕，我要给自己个惊喜。”

顾飞笑了起来，打开了电磁炉，往锅里刷了点儿油：“开始烤肉吧同桌。”

蒋丞还没有动手，顾淼已经很迅速地夹起一片肉放进了锅里，拿着筷子急切地搅了起来。

“一个小姑娘，”蒋丞叹了口气，也夹了一块肉放进去跟她一块儿搅着，“馋肉馋成这样，以后发胖了怎么办。”

“没事儿，运动量大，”顾飞说，“你要不控制着她，能一整天在外边儿玩滑板。”

“她那个滑板，”蒋丞说，“我今天看了一下，得换轮子了吧，都磨秃了。”

“嗯，”顾飞点点头，“得在她睡着的时候换，让她看见了会发火。”

“轮子她会检查吗？”蒋丞问。

“她一般盯着板子，板子没变就还行。”顾飞伸筷子把顾淼戳着的那块肉翻了个个儿。

这么吃饭其实比出去吃舒服，想怎么吃就怎么吃，自在。

不过偶尔也会有不那么特别自在的事儿，比如吃到一半的时候有人进了店里买东西。

“吃着呢？”住楼上的吕大妈进来先跟顾飞打了个招呼，看到蒋丞的时候她愣了愣，“这是……蒋丞吧？老李的……”

蒋丞回头看了她一眼，没有说话。

吕大妈刚想开口再说话，顾飞打断了她：“吕婶儿，是不是买油？”

“对，买油，”吕大妈点点头，又看了蒋丞几眼，“哎你……”

“我拿给你，”顾飞站起来到货架那儿拎了瓶油过来，“上回你买的就是这种大豆油吧？”

“是是，”吕大妈说，“大飞你这记性是真好啊。”

“平时总来的我差不多能记得住，”顾飞走到收银台后头站着，报了价格之后一副等着她掏钱的样子，“着急炒菜呢吧？”

“是呢，”吕大妈把钱递给他，“锅都搁火上了才发现油忘买了。”

顾飞迅速地给她找了零，把油递到了她的手上：“快，您大孙子饿了该闹了。”

“都已经闹上了，”吕大妈被他这一连串地带得也急了，拎着油就往外面跑，“要命的玩意儿！”

顾飞重新坐回桌子旁边时，听到蒋丞轻轻叹了口气。

“起码得议论一年，当面背后的，没完没了，”他把熟了的肉夹了一块放到蒋丞碗里，“不爽的话可以当面顶回去。”

“嗯，”蒋丞笑了笑，“还会加料吧？”

“肯定加啊，”顾飞说，“这种日子，不给自己加戏不给别人加料，活着多没劲，你要不要我去帮你打听一下现在传成什么样了？”

“不要，”蒋丞啧了一声，“我能猜得出来，以前我是没法想象，现在也有经验了。”

“当成一种经历吧，”顾飞说，“人活一辈子，总会有很多经历的，各种各样的经历是你活过的证明。”

“又写诗，”蒋丞笑了，“那你也算是我活过的证明吧？”

顾飞勾了勾嘴角。

吃完饭休息了一会儿，顾飞想把顾淼送回去睡觉，蛋糕他还是想跟蒋丞两个人吃，但因为之前答应了顾淼吃完饭休息半小时就让她玩滑板，他只得蹲在店门口看着蒋丞和顾淼在两条街上窜来窜去地玩。

时间还是够的，他看了看手机，玩一会儿，把顾淼送回家，回店里吃蛋糕，然后……明天上午老妈会过来看店，可以像今天一样睡到中午，下午带顾淼去做练习就行。

后天的话就没这么轻松了，接了的活儿得开工，还有帮蒋丞介绍的拍照工作也是后天开始，这个暑假还比平时要短……很忙啊……

顾飞发现自己从今晚无缝连接地想到了烦人的暑期赚钱活动时有些郁闷，啧了一声，把思绪又绕了回来。

蒋丞带着玩够了的顾淼回到店里的时候，他已经打扫好了战场，把吃饭的碗洗了，桌子也都收拾好了。

“你在店里等我一会儿，”顾飞拿毛巾把顾淼脸上的汗擦了，“我送她回去再过来。”

“嗯，”蒋丞坐到椅子上，伸长腿，“累死我了，她这体力真不一般啊。”

“别羡慕，”顾飞笑笑，“她是根本不知道累不累。”

平时送顾淼回去，他都是走路，顾淼踩滑板，今天为了节约时间，他把顾淼拎到了自行车后座上。

蹬着车把顾淼扔回家，交代老妈盯着她洗澡，然后回到店里，大概一共也没超过半小时。

蒋丞已经靠在椅背上睡着了，仰着头，腿伸得老长。

“丞哥？”顾飞轻手轻脚地走过去，小声叫了他一声，蒋丞没有反应。

他站在蒋丞身后，看了看店外面，确定没有人经过之后在蒋丞脸上轻轻戳了一下，同时抓住了他的胳膊。

蒋丞这个条件反射简直可以改良一下拿去杀人，顾飞手指戳下去再离开的时候，他胳膊虽然没能扬起来，但是腿抬起来的高度还是挺惊人。

蒋丞看清是他之后无奈地瘫回了椅子上，“顾飞你这种无聊的游戏要玩到什么时候啊……”

“不知道，”顾飞笑着松开了他的胳膊，“你柔韧性很好啊……吃蛋糕？”

“打什么岔！”蒋丞说。

“那不打岔，”顾飞走到冰柜旁边看着他，“继续讨论你的柔韧性？”

“吃蛋糕。”蒋丞指了指冰柜。

顾飞做的这个蛋糕，应该没有一磅，比昨天他买的那个一磅的小了一圈，但是很漂亮，巧克力的。

外面是一整个白巧克力外壳，上面满满的全是花，一朵朵地挤满了整个蛋糕，中间放着两颗小樱桃。

简单的底色不简单的花纹，还有抢眼的那两小颗红色。

“手艺不错啊顾飞飞！”蒋丞发出了真诚的感叹，“我以为你顶多能做出几个扭扭花呢。”

“以前带二淼玩过嘛。”顾飞笑了笑。

“字儿呢？”蒋丞看着蛋糕上的花，“你不说有字儿吗，这也没地儿写了吧？”

“有。”顾飞把蛋糕转了半圈对着他。

蒋丞这才看到蛋糕的腰上有一块地方没有花，上面写着一句话。

这句话蒋丞见过，而且一直记得。

这是顾飞发给他的那条消息里写的。

——我想，一个眼神，就到老。

蒋丞突然觉得眼眶一阵发热。

这条消息他看过很多次，每次他翻记录的时候都会看到，但都没有像现在这样，突然就有些控制不住情绪。

“怎么了。”顾飞问。

“没，”蒋丞吸了口气，顿了顿之后啧了一声，“字儿是自己写的吗？”

“是啊。”顾飞回答。

“写得……还挺好的，”蒋丞看着这行字，“比我……写得好。”

“这是在夸我吗？”顾飞问。

“难道不是在夸你吗？”蒋丞抬眼瞅着他。

“比你写得好，”顾飞也瞅着他，“这居然是夸奖？”

“滚滚滚，我发现你这人就是相当欠，早晚给你收拾老实了，”蒋丞拿出了手机，“你把蛋糕拿起来捧着，我要拍照片。”

顾飞笑着把蛋糕拿了起来，捧在自己面前：“这样行吗？”

“笑一个。”蒋丞看着屏幕里的顾飞。

顾飞龇牙。

“能不能笑得婉约一些？”蒋丞皱皱眉。

顾飞重新笑了一个。

蒋丞拍了一张，顾飞刚要把蛋糕放下，蒋丞摆了摆手：“别动，我还要拍小视频。”

顾飞重新捧好蛋糕。

“说。”蒋丞按了开始。

“说什么？”顾飞问，“丞哥生日快乐。”

“说，”蒋丞把镜头拉近，“开心吗？”

“开心，”顾飞笑了起来，“特别特别开心。”

28

在店里待到9点多，没什么人来买东西之后，顾飞把店门关了，两个人一块儿慢慢顺着街溜达。

今天吃得不太多，虽然蒋丞馋肉，但是也许是心情太好了，居然吃了没几口就饱了，吃得还不如顾淼多，顾飞就更少了，基本都是他在控制火候顺带帮着烤肉。

“还要再吃点儿什么吗？”顾飞问。

“神经，那不如回去把刚没吃完的肉拿出来吃了呢。”蒋丞摸了摸肚子，其实吃个半饱的感觉挺好的，人会觉得很轻松，特别是在这种月亮刚升起，夜风刚开始在街上轻轻扫过的时候，跟顾飞一块儿在没有人的街上慢悠悠地没有目标地往前走着。

也不需要什么目标了，其实很多时候都是这样，不需要目的地，不需要原因，不需要思考。

蒋丞来这里也有挺长时间了，钢厂这片儿却还是有很多地方没去过，他一直觉得这里落败而消沉，人人都活得茫然灰暗，一直到现在，这种感觉也还是挥之不去，但是……他看了一眼顾飞。

但是有朋友就不一样了，哪怕是远远地在人群里看到，顿时会觉得四周的颜色都亮了起来，眼里看到的，心里感觉到的，都跟着有了变化。

说起来有些矫情，但顾飞的确是他在这种绝望环境里的安慰剂，是他面对所有不愉快时最大的依靠。

手机响了一声，有消息进来。

他摸出手机看了一眼，是潘智发过来的。

——论爷孙情与友情是怎样被打败的。

蒋丞愣了愣，再往上一看，发现潘智昨晚上一点多给他发了一条生日快乐的消息，他居然完全没看到。

他笑着给潘智回了一条消息。

——你怎么不半夜三点发？我更看不到了。

——别找借口，就现在这个局势，我什么时候发你都看不到。

——我现在不就看到了吗？

——爷爷我跟你说，你节制一些。

——我感受到了孙子的愤怒。

——最怕空气突然安静.jpg

——有事儿没有，没事儿我就不跟你扯了。

——感情呢爷爷？我俩聊到半夜三点的感情呢？

——晚安。

——我后天到，还是上回的那个车，老时间。

——带人没？

——无人可带，假都没得放，补课呢，我让我四爷爷去世了一次才请到两天假。

——你有四爷爷？

——没有，有的话我敢让他去世吗！脑子呢！

——知道了你跪安吧。

——好的爷爷，晚安爷爷。

“潘智？”顾飞在旁边问了一句。

“嗯，”蒋丞有些感慨，四中的学生这会儿正满世界撒欢顺带抱怨暑假被砍掉了一半多，那边却连暑假都没了，这差距，“他请了两天假过来玩。”

“就两天？”顾飞有些意外，“我以为他怎么也得玩个把星期呢。”

“我们原来学校连暑假都没了，”蒋丞笑笑，“他编瞎话请了两天假。”

“那……”顾飞看着他，“你是不是也得抓紧点儿？跟着那边的进度复习什么的？拍照片好像安排得有点儿多，我帮你推掉两个吧？”

“不用，”蒋丞摇摇头，“想复习总找得到时间，我是谁。”

“你是超级学霸。”顾飞笑了。

“没错。”蒋丞又拿出手机给潘智发了条消息，让他找老师要点儿资料卷子什么的带过来。

——已经要了，记忆力好得很。

蒋丞笑了笑，把手机放回兜里的时候低头看到了自己的脚，一步一步慢慢地往前走着，旁边是步子同样悠闲的顾飞的脚。

挺有意思，他又把手机重新打开，对着脚开始录视频。

“猜一下……”蒋丞习惯性地开口自言自语地说了一半又看了顾飞一眼，顾飞双手插兜很自在地走着，“你就装没听见。”

“嗯。”顾飞应了一声。

“猜一下这四条腿……两双腿都是谁的？”蒋丞把手机放到两人之间录着，“蒋丞选手和他同桌的饭后百步走正在进行中，其实大家应该很容易猜到，蒋丞选手的腿还是很修长的，而同桌的腿……”

顾飞突然加快步子走到了前面，然后停下一侧身，把腿绷直伸了过来。

“好吧，”蒋丞一下乐得不行，“同桌的腿很长，第一次见面的时候蒋丞选手就说过这个人腿很长。”

顾飞这才收了腿，继续往前走，蒋丞收好手机之后他问了一句：“你第一次见面就看我腿了？”

“我看人都先看腿。”蒋丞说。

“然后看哪儿？”顾飞问。

“腿好看的就看脸，腿不好看的就看手机了。”蒋丞说。

顾飞笑了好半天。

在钢厂这片的棋盘路里绕着走了一个多小时，他俩回到了蒋丞的出租房楼下。

散步散得挺舒服的，顾飞不太有这样散步的机会，平时没时间，有时间也都陪顾淼了，陪顾淼那就没可能散步，顾淼就像一架永动机，还是大马力型的，散步的状态不可能跟得上她的节奏。

在楼下两人都没说话，直接都进了楼道，往楼上走着。

进了屋之后，蒋丞站屋子中间瞪着他看了能有十秒，最后转身进了屋里：“我洗个澡，散步散出一身汗。”

“我也要洗。”顾飞躺在沙发上说。

“排队，”蒋丞想也没想就回答，拿了衣服出来往浴室走了两步才又停下看了看他，“你要一起洗啊？”

顾飞笑了半天：“算了，你先吧。”

蒋丞啧了一声，进了浴室。

没几秒钟水声就响了起来，顾飞伸直腿枕着胳膊叹了口气，拿遥控器打开了电视，随便找了个台看着。

“我刚把水温调得挺高的，”蒋丞洗完澡出来拿了毛巾一边擦头一边往里屋走，“你洗的时候记得调一下。”

“嗯，”顾飞躺沙发上没动，“给我拿套衣服吧。”

蒋丞回头瞅了他一眼：“现在牌儿很大啊？”

“是的。”顾飞点头。

蒋丞进屋给他拿了套睡衣。

“好。”顾飞伸手。

“顾大爷。”蒋丞把衣服扔到他身上，转身一边看电视一边继续拿毛巾在脑袋上胡乱擦着。

他这一站，站得非常嚣张，直接把顾飞看电视的视线全遮掉了，顾飞再往那边看过去的时候，只能看到他的背。

顾飞本来想让他走开点儿，这会儿也没出声，一会儿之后，顾飞拿着衣服站了起来，往浴室走过去，经过蒋丞身边的时候他突然在蒋丞的腰上拧了一把。

蒋丞如同超人一般的条件反射此时此刻达到了事业顶峰，在出声之前一巴掌先拍在了顾飞脑袋上，然后才吼了一声：“啊！”

“哎，”顾飞捂着脑袋退开了两步，“早晚让你给我打残了。”

“滚！”蒋丞瞪着他，在腰上一通搓，“这么狠！”

在蒋丞杀过来的时候顾飞迅速一把拿下浴室门上的锁关上了门，从里头锁上了。

“顾飞！”蒋丞在门上砸了一下，“你完了！”

“干吗？”顾飞一边脱衣服一边笑着问。

“出来打一架！”蒋丞又砸了一下门。

“你打不过我。”顾飞说。

“放屁，”蒋丞说，“我昨天应该把你哼哼录下来！”

“谢谢提醒。”顾飞撑着墙笑了半天。

“你完了！”蒋丞说，停了两秒又砸了一下门，“你完了！”

顾飞把水温调低了一些，拧开水冲着，边冲边乐。

洗完澡出来的时候，蒋丞正盘腿坐在沙发上玩手机，听到他出来只是扫了他一眼，手指还在屏幕上没停。

“节奏大师？”顾飞听到了音乐声，“我以为你玩得有多不弱智呢。”

“是你这种弱智玩不到的级别。”蒋丞说。

顾飞笑着没说话，靠在桌子旁边看着他，蒋丞手指很灵活，速度也相当快，在屏幕的光里居然带着残影……漂亮。

当然这个残影有可能是因为自己眼睛散光75°造成的。

“大好的生日，”看了一会儿，他过去坐到了蒋丞身边，“就这么过了吗？”

“不然呢，”蒋丞嘴角挑了个笑容，“出去放挂鞭吗，庆祝今年不同往日了。”

29

蒋丞趴在床上，偏头抱着枕头，眼睛半眯缝着，顾飞用同样的姿势趴在他旁边，也偏着头，不过抱的是一床小毛毯。

“丞哥。”顾飞看着他。

“嗯。”蒋丞应了一声。

“再去买个枕头吧？”顾飞说。

“为什么，”蒋丞问，想想又笑了，“潘智来了好用吗？”

“学霸你可以啊。”顾飞啧了一声。

蒋丞拿过手机看了一眼时间，吓了一跳，也没觉得干了什么，就床上趴着聊了一会儿，居然也半夜了。

“睡吧，”顾飞关掉了灯，“明天上午有照片拍，下午要送二淼去治疗。”

“好忙啊。”蒋丞闭上了眼睛。

“还要抽空去买个枕头，”顾飞大概是对脑袋下边儿的小毛毯不太满意，居然还记得枕头的事，“买个长的。”

“嗯。”蒋丞应了一声。

“潘智过来了你没时间去拍照吧？那两天的我跟他们说一下调整一下时间？”顾飞问。

“不用，”蒋丞有些恍惚，“我们也没地儿去，可以叫他一块儿去看拍照。”

“好，”顾飞在他耳垂上弹了一下，“我那天算了算时间，开始补课之前差不多能拍完了，钱能拿不少了。”

“我要没认识你，”蒋丞叹了口气，“这会儿是不是就得节衣缩食一不小心就饿死了啊。”

“不至于，”顾飞笑了，“打工嘛，还是很好找的，只是钱可能没这么多。”

蒋丞笑了笑。

顾飞后边还说了什么，自己又说了什么，他都记不清了，就那么在迷迷糊糊里听着顾飞的声音，在一阵阵的睡意里踏实地睡着了。

而且踏实大发了。

顾飞的手机响起来的时候，他俩都还睡得跟昏迷了似的，顾飞起身去拿手机，蒋丞才发现这个王八蛋枕着自己的胳膊睡的，现在他整条胳膊都失去了知觉。

“喂？”顾飞接起了电话，“我是……啊，现在几点了？十点半？我睡过头了，不好意思……嗯，半小时能到，模特……模特大概也睡过头了……”

顾飞往他这边看了一眼，蒋丞反应过来这是拍照没见着人，他赶紧坐了起来。

“好的，不好意思罗总，”顾飞挂了电话，“十点半了，你的学霸生物钟……”

顾飞话还没说完，蒋丞呻吟着倒回了枕头上：“啊……我的腿。”

“怎么了？”顾飞吓了一跳，一把掀掉了他身上的小毛巾被，检查了一下没发现毛病，一脸莫名其妙地看着他，“我把你腿压折了？”

“滚！”蒋丞瞪了他一眼，想想又乐了半天，边乐边搓了搓腿，“为什么这儿会这么酸？”

“因为，”顾飞看着他，“你睡觉太不老实，老跟要百米跑拿世界冠军似的，一会儿劈叉跑，一会儿翻身跑……”

“好了，”蒋丞伸出了尔康手，“好了，这个不用解释和描述了，我知道了。”

顾飞下了床，一边穿裤子一边看着他开始乐。

“不是，”蒋丞指着他，“顾飞你过来。”

“我错了，”顾飞退了两步，“丞哥我错了，我不笑了。”

“晚了，”蒋丞说，“过来打一架。”

“等你腿不酸了再打吧，”顾飞忍着笑，“我现在让你双手双脚你都打不过我啊。”

蒋丞也乐了：“要脸吗？”

走进浴室的时候，顾飞正对着镜子刷牙。

“这位少年。”蒋丞站到他身后，一块儿对着镜子。

“丞哥早。”顾飞含糊不清地说。

“我发现你真挺欠的。”蒋丞抬手揪了揪他脑袋上的头发茬子。

“只对你，”顾飞吐掉嘴里的牙膏沫，“丞哥我们得快点儿，半小时得到。”

“嗯，”蒋丞拿了牙刷，发现上面已经挤好了牙膏，“哎顾飞。”

“嗯？”顾飞弯腰一边洗脸一边应着。

“你还真是会照顾人。”蒋丞说。

顾飞让到一边，靠墙看着他。

“今天是拍什么？”蒋丞一边洗脸一边问，“怎么还有什么总亲自打电话来催？”

“我管谁都叫总，今天是户外，是个挺大的网球俱乐部，在我们这里弄了个分部吧，要做宣传，刚那个就是负责这个事儿的，其实你要拍的部分不多，也不需要化妆。”顾飞说。

“嗯，”蒋丞点点头，“我不会打网球也行吗？”

“有什么不行的，摆几个动作，也不是拍动态，没事儿。”顾飞笑着说。

“那人家学员来了，一看哟那个照片上的教练帅，我要那个教练教我，”蒋丞说，“怎么办？”

“这个教练在总部，太远了过不来。”顾飞说。

“服了，”蒋丞笑着甩了甩水，扯过毛巾胡乱在脸上擦了擦，“行了，走吧。”

到了那个网球俱乐部的时候，蒋丞看了一眼牌子：“展飞？我原来家那边就有他们分部，我们学校还有人去那儿练着的。”

“是吗？”顾飞笑了笑。

“分部都开到这儿来了啊。”蒋丞感叹了一句，猛地在这里看到自己原来熟悉的东西，他有些说不上来的滋味儿。

这个俱乐部还没有开业，不过球场上有不少人，也不知道是教练还是内部学员，还有两个场地上有人正在拍着照片。

“已经在拍着了啊，”蒋丞愣了愣，“是不是你迟到了人家换了摄影师？”

“怎么可能，”顾飞笑了，拿出手机一边拨号一边说，“拍的东西多，人也不可能只找一个摄影啊，好像还要拍宣传片。”

顾飞的电话打完，后面的办公室里走出来一个人：“小顾是吧？”

“是，”顾飞回过头，“罗总？”

“罗轶洋，”那个人伸手跟他俩握了握手，“叫我名字就行，不用那么客气，今天就辛苦你们了，我叫个人跟着你们，具体的拍摄她会跟你们说的。”

“好的。”顾飞点了点头。

“这是模特吧？”罗轶洋看了看蒋丞，“挺帅，挺帅，是运动型的……其实我们教练自己拍也行，就是不够帅，帅的吧是我们总教头，我又请不动……小唐！过来一下！”

叫小唐的小姑娘跑了过来，罗轶洋跟她交代了一下之后就走开了。

小唐给顾飞说拍摄的具体要求时，蒋丞走到旁边宣传橱窗前看着，里面都是各种成果、奖项，还有教练的介绍和照片。

总教练，边南。

蒋丞看了看，那个罗总说的总教头大概就是他吧，还成，挺帅。

“走，”顾飞走了过来，“去换衣服，先拍一组场地打球的，然后再拍一组拿着球拍装的就行了。”

“嗯。”蒋丞点点头。

跟着小唐到了一个空场地之后，蒋丞拿了一套俱乐部的衣服去换，顾飞在外面准备器材，他的兼职摄影助理妮妮今天出门倒是没晚，但是堵路上了，大概还得有10分钟才到。

他没有助理，一般找不到人的时候就叫妮妮来帮忙，还能带上化妆的活儿。

不过今天不需要化妆，蒋丞换两套俱乐部的衣服就行……顾飞手上停了停，网球服的裤子什么样？

他扭回头看了看后面球场上穿着网球服正在打球的人，裤子还行，虽然不像篮球短裤那么宽松，但也不至于让蒋丞腿上的牙印露出来。

正想转头继续弄相机的时候，他看到了从球场旁边走过来的谭林。

他皱了皱眉，也没打招呼，低头拿起镜头用刷子扫着。

“顾飞。”谭林在身后叫了他一声。

“林哥。”他没回头，又拿起一个镜头继续刷着。

“我不是故意过来的，我今天带模特，看到你了就过来打个招呼。”谭林说。

“嗯。”顾飞应了一声。

“你今天还是跟你同学一块儿吗？”谭林在旁边的一张椅子上坐下了。

“你不就是来打个招呼吗？”顾飞转头看着他。

“不是，”谭林叹了口气，“随便聊两句你不至于这么不耐烦吧？”

顾飞没说话。

“顾飞，”谭林看着他，“我再给你正式道个歉，我真不知道……”

“不说了吧林哥，”顾飞打断了他的话，“今天我很忙。”

谭林又叹了口气，没再出声。

“还有，你不用道什么歉，那事儿本来也不是因为你，”顾飞看着他，“但是你，还有小冰，我算到一块儿了，我对他是什么态度你知道，你虽然不至于，但我跟你也没什么好聊的，下回见了就不用再过来找我打招呼了。”

“你不觉得我也是受害者吗？”谭林站了起来，“我那会儿就是挺欣赏你，也没想别的，我也不知道他会……”

“给你十秒。”顾飞看着他，声音冷了下来。

谭林顿了顿，跟他对视着，在顾飞心里数到八的时候，他转身走了。

顾飞皱了皱眉，放下了相机。

看到谭林并不会太影响他的心情，但看到谭林就会想起来的那些事儿，就不怎么让人愉快了。

时间过去也挺长时间了，顾飞想起这件事的时候已经不像当初那么强烈地厌恶，只是那种在毫无防备的状态下突然被人一刀剖开时的无措和慌乱，他依然记得……

蒋丞换好衣服走了出来，冲他招了招手。

顾飞笑了笑，他不知道蒋丞每次看到他的时候会是什么感觉，但他每次看到蒋丞的那一瞬间，所有的不开心和低落，都会瞬间消散。

蒋丞的笑容，他拿起相机对着蒋丞迅速抓拍了两张，收集多少都感觉不够。

30

顾飞给了蒋丞一个微笑，有外人的时候顾飞的笑容都不是太明显，只是……现在的这个笑，蒋丞感觉跟平时不太一样，换个人肯定发现不了，毕竟顾飞对外钢厂小霸王的人设还没有崩，都没几个人见过顾飞笑。

“怎么了？”蒋丞走过去问了一句。

“嗯？”顾飞低头拿起相机装上镜头，“什么？”

“没，”蒋丞余光里看到了一个人影，以为是上回那个化妆师兼摄影助理到了，转眼看过去的时候发现是个男人，虽然只是个背影，他居然还是认出了这是拍口红照的时候见过的那个林哥，他迅速收回目光，“可以开始了。”

在这里碰到林哥并不奇怪，他带模特过来拍照挺正常的，看到顾飞了过来打个招呼也非常正常。

不正常的是顾飞的情绪，每次碰到这个人，他都能感觉到顾飞的情绪变化，并不明显，说不上来是生气、郁闷、烦躁还是什么别的……总之就似乎是对这个人很抵触，就像眼下，连笑都很勉强。

他当然也看得出来顾飞不想再提这个人，他也没那么烦人非得再追问，而且现在还是工作状态。

但还是有些怅然，就算是现在这样的关系，就算是顾飞说过自己的过去可以都讲给他听，却还是有闭口不能提的人和事。

今天拍照的内容挺简单的，对于蒋丞这种一直打篮球的人来说，网球虽然不会打，可照着姿势摆几个动作还是很容易的。

“有两张要重新拍，”顾飞低头翻着相机照片，“扣球那个，胳膊阴影挡住脸了。”

“嗯。”蒋丞应了一声，拿起旁边的球拍。

“我觉得这张不是挺好吗？”妮妮说，“有点阴影不影响吧？”

“你小看他的帅了，”顾飞举起相机对着蒋丞，“一会儿你再看，而且阴影可以有，但不是这样用。”

“好，我虚心学习。”妮妮笑着说。

重新拍了几张之后，今天的活儿就算干完了，妮妮凑过去看了看照片，又看着蒋丞：“哎，说真的，蒋丞你有没有想过以后做平模啊，你太有镜头感了，五官什么的也超级……”

“怎么可能，”顾飞打断了妮妮的话，“你知道他什么成绩吗。”

“成绩很好吗？”妮妮有些惊讶地问。

“不是一般的好。”顾飞说。

感受到妮妮震惊的目光之后，蒋丞有些不知道该怎么开口，只是笑了笑，没出声。

像他这种学霸，一般都会拼全力做到最好以便嘚瑟以及鄙视别人，不过有人夸的时候，也并没觉得有什么大不了的。

这都是你应该夸的！

但这夸奖如果是从顾飞的嘴里说出来，那又不一样了，蒋丞看着正在收拾器材的顾飞，只有顾飞的夸奖，会让他从心底里一直得意出一朵花来，开在头顶。

顾飞的钱是现结，去办公室里签个字拿了钱就可以走了。

“小顾，”罗轶洋在办公室里坐着，看着财务给他们结账，看上去百无聊赖，“你会打网球吗？”

“不会。”顾飞说。

“小蒋会打吗？”罗轶洋又看着蒋丞。

“不会。”蒋丞回答。

“大好年纪不打网球多可惜啊，你俩一看就特别适合打网球，”罗轶洋在兜里摸出两张名片递了过来，“想打球就过来，报我名字给你们优惠。”

蒋丞接过名片看了一眼：“边南？”

“不好意思拿错了，”罗轶洋赶紧又摸了一张看了看，确定是自己的了才又递了过来，“罗轶洋。”

“邱奕？”顾飞看着他。

“哎！”罗轶洋继续掏兜，找出自己的名片，“这阵子事儿多，全都堆我一个人身上，我这儿起码五个人的名片……有空来玩！”

回到钢厂这边儿吃完东西，他俩走到蒋丞出租房楼下的时候，已经没时间休息了，顾淼小朋友该去治疗了。

“还打网球呢，”顾飞看了看手机，“哪有时间。”

“走吧？”蒋丞也看了看时间，现在带顾淼过去正好。

“你别去了，”顾飞伸了个懒腰，“你下午睡会儿吧，不是还要去接潘智么。”

“我……”蒋丞的确是挺困的，昨天晚上折腾累了，睡得也晚，今天拍照片也折腾了好几个小时，下午再去站一两个小时……晚上万一再睡晚了，明天拍完几小时照片，见着潘智他可能得一头栽在他孙子跟前儿，但要这会儿不去吧，他又有点儿不愿意，“我不知道，我想去。”

“你明天上午还要拍衣服，”顾飞笑了笑，“一拍又是几个小时，你撑不住了怎么办？不劳逸结合等潘智走了好收拾我吗？”

蒋丞让他说乐了：“神经病。”

“你下午要是实在闲，不如去买个枕头。”顾飞说。

“哎！买买买，买枕头，”蒋丞笑了，“你是不是有强迫症啊？就一个枕头，来回来去说了多少次了？”

“要长的，”顾飞比画了一下，“就这么长的那种。”

“……知道了！”蒋丞无奈地回答。

蒋丞回屋也没睡多长时间就醒了，前后也就一小时，过了点儿就睡不着了，不过迷瞪了这会儿也感觉轻松了很多。

他起身洗了个脸，坐到了书桌前。

暑假虽然被腰斩了，暑假作业还是有的，他本来每天无论多晚都会按量把作业写了再看会儿书，这两天却什么也没干。

收心吧，他翻开了书，转了转笔，该干的都干完了，踏踏实实收心学习吧。

说到踏实，作业写了没两页，眼前突然闪过林哥的背影让他皱了皱眉，啧，这人跟顾飞到底怎么回事儿？

顾飞明显不愿意跟这人聊，但这人却每次都坚持跟顾飞扯几句。

这要不是欠了钱或者干了什么对不住顾飞的事儿，那就是……

蒋丞在草稿纸上迅速地写了三个啧字，然后吸了口气，平复了一下心情，埋头重新开始写作业。

心无杂念地飞速把今天的作业写完了，他才去了市场那边，按顾飞的要求买枕头。

找了半天，长枕头居然只在上回买枕头的那家找着了一个，还贵得要死。

“乳胶的！”老板娘拍着枕头，“我跟你说小伙子，这可不是一般的那种枕头，不变形，透气，打造！”

“太贵了，有没有变形不透气也不打造的？”蒋丞问。

“没有！”老板娘打量了他一下，“一个大小伙子，别这么抠，上回让你带俩枕头你死抠不愿意，现在还不是又来买了？现在又嫌贵，我跟你说，你就算买了变形不透气不打造的，你过俩月还是得来换这个！你这都出规律了！”

“……您记性真好啊。”蒋丞怎么也没想到隔挺长时间了这老板娘居然还能记得他，顿时觉得今天自己一个人来买枕头真是一个正确的决定。

“买这个吧，我跟你说，就这种乳胶的，你找遍全市，只有我这儿有，人家都是小的那种！而且还都不是这种面包枕……”老板娘很肯定地说，“不信你去找，你到网上去找可能有，但没这个价！”

蒋丞叹了口气，他不是太会讲价，被老板娘这一通轰，他都不知道还能说什么了，主要是别说是便宜些的长枕，就这个贵的，也只找到了这一个。

为了不让奔波劳累了一天的同桌失望，他掏钱买下了这个枕头。

“这种小薄毯你看看吗？有两米的……”老板娘继续抓紧时间推销。

蒋丞不敢再接话，抱着枕头跟被人追杀似的逃了出来。

不过这个枕头到家的头一个晚上没能完成它的使命，顾飞陪顾淼吃完晚饭过来躺上头陪他看了一个小时的书，顾淼的消息就发了过来。

——回。

顾飞给顾淼回了消息之后看着他：“我跟她说半小时，你想干点儿什么吗，丞哥？”

蒋丞把书一扔，转身就往床上扑。

但是刚跪到床沿儿，手都还没碰着顾飞人呢，他就嗷了一声，龇牙咧嘴地扑倒了，脸扣在了顾飞肚子上。

“我……”顾飞憋着气才没让他这一下砸背过去，“你脑袋是铁做的吗，这么大劲儿？”

“我们学霸脑浆子稠，”蒋丞趴在床上，脸埋在他肚子上闷着声音说，“比重大，一般都比渣渣的脑袋沉。”

顾飞笑了起来，摸摸他脑袋：“怎么了？”

“腿酸，”蒋丞拧着眉偏过头，“本来今天活动开了没什么感觉了，坐那儿这么长时间又酸了。”

“那看来是干不了什么了，”顾飞说，“给你捏捏腿，要不要啊？”

“来。”蒋丞翻了个身摊平了，把腿架了起来。

顾飞捏腿没什么技术可言，但轻重很合适，而且对需要捏的地方掌握得比较精准，还是很舒服的。

蒋丞闭上了眼睛，长长地舒了口气。

舒坦。

“说点儿什么。”蒋丞说。

“说什么？”顾飞问。

“随便。”蒋丞勾勾嘴角。

“好，那我随便说了，我想想啊……”顾飞在他腿上捏着，想了一会儿之后清了清嗓子，“一个老丁头，欠我俩溜溜，我说3天还，他说4天还……”

蒋丞闭着眼笑了起来。

“下雨了，冒泡了，王八戴上草帽了，”顾飞摸摸他的腿，“其实说这些，得找李炎，他小时候他奶成天抱着他就说这些，张嘴就是一堆。”

蒋丞勾着嘴角没说话，他什么也不想说，就想这么听着，无论顾飞说什么，他都觉得很享受。

顾飞接着又念了很多童谣，居然还有不少骂人的，中间夹着他带着笑的解释说明，蒋丞慢慢地就听不清了。

顾飞的声音从很远的地方飘过来，在他耳边轻轻扫过。

再睁开眼睛的时候，蒋丞有些发蒙，瞪着天花板看了半天才发现自己还躺在床上，枕着枕头。

“顾飞？”他支起脑袋往旁边看了看，屋里没有人。

他下了床，到客厅和浴室都看了看，发现顾飞没在，他又跑回卧室里想拿手机打个电话的时候看到了手机下面压着张字条。

你睡得太死了叫都叫不醒，我先回去陪二淼了，醒了给我发消息。

下面署名是“字比你写得好80多倍的顾飞”。

蒋丞拿着字条笑了半天，不过顾飞的字的确是写得还不错，跟他的学渣身份非常不匹配。

这一觉睡的时间不短，这会儿都已经快11点了，蒋丞给顾飞发了条消息。

——我醒了。

过了两分钟，顾飞回过来一条。

——好的，接着睡吧！

——你在干吗？

——睡呢。

——吵醒你了？

——没，留了一根神经给你。

蒋丞笑了笑，坐到书桌前，准备再看两个小时书。

——那你把这根神经放松吧，晚安。

——晚安。

因为没有一块儿睡觉，所以第二天摄影师和模特都没有迟到，一块儿集合吃了早点之后按时到达了摄影棚。

今天人挺多的，蒋丞第一次需要跟另一个女模特配合拍照。

女模特年纪不大，很漂亮，性格相当开朗，过来打招呼的时候蒋丞就感受到了。

“叫我小珍就行，名字有点儿土，不过我喜欢，”小珍伸出手，“希望合作愉快。”

“蒋丞，”蒋丞顿了顿才跟她握了握手，“合作愉快。”

“你是我这半年来碰到的最帅的男模特了，”小珍说，“缺女朋友吗？缺的话联系方式交换一下？”

“……不缺。”蒋丞说。

“没事儿，”小珍笑笑，“我们应该不会只有这一次合作，以后缺了还可以联系我的。”

蒋丞没说话。

小珍去化妆之后，他松了口气，看了一眼已经躲得老远去弄相机的顾飞，顾飞抬头冲他勾了勾嘴角。

他刚想过去说，妮妮冲他拍了拍手：“蒋丞，来化妆吧，抓紧时间！”

“嗯。”他只好过去坐下了。

那边小珍到得早，他坐下没一会儿，小珍就先开始拍单人的照片了。

这还是蒋丞第一次看到顾飞拍别人时的样子，挺……冷漠的，虽然没板着脸，但脸上什么表情都没有，偶尔会提示一两句，声音也淡得很。

蒋丞觉得如果顾飞一直是这么给自己拍照，自己压力应该会很大，有种因为自己太难看了可怜的摄影师为了赚钱不得不咬牙切齿地努力坚持的感觉。

不过小珍明显没什么压力，该笑笑，该扭扭，时不时还跟妮妮逗两句。

妮妮笑得不行，顾飞依旧一脸“你就当我聋了”的表情。

其实这样的顾飞，有种诡异的性感，蒋丞的妆弄完换了衣服坐在一边等着的时候一直盯着顾飞，就这种严肃的、冷漠的，根本不正眼瞅你的样子，让人特别想要盯着看。

啧啧。

“林哥。”旁边有人冲门口那边打了个招呼。

蒋丞一听这名字顿时就一阵无语，转过头去的时候正好看到那个林哥带着个女孩儿进来了。

林哥点点头，跟那个人介绍了一下带来的女孩儿，是一会儿要拍照片的模特。

蒋丞收回目光继续看着顾飞，他突然有点儿担心，顾飞还没注意到这边儿，他非常不愿意再看到顾飞情绪突然变化的样子。

快走！

介绍完了吧？

那快走吧！

带模特来也不用陪着吧！

那走吧！

这种祈祷就跟学渣们在考前去拜考试必过神一样没屁用，蒋丞都没来得及在心里把这些话再重复一遍，林哥居然拿了张椅子过来，一屁股坐到了他旁边。

蒋丞忍不住转脸瞅了他一眼。

“你是叫蒋丞吧？”林哥笑了笑。

“是。”蒋丞有些意外他居然还知道自己的名字。

“我叫谭林，是顾飞的朋友，”他伸出了手，“他们都叫我林哥。”

谭林？林哥居然不姓林啊？

那为什么不叫谭哥呢！

大概是因为谭哥不怎么好听。

就像顾飞要是叫他蒋哥，他会想过去打一架。

蒋丞看了他的手一眼，没有伸手，只是点了点头：“林哥。”

谭林收回了手，靠到椅背上，往顾飞那边看着：“你是只跟顾飞合作吗？

我之前应该是没见过你。”

“嗯。”蒋丞应了一声。

“是他同学吧？”谭林又问。

“嗯。”蒋丞继续应着。

“他居然有这么要好的同学，”谭林说，“挺意外的。”

蒋丞没出声。

“他朋友我倒是差不多都认识，”谭林话还挺多，“还真没见过他跟同学出来玩的。”

蒋丞想纠正他现在不是玩，但想想发现自己重点抓错了，这句话的重点应该是，顾飞说跟这人没什么来往，只在拍照的时候会碰到，但这人却说顾飞的朋友他差不多都认识！

这是怎么回事儿？

他在脑子里把之前顾飞说过的话又过了一遍，也许是因为之前玩乐队的时候认识，然后又认识了顾飞的朋友？

那为什么顾飞会说“不算朋友吧”这样的话？

蒋丞觉得心里一阵犯堵，这是一种对答案求而不得的极度不爽。

顾飞不想说。

他不想跟个老娘们儿一样追着问。

但明显顾飞说的那点儿跟这人说的对不上。

可他如果真拿着这人的话去问顾飞，他就是个大傻叉。

顾飞不说，他就不能问。

于是绕回去了，顾飞不想说。

“你俩真是同学？”谭林突然又问了一句。

“嗯。”蒋丞有些烦躁地从旁边的箱子里拿了瓶水拧开了，仰头往嘴里倒了两口。

“只是同学？”谭林又问。

蒋丞顿了顿，没出声，转头看着谭林。

“我的意思是，是不是邻居什么的？”谭林笑着说，眼睛往顾飞那边看了一眼之后又笑着冲那边点了点头。

蒋丞转回头，看到了顾飞阴沉得仿佛能下满一个雨季暴雨的脸。

四 撒野

P221 — P300

31

“蒋丞，”妮妮拍了拍手，“到你了，抓紧时间！”

蒋丞把水放到地上，站了起来，顾飞已经没不盯着这边，正低头看着相机里拍好的照片，侧脸看不清表情，跟平时摆弄相机时的样子差不多。

有一瞬间蒋丞以为自己之前看到的那张乌云暴雨脸是自己的幻觉。

“一会儿再聊。”谭林在他身后又补了一句。

蒋丞顿了顿，没有回头直接走开了。

再聊？聊个屁啊！

再说刚才那也算聊天吗！

走到顾飞身边的时候，他才发现乌云暴雨脸不是幻觉，因为顾飞脸上的云都还没散，看正脸相当明显，连睫毛上都挑着黑云。

顾飞没等他开口说话，拿着镜头一拧，咔的一声：“少跟他说话。”

声音不高，但冷得吓人。

蒋丞皱了皱眉，他本来就被谭林一句接一句地问得心烦，顾飞不愿意多说的态度也让他心烦，再加上他刚才根本也没跟谭林说什么话……最重要的一点就是！顾飞怎么还冲自己黑上脸了！

“就嗯了三次，”蒋丞盯着他，“这要算说话，以后我就这么跟你说。”

顾飞抬眼看了看他。

“嗯？”蒋丞跟他对视着。

“先干活。”顾飞说。

“嗯。”蒋丞应了一声，转身走到了拍摄区。

现在拍的是他和小珍一块儿的部分——情侣装，小珍换了衣服过来站到蒋丞身边的时候，一边品牌的工作人员挺满意地点了点头：“他俩挺合适的，有CP感。”

“是吗？”小珍笑了起来，看了看蒋丞，“这样的CP给我十个八个的吧，我绝对不嫌多。”

“开始。”顾飞举起了相机。

相机挡着顾飞的脸，蒋丞看不清他的表情，反正低气压是能感觉得到，平时给他拍照，顾飞会很仔细地各种提醒，手到哪个高度好看，脸偏到什么程度光影效果最佳……

这会儿却全程沉默，只是拿着相机一通咔嚓，唯一开口就是让妮妮调整打光的角度。

说实话蒋丞挺不习惯的，他不是专业模特，经验也少，一般都会靠顾飞的提示来做，但今天这人一言不发，他只能自由发挥。

好在小珍干这活儿已经很多年，经验丰富，性格也开朗，会拉着蒋丞告诉他该怎么拍。

“再亲密一些，现在的感觉像闺蜜不像情侣呢。”站在一边的那个品牌工作人员说了一句。

闺你个乌鸡蛋的蜜啊！

蒋丞简直说不出的烦躁，要搁别的事儿上这样他就走人了，但现在这事儿是拿钱的，虽然眼下他还不缺钱……

他只能跟小珍一通亲密无间，其实他不像顾飞，虽然不愿意被人碰，但在有准备的情况下，跟女生亲密些的接触也不会让他难受。

不像某些人，因为害怕女生会坐他后座上就骑了车一通狂飙，跟被追杀似的，仿佛跑慢了当场就要嘎嘣一下让人毙了。

想到这儿的时候蒋丞有点儿想笑，但余光里扫到那团乌云的时候又顿时笑感全无。

这大概是蒋丞开始拍照以来最难受的几小时了，中途换衣服上厕所的时候，他几次都给顾飞递过眼神，示意现在老子有空，你想说什么我有那么几分钟可以听听。

但顾飞一直就没接他的眼神。

反倒是谭林，两次很友好地冲他微笑，蒋丞都想过去跟谭林说你还有什么想说的就一次性说出来吧。

一直到照片拍完，顾飞才走到他身边说了一句："走吧，我等你换衣服。"

"嗯。"蒋丞应了一声。

换完衣服出来的时候顾飞已经收拾好了东西在走廊上等他了，屋里换了别的模特在拍，谭林站在一边，看到他的时候笑了笑："走了？"

蒋丞点了点头，抹了一把脸上的水，走了出去。

跟在顾飞身后往电梯走过去的时候，蒋丞实在有些忍不住了："顾飞。"

"嗯？"顾飞回过头。

"想说什么就说，"蒋丞说，"你脸都拉到地心去了。"

"我就是让你离谭林远点儿。"顾飞伸手去按电梯按钮的时候被蒋丞一巴掌拍开了，他转脸看着蒋丞。

"我不知道对于你来说那个谭林是什么人，"蒋丞看着他，"但是对于我来说，他就是个陌生人，而且是个跟你自己说的关系不一样的陌生人。"

顾飞没说话，只是拧着眉，而且锲而不舍地又伸手过去飞快地按了一下电梯按钮，蒋丞一巴掌打了个空。

"他要跟我说话，我能怎么样？我就嗯了三声，已经够远了，"蒋丞说，"你冲我拉什么臭脸。"

电梯门打开了，顾飞走了进去，蒋丞站着没动。

"走吧，"顾飞说，"我就是让你离他远点儿，没别的意思。"

"没别的意思你脸能拉出八尺长？那屋层高都阻止不了你了，"蒋丞简直烦躁，其实顾飞摆臭脸他都没什么感觉，他知道顾飞看到谭林心情就不好，但这会儿他心里对于两人问不出口的关系那种憋屈简直忍无可忍，"您不如跟他说说，离我远点儿？抬头不见低头见，下回再碰见，我再瞅你这脸几个小时我宁可去街上发传单了。"

顾飞伸手挡了一下要关上的电梯门，然后走了出来，把手里的相机包什么的往地上一扔，就往那边走了过去。

"干吗去？"蒋丞问了一句。

"我去跟他说，离你远点儿。"顾飞头也没回地说。

蒋丞愣住了，瞪眼看着顾飞走进了门里，半天都没回过神来。

在电梯门口愣了能有快十秒，他才吓了一跳地跟着往回冲，冲了两步又想起来顾飞的器材还放在地上，这些东西都值钱，丢了想再置办齐了不容易。

他只得又回头过去把地上的几个包拎起来。

回到摄影棚的时候，屋里没看到顾飞，蒋丞转圈看了一遍，也没看到谭林。

“你怎么回来了？”小珍刚卸完妆出来，坐在那儿拿着个小镜子大概是准备重新化妆，素颜的脸，蒋丞差点儿没认出来她是谁。

“你看到顾飞了没？”蒋丞问。

“我以为你回来找我要联系方式呢，”小珍叹了口气，指了指旁边一个门，“跟林哥在里头呢，大概说事儿吧。”

那个门是个杂物间，堆着各种布景和服装，蒋丞过去拧了拧门锁，没拧开。

又贴在门上听了听，外面屋里放着音乐，他也听不清里面到底有没有动静。

顾飞如果只是跟谭林说几句也就算了，万一动了手……他虽然是不惧这种事儿，就打个架而已，但他是不希望顾飞在这儿跟人动手。

这个环境，不是钢厂，也不是“学生打架”的场合，真动手了场面会很难看。

蒋丞退开两步，拿了手机出来，想给顾飞打个电话。

屏幕刚摸亮了还没点开通话记录，那个门打开了，顾飞从里面走了出来。

蒋丞把手机放回兜里，先是飞快地往顾飞脸上扫了一眼，干净整洁帅，于是他马上往顾飞身后看了过去。

谭林在里面，也正往外走，看上去也是整齐的，但他抬手往嘴上蹭了一下并且看了看自己的手，这个动作太明显，蒋丞一眼就能看出来，顾飞打了谭林。

不过谭林出来的时候一脸平静，还冲他点了点头打了个招呼。

“走。”顾飞过去拿了包，走了出去。

蒋丞跟在他身后，又盯着看了看他的衣服裤子，看不出干过架的痕迹，那就是谭林老实地挨了顾飞一拳。

这有点儿让蒋丞意外，谭林表面看着还算是文质彬彬，但感觉得出来不是老实挨揍的性格，居然这么平静。

这回再站到电梯门口，蒋丞没再阻止顾飞按电梯按钮了，只是进了电梯之后也不知道该说点儿什么才好。

只能是一路沉默，在他出租屋楼下下车的时候，顾飞跟他说话，他都已经提不起兴致回答了。

“吃点儿东西？”顾飞问。

“嗯。”蒋丞应了一声。

“去哪儿吃？”顾飞又问。

蒋丞没出声，没什么食欲，去哪儿吃都没食欲。

“这事儿要说完整了挺长的，”顾飞看着他，“你想听的话……”

“你不想说就别说了，”蒋丞打断他，“我不是非得挖你不想说的事儿，但是这事儿你自己不想说的话，那你就憋好了，有火别冲我来，我什么都不知道，我不知道哪一步能踩着你的雷，我也不想这么小心翼翼地避着，我又没欠着你的！谁还不是‘小公举’啊！”

顾飞愣了愣，过了一会儿偏开头笑了。

“我不吃了，你自己吃吧，我一会儿还要睡觉，下午还要去接潘智。”蒋丞转身走进了楼道里。

他觉得自己也挺矛盾的，顾飞不肯多说的时候，他一边觉得顾飞如果不肯说，自己也不该问，谁都有自己的空间，一边又觉得这人太不坦诚了什么也不说，现在顾飞愿意说了，他又一边琢磨自己是不是太闹腾了，人不说就不说呗，干吗非在这事儿上不爽，挺不好意思的，一边又觉得哎你要说了本“小公举”还不想听了憋死你得了。

一直到了门口，掏钥匙的时候他才叹了口气，人呢就是这样吧，也许就是因为经历得太少，才总是一惊一乍的……

钥匙戳进锁眼儿里的时候蒋丞突然感觉自己闻到了顾飞身上特别好闻的那种味道。

接着余光里就看到了一个人影晃了晃。

虽然他脑子里已经同时判断出来了这人就是顾飞，但还是不受控制地吓了一大跳，差点儿没把钥匙拧断在锁眼儿里。

“有病吧你！”蒋丞瞪着顾飞，压着声音，“赶紧的，楼下电线杆子上贴的跟踪捉小三儿的你打个电话过去问问人招不招盯梢的！”

“我就普通上楼，又不是悄悄的。”顾飞说。

“那您叫我一声行不行？”蒋丞拽了好几下才把钥匙从锁里揪出来，看了一眼，还真已经有点儿弯了。

“不敢叫，”顾飞说，“我怕让你发现了不让我跟上来。”

“现在发现了也一样会让你走。”蒋丞说。

顾飞没说话，只是很快地伸手推开了门，顺便把他挤到了一边，拎着几个包进了屋里。

蒋丞有些无语地看着他行云流水一气呵成的动作，进屋把门关上了。

“你这儿有面条是吧？”顾飞往厨房走过去，“煮点儿面？”

“没了，”蒋丞坐到沙发上，“有面也没用，什么配菜都没有，连油盐酱都没有，只有醋。”

顾飞看了他一眼，进了厨房，大概是检查了一下冰箱什么的，然后出来直接打开房门走了出去。

啧。

蒋丞躺倒在沙发上，一句话就说跑了。

不过顾飞没关门，他也懒得去关，一会儿下楼发现自己的器材没拿还得上来。

但他躺沙发上也没听到顾飞下楼的声音，正觉得奇怪，听到有人在敲隔壁的门，接着就听到了顾飞的声音：“大姨，我住隔壁的。”

蒋丞在一片震惊中听到顾飞先是借油盐，接着借葱姜，然后循序渐进地借面条，最后还借了四个鸡蛋和两个西红柿。

顾飞拿着满手的东西进来的时候，蒋丞坐了起来，简直无法形容自己的感觉，他甚至听到隔壁大姨说不用还了，不够还有。

“我煮面吧，”顾飞说，“还是湿面，我喜欢湿面。”

“不是，”蒋丞看着他，“你认识隔壁的？”

“不认识，”顾飞说，“以后就认识了……你不认识吗？”

“废话我当然不认识，我连隔壁住没住人都不知道。”蒋丞说。

“那下回记得见了人打个招呼，”顾飞进了厨房，“挺好认的，这个大姨有颗眉心痣。”

“哦，”蒋丞应了一声，愣了一会儿又站起来进了厨房，“谁允许你在这儿吃了？我气儿还没消呢！”

“谭林以前没弄工作室的时候，”顾飞放了一锅水到灶上烧着，一边把鸡蛋打进碗里一边说，“也玩乐队，是心姐他们那个乐队以前的主唱。”

顾飞如此突然地就开了头，蒋丞愣了能有好几秒钟才反应过来他在说什么：“啊。”

谭林那样子还真看不出来是个主唱。

“我跟着一块儿玩的时候，他已经没在乐队了，不过经常过来，”顾飞打着鸡蛋，“就混得……挺熟的。”

“你不是说不算朋友吗？”蒋丞问。

“过了今天，我还是会那么说的，”顾飞低头盯着鸡蛋，手没停地打着蛋，“现在也的确没有来往。”

“哦。”蒋丞应了一声。

“我跟大部分人都不一样，也很难合拍，”顾飞把蛋打好了放在一边，拿过西红柿洗了洗，“有时候我很害怕，但这种感觉，除了丁竹心，我也没跟任何人说，也不打算说。”

蒋丞心里酸了一下。

“你还会害怕啊，”蒋丞叹了口气，“我一直觉得你刀枪不入。”

“怕的东西多了才会刀枪不入，”顾飞勾了勾嘴角，“我害怕很多东西，现在也一样……那时我不光害怕，我还觉得很孤单。”

蒋丞没说话。

“谭林大概大我十岁吧，他挺开放的，最多俩月换一个伴儿，带着出来玩，什么都无所谓，”顾飞转身看了看锅里的水，一边切西红柿一边继续说，“我有时候会觉得他亲切。”

蒋丞啧了一声，不过啧完了他不知道自己为什么要啧。

“他应该想让我跟他一起混，”顾飞拿刀的手顿了顿，“不过没明说。”

蒋丞攥紧了拳头。

“乐队的键盘，叫小冰，”顾飞继续切着西红柿，“跟我差不多大吧，或者大我两三岁，记不清了，就记得他是个傻缺。”

蒋丞看着顾飞，顾飞的语气很平静，就像是在说一件别人的陈年往事，但这种边做事边说，并且从头到尾都不跟他对视只拿后背对着的状态，让他感觉得到顾飞的某种情绪。

心里估计不可能像他表现出来的这么平静。

“他跟谭林关系挺好的，经常一块儿出去，反正……”顾飞放下了刀，把切好的西红柿放进了盘子里，“西红柿鸡蛋盖面，行吗？”

蒋丞愣了半天才反应过来：“行。”

“有一天我们去酒吧，挺多人的，几个乐队的人，还有朋友，喝了不少，”顾飞没再继续弄菜，手撑着案台，看着窗户，“谭林把我叫出去，说有事儿跟我说。”

“说什么？”蒋丞伸手把旁边的醋瓶子放到了冰箱里。

“他喝多了，乱七八糟说了一堆，估计自己都不知道自己说了什么，反正听着掏心掏肺的，我当时也喝了不少，还觉得很感动，觉得他很真诚，”顾飞突然笑了起来，笑了一会儿才继续说下去，“最后他就问我会不会反感他跟我说了这么多。”

顾飞说到这儿停下了，蒋丞等了很久，他都没有再开口，蒋丞也没法催他，只能靠着墙，看着他的背影等着。

过了好几分钟，顾飞才又开了口："我说不会反感，但是我也不愿意跟他走得太近。"

这句话说完，顾飞又沉默了。

蒋丞清了清嗓子："就这样？"

顾飞没出声。

"那也没什么啊……"蒋丞想了想，"他是不是说出去了？"

"没有，"顾飞转过了身，看着他，"但是小冰录下来了。"

蒋丞眼睛猛地瞪了一下："什么意思？"

"从开始到结束，"顾飞很慢地说，"他全都录下来了，当时在场的每一个人，都看到了。"

蒋丞觉得自己的声音都有些拐弯，呼吸也不太利索。

"我回到包厢的时候，每一个人都在笑，"顾飞说得有些困难，"我就站在那里，像是被人一刀剖开，每一个人都在笑，就好像一辈子都没笑过。"

蒋丞说不出话来，这种场面他不敢想象，他只在梦里梦到过，那种惊恐在梦里都让人无法忍受。

"是……谭林跟小冰合伙……吗？"他问。

"谭林不知道，小冰的意思就是想用他试试我，说是开玩笑，"顾飞的语速很慢，"不过我看到谭林就想起那天的事儿，而且他还没完没了，所以我也烦他。"

蒋丞看着他。

"说完了。"顾飞也回看着蒋丞。

蒋丞愣了愣，赶紧说："我不应该问的，我其实吧，不是那种非挖你以前事儿不可的人，我就是……哎我就是……"

"我也不是不能说，就是有时候，我不愿意给你那种感觉，"顾飞摸着他的腰，"觉得心疼朋友之类的。"

"不心疼不心疼，"蒋丞搓搓他后背，"我一点儿也不心疼你，真的。"

"你真会安慰人。"顾飞笑了。

"不过有个事儿我还得说一下，"蒋丞说，"你以后别给我拉个八尺二的脸，你生气也好不爽也好，过来打一架都比那么冷着强，我吧……特别害怕被人这么晾着，以前在家里，他们不愿意说我的时候就冷着脸谁都不理我，那种感觉，特别……压抑。”

“我知道了。”顾飞点了点头。

32

如果不是蒋丞发火了，这件事顾飞大概永远也不会说出来，烂肚子里就行了，偶尔反个胃都会觉得膈应，更别说是这么说出来，还是说给蒋丞听。

不过既然说了，他也就没有太多隐瞒，除了那天还被小冰那帮人拿来开赌局这种不太重要的细节。

他害怕的事儿很多，有些根本觉察不到，甚至在潜意识里害怕了很久了，才会突然惊觉。

他害怕蒋丞会同情他，会心疼他，会产生某种要救他于水深火热当中的念头，或者“我绝对不能伤害他”这种绳索一般的想法。

蒋丞是个天真而冲动的人，他很喜欢蒋丞这样的性格，却也会害怕这样的蒋丞，太过天真，太过义无反顾。

无所牵挂来，就该无所牵挂走。

这里的一切本来就是不该出现在他路上的风景。

西红柿鸡蛋面算是他的万能食谱，味道不怎么样，李炎说过，这东西是神器，无论怎么做都好吃，又补充说明但在你身上有时候会失效。

今天应该算是失效的，顾飞情绪不是太好，尝味儿的时候连咸淡都没太尝出来，不过也许是蒋丞拍了几个小时照片，还生了一通闷气，所以饿了，这会儿吃得还挺愉快。

“你是不是要带顾淼过去了？”蒋丞吃完面，把筷子一放，揉着肚子一脸满足地问。

“嗯，”顾飞点点头，起身准备拿了碗筷去洗，“你下午接了潘智自己吃吧，我今天晚上得跟我妈聊聊。”

“我洗，”蒋丞按住他的手，“跟你妈聊什么？”

“这几天晚上都没回来，”顾飞说，“不知道是不是又找到此生中最后的至爱了，我得在她出门之前把她堵在家里。”

蒋丞叹了口气：“娘要嫁人啊。”

“真能嫁了就好了，”顾飞说，“现在没去当个小三儿破坏别人家庭我就谢谢老天了。”

顾飞看了看时间，这会儿顾淼应该已经收拾好在家等着他了，“那我走了啊。”

“快滚吧，”蒋丞说，“快从我眼前消失。”

“枕头收起来，”顾飞说，“潘智要是睡了那个枕头，咱俩就得约架了。”

蒋丞头往后仰着，闭着眼笑了半天：“知道了，潘智肯定睡沙发，让他睡床他都不答应的。”

“那我走了。”顾飞说。

“嗯，”蒋丞应了一声，“我打算去跟潘智看个电影，有时候我俩实在无聊了就会去看电影。”

“我走了啊。”顾飞看了看手机。

“说了三遍了，”蒋丞说，“十遍之前你能从这个门走出去吗？”

“能啊，”顾飞笑着过去把自己的包拎上了，“走了。”

“嗯。”蒋丞偏过头看了看他。

他走出了门，关门的瞬间又把脑袋探了进去：“真走了啊。”

“赶紧走，”蒋丞瞪着他，“我想揍你。”

顾飞退出门外，把包放在地上，然后猛地冲进了屋里，蒋丞还仰着头靠在椅子上，他冲过去一把掀开蒋丞的衣服，在他的肚子上拧了一下，然后又飞快地冲了出去，把门一关。

拎着包往楼下跑的时候他听到了蒋丞打开门冲着楼道里吼了一声：“有病啊！”

顾飞一直跑到了楼下还想笑，正想着往楼上窗口那儿看一眼，刚一转头，就看到一个什么东西从楼上飞了下来，干脆利落地落在他脚边弹开了。

他眯缝眼睛看了一看，是一颗白色的小石头。

“幼稚。”他笑着抬起头。

蒋丞趴在窗台上，手里像是抓着一把小石子，估计都是从窗台边那个花盆儿里拿的，顾飞刚抬起头，他马上一扬手，又是一颗石头砸了过来，很准确地还是落在了他脚边。

“哎！”顾飞往后退着，他没想到蒋丞不用弹弓就用手扔也能打得这么准。

不过在他退了一段之后，似乎就离开了射程，蒋丞比画了一下没有把手里的石子儿扔出来。

他笑着从兜里掏出了眼镜戴上，想看清蒋丞的表情。

刚把眼镜戴上，就看到了蒋丞手里多了一条皮筋，用两根手指一挑，就往他这边瞄了过来。

顾飞转身就跑。

跑了两步，一颗石子儿打在了他屁股上，劲儿不大，但这个位置实在是……他边跑边转过头。

蒋丞站窗口那儿，胳膊一抬，往脑袋上拢了个心 。

顾飞感觉自己一路回到家，嘴角都带着笑。

潘智的电话打过来的时候，蒋丞正蹲在出站口外面的树下边儿咬着一袋吸吸冰嘬着。

“到了？”他接起电话。

“马上，”潘智说，“你已经出来了吧？”

“我在出站口蹲了十分钟了。”蒋丞说。

潘智满怀深情，“我真是太感动了丞儿，万水千山也阻隔不了我们的爱……”

蒋丞挂掉了电话，继续嘬着吸吸冰。

因为只有两天时间，所以潘智基本什么也没带，就背着个包从出站口跑了出来。

蒋丞站起来冲他挥了挥手，潘智张开胳膊抡着腿就对着他冲了过来。

他迅速侧了一下身，摆了半个马步扛住了潘智带过来的强大冲击力。

“想我了没！”潘智喊。

“不想。”蒋丞说。

“就喜欢你这么口是心非。”潘智说。

“想。”蒋丞又说。

“就喜欢你想什么就说什么。”潘智马上说。

“过来的时候旁边是不是坐着美女跟你说了一路啊，”蒋丞看了他一眼，“这会儿都停不下来。”

“是没少说，但不是美女，是个大姑，话太多了，”潘智叹了口气，“隔着走道把那边的人都说睡着了，就转头跟我说，我一看这一排就我一个睁着眼儿的了，也找不着机会闭上，只好陪着……渴死我了，给我嘬一口。”

潘智伸手拿走了他手上的吸吸冰，狠狠一口，什么也没嘬出来就嘬了个响儿，他非常痛苦地拧着眉：“这满怀希望一口下去什么也没有是什么感觉你能体会吗爷爷！”

“走，”蒋丞笑了，“先请你喝够了。”

火车站附近也没什么高端的地方，蒋丞找了个小卖部买了两瓶可乐，跟潘智一块儿坐门口的小凳子上慢慢喝着。

“哎……”潘智灌了几口之后舒服地叹了口气，然后盯着他看了半天，“红光满面啊爷爷。”

蒋丞看了他一眼没说话。

“咱俩的状态明显不一样了。”潘智说。

“我以前就跟你们这种学渣不一样。”蒋丞喝了口可乐。

“是，你一直是个英俊的学霸……对了，”潘智把可乐瓶子伸过来跟他的瓶子碰了一下，“生日快乐。”

“谢谢。”蒋丞说。

“我包里有个你喜欢的东西要送你，”潘智回手拍了拍自己的包，“要不要猜一下。”

“套套。”蒋丞想也没想。

潘智正仰脖子喝着，一听这话直接呛了一口，低头咳了半天，接过蒋丞递来的纸巾把脸上的可乐都擦了才抬起头：“你现在很奔放啊爷爷。”

“不是我奔放，”蒋丞笑了，“是觉得你一直很奔放。”

“我最近改邪归正了，”潘智缓了缓，“不是套套，再猜。”

“笛子送过了应该不会再送，改邪归正之后送了我一支笔……”蒋丞想了想，啧了一声，“你不会送我一套五三吧。”

“我没那个觉悟，”潘智说，“一会儿到你那儿了再给你看。”

回到出租屋，潘智从包里拿出礼物的盒子，蒋丞才知道他为什么要等到回屋了才拿出来。

这粉色的心型盒子，加上一圈红色带水钻的小心心，再加上中间一个巨大的蝴蝶结……潘智要在大街上把这东西拿出来，他都不好意思伸手接。

“你这什么品味啊？”蒋丞发出了由衷的感叹。

“这是对我失宠的抗议！”潘智捧着盒子，“对你无视咱俩多年隔辈儿情的抗议！对你……”

“谢谢。”蒋丞打断他，从他手里把盒子拿了过来。

盒子挺大的，他晃了晃，里面的东西很沉，一晃的时候在里头撞得盒子咚咚响，这动静和这重量，他差不多猜到了是什么。

掀开盒盖一看，果然，是一把弹弓。

“你好歹拿东西垫一下啊，一点儿诚意都没有。”蒋丞笑了起来，盒子里什么都没有，就光剩一把弹弓放着。

“雷暴，反曲腕托，304钢和紫檀手柄的完美结合，让你体验户外暴击的快感……”潘智跟背书似的，“怎么样，喜欢吗？”

“喜欢。”蒋丞拿起弹弓掂了掂。

“皮筋我给你买了，这么霸气的得用点儿好皮筋吧，”潘智从包里拿出了一个袋子，里面是一圈皮筋，“北极星的，你以前是不是说过这个好用？”

“嗯，”蒋丞接过袋子往里一看就乐了，一个粉底儿红心还带钻的盒子也就算了，连皮筋买的都是骚紫色，“你最近是不是遭遇了什么不可言说的痛苦？”

“几十块的不得挑个特别的色儿吗！还买橡胶色的怎么体现它的价值啊！”潘智指着袋子，“这个，一拿出来，人就知道，哦哟高手，皮筋都是基……”

“基佬紫是吧，”蒋丞往沙发上一靠，笑得不行，“孙子，我发现你真是活腻味了啊。”

“没，真没，爷爷你看我真诚的目光，”潘智坐到他旁边，“我第一次听基佬紫这个称呼还是从你那儿听到的呢。”

蒋丞笑了笑，拿了皮筋出来，用手拉了拉：“谢谢。”

“这么客气，一遍遍的，”潘智伸了个懒腰，“生分了。”

“没，”蒋丞说，“非常真诚的，而且你过来，我特别高兴。”

“真的？”潘智很满意地看着他，“请了几天假陪我玩？”

“不用请假，”蒋丞说，“我们还在放暑假。”

“暑假？”潘智喊了一声，“没补课？”

“还有一星期才开始补课，”蒋丞看了他一眼，“羡慕啊？”

“我当然羡慕了，我又不是学霸，”潘智想想又挨到他身边，“不是，那你们这样是不是进度就慢了啊？”

“肯定慢啊，”蒋丞拿了剪刀剪了一截皮筋，慢慢往弹弓上装着，“自己看书呗。”

“对了我给你带了一堆卷子，还有资料，都是学校自己弄的，买不到，我本来想着去复印，不过老袁给了我一套，让我寄给你的。”潘智扯过包，从里面拿出了一摞复习资料放到他腿上。

这一堆的东西往腿上一搁，沉甸甸的，蒋丞猛地一下觉得很踏实。

这种踏实估计一般人理解不了，不仅仅是面对一个高考，更多的是这些东西带来的方向感。

晚上没什么安排，确切地说，潘智来这两天，他都没有任何安排。

不过潘智对于玩什么也没有任何要求，他俩以前就经常旷了课也没地儿可去，找个街边花坛一坐就能愣上一天。

潘智对吃什么也没要求，想了半天就说还想吃上回那家的炒年糕。

“叫顾飞一块儿吧？”潘智拿出手机，“带上他那个小美人儿妹妹？”

“他今儿晚上有事儿，不用叫了，”蒋丞说，“咱俩自己吃。”

“行吧，”潘智把手机放回兜里，“你俩现在是舍友吗？”

“不是。”蒋丞说，“走吧，吃饭去。”

吃炒年糕的时候，他让老板拿了啤酒，毕竟跟潘智久别重逢……似乎没多久，总之就是别了又重逢吧，应该喝点儿。

“白的吧，”潘智说，“你现在是一个成年人了。”

“大热天儿喝什么白的，”蒋丞咬开了一瓶啤酒的盖子，放到潘智面前，“再喝晕了晚上怎么聊天儿。”

潘智笑了笑：“在这儿待了这么久，我以为你上来就得喝白的呢。”

“这点儿时间不足以影响我。”蒋丞给自己也咬开一瓶，喝了一口。

“挺好的，没等受影响呢，就该走了。”潘智点点头。

蒋丞举着瓶子的手顿了顿。

“怎么？”潘智看到了他这个细微的停顿，“明年考完试，你不就走了吗。”

“嗯。”蒋丞应了一声。

潘智夹了一块年糕放到嘴里，过了一会儿才又抬头看着他：“丞儿，你不会是不想走了吧？”

“没，”蒋丞回答，“怎么可能。”

“那就好，”潘智低头又吃了两口，“过得好，交到了朋友，这些都没事儿，但残存的理智还是要有那么一点儿的。”

蒋丞笑了笑：“你觉得我只剩残存的理智了吗？”

“理论上是不会，”潘智看着他，“但是我也不知道事儿真到眼前了你是什么样，我就是有点儿担心。”

“放心吧，这个不用担心。”蒋丞说。

“嗯，”潘智笑着点点头，“要不你顺带让顾飞也加把劲吧，考一个学校没戏，考一个城市也好点儿吧，到时你俩就不用上演含泪挥别的戏码了。”

蒋丞没有说话。

潘智的话说得他心里突然一紧，挺平常的一句话，任何人说出来都不会有什么奇怪的一句话，却突然让他很害怕。

“怎么了？”潘智看着他。

“没。”蒋丞摇了摇头。

这回轮到潘智沉默了，看着他估计是不知道该问什么了。

“我没想那么远，”蒋丞说，“也不是没想，就是没太细想。”

“不是，爷爷，”潘智有些茫然，“也不是太远吧？就一年了啊。”

“很久。”蒋丞说。

“……哦，”潘智张了张嘴，想说什么但是又没说出来，过了一会儿才拿酒瓶晃了晃，“明天你是不是带我去看你拍照片？”

“嗯，”蒋丞点点头，“不过有点儿无聊。”

“有女模特吗？”潘智问。

“有，”蒋丞扫了他一眼，“都挺漂亮的。”

“那怎么会无聊呢，”潘智立马微笑着说，“多么有聊，万一碰上一个有缘的……”

“然后异地恋吗？”蒋丞斜了他一眼。

“异地就异地啊，”潘智耸了耸肩，“也没谁想着能天长地久吧，谈个恋爱嘛。”

“渣男。”蒋丞继续斜眼儿瞅着他。

“……行吧我渣男，”潘智有些无奈，过了很长时间才跟下了决心似的看着蒋丞问了一句，“你不会是真想着所有关系都能天长地久吧？”

蒋丞没说话，他思索了一会儿，把眼神从潘智脸上移开了：“不行吗？”

“可能吗？”潘智反问。

这话大概也就因为是潘智说出来的，他才没有一杯子直接扣过去。

潘智是铁子，一般谁也不会放弃情商这么说话，只有潘智才敢跟他这么直来直去的。

吃完饭跟潘智散了会儿步，回到出租屋，洗完澡两人往沙发上一摊，就都不想动了，吃饭时的话题他俩没再继续聊，也没法再聊。

于是就闲扯，他跟潘智之间废话很多，看个电视他俩都能就某个傻缺情节连说带乐地聊上半小时。

“睡吧，”蒋丞感觉都聊累了才拿过手机看了一眼，发现都过12点了，“明天上午拍照，9点我就得到地方。”

"给我拿你那个单人枕头吧，"潘智直接往下蹭了蹭躺倒在沙发上，"别让我再拿毛巾被卷了。"

蒋丞笑着进屋给他拿了枕头，回屋坐到床边的时候，潘智又在外面说了一句："丞儿，我之前那个话吧，说得可能有点儿不合适……"

"没。"蒋丞说。

"我就是有点儿担心，你吧，"潘智停了停，"你不能什么事儿都跟考试复习一样……是吧。"

蒋丞没说话。

"晚安爷爷。"潘智说。

蒋丞坐在床边一直没动，困得很，但是感觉躺下了也睡不着。

他拿过手机，点开消息看了看，没有顾飞的。

把两人所有的聊天记录翻了一遍之后，蒋丞觉得眼睛都快睁不开了，他倒到枕头上，给顾飞发了条消息。

——你想过以后的事吗？

一直到他睡着，顾飞也没有回复。

都要开始做梦了，蒋丞迷迷糊糊地翻了个身。

说好的留一根神经呢？

啧。

33

早上醒过来的时候屋里静得很，屋外倒是挺热闹，放暑假了的小学生们跟疯了一样叫喊着，间或夹着老头儿老太太的咒骂声。

蒋丞打了个哈欠，拿过手机看了一眼时间，还行，洗漱完吃个早点过去拍照时间正好。

"孙子！"他一边下床一边冲客厅喊了一声，"起床了！"

客厅没有潘智的回应，他套上衣服走出卧室："孙……"

客厅沙发上没有他孙子，只有叠好了的小毛巾被和枕头，他愣了愣，拿手机给潘智打了过去。

"你起来了？"那边潘智接了电话，一听就是在外面，背景声音很杂乱。

"你上哪儿去了？"蒋丞一听这动静就愣了，"你别跟我说你现在有早锻炼的习惯啊。"

“早什么锻炼！”潘智说，“我在早点摊这儿呢，给你和顾飞买好吃的了，你收拾完了赶紧下来，要不该凉了。”

“不是，你什么毛病？”蒋丞赶紧进了厕所，夹着手机一边挤牙膏一边说，“我起码得20分钟吧。”

“一边洗脸一边尿尿，一边拉屎一边刷牙，超过10分钟我叫你爷爷。”潘智说。

“你天天叫我爷爷，”蒋丞说，“我就想问问你为什么这样神奇。”

“就顾飞吧，早上问我你起了没，我说没见起，他就问我想吃什么，他去买……”潘智说。

“那让他买啊，你抢什么？”蒋丞一边刷牙一边含糊不清地说。

“作为一个新时代的直男，我非常不能忍受被别人这么照顾。”潘智说，“行了别废话赶紧收拾了下来，我看到他过来了。”

“知道了。”蒋丞笑着挂了电话。

顾飞溜达到蒋丞楼下的早点摊时，潘智正往一张桌子上放吃的，桌上已经摆满了。

“早。”他过去跟潘智打了个招呼。

“早，你要饿了先随便吃两口垫垫，”潘智说，“我还要了几屉儿包子，还没蒸好。”

“没事儿，我等蒋丞下来吧，”顾飞往楼上看了看，“他起了没？”

“起了，”潘智看了他一眼，“你没联系他吗？”

“反正一会儿就下来了。”顾飞笑了笑。

潘智挤到老板那儿去催包子之后，他坐了下来，潘智这话问得他有些尴尬。

他的确是没联系蒋丞，从昨晚上蒋丞发来那个消息之后，他一直没有联系过蒋丞。

一想到蒋丞那条他不知道该怎么回复的消息，他就有些不敢联系蒋丞，一夜他都没睡踏实，醒醒睡睡的，脑子里全是蒋丞那个问题。

他不知道如果蒋丞当面问他，他该怎么回答。

蒋丞从楼道里出来往这边走过来的时候，他抬手往那边挥了挥。

蒋丞冲他笑了笑，也挥了挥手。

“喂猪呢。”蒋丞走到桌子旁边，从潘智刚拿过来的笼屉里捏了个包子咬了一口。

“我小时候，总在家里吃早点，我妈说外面的不干净，我简直羡慕那些在外面吃早点的同学羡慕得不行，”潘智坐下了，看着一桌子吃的，“我就想等什么时候我自己能在外头吃早点了，我就把早点摊上的所有东西都点上摆一桌。”

“你高中以后不是一直在外头吃吗？”蒋丞说。

“是啊，但是还是不过瘾，憋大发了没个十年八年的缓不过来。”潘智喝了口豆浆。

早点有些过于丰盛，顾飞一边听着蒋丞跟潘智聊天儿，一边埋头苦吃，最后也还剩了半屉包子。

“浪费了。”蒋丞摸了摸肚子。

“打包呗，一会儿碰上流浪狗啊猫的就喂了。”潘智拿个塑料袋把包子装上了。

今天拍照的是衣服，丁竹心跟一家什么自主品牌合作的一个系列，所以就在她工作室的棚子里拍，相对来说会轻松一些。

潘智跟蒋丞完全不同的性格，顾飞有时候觉得他俩关系好大概是因为互补，蒋丞不太会跟不熟的人说话，潘智就不同，到了地方没几分钟，就跟两个女模特聊上了。

俩姑娘化妆的时候都还拉着他说话。

“佩服吗？”蒋丞坐在一边等着化妆，顺便看一下品牌的宣传小册子先了解一下。

“嗯。”顾飞点点头。

“昨天跟你妈聊得怎么样？”蒋丞问。

“吵了一架，不过还行吧，跟她聊不吵是不可能的。”顾飞笑笑。

“顾淼有没有闹？”蒋丞又问。

“没，昨天自己画画了，有空给你看。”顾飞说。

“好，你头像那种风格的吗？”蒋丞笑了。

“差不多吧，我觉得头像那个兔子已经是巅峰之作了。”顾飞把相机镜头装好，举着往四周看着。

“昨天我给你发消息……怎么没回？”蒋丞问得有些犹豫。

“我睡着了，”顾飞还是举着相机，“没有听到。”

“不说给我留了根神经吗。”蒋丞说。

“昨天太困了，”顾飞轻声说，转头拿相机对着蒋丞，从镜头里看着他的侧脸，“直接倒头就睡到今天早上了……我换个响点儿的提示音，就不会听不到了。”

“算了吧，”蒋丞往他这边看了一眼，“晚上还是踏实点儿睡，黑眼圈儿都出来了。”

妮妮冲蒋丞招手，让他过去化妆。

蒋丞现在化妆已经习惯了，往那儿一坐，眼睛一闭，有时候还能打个小盹儿。

顾飞说倒头就睡，睡到了今天早上，这话不是真话。

他对顾飞的一切都很熟悉，真睡得那么死，就不可能有黑眼圈儿，不只是这一点，也许别人注意不到，但顾飞脸上不明显的疲惫他看得很清楚。

顾飞这一夜没睡好。

而且不是因为他老妈和顾淼，如果真是因为她俩，顾飞不会不说。

就是因为自己那条消息，那条他想撤回的时候已经过了时间无法撤回的消息。

他不知道顾飞有没有想过以后的事，或者顾飞想过，只是没有一个答案。

拍照的时候顾飞跟平时差不多，会耐心地提醒他的动作和角度，虽然他心里不太踏实，还有点儿不那么痛快，但看到顾飞的时候，又还是会感觉舒服。

顾飞的每个动作都让他舒服，举着相机的时候，单膝跪下的时候，弯腰找角度的时候，甚至低头检查照片的时候，他都觉得移不开视线。

偶尔跟潘智眼神对上，潘智会意味深长地冲他一笑，然后继续盯着旁边的姑娘，他当然也会迅速地回一个意味深长的笑容。

拍完今天的照片准备走的时候，他看到潘智已经跟一个女模特加上了微信，离开的时候两人还眉来眼去依依不舍的。

“你这什么效率……”蒋丞说。

“俩都闲着没事儿的效率，”潘智划拉着手机，“不过我真挺喜欢她这长相，起码不是蛇精网红脸。”

“是吗，”蒋丞想了想，“我没注意。”

“那是，以您这状态，怎么能注意得到。”潘智说。

蒋丞看了一眼在前面走着的顾飞。

什么状态？

潘智也有看走眼的时候，他今天心里很憋闷。

他发现顾飞还有他一直没了解到的一面，那就是这个人，非常能憋，无论是什么样的事，顾飞都能压得住。

也许跟顾飞从小到大的生活环境有关系，很多事儿他必须这样处理，已经养成了习惯，但对于自己来说，面对这样的状态，只会觉得像被裹在了厚重的棉被里。

憋，闷，喘不上气儿，使不出劲儿来挣扎，挣扎了也撕不开口子……

中午三个人一块儿吃完饭之后，顾飞就准备回去了，下午还得带顾淼去上课。

“那我俩去逛街了啊？”潘智说，“我跟蒋丞瞎转悠能转几个小时。”

“嗯。”顾飞笑着点了点头。

蒋丞没说话，潘智走到一边去了他才看了一眼顾飞：“走吧。”

“晚上一块儿吃饭？”顾飞问，“王二馅饼？”

“再说吧。”蒋丞有点儿提不起兴致来。

“丞哥，”顾飞看着他，“我……”

“走吧。”蒋丞打断了他的话。

“等潘智走了吧，”顾飞往潘智那边看了一眼，“我请你吃大餐。”

“不要脸，潘智在的时候吃馅饼，潘智走了吃大餐，”蒋丞斜眼儿瞅着他，“不要脸。”

“哎，”顾飞笑了起来，“今天晚上吃大餐好不好？或者明天他走之前？”

“再说吧。”蒋丞回答。

“这不又回来了吗，”顾飞说，“死循环。”

“是啊，难受吧？”蒋丞看着他。

顾飞没说话，看着他沉默了一会儿，轻轻叹了口气：“我想过，从跨栏那天你第一次问我的时候我就在想了。”

蒋丞愣了愣，看着他没出声。

“我可能比你想得要多，但这事儿不是一句两句一个回答就说得清的，”顾飞低声说，“不是吗？”

“大概吧。”蒋丞有点儿转不过弯来。

一直到顾飞走了，他跟潘智两人漫无目的地顺着路溜达了好半天了，他才慢慢回过神来，皱了皱眉。

顾飞说比他要想得多，也许吧，至少他没有从那时开始想，他甚至在潘智这次问出那样的话来之后，才觉得应该细想想了。

但他要的就是一个回答，并不需要说得多清楚，他只要那么一个回答。

仅此而已。

也许是自己还是按着惯常的思路，跟顾飞完全不同的角度去想问题了吧，他想要的是结果，顾飞想说的是过程。

但再细想一下，设定了结果，一切过程都是冲着这个结果去的，而先从过程开始，那也许会有无数的结果。

蒋丞轻轻叹了口气。

顾飞，你想了很多，你想了什么？

他跟潘智一路溜达到了市中心的购物广场，一路吃吃喝喝，最后坐在商场的椅子上听了快一小时的歌。

对面店铺放了一台自助点唱机在门口，蒋丞都没想到这小破城市里的人都还挺放得开的，一小时里几乎就没断过人。

有唱得不错的，有唱得谁也听不见的，有唱的时候基本就是对着歌词念了一遍的，还有跑调跑到让人想过去把这机子电源给掐了的……

“丞儿，你要不要去唱一首，”潘智说，“给他们开开眼，知道什么叫唱歌。”

“我比较喜欢深藏不露。”蒋丞挺久没唱歌了，以前经常跟潘智他们一块儿去唱，但这种场合，他还是更愿意坐这儿听人跑调。

“那我来一首，”潘智站了起来，整了整衣服，“你给我录下来我发朋友圈。”

“……你四爷爷正去世呢，你能不能不要发这么欢乐的东西。”蒋丞说。

“我又不发给老袁看，”潘智想了想，“我唱个什么呢？”

没等蒋丞回答，他已经走过去了，边走边说：“红日吧，我看看有没有加速版的。”

蒋丞笑了起来，这歌他们差不多每次去K歌都会点，作为最后的结束，一帮人一块儿吼。

潘智歌唱得挺好的，虽然粤语发音不怎么样，但在之前那些人的衬托之下，简直如同专业歌手，一开口，马上就有路过的人停了下来。

蒋丞举着手机对着他录着。

潘智差不多算人来疯，有人看，他就唱得特别起劲，最后加速的时候他猛地一转身，指着蒋丞：“命运就算颠沛流离，命运就算曲折离奇，命运就算恐吓着你做人没趣味，别流泪心酸，更不应舍弃，我愿能，一生永远陪伴你……”

旁边的人立马全都看了过来，蒋丞简直想给他竖个中指。

但几句之后，蒋丞又突然觉得鼻子有些发酸，不知道是因为潘智看着他一脸认真的样子，还是因为想到了过去那些放肆的日子。

或者只是因为……想到了顾飞。

他盯着手机屏幕，最后潘智唱完之后他迅速低头站了起来，转身从正在鼓掌的围观群众里挤了出去。

潘智追上来的时候，他已经恢复了常态。

“怎么样！”潘智把胳膊搭到他肩上，“我看看视频。”

“录了好几段，”蒋丞低头在手机上点着，“我发给你吧，自己看。”

“早知道今儿咱们不应该瞎转悠，应该找个地儿唱歌去，”潘智说，“好久没唱了，要不……明年吧，考完了咱找一帮人出去玩去，旅个行啊什么的，吃喝唱玩够本儿了的。”

“好。”蒋丞笑笑。

“我是想着啊，跟你考一个学校我肯定没戏，不过让我爸妈拿钱砸也得砸到跟你待一个城市，”潘智伸了个懒腰，“我以前吧，觉得就算你走了，我还一帮朋友呢，现在发现不是这么回事儿，还是跟你在一块儿最舒服，你不在，我会想你……”

“控制一下，”蒋丞说，“您好歹一个直男，这话说出来不知道的以为你对我有什么想法呢。”

“我对你的想法就是咱俩最好能是一辈子铁子，”潘智说，“什么男朋友老婆媳妇儿的，都比不上铁子。”

蒋丞笑了起来：“啊，是。”

“你别乐，”潘智啧了一声，“我也就是没下手。”

跟潘智混了一个下午，在王旭家店里等顾飞和顾淼过来的时候，蒋丞的心情已经好了不少，就是听着王旭跟潘智扯淡，他一直都想笑，王旭非常奔放地一通吹，连易静都拿出来显摆了半天。

“你别以为你大城市长大的，”王旭一拍桌子看着潘智，“就真的什么都牛，我就问你，你喝得过我吗？”

“……喝不过，我根本就不想喝，”潘智看着他，过了一会儿又叹了口气，“我为什么要降低智商跟你扯这么久？”

“因为你智商本来就不高，就你刚发朋友圈的那女的，”王旭拿出手机一边翻一边说，“我就觉得你智商不高，审美也不怎么样。”

“行行行行，行了，我低，我一切都低，”潘智按住了王旭的手，“那女的吧，是比不过你们班长，真的。”

“切，一点儿也不真诚，其实心里还是不服气的吧。”王旭瞪着他。

“服气，太服气了，五体投地地服，”潘智说着往门外看了一眼，“哎，这个才是真美人。”

王旭回头瞅了一眼：“对，没错！”

顾淼抱着滑板走进了包厢，直接走到了蒋丞身边，把滑板靠着椅子放好，拿起他面前的杯子一口气把水都喝光了。

“滑回来的吗？”蒋丞抽了张纸巾把顾淼脑门儿上的汗擦了。

顾淼点了点头。

“淼淼，女神？”王旭把自己的杯子推了过来，“这儿还有水。”

顾淼看着他，没有反应。

“我没喝过的，干净的。”王旭说。

顾淼还是一脸冷漠地看着他。

潘智伸手拿过杯子，把水倒进了蒋丞的杯子里，顾淼拿过来一仰头又灌光了。

“哎。”潘智在一边笑得不行。

“二淼，谢谢哥哥们。”顾飞走了进来，说了一句。

顾淼站起来，冲他们鞠了个躬，又一扬手，冲蒋丞打了个响指，竖了竖拇指。

蒋丞马上一扬手也给她回了一个。

顾飞跟他们打了招呼，又出去洗手了：“王旭，给二淼拿包湿巾吧。”

“好。”王旭马上找了湿巾给顾淼擦手。

蒋丞看着她擦手，顾淼心情看上去不错，今天下午应该玩得挺开心的。

一直坐在他旁边的潘智站了起来，坐到了王旭身边，王旭看着他：“怎么，要跟我拼酒？”

“……吃馅饼也需要拼酒？”潘智有些无语。

“小看我家馅饼？我告诉你！就我们市，你打听一下，王二馅饼……”王旭一说起他家馅饼就来劲了，瞪着潘智就开始说，仿佛推广大使。

顾飞进来的时候看到蒋丞身边空出来的位置愣了愣，再看被王旭扯着一脸无奈的潘智，叹了口气之后打了个岔：“队长，都饿了，先吃吧。”

“不等你早吃了！等着！”王旭站起来去了厨房。

顾飞坐下，那边潘智松了口气：“我真想打他啊。”

蒋丞笑了起来，虽然他对顾飞还有些不爽，一想起来就各种迷茫不解里带着憋屈，但顾飞在他身边坐下时，他又会觉得心情瞬间就好了起来。

人一旦矛盾起来，简直不可理喻。

"顾森"潘智说，"我们去厨房拿馅饼好不好？"

顾森捧着杯子看着他。

"我们去拿馅饼？"潘智趴到桌上，又问了一遍。

顾森这回有了反应，大概是饿了，她站起来，跟着潘智去了厨房，走出包厢的时候还顺手把门给带上了。

"今天二森做游戏很来劲，我陪着玩了半天，出一身汗。"顾飞笑笑。

就顾飞这样的笑容，就顾飞这么小声地跟他说着话的时候，蒋丞就会觉得自己是个特别没有立场的人，这种时候他就想什么都不再想，什么都不再操心。

什么不爽，什么不安，什么什么什么什么，全都甩到了一边。

一直到潘智的虚拟四爷爷丧事办完，两天假期结束走人，他都没再去想那些让他心烦的问题。

把潘智送走之后，他和顾飞回到出租屋里，他心里的那些不爽不安才慢慢复苏。

就像怎么也杀不死的那些杂草，稍不留意就会重新冒头。

毕竟根儿还在。

顾飞侧躺在枕头上玩着手机，他从身后叫他："哎。"

"嗯？"顾飞拍拍他的胳膊。

"一会儿我看会儿书，你陪我吧，"蒋丞说，"今儿晚上不回去了？"

"好。"顾飞翻了个身平躺着。

"你要不要也……看看书？"蒋丞问。

"我先抄作业吧。"顾飞笑了笑。

"顾飞，"蒋丞沉默了很久才轻声问，"你是不是没想考大学？"

"如果要考，也就本地的，"顾飞说，"那几个垃圾学院。"

"是因为顾森吗？"蒋丞问。

"很多问题，"顾飞把手机放到了一边，"二森换环境不可能，我不可能不管她就这么去别的地方上学，她和我妈，我要不在，会一团糟的。"

"嗯。"蒋丞点点头，这些其实他很清楚，顾森连滑板换轮子都不能接受，这些问题顾飞不说，他也都能想到，也能理解，但就还是觉得哪里有点儿不对劲，但到底是哪里，他却无论如何也想不出来。

两个人就这么愣着躺着，很长时间都没说话。

“如果我考完去上学了，”蒋丞说，“你还留在这里，是吧。”

“嗯。”顾飞应了一声。

“然后呢？”蒋丞看着他。

顾飞轻轻皱了皱眉，转过脸看着他：“我不知道会怎么样，有些事不是现在就能……”

“什么意思？”蒋丞坐了起来，“你是不是对你的未来完全没有规划和信心？”

“不是，”顾飞也坐了起来，“我不是这个意思，我是想说……”

34

顾飞看着蒋丞，有时候他觉得蒋丞除了拥有所有学霸的特质和技能之外，还拥有别的学霸没有的神奇逻辑，能把事情完全颠倒，细想想似乎还能让你认同，觉得他好像并没有什么不对。

这个能力之前文身的时候顾飞就领教过一次，但他当时并没有解释，现在蒋丞又一次发挥了神力。

顾飞觉得现在必须说点儿什么，可却不敢轻易开口。

蒋丞神逻辑，敏感冲动，最可怕的是，他能感觉到蒋丞没有安全感，那种时刻想要抓紧、害怕失去的状态，他经常能体会得到。

顾飞，你现在说的每一句话都会成为蒋丞放在心里的证据。

慎重啊。

不在一个地方不是就联系不上了，但一流大学的环境，和钢厂的环境，会让长期分处于完全不同状态里的两个人渐渐失去共同话题，慢慢淡掉。

也许等不到那天，我们就会因为眼下这样的分歧，不断地争吵和探究，最终因为疲惫而回到各自的世界里。

当然也有可能奇迹发生。

有些事不能只像解一道题那样去理解，一道题只有一个正确答案，无论过程怎样，你要做的就是不断地找到通往正确答案的那条路。学霸能找到捷径，学渣绕点儿圈子，但最终都会到达终点，因为答案只有一个，除此之外的都叫作错误答案。

而他俩现在的处境，有无数的可能性，有无数的答案，这些都叫作答案，也许有一二三，有四五六，却没有谁能说哪个是错，哪个是对。

顾飞看着蒋丞，也许他过于悲观和谨慎，而蒋丞跟他完全相反，乐观冲动直白敏感，基本属于“风雨中这点痛算什么”型的。

这些话无论他想过多少次，一个字，他都不能跟蒋丞说。

他没有离开的办法，他甚至连离开这两个字都不敢多想，更不要说去琢磨离开的办法，而蒋丞，没有留下的理由。

这是个暂时无解的僵局，如果在奇迹出现之前他们没有走到想要的那一步，这就是个死局。

蒋丞显然没有也不愿意去想这样的结局，他也没有必要让蒋丞去面对这些蒋丞认为根本没有必要考虑的问题。

“我没有，”顾飞看着蒋丞，“你们学霸不讲道理。”

蒋丞冷笑一声。

“你信不信我抽你？”顾飞问。

“抽了才信。”蒋丞回答。

顾飞没说话，盯着他看了几秒钟，突然胳膊肘一抬，对着蒋丞的脸就砸了过去。

不得不佩服的是蒋丞的反应，在他胳膊肘抬起来的瞬间，蒋丞就已经往后一仰躲开了。

只是顾飞也并没想砸他的脸，胳膊顺势顶在了他咽喉上往下一压，蒋丞被他顶着脖子压倒在了床上。

蒋丞瞪着他。

“你也太不了解我了，”顾飞胳膊卡着他咽喉，一条腿压在了他手上，他另一只手想抬起来的时候被顾飞一把抓住了，“我怎么可能舍得砸你脸。”

“啧啧啧。”蒋丞勾勾嘴角。

“我很喜欢你这个朋友，会一直到你不在需要为止，”顾飞说，“我说过没有？”

“说过。”蒋丞回答。

“那你为什么说不记得？”顾飞问。

“我在生气啊，”蒋丞说，“生气的时候就是什么都不记得，怎么，你有什么意见吗？有意见憋着。”

顾飞张了张嘴没说出话来。

“就这么不讲理，不服也憋着，”蒋丞皱了皱眉，沉默了一会儿又看着他，“你这话原来我就觉得乍一听特别美好，但就是不能细想。”

“嗯？”顾飞拿开了压在他脖子上的胳膊。

“其实你意思就是如果我要走，你就会同意是吧，”蒋丞看着他，“主动权在我这儿。”

顾飞没说话。

“看上去主动权在我这儿，其实您一点儿也不被动，”蒋丞斜了他一眼，“来去自如的是吧。”

顾飞叹了口气：“你要哪一天有新的更好的圈子了，我死缠烂打也没意义啊。”

“说是这么说……”蒋丞转头一把捏住了他的手腕。

“哎！”顾飞吓了一跳，没敢动。

蒋丞过了快十秒钟才松开他，脑袋搁回了枕头上：“顾飞，跟你说个事儿。”

“嗯。”顾飞点点头。

“我想得可能是没你全面，我就觉得一步一步，有什么就解决什么，人总得有个奔头，学业事业也好，生活也好，总得有个方向，你才知道你要干什么，”蒋丞说，“反正我是这样。”

“嗯。”顾飞点头。

“我干什么事儿，都不喜欢先给这事儿扣个‘不可能’的帽子，你懂我意思吗？”蒋丞又说。

“我懂。”顾飞看着他。

“我也没什么可说的了，我就一个事儿，你答应我。”蒋丞盯着他。

“你说。”顾飞跟他对视着。

“别让我跑了，”蒋丞说，“别我一说算了，你就来去自如走了，行吗？万一我后悔了，回头你不在那儿了怎么办？”

顾飞突然觉得鼻子有些发酸，他吸了口气，把那种不好受的感觉强行压了下去，他不想当着蒋丞的面流眼泪。

“好，”他点点头，“但是你也要答应我。”

“什么？”蒋丞问。

“我讨厌有人为我牺牲，为我放弃什么，”顾飞觉得这大概是自己能跟蒋丞说得最直白的话了，“我不需要，你的路你该走就走，不要停，你懂我意思吗？同情，放弃，这些会让我有压力，会觉得累。”

“懂了，”蒋丞捏了捏他下巴，“我很坚定的。”

顾飞笑了笑。

“你是不是觉得自己很轻？”蒋丞说。

“嗯？”顾飞愣了愣。

“就算你只有50斤，膝盖压人手上的重量是多少你算过吗？”蒋丞说，“我可以给你算一下。”

顾飞笑了，移开了一直压在蒋丞手上的腿。

其实蒋丞觉得今天的谈话并没有解决实际的问题，他想要的回答……他想要的到底是什么样的回答，他都已经记不清了，而顾飞给出的是什么样的解释，他突然也不是太在意了。

甚至在某种程度上，他和顾飞说的，是相互矛盾的，但他们也相互答应了对方，哪怕对方要求的跟自己的本意根本是背道而驰。

也许他要的不过就是一次发泄，一次耍彪，心理上的，生理上的，我有一些话，需要你知道，我有一些愿望，需要你承担。

他当然知道有些事目前是无解的，但他们目前还是最好的朋友，他也希望顾飞能有一个好的未来。

从浴室出来的时候顾飞正趴枕头上玩手机，他过去拍了拍顾飞的屁股：“怎么又趴着了？”

顾飞偏过头：“您能不能动用一下您学霸的观察力，我平时玩手机有一大半时间都是趴着的。”

“啊，是吗？”蒋丞想了想，趴到他旁边，小声说，“还真没注意到，看来你的存在感还是不够，以后得多在我这儿刷刷脸。”

顾飞没说话，扔开手机趴枕头上笑了半天。

蒋丞偏了偏头，斜眼儿瞅着他：“我跟你说，就你这种态度，换个人早被我抽死了，我也就能忍你了。”

“我也一样啊，”顾飞说，“你怎么样我都没脾气，我就怕你发脾气。”

“怕什么，我发脾气是发脾气，发完了就完了，我脾气本来就不好，不发脾气才神奇呢，”蒋丞转了转笔，低头开始做题，“我其实也不是非要发脾气，我就是……害怕。”

“我知道，”顾飞坐起来，在他背上搓了搓，“我知道。”

“你知道吗顾飞，”蒋丞边写边说，声音有点儿低，“我没有家了，我就这么一个人，在这里，租一间房，脚底下是空的。”

顾飞看着他。

“我往后靠，后面有你们，我就踏实，”蒋丞低头一直唰唰写着，“我不是不去面对现实，我就是一想到如果你们不在我旁边了，我就真的，一脚踩空了。”

顾飞没说话，起身跨到蒋丞身后，跟他挤着坐在了椅子上。

屋里变得很安静，顾飞脑门儿顶在蒋丞后背上，能听到笔尖在纸上划过的沙沙声，能听到蒋丞平稳的呼吸声。

这种感觉很好。

“我在这儿。”顾飞轻声说。

“嗯？”蒋丞应了一声，笔没有停。

顾飞有时候挺佩服他这种能力，有几次蒋丞在写英语作文，愣是跟他一边聊一边写了长长一段，似乎还没有出错。

“我就在这里，在你后头，我哪儿都不去，”顾飞说，“别怕。”

“嗯。”蒋丞笑了笑。

顾飞闭上眼睛，就这样吧，向蒋丞学习，有些事儿先不要去想了，你不愿意想的，我就不提，你觉得不重要的，我就不想……这么美的记忆，这么美的经历，也许这一辈子就撒这么一回野。

你想回头的时候我就在这里，你想家的时候我就在这里，你需要我的时候我就在这里，能站多久就站多久。

四中的暑假终于结束了，一帮人回到学校的时候都骂骂咧咧的，各种不满，但所有人都没有缺席，看上去心情都还很好。

一边嫌弃假期太短，一边觉得没有一帮同学天天见面很寂寞。

补课开始，就痛并快乐着了。

不，快乐一定是更多的，蒋丞看了看四周的人，一个个也没谁听课的，老师在讲台上自己讲自己的，下面的人热烈地说着假期见闻，连声音都顾不上控制了。

“喊！喊！再大点声儿，我站这儿都还没听清呢！”老鲁挥着教鞭，“说你呢！就你！别瞅旁边的，就数你最美！拿个镜子瞅瞅自己那一脸萎靡不振，还美呢！你这么美！来！预备唱！”

“没听见吗，”蒋丞趴桌上做着笔记，看了一眼一直看着他的顾飞，“让你拿镜子唱呢，你这么美……”

“你是寒冬里的花蕾，你是西施搅乱了春水，”顾飞笑着小声开始唱，“你是天使般的恩惠，你是我宠爱的贵……”

“顾飞！”老鲁一拍讲台。

顾飞转头看着老鲁。

“来，我这儿有个镜子，”老鲁冲他招招手，“你来看看，顺便给我唱两句！”

“……我没唱。”顾飞往椅子上一靠，叹了口气。

蒋丞确定老鲁没可能听到顾飞唱，顾飞声音很小，周敬都未必能听见，但老鲁这么一吼，他心里还是吓了一跳，颤了好一会儿。

“你没唱？”老鲁又一拍讲台，“你没唱那你出去！”

“我到底是该唱还是不该唱。”顾飞无奈地站了起来，晃出了教室，趴到了走廊的栏杆上，看着下面的操场。

老鲁继续吼了两分钟之后才又开始接着上课。

“蒋丞！”老鲁吼了一声，“你上来把这句翻译了！”

蒋丞感觉走廊上的顾飞回头往教室里看了过来，他站起来走到了讲台上。

看了看题之后拿过粉笔，顺手在讲台上按断了，准备往黑板上写的时候，老鲁又吼了一声：“什么破习惯！浪费！”

蒋丞叹了口气，把粉笔放回盒子里，又抽了一根整的，没有按断，开始往黑板上写。

“这就不浪费了？”老鲁说。

“鲁老师，我还写不写啊？”蒋丞看着他。

“你写，”老鲁摆了摆手，“我就顺便教育一下你。”

“……哦。”蒋丞继续写。

写完题回座位的时候，从窗口能看到顾飞已经转过身，靠在栏杆上，眼神对上之后顾飞勾了勾嘴角，蒋丞眯缝了一下眼睛。

就顾飞嘴角的这微微一扬，蒋丞就觉得，不知道为什么，明明就算是有过争执，也明明屁结果也没争执出来，但他还是觉得轻松了很多。

补课对于顾飞来说是无聊的，对于蒋丞来说却是相当忙碌的。

除了四中的这些复习内容，潘智那边每隔两三天就会给蒋丞发过来一个压缩包，里面都是原来学校各科老师的复习课件和资料。

顾飞觉得蒋丞简直是个神，从补课到正式上课，他每天双重复习，居然还能抽出时间聊天儿。

“你是不是偷摸吃什么药了？”顾飞站在窗口往外看着。

“滚，”蒋丞一边擦头发一边准备坐下开始看书，“说得好像你不用交流似的。”

“不是，”顾飞笑着跨到他身后坐下，现在天儿挺热的，但蒋丞很喜欢他这么坐着，“我就是觉得你精力真足啊。”

“休息分两种，积极休息和消极休息……”蒋丞翻开书。

“嗯，咱俩这个算积极休息对吧？”顾飞说。

“没错。”蒋丞笑笑。

“我眯会儿行吗？”顾飞说。

“眯吧，”蒋丞拍拍他的手，“半小时我叫你。”

“好，”顾飞闭上眼睛，“今天老徐叫你去办公室是不是又鼓励你呢？”

“不是，”蒋丞放下笔，“忘了跟你说了，不是说运动会之后有个什么颁奖典礼吗？”

“怎么，”顾飞抬起头，皱了皱眉，“他不会是想找你出节目吧？”

“说是高三一个年级一共出俩节目，男生一个，女生一个。”蒋丞说。

“想让你干吗？”顾飞问。

“弹个曲子，”蒋丞说，“老徐说你……会弹吉他？”

“会弹吉他的多了去了，九日都会呢。”顾飞突然有些烦躁，他知道老徐是怎么想的了，老徐想让他和蒋丞合作弄个节目，这种事儿老徐知道他不会答应，所以先找了蒋丞。

“我是说，”蒋丞偏过头，“你不是说你不会弹吉他吗？”

“我……说过吗？”顾飞问。

“说过。”蒋丞点头。

“大概是那时还不太熟吧。”顾飞用脸贴在他后背上蹭了蹭。

“行吧，那老徐这个……你什么想法？”蒋丞问。

“我不参加。”顾飞回答。

35

其实蒋丞今天是有点儿不太爽的，所以从老徐办公室出来之后也没跟顾飞说是因为什么事儿。

顾飞说过自己不会弹吉他，今天猛地听到老徐说“顾飞会弹吉他，你们合作一个节目怎么样”的时候，他就有种过去把老徐打一顿的冲动。

为什么要打老徐……谁知道呢，反正上回让他知道顾飞还喝茶的也是他。

顾飞骗他。

我不会弹吉他，说得跟真的一样。

不过刚才顾飞的理由也算过得去，那会儿他俩关系也就是同桌，顾飞这种连学校集体活动都从来不参加的人，如果没有上回的球赛，一学期跟同学说的话可能都超不过十句，跟他没说实话也正常。

只是，蒋丞不是太能想得明白，为什么顾飞永远要游离在同学之外，不参加学校的活动，也基本不跟同学有来往，顶多就是去王旭家吃顿馅饼。

说起来蒋丞也没觉得有多期待跟同学混在一起，潘智也说过他有点儿独立，但跟顾飞还是不一样的，他会参加学校的活动，会跟同学出去玩。

老徐跟他说节目的时候他就知道顾飞不会答应，现在顾飞果然是没答应，而且拒绝得很干脆。

虽然他已经猜到了会是这样的答案，但还是有些失望。

在四中的一个活动上表演个节目没什么了不起的，但如果是他俩合作，感觉又会不一样了，更重要的，是他希望有人看到不一样的顾飞，看到那个沉默冷漠谁都不敢惹的刺儿头的另一面，看到他的才华，他想让所有人都看到顾飞会闪光。

他想让四周的人看到，顾飞是与众不同的。

也想让顾飞看到，你是与众不同的。

坐在他身后的顾飞没有再说话，脑门儿顶在他后背上，听呼吸应该是睡着了。

上课之后顾飞没有再给蒋丞安排拍照的活儿，不过他自己的活儿一点儿没减，每周下午都会有那么两三次旷课，晚上也经常要拍照。

挺累的吧，蒋丞低头在顾飞的肩上轻轻拍了拍，这个人到底是靠什么支撑着这么多年就这样一成不变地沉闷地生活着。

“嗯？”顾飞在后边迷迷糊糊地动了动。

“没事儿，”蒋丞说，“睡吧。”

说实话四中的高三大概是奔着本科率为0去的，开学之后准备运动会了，高三居然还能报名参加，不参加的到时也可以去观赛。

相比原来学校高三的暑假开始就从全校人的眼中如同消失了一般的状态，蒋丞非常认真地觉得校长大概是一个真心地视成绩为粪土的人。

这种情况下只能靠自己了，蒋丞课间的时候还趴在桌上没动，教室里的人基本已经全到走廊上闹去了，他往前扫了一眼，还在看书的人大概只有他和易静。

以及在易静身后默默复习她背影的王旭队长。

“我要去尿尿。”顾飞趴在一本书上，偏头看着他。

“嗯。”蒋丞应了一声。

“我要去厕所。”顾飞又说。

“去吧。”蒋丞说。

“哎，”顾飞叹了口气，“走，一块儿。”

“啊？”蒋丞看了他一眼。

“活动一下，”顾飞说，“你一上午都没挪窝了。”

被顾飞拉出教室之后蒋丞感觉脖子有点儿发酸，胳膊也挺酸的，他一边活动着一边叹了口气：“我吧，以前考试之前也没这么紧张，这次不知道是怎么了，老觉得一眼没看到，就会有什么重要的东西漏掉。”

“这次不是普通的考试啊，”顾飞抬手在他脖子后边儿捏着，“我给你买了个小礼物，今天送到了，今天放学的时候跟我去拿一下吧。”

“什么礼物？”蒋丞愣了愣，想想又凑近顾飞小声问，“你不会是买了什么不要脸的东西吧？”

“……丞哥，”顾飞也愣了愣，叹了口气小声说，“你这满脑子小黄片儿的你迷妹们知道吗？”

“我就随便问问。”蒋丞笑了。

“是个很正经的礼物，”顾飞笑着说，“真的，我发现在脑补耍流氓这种事儿上我跟你一比真的很纯情。”

“……是，那是，您真纯情，”蒋丞点点头，“我也就说说。”

顾飞绷了两秒钟笑了起来，蒋丞跟着他一路傻笑到了厕所，进去的时候正好碰上老徐从里头出来。

“这么开心，”老徐看到他俩，还没弄明白是笑什么，就跟着一块儿笑了，“什么高兴的事儿说出来我听听？”

“憋尿憋的。”顾飞进了厕所。

“瞎乐呢。”蒋丞跟老徐笑了笑。

“自习课你来我办公室一下吧？”老徐说，“我们聊聊？”

“哦。”蒋丞应了一声，估计老徐是要问节目的事儿。

顾飞不肯参加，他也不想多劝，就上回何洲叫他们打球的事儿，最后顾飞也没去，他补课的时候跟何洲去打了一次，算是放松一下，结果顾飞甚至都没有去看看。

所以这次他不想多说什么了，也不想问顾飞为什么会这样，之前总觉得顾飞有某种他怎么也找不到是哪儿的地方不对劲，现在也没想明白，再加上顾飞这种游离的状态，他其实不太有勇气再去刨根问底。

顾飞之前说过，他会在这里，一直在他身后，有这句就行了。

有时候就是这样，抓住你想要的就可以。

“哎，”老徐坐在办公桌前叹了口气，“我还以为你俩关系那么好，上回又一起打了比赛，你跟他说说，他能同意呢。”

“他有自己的想法吧。”蒋丞靠在办公桌边。

“那你的想法呢？”老徐看着他。

顾飞不参加，我就也算了吧。

蒋丞就是这么想的，他对这种节目本身没有多大兴趣，如果顾飞不肯参加，那他说实话就根本不想费神了，毕竟也是要花时间练习的。

但老徐的眼神里透出来的期待，又让他没有把这句话说出来。

老徐是个低情商的好老师，他用笨拙的方式全心全意地为他的学生付出着，虽然效果也就那样吧，基本可以忽略不计。

但他到了这里之后，老徐带给他的温暖和关心，却是他不可能忽略不计的。

犹豫了一会儿之后他开了口：“我……可以参加，但是我很久没碰琴了，现在练习的时间也不是太多……”

“没关系没关系，”老徐惊喜地说，“其实你不用有压力，我吧，也是有我的私心，我带了这么多学生，从来没有碰到过你这么好的孩子，我就是挺骄傲的……你还有什么别的想法吗？还需要一个搭档吗？”

“搭档？”蒋丞连自己想弹什么都没想过，但是老徐之前找他就是想让他和顾飞一块儿……他想了想，随便说了一句，“再找个吉他吧。”

“好的好的，”老徐有些激动地站了起来，在办公桌前来回走了两步，“我想想还有谁，我想想……我想到了跟你说，你先回教室复习吧。”

蒋丞没有再跟顾飞讨论节目的事儿，顾飞也没多问。

放学之后两人直接回了他家店里，顾飞进了小屋，拎了个纸盒出来，往收银台上一放。

“这……”蒋丞一看就笑了起来，“你太……可爱了。”

他怎么也没想到顾飞送给他的会是一个披肩式的肩颈按摩器。

“试试？”顾飞打开了盒子，“据说跟有人给你捶背似的特别舒服。”

蒋丞往后院看了一眼，顾飞妈妈正在后院里打着电话，让他有些不自在。

“去屋里，”顾飞推了推他，“我跟我妈说了这个是给你买的了。”

“她没觉得奇怪吗？”蒋丞进了小屋坐下，“你给同桌买这个？”

“有什么奇怪的，”顾飞说，“李炎还给我买过泡脚盆呢，带红外和按摩的……比这个神奇多了。”

蒋丞笑了起来：“你们这都什么神奇的想法。”

顾飞把按摩器拿出来挂到了他肩上，打开了开关。

按摩器立马发出了嘭嘭的声音，蒋丞感觉到了肩膀上有东西一下下敲着。

“怎么样？”顾飞弯腰看着他的脸，“行吗？能捶到正地方吗？”

“嗯，”蒋丞点了点头，这东西居然还挺有劲，就像是有人在肩上一下下捶着似的，“挺舒服的……能再往下点儿吗？”

顾飞帮他把按摩器往下移了移：“这儿？”

“啊……”蒋丞闭上眼睛，“对对，啊……还真挺舒服的。”

“你能不发出这种声音吗？”顾飞说。

蒋丞愣了愣，睁开眼睛看着顾飞。

“别啊啊的。”顾飞说。

蒋丞没说话，盯着他看了好一会儿之后突然一闭眼睛，发出了一声呻吟：“啊……嗯……啊……”

这呻吟简直太真诚了，蒋丞自己听着都感觉自己入戏的速度是不是有点儿太快。

“你也太欠了！”顾飞有些无奈地说。

蒋丞正想往顾飞身上招呼两下的时候，顾飞他妈妈突然在外面喊了一声：“大飞啊！我出去了啊——”

小屋的门刚才已经被顾飞关上了，但他还是吓得把手缩回来的时候差点儿抽自己脸上。

顾飞没有回答，也没有开门出去，而是直接掀开了窗帘。

小屋的窗户对着街，一掀开窗帘，蒋丞就看到了门口停着一辆摩托车，顾飞妈妈这么一瞬间的工夫就已经跳到了车后座上，往那人腰上一搂，车就立马窜走了。

虽然速度很快，蒋丞还是看清了开摩托的那个人头发两边都剃掉了，中间一溜留着，还留得挺长，在后脑勺上扎了个马尾。

“这是……你妈的新男朋友？”蒋丞有些吃惊。

“嗯，”顾飞放下窗帘，“她也是运气好，这么些年居然没被人给卖山里去，大概是超龄了。”

这话让蒋丞觉得有点儿想笑，但想想又一阵郁闷，看着顾飞的侧脸，他差不多能体会到顾飞现在的心情。

或许也能体会到他长久以来的一些情绪。

蒋丞的手机在响，老半天他才掏出手机看了一眼。

王旭。

“喂？”蒋丞接了电话。

“蒋丞！”那边传来王旭有些兴奋的声音，“你看我怎么样！”

蒋丞被他劈头这一句问得莫名其妙，顿了顿之后才诚恳地回答：“不怎么样。”

“别这样啊！”王旭有点儿着急，“我吉他弹得挺好的！不信我给你弹一段……你等会儿我拿琴……”

“不用不用，”蒋丞这才反应过来王旭说的是什么，他往顾飞那边看了一眼，“你想去就去吧。”

“你也不用考虑咱俩的交情，我一会儿给你发个视频吧，”王旭一本正经的，“你先听听我的水平！”

“……好。”蒋丞应了一声。

“哎，”王旭又压低了声音，“咱们弄个什么曲子？”

“明天到学校跟你说吧，”蒋丞说，“我还没想好呢。”

“行，你先听我的水平！”王旭说，“不过我有个提议啊，不要弄太大众化的曲子，没什么意思，反正你钢琴弹得好嘛，你就挑个没人听过的……”

“明天跟你说。”蒋丞挂掉了电话。

不知道为什么，虽然是顾飞不愿意去参加的，但他却不想在顾飞面前跟人讨论这件事。

“你……要跟王旭一块儿出节目吗？”顾飞问。

“啊，是，”蒋丞说，“你不是说他也会弹吉他吗？”

“他会，”顾飞点了点头，“不过谱子肯定得你扒给他，他只能照着弹。”

“嗯。”蒋丞应了一声。

顾飞这话让他更郁闷了，他跟王旭合作的话，吉他部分估计就是弄点儿和弦，如果是顾飞的话……以顾飞能写曲子的水平……

顾飞的曲子。

顾飞的曲子？

蒋丞感觉自己眼睛肯定亮了一下，说不定脑袋旁边还蹦出了个灯泡。

他抬头看着顾飞笑了笑。

“嗯？”顾飞看着他。

“煮点儿速冻饺子吃吧，我吃完要回去写作业了。”蒋丞说。

“好，”顾飞一边开门出去一边问，“想吃什么馅儿的？”

“茴香。”蒋丞说。

“没有。”顾飞停下了。

“那……”蒋丞琢磨着换个什么口味的。

“我去买，”顾飞说，“市场那边有，你等我一会儿。”

蒋丞刚想说别跑了，顾飞已经出了店门。

啧。

他站起来跟到门口看了一眼，顾飞骑着自行车已经往市场那边去了，他抬胳膊伸了个懒腰，坐到了收银台后面，啧啧啧。

刚坐下，王旭的消息发了过来，是一段小视频。

录的是一脸严肃的王旭弹吉他。

还没打开，王旭又连着发了几个小视频过来。

——有几个是以前录的，你听听吧。

蒋丞笑了笑，点开了视频。

让他有些意外的是，王旭的水平还可以，不知道跟顾飞比怎么样……应该不如顾飞，毕竟顾飞是玩过乐队写过曲子的人，但是他又不肯参加……所以也没什么意义。王旭的水平在一般弹吉他泡妞的人里算是拔尖儿的了。

视频里弹唱和曲子都有，唱得确实不怎么样，弹得还不错。

顾飞一路飞快地骑着车到了市场，买了饺子之后又一路飞着骑回了店里。

其实蒋丞并没有表示非茴香馅儿的不可，但他还是想跑一趟。

他不愿意去参加节目的事儿，蒋丞没有多说一句，这几天一直也没跟他主动提过，他不太猜得明白蒋丞的想法，但蒋丞心里肯定不是太痛快。

这会儿别说是去买点儿饺子，蒋丞就算想吃购物广场那家的烤肉，他也会一点儿不犹豫地去买。

他没有办法把自己解释清楚，只能尽量让蒋丞顺顺气儿。

蒋丞想让他一块儿去参加这个节目的原因他能猜到，蒋丞不是个喜欢在这些方面出风头的人，只因为这是他俩一块儿去，也只因为……

“你明明很优秀。”蒋丞以前就说过。

你明明很优秀。

他会因为蒋丞而骄傲，蒋丞也同样会因为他而骄傲。

只是越是这样，他越是想逃避。

有些坚持，经不起一点点希望，哪怕是一点光亮，也会让人陷入痛苦。

回到店里的时候，蒋丞腿架在收银台上，拿了个本子正在写着什么，他进来了蒋丞都没注意到。

他走近蒋丞的时候，蒋丞才猛地一抬头，合上了本子：“你进来怎么没声音？”

“多大声音才算有声音啊，”顾飞看到了本子上写的是谱子，不得不惊叹，蒋丞学霸连五线谱都能写得这么丑，“有人进来把货都搬走了算有声音吗？”

“你搬一趟我听听？”蒋丞笑着说。

顾飞感觉蒋丞心情似乎不错，伸手在他脑袋上弹了一下，去了后院厨房煮饺子。

“顾淼怎么吃？”蒋丞跟了过来。

“一会儿她饿了会过来，给她留点儿就行。”顾飞说。

“哦。”蒋丞应了一声，转身又回店里去了，步子挺轻快的。

顾飞突然有点儿好奇，蒋丞写的是什么谱子，能让他心情这么好……或者是王旭让他心情愉快？

……这个应该不可能。

吃完饺子，蒋丞就收拾了东西准备回出租屋："你晚上过去吗？"

"过去，"顾飞点点头，"二淼睡了我就过去。"

"不是，"蒋丞压低声音，"你天天这么偷摸跑出来，她一点儿不知道吗？"

"不知道，"顾飞说，"我也没天天啊……我倒是挺想天天去的。"

蒋丞笑着过去拿了书包："那你晚上过来的时候给我带点儿夜宵吧。"

36

"床单要洗了。"一个阶段复习完，蒋丞趴在枕头上，闭着眼睛说。

"嗯。"顾飞应了一声。

"几点了？"蒋丞闭着眼睛问。

"还没到11点，"顾飞回答，"您还有时间复习。"

蒋丞叹了口气，从床上爬了起来，下了床之后又回头往床上看了一眼："你，就现在，把床单换了。"

"好。"顾飞靠在床头点了点头。

"动起来！"蒋丞把手伸到他耳朵旁边拍了拍手，"动起来！"

"……哪儿学来的！"顾飞让他这一拍手吓了一跳，"我刚也没少动啊。"

"滚。"蒋丞拿了睡衣去洗澡。

顾飞又在他身后追了一句："一会儿做三明治给你当夜宵？"

"嗯。"蒋丞出了卧室。

"要什么酱？"顾飞又问，"沙拉酱、番茄酱还是……"

"不要酱！"蒋丞回头喊了一句。

卧室里传来顾飞的笑声。

"再笑抽你！"蒋丞说。

顾飞的笑声马上低了下去。

洗完澡，蒋丞回到卧室，顾飞已经把床单换好了。

书桌上他的一堆复习资料旁边放着一个小盘子，里面是夹好了火腿和菜叶子的面包片，还有一杯牛奶。

"我去洗澡了。"顾飞说。

"嗯。"蒋丞坐到书桌前，拿过了盘子。

他复习的时候爱吃夜宵，大概是用脑用得多，到11点多就会觉得又困又饿，吃点东西之后才能继续。

这会儿他就是又饿又困，但是拿起面包片看了看他又放下了，上下两片面包，中间是火腿片和菜叶子，顾飞倒是很严格地按他的要求没有抹沙拉酱，但是这样做出来的三明治……

简直没有一毛钱的食欲！

一看就不好吃。

没有抹沙拉酱和黄油的干面包片就算有肉和菜叶也无法下咽！

难看！

一看就很难吃！

顾飞洗完澡回到卧室的时候，蒋丞还对着几个瓶子发着愣。

“我还买了酸奶，”顾飞拿起面包，很快地夹上火腿和菜叶，然后唰唰地抹了沙拉酱，狠狠咬了一大口，“搁冰箱里了，要喝点儿吗？”

“啊，”蒋丞看着他，“您胃口不错啊？”

“我食欲一直很好，”顾飞指了指瓶子，“你看我最喜欢这个蓝莓和甜橙酱……”

“顾飞，”蒋丞很真诚地看着他，“闭嘴。”

顾飞笑了笑没再说下去，几口吃完了手里的面包之后又拿过他面前的小盘子，往面包上抹好了沙拉酱和黄油，再递回给他。

蒋丞叹了口气，拿起来咬了一口，实在是挺饿的，而且看顾飞吃得很香就更饿了。

吃完夜宵，他打开了台灯，趴到桌上开始拼命。

顾飞把卧室的灯关掉了，靠在床头，胳膊架到桌沿儿上看着他。

“你要抄作业吗？”蒋丞顺手把已经写完了的作业扔到他胳膊旁边。

“明天起床再抄，”顾飞说，“我现在困得要死。”

蒋丞做题还是挺投入的，特别是潘智给他的那些题，比四中的明显要难，写出来挺过瘾。

他一直写完了一套卷子才抬起头，活动了一下脖子，往顾飞那边看了一眼。

顾飞还是靠在床头，胳膊架在桌上，不过已经靠那儿睡着了。

他轻手轻脚地站起来，去了客厅。

窗外已经黑透了，家家户户的灯也都熄得差不多了，看过去远远近近的只有处黄色的亮光。

蒋丞趴在窗台上。

在这里待的时间也不短了，但四周的这些景象，每次看到，都还会有淡淡的陌生感觉，偶尔还会觉得不真实。

这大半年的时间里，他经历的事情说多也算不上多，但一件件的，大概都是这辈子也不会遗忘的。

有时候想想也很神奇，有一天他会从一个繁华的大城市，从一所重点高中，从一个虽然并不温暖舒心却起码表面正常的家庭，来到这里。

从混乱到一无所有，到……他转头看了看卧室。

卧室的门开着，里面一团暖暖的光。

他洗漱完了之后回到卧室里，坐回书桌前。

顾飞还在睡，姿势都没有变过，他趴到桌上，往顾飞眉心伸手过去。

"丞哥，"顾飞突然睁开了一只眼睛，声音里带着睡意，"我告诉你一件事。"

"啊，"蒋丞赶紧缩回手，"吵醒你了？"

"我没睡着，"顾飞重新闭上了眼睛，"我就是休息一下眼睛。"

"哟，"蒋丞啧了一声，"我复习一晚上都没休息眼睛呢，您玩个手机还用眼过度了？"

"我没玩，"顾飞笑了笑，拿过手机看了一眼，"睡吧丞哥，都过了12点了。"

"我1点准时睡，"蒋丞说，"你正式睡吧，别休息眼睛了。"

"嗯。"顾飞往下蹭了蹭，躺到了枕头上。

蒋丞一直到1点半才合上了书，关掉了台灯，摸黑上了床，顾飞估计已经睡熟了，他很小心地躺下，怕把顾飞吵醒。

刚一躺下，顾飞就翻了个身："可算睡了，早过了1点了吧。"

"睡吧，"蒋丞笑笑，"晚安。"

王旭同学对这次登台表演非常重视，或者说是对于这次登台出风头非常激动，早上一到学校就扯了蒋丞到走廊上。

"我问老徐要了音乐教室的钥匙，那儿有钢琴，我把吉他也带来了，已经放过去了，"王旭看着他，"中午不要回去了吧，随便吃点儿，我们就去练习一下？"

"我……谱子还没扒完呢，"蒋丞感觉有点儿扛不住王旭的热情之火，"要不下……"

"就中午，我又不用你的谱子，"王旭说，"你把我的部分告诉我。"

蒋丞叹了口气："你就是和弦，不过我不会吉他谱……"

"你弹给我听，我自己记下来就行，"王旭说，"中午，你中午别跑了，一天天地跟顾飞一放学就没影儿了，你俩非要拴一块儿的话让他中午去音乐教室听我们练习得了。"

"啊。"蒋丞应了一声。

中午一放学，王旭就站在了教室前门，远远地盯着他。

"那你跟王旭去吃点儿吧，"顾飞看了王旭一眼，"正好我中午回去作图，今天下午要给人家了。"

"行吧。"蒋丞点点头。

这次弹的是顾飞的曲子他没跟顾飞说，觉得挺有纪念意义，也算是给顾飞一个小惊喜。

其实他都挺佩服自己，就听过一次，居然差不多凭记忆就把谱子扒出来了，不过应该有不少细节是有偏差的，反正改成钢琴曲也不可能完全一样……

王旭拉着他去学校对面吃了比萨，他想再去旁边买点儿喝的，王旭都没给他机会，扯着他跟打仗似的就回了学校，直奔音乐教室。

说实话，要不是这次王旭说了，他都不知道四中居然有音乐教室，里面除了钢琴居然还有不少别的乐器。

"来吧，"王旭把琴盖一掀，"你先弹一段我听听？弹什么曲子？"

蒋丞没说话，他突然想起来自己不知道顾飞那首歌的名字。

不过也没所谓了。

"无名。"蒋丞坐到琴凳上。

"……没听过，"王旭愣了愣，但很快又一脸期待地往琴上一靠，"弹来我听听，没准儿听过。"

"你肯定没听过。"蒋丞把手放到琴键上的瞬间，有种熟悉而又陌生的感觉从指尖飞快地漫延开来。

有多久了啊，他甚至没再看过一眼钢琴。

眼前交错的黑白，指尖触碰时心里说不上来是什么滋味。

他愣了很长时间都没有动。

"不是，蒋丞，"王旭拧着眉看着他，"你不会是骗人的吧？你真会弹？"

蒋丞扫了他一眼，没说话，手指从琴键上掠过，爬了一段音阶，算是活动了一下手指，找回以前的感觉。

“有点儿样子，”王旭点点头，似乎是松了口气，“说实话你真不像会弹钢琴的人，要不你先来首小星星？”

“要不你先出去？”蒋丞看着他，“话这么多要不先出去找个人聊聊？”

王旭没再说话，闭上了嘴。

蒋丞盯着自己的手指，吸了一口气，闭上眼睛吐了出来之后，指尖落到了琴键上，这一个音符让他迅速进入了顾飞用音乐勾出的画面里。

我一脚踏空，我就要飞起来了
我向上是迷茫，我向下听见你说这世界是空荡荡……
你说一二三，打碎了过往，消亡
有风吹，破了的归途，你有没有看到我在唱……
你说一二三转身，你听被抹掉的慌张……

蒋丞没有看谱，曲子不长，他又刚凭记忆把谱子写了出来，所以闭上眼睛基本就能弹出来。

他不喜欢钢琴，每次指尖传递上来的琴键特有的触感，他脑子里都会充斥着那些满心厌烦渐渐麻木的回忆。

但今天却不太一样，也许是因为坐在这里的自己，心境有了变化。

他沉入了音符之中。

哪怕是弹错了几个音，也没有影响他的情绪。

手指弹完最后一个音离开琴键的时候，他盯着黑白色看了半天都没有动。

身后突然传来了热烈的掌声，蒋丞吓了一跳，猛地转回头，看到了站在音乐教室门口一脸激动的老徐。

“徐总，你怎么来了，”王旭也被吓了一跳，但马上也跟着一块儿鼓起掌来，“好听！蒋丞你真是……太意外了，太意外了！真没想到啊！好听！”

“这是个什么曲子？”老徐走了过来，“好像从来没听过。”

“您也没听过什么曲子吧？”王旭似乎突然找到了优越感。

“那你给我说说，这是什么曲子？”老徐很谦虚地问王旭。

“这个曲子叫……无名！”王旭说完看着蒋丞，“哎蒋丞，你给老徐介绍一下？”

“无名？”老徐愣了愣，“有钢琴曲叫这个名字吗？作曲是谁啊？”

“那个……”蒋丞犹豫了一下，觉得就直接给弄个“无名”似乎是有点儿太敷衍了，但他又不想去问顾飞，“名字还……没有定。”

“没有定？”王旭也愣了，过了好一会儿才说，“这曲子不会是你自己写的吧！？”

“不是不是不是，”蒋丞赶紧摆手，“不是我。”

“那怎么名字还没有定？”老徐又问。

蒋丞突然觉得有些为难，顾飞的脾气，他真不确定就这么说出来让王旭和老徐知道是不是合适。

“先练着吧，”他没有回答老徐的问题，“我到时……再跟您说。”

“哎！”王旭有些不爽地喊了一声，“又要避着我是吧？”

“啊？”蒋丞看着他。

“不是我说，蒋丞你真是……哎我去上厕所，”王旭一脸不满地转身就往教室外面走，“你跟徐总私下说吧，我去，还是搭档呢这么不够意思……什么事儿都要避开我……”

蒋丞看着他的背影，张了张嘴没说出话来。

“是不是你自己写的？”老徐有些激动地坐到了他旁边。

“真不是。”蒋丞看着老徐。

“那是谁写的？”老徐很期待地看着他。

蒋丞没说话，过了一会儿才说：“您要报节目的话就写编曲是我就行了。”

“是顾飞？”老徐沉默了一会儿，突然很犹豫地问了一句。

蒋丞有些吃惊地转过头瞪着他。

“是吧？是吧！”老徐也瞪着他，“我知道这小子初中的时候玩过乐队，但是我也没问过他，这小子那个性格，太难沟通了，太难沟通了……”

“不是，”蒋丞还是很吃惊，“您怎么知道他玩乐队的？”

“你们每一个学生，”老徐叹了口气，“我都会下功夫去了解的，这样才能对每一个学生都负责，这个是顾飞的妈妈跟我说过，要不我也不会知道他会弹吉他。”

蒋丞不知道该怎么接话，于是保持了沉默。

“顾飞是个挺好的孩子，就是太难沟通了，我这个班主任也挺失败，”老徐突然有些怅然地伸手敲了敲琴键，“都说不要放弃任何一个学生，可是想拉住每一个学生也难啊……就像顾飞这样的学生，我围着他转，转来转去，也没法跟他好好交流……”

蒋丞还是没说话，这回是真不知道该说什么了，老徐对着一个学生说出这样的话他挺意外的，也有些微微的尴尬和感慨。

“我看过顾飞拍的照片，”老徐说，“多有才华的一个孩子啊，多有才华啊，这么自暴自弃下去真是可惜了。”

蒋丞依旧不知道该说什么，只是跟着老徐一块儿轻轻叹了口气。

王旭回到音乐教室的时候，老徐站了起来，坐到了旁边的椅子上：“你们练习吧，我听听。”

“我还不知道谱呢，”王旭拿过自己的吉他，去了一趟厕所之后他的不爽已经消失了，拿起吉他的时候整个人又重新回到了兴奋里，“蒋丞你给弹一下和弦，然后告诉我从哪里进就行。”

“嗯。”蒋丞拿出了自己写的谱子，给王旭把和弦标了一下，然后给他弹出来。

王旭上课要能有此时此刻一半认真，估计老徐能当场哭出来。

把他自己的部分记下来之后，他试着弹了两遍：“是这意思吧？”

“嗯，”蒋丞点点头，“和一下。”

王旭的吉他跟着钢琴声出来的时候，老徐有些惊喜地站了起来，走到钢琴旁边站着。

几个小节之后蒋丞卡了卡，停下了，拿过谱子改了一下。

“我去，”王旭轻轻拨了几下吉他弦，“我有一种我是大师了的错觉。”

“我才是。”蒋丞说。

王旭乐了半天：“蒋丞我发现你有时候脸皮挺厚的。”

“我有资本。”蒋丞扫了他一眼。

“还能不能谦虚点儿了啊，”王旭看着他，“你这样我怎么再往下说？”

“你可以不说啊，”蒋丞把改好的谱子放到谱架上，“再来一次试试。”

王旭作为一个班霸是失败的，但作为一个合奏者，还算不错，反应够快，除了偶尔吉他进去会慢半拍之外，他自己那部分没有出什么差错。

“怎么样？”从音乐教室出来的时候王旭挥了挥胳膊，“你觉得怎么样！”

“嗯，挺好的。”蒋丞点点头。

“我渴了，我去买饮料，给你带一瓶吧？”王旭说，“你喝什么？”

“黄小茗，”蒋丞说，“谢谢。”

“徐总喝什么？”王旭看着老徐。

“我回办公室喝茶，”老徐说，“我喝不惯你们那些个饮料，喝一口一下午嘴里都是甜的。”

王旭去买饮料之后蒋丞跟老徐一块儿往教室那边走，老徐准备回办公室的时候蒋丞叫住了他：“徐总。”

“什么事？”老徐回过头。

“编曲，演奏蒋丞，吉他王旭，”蒋丞说，“就可以了，曲子的名字我再想想，这两天告诉你。”

“哦，”老徐点点头，看得出有些失望，“好的好的。”

蒋丞手往裤兜里一插，慢慢往教室晃过去。

曲子的名字，叫什么好呢？

旋律有些迷茫和压抑，词也透着同样的感觉，听的时候让人有种想要狠狠挥手打碎包裹在四周的禁锢的冲动。

写谱的时候他有一些改动，有记不清的，有太压抑的，弹曲子的时候好几个地方他也都下意识地重重压向琴键，想要扬起来，想要喊出声音来。

我想
在你眼里
撒野奔跑
我想
一个眼神
就到老

他拿出手机给老徐打了个电话：“徐总，那个曲子就叫《撒野》。”

37

这次的校运会高三的几个班里除了8班似乎都有人参加了，不过8班没有人参加并不是因为大家要努力复习备战高考，仅仅是因为8班根本就没有什么项目能拿得下来。

上回篮球能打成那样，估计已经能进四中校史了，菜鸟队的逆袭。

顾飞还挺期待校运会的，周五、周六、周日3天校运会，他从今天下午开始就可以假借看比赛旷课了，下午的自习和周末的补课，到时教室里还能有10个人都算是奇迹出现了。

一早上都能听到学校的广播里不停地播报着各种赛事进展，还有各班交上去的广播稿，听上去都一个样，顾飞感觉自己小学的时候听的广播稿就这样了。

在这个秋高气爽的季节里，我们四中迎来了第不知道多少届校园运动会，操场上飘扬着彩旗，人头攒动，气氛热烈，大家都摩拳擦掌想要大显身手，为自己的班级争得荣誉，你看，那边的一百米赛道上……

“下午你是不是不来学校了？”蒋丞在旁边问了一句。

“嗯，”顾飞偏过头，“我这几天要拍一组照片，街景的，这两天天气还不错，我下午出去转转。”

“杂志的吗？”蒋丞问。

“是，一个新办的什么破杂志，有个编辑我认识，从我们这儿出去的，以前拍照的时候我跟他学过，”顾飞小声说，“要是能用的话，这次的篇幅挺大的，钱也多。”

“那挺好的，”蒋丞看着比他还高兴，“什么题材啊？”

“小工业城市你看不到的另一面，什么倒闭的工厂啊，下岗的工人啊，”顾飞说，“我感觉就跟是给钢厂量身定制的一样。”

“你明天还拍吗？”蒋丞说，“我想跟着看看。”

顾飞点点头：“行。”

周日下午就是颁奖联欢会了，这两天王旭肯定逮着点儿时间就拉着蒋丞去排练，王旭在出风头这种事儿上特别热情执着，尤其这次出的还是个正面风头，对于提高他在易静心里的分值有很大的帮助。

顾飞其实想说你哪有时间去看拍照，不过没说出来。

这事儿他一直没跟蒋丞提起过，总觉得一旦谈起，就会牵扯到“你为什么不肯参加”这样无法正确表达自己意思的话题，他同桌说了，不想说出来的事儿就自己憋好，他只能先憋好。

周六补课，蒋丞没有缺席，就是看着身边空着的顾飞的座位，他心里有点儿空落落的。

班里空着的座位其实不少，都在楼下操场上观赛，或者结伴溜出校门玩去了，但哪怕是全班的座位都空着，蒋丞也没什么感觉，他的眼睛就在讲台和身边这个位置上来回交换着。

顾飞呢？

顾飞拍照片儿呢，这一上午的也不知道脑子里有没有想过构图啊，光影啊，取景啊之外的东西。

手机震了一下。

蒋丞低头看了一眼，小兔子乖乖。

——看照片吗？

——废话，看啊。

小兔子乖乖发了几张照片过来，蒋丞看了一眼就愣住了。

照片上是几栋破败的楼房，阳光下的碎玻璃反射着星星点点的光，楼顶的天台上散落着杂物，看上去不觉得脏，只觉得落寞，那种阳光下灰扑扑的画面，没有生机的安静。

这里蒋丞印象深刻，这是上回钢厂脑残们跳楼的地方。

而顾飞拍照的位置应该就是他藏身的那个楼顶。

——你跑那去了？

——嗯，你看我捡到什么了。

小兔子乖乖又发了一张照片过来，上面是顾飞的伸开的手，掌心里放着一颗核桃。

蒋丞有些吃惊，这应该是那次他掏核桃的时候掉在楼顶上的，都多久了，居然还能捡到。

而且……

——你手真漂亮。

——……你什么重点啊学霸。

蒋丞自己也笑了，又看了会儿照片，发过去一条。

——捡到几颗啊？

——两颗，我都收好了。

——都坏了吧，收这个干吗？

——处理一下不会坏的，没事干的时候可以拿出来玩一玩看一看。

蒋丞盯着这句话看了老半天，老鲁吼王旭的时候才把他的思绪给震了回来，他飞快地又回过去一条。

——看核桃还不如看你帅气的同桌。

——那你现在拍一张发过来我看看。

蒋丞犹豫了一下，点开了摄像头，虽然是一个自恋的学霸，但他平时难得自拍一次，尤其是上课自拍，这辈子都没干过这么二缺的事儿。

不过跟顾飞之间二缺事儿也没少干，多这一件也没什么了，就是把摄像头从后置转成前置的一瞬间，看到屏幕上突然出现的鼻孔和梯形的脸他差点儿把手机给砸了。

吓一跟头。

前置摄像头这种东西简直是完美暗器。

定了定神之后他把手机拿到了桌面上，虽然不常自拍，但自己哪个角度比较帅，他还是很清楚的，最后一排现在只有他一个人，也不用担心被谁发现。

对着镜头调整好角度之后他按了一下快门。

咔嚓。

因为老鲁刚吼过人，所以教室里所剩不多的人比平时要安静一些，这个咔嚓在蒋丞自己的耳朵里如同炸雷。

咔隆隆隆！

嚓嗡嗡嗡！

虽然在别的同学耳朵里应该也不算太大声，但声音响起来的时候，还是有好几个人回了头。

蒋丞迅速地把手机按到桌上，一脸冷漠地看着前方。

周敬在这时转过了头："蒋丞，哎，蒋丞你自……"

蒋丞觉得自己把周敬忽略了真是不应该，作为一个前桌，还是个百无聊赖的前桌，周敬不回头问一句那都不是周敬了。

蒋丞在他话说完之前顺手拿起英语书对着他拍了过去："闭嘴。"

"你……！"周敬愣了愣，一脸震惊。

"周敬！"老鲁吼了一声，"你干什么！向学霸学习是吧！给你鼓掌！来来！你起来站蒋丞边儿上去站着学习怎么样！"

周敬迅速转身趴到了桌上，开始了奋笔疾书。

——好好珍惜这张来之不易的照片。

蒋丞都没好意思再细看这张自拍拍成了什么样，直接给顾飞发了过去，然后伸手到顾飞的桌斗里摸了块巧克力出来，往前扔到了周敬桌上。

——丞哥，你这水平也就拍拍自己了，拍别人谁的脸都撑不住。

——马屁精。

顾飞停了一会儿才又发了张照片过来。

这是一张逆光的剪影，顾飞的侧脸，虽然看不清表情，但一片逆光里顾飞直挺的鼻梁和微微张开的唇，漂亮的下巴，还有唇间散开来的一小团光晕……

他的自拍跟顾飞的自拍一比就跟买家秀似的不能直视。

当然，顾飞用的毕竟是单反。

中午顾飞还在拍照，发了条消息汇报了一下行程，蒋丞看他这计划，晚饭前能结束就不错了。

不过中午他也没办法跟顾飞一块儿吃，王旭踩着铃声已经窜到了他身边："走走走，我这干坐了一上午就为了中午跟你这两小时练习呢。"

"不是为了看易静吗？"蒋丞把书摞好，站了起来。

桌上的书和资料已经堆到了顾飞那边，别说全班，就是整个高三，课桌堆成这样的人也超不过20个。

之前潘智在朋友圈里发过一组照片，哀叹他悲惨的高三陪读生涯，教室里一张张桌子上堆得把人都埋掉了的书本和资料让蒋丞心里一阵紧张。

再看看8班的教室，他的桌子格外引人注目，不知道的估计得以为全班的书都堆他桌子上了。

"这是我最后的机会了，"王旭看着他，"你这种学霸兼帅哥大概是体会不了我的心情的。"

"走吧，"蒋丞说，"抓紧时间，下午我还要看书。"

"不是我说，蒋丞，"王旭跟在他身后出了教室，"你是要这样一直拼到高考吗？还有大半年呢，换我肯定崩溃啊。"

"所以你不是我啊。"蒋丞看了他一眼。

曲子已经没什么问题了，王旭为了此次出风头活动拿出了毕生的专注和智慧，已经能准确地跟蒋丞配合，甚至自己给自己加了戏，除了蒋丞给他的和弦，他还加了一段间奏。

"明天别紧张，"王旭说，"一紧张就会出错，如果明天我弹这段的时候你找不到进的地方，我给你眼神。"

"不用，"蒋丞叹了口气，"我不用耳朵听都知道该什么时候进。"

"吹吧。"王旭一脸不屑。

"别跟我犟，"蒋丞看了他一眼，"服气就行。"

"嘁，"王旭嘁完了又不知道该说什么，手在琴弦上扒拉了几下，又一抬眼，挺兴奋地说了一句，"哎，明天让顾飞拿他的高级相机给拍几张照片吧？"

"嗯？"蒋丞愣了愣。

王旭不说，他根本没想到这个事儿，但是……顾飞不想参加的事儿他自己一个人参加了，还是跟别人合作，然后让顾飞来拍照？

虽然他觉得这事儿首先是因为顾飞不肯来，但要让他开口叫顾飞拍照，他又的确开不了这个口。

“学校会有人拍照吧？”蒋丞说，“老徐那么激动，他估计也得拍照。”

“学校的相机哪能跟他的相机比啊，”王旭说，“他那相机也就买来装蒜，平时也没见他拍出什么东西来，这么好的机会，也活动活动相机啊。”

“……再说吧，”蒋丞想了想，“这种演奏的事，动态比静态有看头，音乐，演奏，结合起来才能体现出来，你主要的表现机会不是照片，是现场。”

“啊，这样吗？”王旭有些茫然。

“易静就坐在台下边儿，”蒋丞说，“你说你之后拿几张照片她看吗？看得见也听不见，她在现场看着你，不是更重要吗？”

“啊是啊！她就坐下边儿看呢！”王旭一拍大腿，“她就在下面看呢！”

“……你不会一直没想过这个吧？”蒋丞感觉这会儿伸手往王旭脑袋上敲几下估计能听到回音。

“我一直知道啊，但是突然这么一说，”王旭又搓了搓腿，“有点儿紧张，不，有点儿兴奋。”

“再练一次，我该去看书了。”蒋丞叹了口气。

下午没有安排什么正课，都是自习，老师在讲台上坐着，等着人提问，但是一般情况下也就只有易静和一两个人会上去问，老师寂寞如雪。

蒋丞也上去问过几次，不过今天他没有问，趴桌上背书。

半个脑子背书，半个脑子瞎琢磨。

易静会在台下看着王旭倾尽全力看似为了出风头实际只为让她看到的一次表演，挺浪漫的。

顾飞也会在台下坐着吧，虽然不参加，但看看还是会来的。

只是顾飞会以什么样的表情，什么样的心情坐在那里，他却完全猜不到。

他没有做过这样的事。

顾飞应该也没有经历过这样的事。

一段回忆吧，那年我弹着你的曲子，那年你是我的观众。

“你们的节目安排在第三个了，”老徐拿着节目单让蒋丞看了看，“高三的节目都安排在前面，别紧张，一会儿好好表现！”

“嗯。”蒋丞往节目单上扫了一眼，前面俩节目一个合唱，一个独唱。

还有一个小时，学校礼堂里已经都布置好了，各班的学生也都开始按顺序入场。

蒋丞坐在教室里，看了一眼坐在他对面的王旭，有节目的人不用跟着观众一块儿入场，都在礼堂外面站着，差不多轮到了才去后台等。

“他们进完场了我们就过去吧？”王旭问。

“嗯。”蒋丞点点头。

“我衣服怎么样？”王旭扯了扯自己身上的T恤，一条烫银的大龙能闪瞎蒋丞的眼睛。

“嗯。”蒋丞点头，他没有同意跟王旭穿同款，只穿了平时的衣服，一件白色的T恤和牛仔裤，王旭还嫌弃了半天，感觉他穿得太不拉风了。

“要不要化个妆？”王旭突然问，“一会儿台上灯一打，会不会显得我气色不好？”

“滚。”蒋丞简单地回答。

手机响了一声，他低头看了一眼。

——我到礼堂了，你们第几个？

——第三个。

给顾飞回完消息，蒋丞站了起来，很轻快地蹦了一下：“走吧，队长。”

礼堂里已经坐满了学生，喇叭里放着音乐，四中搞成绩不行，干这些事儿还都挺有样子，蒋丞还看到台上有人在试追光。

“我紧张。”王旭说。

“上台了就不紧张了。”蒋丞走到礼堂门口，往里看了看，都不用第二眼，他就看到了坐在观众席第三排最靠近门口位置的顾飞。

顾飞也看到了他，冲他这边勾了勾嘴角。

蒋丞退到了礼堂外面，一转身就被学校新闻社的人对着脸一通连拍。

接着就是旁边的几个也等着上台的女生拿着手机对着他连录带拍的，他不得不绕到了王旭身后。

第一个节目开始表演的时候蒋丞和王旭进了礼堂。

“哎，这么多人。”王旭小声说了一句。

蒋丞往观众席那边扫了一眼，黑压压的一大片，在门口看顾飞的时候他都没注意到里面这么多人，现在这一眼过去，他才感觉到了有点儿压力。

他赶紧又往顾飞的位置看过去，顾飞正拿了手机对着他这边，估计是在录视频，本来蒋丞还有点儿失望这家伙没带单反来拍照，但他马上就发现了，顾飞的单反在坐在他旁边的易静手上。

易静正非常认真地对着他们这边拍着。

蒋丞笑了笑。

顾飞冲他竖了竖拇指。

后台人不少，老徐也在，正跟负责音响的老师说着话，蒋丞感觉这次老徐也是全心投入了，台上的什么四中联欢会还是什么的大字就是老徐写的，这会儿又在后台各种忙活。

“徐总！”王旭一见老徐就跟见了亲人一样扑了过去，“我紧张。”

“别紧张别紧张，”老徐拍拍他，“你们排练我都听了好多次了，一点儿问题都没有，非常完美，按平时排练那么来就行！”

蒋丞本来不怎么紧张，王旭这儿不停地来回强调，弄得他都跟着有点儿紧张了。

“怎么样？”老鲁不知道从哪儿也冒了出来，脖子上还挂着个工作人员的牌子，“你们是第三个吧？”

“是。”蒋丞点点头，一个学校的破演出居然还有工作牌？老鲁还这么规矩地挂着……他顿时有点儿想笑，立马又不紧张了。

“我们学校以前还没有过人弹钢琴呢，”老鲁说，“蒋丞这是头一个啊。”

“那也没有吉他吧。”王旭在旁边有些不服气。

“有，好些个呢，”老鲁说，想了想他又拍了拍王旭的肩，“不过钢琴和吉他，头一回。”

王旭满意地笑了。

“刚我看易静拿了个单反，拿这么好的相机怎么只在观众席拍呢，”老鲁有些不满意，“一会儿你们上的时候我让她上台去给你们拍。”

“好！好！”王旭顿时笑成了一朵花。

第一个大合唱唱完，俩花枝招展的主持人上去说了一段一点儿也不好笑的笑话，然后报了下个节目是独唱。

下面响起了一片掌声和尖叫声，蒋丞这才发现上去唱歌的居然是胡建。

一开口，下面的掌声和尖叫声又起来了，蒋丞叹了口气，就这水平也能有这样的效果，一会儿他跟王旭上去……啧啧。

“你们班蒋丞是钢琴啊？”一个老师跟老徐在旁边聊着天。

“是啊，”老徐很愉快地应着，“王旭弹吉他。”

“不错啊，蒋丞还编曲？”那个老师看了看节目单。

“是的，”老徐脸上笑出的花不比王旭小，压低声音跟那个老师说，“曲子是我们班顾飞写的。”

“哦？”那个老师有些惊讶，“现在的孩子，不简单啊。”

蒋丞拧着眉往老徐那边看了一眼，但他跟那个老师已经聊到别的东西上去了，蒋丞也就没再说什么。

“哎蒋丞，”站在旁边对着小镜子补妆的女主持人叫了他一声，笑着说，“这次我还以为你会跟顾飞一块儿出节目呢。”

“顾飞什么时候参加过这些事儿，”王旭接了话，“谁也叫不动。”

“哎，真想听他唱个歌什么的。”女主持人一脸遗憾，估计是别的班顾飞的迷妹，妆太浓蒋丞也认不出来是谁。

妆不浓他其实也认不出来，就8班的人他现在都还没认全呢。

台下再次传来掌声，胡建的歌唱完了。

“你们准备了，”女主持人提着裙子一边往台口走一边提醒他俩，“加油哦蒋丞！”

“我呢？”王旭问。

女主持人没顾得上理他，直接走上了台。

“这人啥意思？”王旭有些不爽。

“加油，”蒋丞拍了拍王旭胳膊，冲旁边抬了抬下巴，“易静来了。”

王旭一转头，看到端着相机的易静从后台的门边进来了，顿时原地蹦了蹦：“蒋丞你一会儿别拖我后腿啊。”

“好。”蒋丞笑笑。

台上女主持人说了几句废话之后开始报节目：“下一个是很特别的节目哦，我们学校以前从来没有过这样的表演形式呢，钢琴和吉他的结合，大家想不想听听是什么样的感觉呢？”

蒋丞叹了口气，都想一会儿跟她说钢琴和吉他属于烂大街的常规搭配。

台下的掌声和欢呼声明显比之前野猪头上台时要热烈了不少，这一点还是让蒋丞挺舒坦的。

“那么就让我们一起欣赏吧，来自8班的节目《撒野》，钢琴演奏、编曲，蒋丞，吉他演奏，王旭……”

蒋丞闭上眼睛定了定神。

一直没有停过的掌声和口哨声里，女主持人又补了一句：“作曲，顾飞。”

礼堂里先是有些安静，接着就爆发出了一阵疯狂的掌声和几乎能把顶子给掀掉的尖叫声。

蒋丞猛地睁开眼睛，愣了一秒钟之后他一把抓过了旁边桌上放着的节目单。

编曲、钢琴演奏：蒋丞

吉他：王旭

并没有第三行字了。

“怎么回事！”蒋丞转头瞪着老徐，压着声音问。

老徐也愣了：“我不知道啊。”

“蒋丞，”王旭拉了他一把，“上场了。”

蒋丞不知道现在自己是什么样的心情，跟女主持人擦肩而过的时候看着她脸上的笑意，蒋丞第一次有了一种想打女生的冲动。

他不知道顾飞不肯参与这个节目的原因是什么，但自己弹他的曲子顾飞应该不会有什么意见，可现在突然加上了作曲顾飞……

心里那些不确定和不安让他的手都有些发凉，他不知道顾飞对这样的事会有什么反应。

他跟在王旭身后走到舞台上时，台下的反应有多热烈他已经顾不上体会了，只是飞快地往顾飞坐的位置扫了一眼。

接着他整个人都猛地往下一沉。

位置是空着的，顾飞走了。

38

两束追光打在蒋丞和王旭身上，亮得让人看不清身边的东西，蒋丞甚至感觉到了光束里烧得人发烫的温度。

从台边走到台中间，大概五六步，蒋丞的额角冒出了汗珠。

是冷汗。

台下的掌声和欢呼尖叫让王旭非常兴奋，蒋丞在一片让人发晕的亮光里看到王旭的脚步轻快。

背对着观众席走向钢琴，他没有勇气再回头看，就在这一秒钟时间里天上人间地心历险记冰火两重天他已经不知道自己脑子里在想什么了。

手指冰凉，有些发僵，其实不光是手指，整条胳膊都有些发僵，还发软，坐到琴凳上时差点儿连琴盖都掀不开。

余光此时被强行关闭，只有一片亮得刺眼的光围绕着他，像是隔绝了所有声音和影像。

听不见，看不见。

脑子里只有刚才看到的那个空着的座位。

顾飞没在座位上。

他没有看花眼，虽然过道里还有很多人站着，走动着，但对于他来说，哪怕只是顾飞的一片衣角，他都能看得到，都能认得出来。

顾飞没在礼堂里。

他不知道此时此刻自己到底是什么样的心情，混乱得无法去猜测和判断，也没有办法进行任何思考。

对着黑白色的琴键出神的时候身边的所有一切都被那个空着的位置搅成了一片混沌。

“蒋丞，”他听到了王旭的声音，“蒋丞！蒋丞你怎么了？没事儿吧！蒋丞？”

他抬眼看了看，王旭有些焦急和紧张的脸在钢琴上方：“不舒服？”

“没。”蒋丞吸了一口气，四周的东西慢慢清晰，出现了轮廓，耳朵里的声音一下大了起来。

掌声已经停下，尖叫也变得稀疏，只有不时响起的几声口哨。

“不舒服我们就换下一个节目，”王旭有些不放心地低声说，“你脸色不太好看，太紧张？”

“没事儿，”蒋丞笑了笑，“准备。”

“好。”王旭调整好吉他，手指在琴弦上轻轻扫了一下。

随着这串音符，台下的气氛再次被掀起。

顾飞没在下面，不知道原因，也不知道他在哪里，不知道他能不能听到，或者也不知道他想不想再听到。

蒋丞吸了一口气，先不去想了，是他自己选择了来参加节目，他选择了顾飞的曲子，他选择了让老徐知道。

至于那个主持人是不是在老徐小声跟别的老师显摆的时候听到的，又为什么自作主张地在报幕的时候说出来，都已经不重要。

这所有的一切都已经发生，现在不爽、慌张、混乱都已经没有意义。

自己还坐在这里，面对着那首已经烂熟于心的曲子，他想让顾飞听到，但也想让自己听到。

他很少去想“如果”和“万一”，可当如果和万一摆在眼前时，他依旧什么也不多想地迎上去。

蒋丞搓了搓手，又甩了甩，台下传来低低的笑声。

他转头往观众席上扫了一眼，嘴角勾起一个微笑，手抬起，落在琴键上，第一个音符从指尖传出时，下面突然静了下去。

一直到3个小节之后王旭的吉他和了进来，他都没有转头看琴，一直看着台下的观众，听着他们从吉他和弦响起的那一瞬间仿佛回过神来一般的掌声。

吉他间奏时，他转回头，看着自己的手指，耳朵里已经没有了别的声响，只有吉他的旋律。

王旭算是超水平发挥了吧，他看了一眼已经走上了舞台，拿着相机对着他们拍照的易静，王旭抱着吉他转向她走了两步，估计脸上的表情跟他衣服上的银龙一样炫酷。

一个漂亮的滑音过后，蒋丞的钢琴声重新响起。

台下再次爆发出掌声和尖叫声。

蒋丞笑了笑，老妈要是知道钢琴如此高雅的音乐被这样的喧嚣淹没，不知道会是什么样的心情。

但现在他的心情还算轻快。

在这一刻，从他并不喜欢的音色里传出的是顾飞写的他很喜欢的曲子时，给他带来了满满压抑和厌倦的钢琴，第一次给了他愉悦的体验。

只是。

王八蛋你去哪儿了呢？

你没有听过我弹琴。

我很久没有弹琴也以为再也不会弹琴了。

这首曲子是你写的，你居然跑了。

合奏最后在王旭吉他轻轻的一串扫弦里结束时，蒋丞轻轻合上琴盖，站了起来，向台下观众鞠了个躬。

“蒋丞我爱你——”下面有女生尖叫着喊了一声。

蒋丞转过身在台下已经分不出层次的喧闹声中走下舞台。

后台的老师和同学也都在鼓掌。

“好！实在是太好了！这个节目是四中历史上最好的节目！”老鲁一边鼓掌一边大着嗓门儿喊着。

老徐没有说话，蒋丞看向他的时候，他只是用力点了点头，蒋丞看到了他眼里有泪光。

蒋丞有些无奈地叹了口气：“我去……厕所。”

“怎么样？”王旭冲向跟着他们下来的易静兴奋地问，“你刚听着觉得怎么样？”

“真的很棒。”易静笑着说。

蒋丞从后台门口出来的时候，挨着出口这边的同学顿时一阵骚动，好几个手机举了起来。

他低头快步走出了礼堂大门。

门外还有不少候场的学生，他出来的时候又一次引起了围观。

“蒋丞，”有人叫了他一声，“曲子真是顾飞写的啊？太牛了吧？”

蒋丞没出声，也没有往那边看，顺着礼堂的墙往前走过去，迅速拐了个弯，把身后的惊叹和议论都甩开了。

本来还算平静的心情猛地被这一句话重新搅乱。

那些暂时沉到底的慌乱和不踏实，细微的不解和隐隐不爽里压抑着的些许怒火，都在这会儿慢慢打着旋儿从下至上地散开来了。

蒋丞并不想上厕所，但还是去了趟厕所。

一路上他的手都放在兜里，捏着手机，但却一直没有掏出来，操场上没有学生，走到厕所的时候只看到了一个打扫卫生的阿姨拎着一个水桶从操场边走过。

进了厕所，蒋丞把手从兜里抽出来的时候才发现自己手心里全是汗。

他在小便池前站了一会儿，认真地感受了一下尿意。

并没有。

除了慢慢从慌乱和不安转变而来的怒意。

他转身又走出了厕所，拿出手机看了一眼。

就像他已经预料到的，没有顾飞的消息，没有消息没有未接，没有任何他以为因为之前太吵闹了所以没有听到的任何信息。

在这一瞬间他对顾飞的所有情绪都变成了怒火。

他坐到旁边的石凳上，拿出手机准备给顾飞打个电话。

有什么就说什么，吵架打架都行，玩什么失踪？

刚把顾飞的号码点出来，就从已经复原的余光里看到有人往他这边走了过来，蒋丞想拨号的手指轻轻抖了抖，停下了。

是顾飞。

他本来一心一意想要跟顾飞正面杠，自己有什么不对的，顾飞有什么不爽的，面对面地说出来，大不了打一架。

但现在顾飞突然就这么出现了，他又猛地一阵紧张。

说什么？

怎么说？

谁开头？

顾飞到底怎么了？

已经被烦躁和怒火扯碎了的各种疑问又全都归位，在嗓子眼儿堵成了一个麻团儿，差点儿想咳嗽两声清清嗓子了。

“丞哥。”顾飞站到了他身边。

“啊。”蒋丞转了转手机，没有动，盯着面前水泥地上一条裂缝里钻出来的小草。

“聊聊？”顾飞说。

“随便，”蒋丞说，“你想聊就聊，不想聊就这么着吧。”

“走吧，”顾飞说，“出去转转。”

蒋丞把手机放回兜里，站了起来，也没往顾飞那边看，直接往学校后门走了过去。

顾飞的脚步声就跟在他身后，但一直就在身后，没有像平时那样追上来跟他并排走。

这个时间后门的那条小吃街还没有迎来一天中最繁华的时段，这会儿只有几个摊位支了起来，老板懒洋洋地坐在椅子上。

蒋丞也不知道该往哪儿走，只是随意地顺着路往前，踩着地上被阳光晒软了的黑色油泥，脚步声已经听不到了。

他往后偏了偏头，顾飞很快地走了上来，跟在了他左边。

漫无目的地一直走到了桥边，蒋丞犹豫了一下顺着桥头的破土路又走到了河边儿，踩着烂地破土块儿，看着永远都没什么水的河床往前走了一段，他停了下来。

“我怎么着你了？”蒋丞看着顾飞。

“怎么没跟我说你要弹我的曲子？”顾飞问。

“就为这个？”蒋丞拧着眉，“那我给你道个歉，我没想……”

“不是，”顾飞打断他，“我不是为这个，你弹你改你想怎么样都行，但是以后……”

蒋丞看着他。

顾飞脸上看不出情绪，这个人永远这样，无论说什么，只要他不愿意，你就很难从他的表情，他的眼神里看出什么来。

“以后不要说我名字了。”顾飞说。

“还有什么鬼的以后。”蒋丞往后靠在了一棵小树上，刚靠上去就觉得树干上有什么东西扎了他一下，很疼，他赶紧又站直了，疼痛让他有些压不住火，“还以什么后？高三了大哥，就这一次了，你以为我很闲吗？我赶场啊！”

顾飞没有说话，轻轻叹了口气。

蒋丞瞪了半天才回头找到了他这句话里的重点，虽然他在听到主持人说出顾飞的名字就已经有预感了，但真听到顾飞亲口说出来的时候还是觉得不能理解：“说你名字怎么了？怎么你参加节目不愿意，连报个名字都不行了？”

“没什么，”顾飞说，“也没以……”

“第一，”蒋丞往前走了一步，盯着他的眼睛，“没跟你说一声用了你的曲子很对不起，第二，作曲顾飞这四个字不是我让说的，节目单只写了我和王旭，第三，老徐猜到作曲是你的时候我没有盯着他交代一句让他不要说出去是我不对。”

顾飞看着他没出声。

“对不起，我不知道你为什么这样，对不起，我不知道你为什么不能参加这些活动，我不知道你为什么要跟所有人都保持距离，我不知道你为什么永远要游离在正常学校生活之外！”蒋丞声音一点点提高，他这么久以来因为顾飞这样的状态而产生的所有的不解和困扰在一点点爆发，“所以对不起！我不该就想着能跟你一块儿上台！对不起！我不该在你都不愿意的情况下还一意孤行想着给你个惊喜！对不起！这样行吗？对不起啊顾飞！我就是太蠢了，我不知道你到底想怎么样！”

“丞哥，”顾飞皱着眉，伸手抓住了他的胳膊，“你先别生气。”

"别碰我！"蒋丞吼了一声甩开了他的手，"我说过，你如果有什么事就说！要不想说就别让我知道！就这两条路！不行就拉倒！"

"行，"顾飞看着他，"你是不是觉得我挺棒的，我挺优秀，我比身边的很多人都强。"

"别不要脸了！"蒋丞说，"给你面子夸你两句你还当真了！你就脸长得好点儿腿长点儿，别的还有什么！"

顾飞叹了口气，转身对着河床蹲下了。

蒋丞盯着他的背影看了很长时间，最后才又说了一句："是的，我觉得你很优秀，有才，聪明，不光我这么觉得，老徐也是这么觉得的。"

"所以呢？"顾飞问了一句。

"什么所以？所以什么？"蒋丞有些烦躁地问。

"我优秀、有才、聪明，"顾飞偏过头，"所以呢？"

"所什么以！"蒋丞吼了一声，"我就想让人知道你不是看上去的那个样子，你跟钢厂那些垃圾不一样！我就想让你自己知道！你跟我来这儿以后看到的所有人都不一样！你比他们强一万倍！"

"然后呢！"顾飞也吼了一声，站起来转身走到他面前，跟他脸对脸地瞪着，"然后呢？丞哥，然后呢？你知道我过的是什么样的生活吗？你知道我从记事开始到现在过的是什么样的生活吗？你知道吗！"

蒋丞被他吼得愣了愣，他没记错的话，这是顾飞第一次情绪这么失控，第一次这么吼他，还是贴着脸，他甚至感觉被震得一阵发晕。

"你想让我知道什么？知道我有多好，我有多优秀，让所有人都知道我多聪明、多有才？然后呢？"顾飞声音放低了，"丞哥，跟这里格格不入是什么感觉你是知道的，对吗？"

蒋丞看着他。

"我睡着了，我就什么也不知道，"顾飞声音里有很轻的颤抖，"为什么一定要叫醒我？你可以走，你也必须走，我呢？"

蒋丞突然觉得自己的呼吸有些吃力，想说什么，但说不出来。

跟这里格格不入是什么感觉？

从火车上下来，踏出车站的第一步他就感受到了。

那种无望，满眼灰暗，他现在都还清楚地记得。

这也是他到现在拼了命都要离开的理由。

“我呢？丞哥，”顾飞轻声说，“我就在这里，我身上有镣铐，不知道什么时候才能拿掉，也许永远都拿不掉，然后我就这么醒着，睁眼看着，我会不甘心，我会痛苦，你懂吗？”

蒋丞看着他。

“我知道我明明可以不像那些人那样活着，但我现在只能那么活着，”顾飞蹲回了河边，“这些我不想跟你说，咱俩在一起时，我就希望你开心，简单些，没必要把这些改变不了的事儿说出来一块儿心烦。”

蒋丞没说话。

顾飞的这些，是他从来没有想过的。

他只觉得顾飞像一只被拴在了细铁链上的鹰，却从来没想过顾飞自己也是这样觉得的，所以他闭着眼、蒙着头，扔掉了保持平衡之外的任何想法。

蒋丞不知道自己是什么感觉，心里堵得慌，他突然有些后悔。

但是……

也就是现在，在顾飞说出这些话之后，他突然发现从那天讨论未来的时候就总觉得哪里不对却总也想不出是哪里的问题，有了答案。

那就是顾飞似乎并没有挣扎的愿望。

“是顾淼对吗，”蒋丞在顾飞身后也蹲下了，“还有你妈妈……不，主要就是顾淼吧？”

“嗯。”顾飞应了一声。

“你试过吗？”蒋丞咬了咬嘴唇，他不知道怎么表达才准确，“试着让她接受一些改变，一点一点地，她不是已经去上课了吗，你可以试着……也许她是不能接受她的东西有变化，也许……”

“丞哥，”顾飞站了起来，“走。”

“嗯？”蒋丞愣了愣，但还是跟着站了起来。

顾飞没再说话，他也沉默着。

顾飞带着他回了家，打开门的时候蒋丞才从沉闷里回过神来，冲着正坐在客厅沙发上画画的顾淼挤出了一个笑容：“二淼。”

顾淼看到他似乎很开心，把手里的画举起来向他挥了挥。

“我看看，”蒋丞走过去坐到她身边，看了看她手里拿着的纸，“是兔子啊？”

纸上画着的是兔子，很多，几乎已经把纸画满了，一只一只的兔子，全都是绿色的，跟顾飞的头像一样。

顾淼又拿了一张纸继续画着，执着地用着绿色，画着一模一样的兔子，可以看得出来她画得很熟练了，一只接一只地排列着，很快就能画满一张纸。

蒋丞看着她专注的样子，不知道该说什么。

"二淼，"顾飞走过来，蹲在了顾淼面前，"哥哥跟你商量一件事。"

顾淼拿着笔，一边继续画着一边看了他一眼，目光很快又回到了笔尖上。

"二淼，看着哥哥，"顾飞说，"哥哥有件事跟你商量。"

顾淼顿了顿之后停了笔，转头看着他。

"今天晚上，"顾飞说得很慢，"你睡妈妈的床，好不好？"

顾淼没有反应。

"今天晚上你不睡自己的床，也不睡哥哥屋的沙发，"顾飞说，"你睡，妈妈屋里的床。"

顾淼依然没有反应，但就在蒋丞以为她是没有理解顾飞的话时，她突然开始了尖叫。

尖锐的声音瞬间划破沉默，像刀尖一样扎在了蒋丞的耳膜上。

蒋丞只觉得喘不上气来，尖叫声里一层层压到胸口上的无形的巨大的压力让他只想过去捂住顾淼的嘴。

顾飞静静地看着顾淼，过了一会儿才吸了一口气，轻声地跟顾淼说话。

蒋丞感觉自己听不清他在说什么，只觉得闷，心里闷，脑子里闷，耳朵也是闷的。

顾淼终于停止了尖叫的时候，蒋丞有一种强烈的想要大吼几声的冲动。

"我试过，丞哥，"顾飞抓着他的手，声音很低，"但是很多年了，没有一点变化，她在这里出生，在这里长大，她认可的范围，最远，就到火车站，那是她玩滑板的范围，她睡觉的范围，就在这里，她的床，我房间的沙发，你可以缩小她的范围，但不能让她离开。"

蒋丞看着他，说不出话来。

"那个康复学习，费用不低，我没有办法让她长期去参加，所以我不知道还要多久，她才会有一点进步，一年两年，三年五年，还是十年二十年，"顾飞的手开始有微微的颤抖，"或者永远，我不敢去想，我没有办法去想，我只能这么低头走，我不知道希望还有多远啊。"

蒋丞闭上眼睛："对不起，顾飞，对不起。"

安静的空气里，顾淼画笔的唰唰声里，蒋丞听到了他压抑着的一声低低的哭声。

39

这是第一次，蒋丞看到顾飞哭。

听到他的哭声，感觉到他身体的微微颤抖，胸口温热，是顾飞的泪水。

蒋丞一直觉得自己是个还算坚强的人，来这儿之后每一次流泪都会让自己感慨，又哭了啊，娘炮你怎么又哭了。

他一直觉得顾飞比自己坚强，或者说，某些方面，顾飞比他看得淡，比他"冷漠"，他潜意识里从来没有把顾飞和眼泪联系在一起过。

但现在，这个他觉得坚强得有些冷漠的人，钢厂小霸王，学校里没有人敢惹的扛把子，会拍好看的照片，会在兜里放糖，会撒娇卖萌，会说丞哥我错了的小兔子乖乖，就这么埋在他胸口上。

哭泣。

哭声从一开始的低声压抑，慢慢变成了带着委屈的发泄式的嘶吼。

蒋丞没有见过这样的顾飞，也没有想象过这样的顾飞，现在他只觉得自己脑子里一片混乱，不知道该怎么安慰，也并不想去安慰。

这样的顾飞，应该并不需要安慰，无论多么高明的安慰，对于顾飞来说都无济于事。

他只要在这里听着就可以。

一直在旁边画着兔子的顾淼不知道什么时候停下的，握着笔静静地看着顾飞，拧着眉，但脸上很平静。

这表情让蒋丞想起他跟顾飞打架的那次，想起顾飞把人抡到树上的那次，顾淼都是平静的表情，似乎并不知道发生了什么。

蒋丞不知道她在想什么，或者她有没有在想什么，也不知道顾飞的痛苦，她能不能感受得到。

蒋丞低头在顾飞头顶上摸了摸，贴在他新长出来的头发茬儿上。

今天这样的局面是他完全没有预想到的，有些后悔。

但又有些庆幸。

如果他从来没有听到过顾飞今天的这些话，会不会永远也不知道顾飞真实的想法，他的无奈和绝望，永远都会是一个秘密。

万一真的有一天他们分开了，他是不是也就永远不会知道，那个曾经占据了他迷茫青春里重要位置的人，心里深埋着这样的秘密。

“不扎吗？”顾飞埋在他胸口闷着声音问了一句。

“嗯？”蒋丞愣了愣，顾飞带着鼻音的声音听起来很让人心疼。

“头发，我自己摸着都觉得扎。”顾飞说。

“有点儿，”蒋丞又蹭了蹭他头顶的头发，“你是不是不打算让它长出来了啊，都剃多少回了……”

“我觉得我这样很帅。”顾飞在他衣服上擦了擦脸。

“……你拿我衣服擦脸呢？”蒋丞低头看了看。

顾飞停下了，伸出手往顾淼画画的纸上用手指弹了一下，顾淼低下头，拿着笔继续开始画兔子。

“我去……”顾飞撑着沙发站了起来，弯腰看着蒋丞，“洗个脸。”

“好。”蒋丞点了点头。

顾飞脸上还有泪痕，睫毛也都是湿的，被泪水拧成一小绺一小绺的。

“你睫毛好长。”蒋丞说。

“你的睫毛也很长，”顾飞笑了笑，凑过来在他脑门儿按了按，“是在等这句吗？”

“滚。”蒋丞说。

顾飞去洗脸了，蒋丞偏过头看了看即将把兔子画满第二张纸的顾淼，给她又拿了一张纸。

客厅里很安静，蒋丞仰了仰头，靠在沙发里，心里有点儿沉重，但却出奇地通透，就像是经历了一场重感冒鼻子堵了一星期终于喘出气儿了的感觉。

顾飞并没有躲开他的视线，哭得满脸泪痕的样子就那样展示在自己面前，他喜欢这样的顾飞。

我也许有不愿意让你看到的一面，但如果我愿意让你看到，我就不会再有掩饰。

蒋丞站了起来，走进厕所，顾飞正拿毛巾裹了冰块压在眼睛上，他贴到顾飞身后：“眼睛肿了？”

“有点儿，不严重，”顾飞说，“估计15分钟差不多了。”

“我刚还怕你吓着顾淼。”蒋丞说。

“不会，”顾飞笑笑，“她感受不到别人的情绪。”

“这样啊，”蒋丞轻轻叹了口气，“我……感受得到。”

“那吓着你了没有？”顾飞问。

“没有，”蒋丞说，“就是特别心疼。”

“其实也没什么，”顾飞说，“有些事儿也就关起门来自己品，开门走出去，谁也不知道谁背地里有多少不如意，看着都一个鸟样。”

蒋丞没说话。

“你什么时候记的谱？”顾飞一边冰着眼睛一边问了一句。

“什么谱？”蒋丞没反应过来。

“今天弹的曲子。”顾飞说。

“就之前听那次啊，就记得差不多了，”蒋丞说，想起这事儿，他又一阵不是滋味儿，因为顾飞没有听到他觉得有些遗憾，也因为要不是这事儿出了岔子，他和顾飞也就没有今天这一通，“我改了一些，有些地方记不清了。”

“挺好听的，比之前的好听。”顾飞说。

“嗯？”蒋丞猛地抬起头，从镜子里看着他，“你听到了？你不是走了吗？我上台的时候就没看到你了啊！”

“我听完了才走的，”顾飞换了一只眼睛按着，“礼堂又不是隔音的，我就在后墙那边的窗户下面听完的。”

“我去，”蒋丞说完张着嘴半天都不知道该再说什么了，于是又重复了一遍“我去。”

“不过听得不是特别清楚，”顾飞转过身靠着洗手池，“学校音响不行。”

“啊。”蒋丞还是不知道该说什么。

“帮我按一下吧丞哥。”顾飞把冰块毛巾递给他。

“哦。”蒋丞接过来，把毛巾按到他眼睛上。

“我那曲子写得不好，那时候还小，”顾飞说，“瞎写的。”

“您这算是在吹牛吗？”蒋丞说，“吹得很巧妙啊。”

顾飞笑了起来：“我说真的。”

“在我等没有音乐细胞的人眼里，您这吹的妥妥就是个八斤半的大牛啊。”蒋丞看着他。

顾飞勾勾嘴角：“今天你是不是真的生气了？”

“也不是生气吧，”蒋丞把毛巾拿下来拧了拧水，“你知道我这脾气吧，有时候就是压不住，我当时就是觉得，你要是生气了，不高兴了，不爽了，起码跟我说一声，你就过来骂我几句蒋丞你是个傻缺什么的，或者跟我打一架，我也能知道是怎么回事儿对吧……”

蒋丞往墙上一靠，仰着头长长地舒出一口气，闭上了眼睛。

两人回到客厅的时候，顾淼已经又画完了一张兔子，正拿了本图画书认真地看着。

蒋丞实在想不通顾淼这样的孩子的行为，图画书上那么多图，兔子、狗、鸡、鸟、小猫、小猪，她明明看得很愉快，却只画兔子。

“换件衣服吧。”顾飞拿了件自己的T恤递给蒋丞。

蒋丞进了卧室，把衣服换上了：“你要去拍照吗？你相机是不是让易静拿着了？”

“嗯，她会拿到店里，”顾飞说，“今天不拍了，这会儿光线不好了。”

“平时看你也不理她，怎么感觉还挺熟的？”蒋丞问。

“毕竟是班长，”顾飞看了他一眼，“以前老徐安排她给我补课。”

一说到老徐，蒋丞忍不住啧了一声：“我真的该再盯着老徐补一句让他别说出去的。”

“其实也怪不着老徐，”顾飞说，“他那人就那样，再说了，这事儿搁谁身上，估计都想不明白。”

“那……怎么办，”蒋丞看着他，“现在都知道了。”

“知道了就知道了，”顾飞说，“命运的齿轮开始转动，没准儿转哪儿就咔一下碰到什么机关了，比如你。”

“我什么？”蒋丞问。

“你不就是齿轮转进来的吗，”顾飞笑笑，“走吧，我带你去个地方。”

“去哪儿？”蒋丞看着他。

顾飞已经回到了平时的状态里，无论是说话还是表情，都已经看不出来之前发生过什么，看不出来他就刚才，就在沙发上，那么伤心地哭过。

蒋丞不知道是他真的已经没事儿了，还是长久以来的经历已经能让他迅速地复原，保持一个平衡的姿势。

“钢厂。”顾飞打开了衣柜。

“去钢厂干什么？”蒋丞有些意外，他俩挺长时间都没去钢厂了，自打他租了房，那里就是最私密的空间。他看着顾飞半天，最后挥了挥手，转身回了客厅，坐到沙发上跟顾淼一块儿看图画书。

顾飞跟着也出来了，蒋丞看了他一眼之后就愣住了。

顾飞居然背着一个吉他包。

“那是……什么？”蒋丞下意识问了一句，他实在没有想到顾飞会突然拿着吉他出来。

“大提琴。”顾飞说。

“放屁！”蒋丞说。

“那你还问，以为你没见过吉他呢，”顾飞走到沙发边，伸手到顾淼眼前打了个响指，顾淼抬起头看着他，他轻声说，“哥哥出去有事，你要出去玩滑板之前要给哥哥发消息。”

顾淼点了点头。

“丞哥，”顾飞站起来，“走。”

蒋丞一直跟在顾飞身后，下了楼之后他才突然反应过来，顾飞要弹吉他？

去钢厂弹吉他？

距离不算太远，顾飞没有骑车，就那么背着吉他往钢厂的方向走，蒋丞跟在他身边，一路目光都没有离开过顾飞。

他见过戴着头盔开着摩托的顾飞，见过骑着车带着顾淼在路上玩滑板的顾飞，见过打篮球的顾飞，见过端着相机的顾飞，还见过穿着一身黑衣在火光里从楼间跃过的顾飞……

也见过哭泣的顾飞。

但现在顾飞再一次给了他意外，虽然他知道顾飞玩过乐队，知道顾飞会弹吉他，可背着吉他在阳光里走着的顾飞还是让他激动。

激动什么？

不知道。

就是激动。

每走一步，他就想偏过头往顾飞那边看一眼。

钢厂很大，蒋丞去过的次数不多，所以一直也没把钢厂全转完，顾飞就像带着他开新地图一样走到了一条他从来没走过的路上。

“不去小屋吗？”蒋丞问。

“不去，”顾飞说，“谁知道有没有狗男女的在那儿呢。”

“这边我没来过。”蒋丞换了个话题。

“我也不经常来这边，”顾飞说，“这边的房子拆得差不多了，没拆的也都是危楼，过来也没什么意思。”

“那我们现在去哪儿？”蒋丞问。

“危楼。”顾飞回答。

“……哦。”蒋丞点了点头。

这边的确拆得差不多了，旧楼很多都拆得只剩了框架，一堆破砖烂石头的，还有堆着已经长满了草的废钢。

当初应该很繁华吧，这么大的厂区，这一片住着的人，都是钢厂以前的职工，附近的很多地方都还带着钢厂当初繁荣的印记。

×钢幼儿园，×钢小学，×钢小卖部，×钢游乐中心，×钢××……

“前面了。”顾飞往前指了指。

穿过这片拆光了的旧厂区，前面的空地上有一个……危楼，只有一层，但是很高，像个礼堂，比四中的那个礼堂还大些。

的确挺危的，拆了一半。

不过走近之后蒋丞发现这一半不是拆的，是塌了。

踩着一片烂砖，顾飞带着他从这个建筑的“门”里走了进去。

里面光线相当好，因为顶子也已经塌了一半，果然是个礼堂，一排排的椅子都还在，只是被塌下来的房顶埋掉了不少。

舞台这一半顶子没塌，但两边的大窗户已经没有了，阳光从窗户外面洒进来，把整个舞台都铺在了灿烂里。

“你坐那儿，”顾飞指了指第一排的椅子，“坐中间。”

“啊。”蒋丞看了一眼，过去走到了第一排中间的椅子前。

椅子上有厚厚的灰，他用手指划了一下，上面的浮灰划开之后下面还是灰，已经在雨水浸泡下跟椅面完美融合在了一起。

他本来想找东西擦擦，犹豫了两秒钟还是直接坐了下去，往后一靠。

顾飞站在了舞台中间。

“你自己报幕吗？”蒋丞问，他已经能确定顾飞是要弹吉他，弹给他听。

“一会儿，”顾飞笑了笑，蹲下把吉他放在了地上，“我还有准备工作，今天太匆忙了……”

果然是很匆忙，肯定是临时决定的，因为他的准备工作，居然是从给吉他装弦开始的。

蒋丞没有说话，静静地看着顾飞。

弦装好拧紧之后顾飞拿出手机，用定音软件慢慢调着弦。

从画面上来看，顾飞从手指扫过琴弦的第一下，就已经把胸怀银龙的王旭给秒杀了，秒得渣都不剩。

顾飞手指长，无论是拨弦的右手还是按弦的左手，看过去都是满眼享受，根本不用听声音，就已经能让蒋丞舒服得如同躺在豆袋上。

“好了。”顾飞调完音站了起来，从台上捡起一根不知道是扫把还是拖把的棍儿，戳在了中间木地板的裂缝里。

蒋丞坐直了身体，开始鼓掌。

顾飞走到“话筒”前，清了清嗓子，蒋丞迅速拿出了手机，点开视频对着他开始录。

“我很久没碰吉他了，也很久没唱歌了，”顾飞说，“今天站在这里，也是一个意外。”

蒋丞笑了笑。

“人活着，总会有很多意外，”顾飞把吉他肩带的长度调整了一下，“有些意外是意料之中，有些意外是意料之外。”

蒋丞一时没有听明白他这句话的意思，但这段视频，他至少得看八百次。

“蒋丞，”顾飞看着他，“你就是我意料之外的意外。”

“你也是。”蒋丞看着屏幕里的顾飞，又抬眼往台上看了看。

“这首歌是给你的，临时发挥，走过来的路上想的，先听吧，以后再改，”顾飞低下头，手指在琴弦上轻轻一扫，“撒野。”

蒋丞的手微微抖了一下，不得不深吸了一口气，用另一只手帮忙，才让视频的画面没有抖得太厉害。

顾飞的手在琴箱上拍了几下，接着前奏响起。

蒋丞的呼吸微微顿了顿，突然觉得耳边细微的风声都带上了音符。

之前的曲子给了他太深的印象，让他觉得顾飞的风格，大概会是那样，迷茫、慌乱和空荡荡。

但这一段前奏却是完全不同的感觉。

“我想，一个眼神，就到老……”顾飞开口，声音略微有些沙哑，轻缓温柔。

只这一句，蒋丞突然就觉得沉进了某种气息里。

“我想，抬头暖阳春草，你给我简单拥抱，我想踩碎了迷茫走过时光，睁开眼你就会听到，我想，左肩有你，右肩微笑，”顾飞抬眼看着他，“我想，在你眼里，撒野奔跑，我想，一个眼神，就到老……”

阳光里，站在舞台上的白T恤少年，唇边的微笑，拨过琴弦的手指……

蒋丞出神地看着顾飞，感觉自己猛地有些恍惚，似乎有些分不清这声音是在耳边，还是在心里。

40

“丞哥，鼓掌啊。”镜头里的顾飞站在木棍“话筒”前说了一句。

蒋丞这才回过神来，一手举着手机，一手在腿上啪啪啪地拍了几下，然后又把手放到嘴边吹了声很响亮的口哨。

顾飞背着吉他从舞台上跳下来，往他这边走了过来，他正想把视频关了的时候，顾飞说了一句：“别急。”

“嗯？”蒋丞愣了愣。

顾飞一直走到他跟前儿才停下，把吉他一拿：“还有一段。”

蒋丞没出声，手机视频里正好能拍到顾飞的手，他的手指在琴弦上一带，接着是一个轮指。

很慢，每一个音符都能听得清清楚楚。

接着速度慢慢加快，音符层次分明地从他指尖一个一个地跳跃出来，渐渐连成了一片。

随着轮指的速度越来越快，顾飞左手在弦上滑过时带出漂亮尾音和乐声完美地结合在了一起。

蒋丞本来没有完全平息的心情再次被掀起，恍惚中看到了镜头里顾飞的手指带出来残影，除了吉他的动听音乐，还有眼前顾飞漂亮得让人眼睛发酸的手。

音乐声最终停下的时候，蒋丞还保持着之前的姿势，过了很久，他才猛地发现自己不知道为什么哭了。

不，这不能叫作哭。

这只是流泪。

因为惊讶，因为感动，因为不可思议，因为这个破败又带着阳光的舞台，因为这份一辈子都刻在心里的记忆……

主要还是因为顾飞太帅了。

帅哭了。

说的就是顾飞。

“你这个人，”蒋丞关掉视频，抬手把脸上的眼泪擦掉了，“最后还要炫个技。”

“一般都在一开始炫，台下就会尖叫了，”顾飞笑了笑，“我刚才忘了，太紧张。”

“你紧张吗？”蒋丞扯起T恤下摆按了按眼睛，确定自己脸上没有泪痕了才站了起来，“你也会紧张啊。”

“看是谁了，”顾飞说，“坐在这儿的是你啊。”

蒋丞吸了吸鼻子，搂住了他。

两人中间隔着一把吉他，头顶上是半拉天空，脚下是碎砖杂物，身后还有被埋掉一半的观众席。

但蒋丞还是觉得自己像是之前听顾飞唱歌一样，碰到顾飞的瞬间就沉了下去，昏天黑地的。

从旁边传来“嘭”的一声，把蒋丞从飘飘然里拉了回来，先是一愣，接着一惊。

声音是从左边传过来的，左边是断墙，不会有人从那儿爬进来，而且这动静也不是人能爬得出来的……

转过头的时候他什么也没看到，就看到了从地上腾起两米多高的灰尘。

“走走走……”顾飞一看就立马把他往门那边推，有些着急，“快出去，快！”

灰已经漫了过来，蒋丞就感觉自己已经能闻到呛人的尘土味儿，再看他这个紧张的样子，顿时吓了一跳：“要塌了吗！”

“快出去！”顾飞喊。

“……怎么说塌就塌啊！”蒋丞赶紧往门口跑，“这什么年代的楼……”

跑到门口他一回头，发现顾飞居然没跟在他后头，瞬间吓出了一身汗，想也没想扭头又冲了回去。

“顾飞！顾……”刚喊了一声，他就跟顾飞撞到了一块儿。

顾飞顺手抱住他，把他推了出去。

回到空气清爽的阳光下，蒋丞才发现顾飞一脸的笑意。

他看着顾飞，然后又猛地转头往房子那边看过去。

房子根本没塌，别说没塌，那一阵尘土被风吹散了之后，一切都又恢复了平静，依旧是安静立着的半个礼堂。

“断墙那儿倒了一块儿。”顾飞笑着说。

“你急成那样我以为房子要塌了呢！”蒋丞瞪着他，觉得自己被倒下来的一块破墙吓成这样非常没有面子。

“那么大的灰，我就想快点儿出去啊，”顾飞说，“然后突然就想逗逗你。”

“……看我没见你出来会急成什么样吗？”蒋丞啧了一声。

“不是，就是想把你吓出去，”顾飞笑笑，“我走了一半发现琴包没拿，就去拿了，不过……”

顾飞抱住了他：“看你急成那样我还挺……”

“千万别感动，”蒋丞说，“我就是看这房子没塌才进去的，真塌了我肯定退后100米拨个119。”

“嗯。”顾飞笑了起来。

“笑吧，”蒋丞说，“笑大点儿声。”

“哈哈哈！”顾飞仰起头笑了三声，“够大声吗？”

“……够了，收吧。”蒋丞叹了口气。

顺着路往回走的时候，蒋丞又忍不住回头看了看那栋破房子。

从这个角度已经看不到舞台了，只能看到外面杂乱的石头和草，还有塌了的房顶断墙。

如果顾飞没带他过来，他估计永远也想象不到，在这样破败的外表之下，他会留下这样一段唯美的记忆。

“一会儿我要回店里，我妈估计这个点又要关门跑了。”顾飞看了看手机。

“我也去，”蒋丞说，“晚上我在店里吃吧，叫顾淼过来一块儿。”

“嗯，”顾飞点了点头，“想吃什么？”

“不知道，”蒋丞摇摇头，摸了摸肚子，说实话，这一下午他实在是波澜起伏波涛汹涌，现在感觉上自己是平静下来了，但脑子里是空的，别说想吃什么了，这会儿看书都看不进去，“我都不知道自己饿没饿。”

“我们包饺子吃吧？”顾飞说。

“好。”蒋丞点头。

顾飞他妈妈没在店里，但是店门没关，蒋丞跟着顾飞进去的时候，看到了坐在收银台后头玩手机的李炎。

“你怎么来了？”顾飞说。

“这个世界真是变了，”李炎说，“你居然会问我这个问题。”

“随便问问。”顾飞把吉他放进了小层。

“你拿的是吉他吗？”李炎扫了一眼愣住了，“我天，你弹吉他了，我没看错吧？”

“是大提琴。”顾飞走出来，到货架那边看了看，拿了一袋面粉过来，“一会儿包饺子，你一块儿吧。”

“我不，”李炎看了蒋丞一眼，“我现在就走。”

“一块儿吃吧，”蒋丞说，“都这个点儿了。”

“你以为他是真心留我吃吗？”李炎说，“他就是找个帮忙干活儿的。”

“吃不吃？”顾飞看着他。

“吃！说吧，我剁馅儿还是和面啊？”李炎问。

“你擀皮儿。”顾飞说。

“行，”李炎点头，继续低头玩手机，“那到擀皮儿的时候叫我，我先玩会儿。”

顾飞从冰柜里拿了肉去厨房，蒋丞拿起面粉袋准备跟去厨房和面，走过李炎身边的时候他犹豫了一下，往李炎手机上扫了一眼。

果然是弱智爱消除。

“多少关了？”蒋丞问了一句。

“又比大飞快3关了，”李炎冲他一挑眉毛，“怎么样，今儿晚上你再给他追回来？”

“我没帮他玩。”蒋丞说。

“得了吧，你不帮他玩他现在至少慢7关，”李炎低头继续玩着，“自打认识你之后，过关速度跟屁嘣了一样那么快，不是你还能是谁。”

“真不是我，我没被屁嘣过。”蒋丞说。

李炎放下了手机看着他：“哎，发现你嘴比大飞还欠呢？”

蒋丞笑了笑，拎着面粉想往厨房走。

“哎，蒋丞，”李炎压低声音叫了他一声，“你俩刚才干吗去了？”

蒋丞回过头看着他，没说话，李炎这个问题一不小心就尖锐了。

“……我是说，”李炎估计也发现问的角度不准确，调整了一下，“他弹吉他了？”

蒋丞还是没说话，有了“作曲顾飞”这事儿之后，他对顾飞的任何事儿都很敏感，他不知道顾飞是不是愿意让李炎知道，哪怕他知道李炎几个跟顾飞关系很铁。

“他起码两年没公开玩过吉他了。”李炎往厨房那边看了一眼。

这话应该是真的，毕竟一般人吉他要是长时间不用顶多把弦松了，顾飞的吉他直接是把弦给卸了。

“公开？”蒋丞问。

“是啊，背地里有没有夜深人静抱着吉他对月独奏什么的也没人知道。”李炎说。

“哦。”蒋丞笑了笑。

“问你话呢？”李炎看着他。

蒋丞跟他对视了一会儿，转身快步往厨房走了过去。

“干吗呢，”李炎有些不爽，“跑那么快！”

“屁嘣着了。”蒋丞说。

“你俩说什么呢？”顾飞在厨房里问了一句。

“聊屁呢，”蒋丞说，拎着面粉进了厨房，顾飞递了个盆儿过来，他一边往里倒面粉一边小声说，“你是不是很久没弹吉他了？”

“李炎问你了？”顾飞看着面粉。

“嗯，”蒋丞继续倒着面粉，“我没告诉他，不过他猜也能猜到吧？”

顾飞伸手抬了一下面粉袋子：“好了。”

蒋丞把面粉袋放到一边，顾飞过来在他耳边小声说：“不用这么小心的，累。”

“那我不是怕你……”蒋丞看了他一眼，手往案台上一撑，对着墙压着声音学着他的口气，“然后呢？丞哥，然后呢？”

顾飞在一边笑了起来，蒋丞转过身，跟着他一块儿笑了一会儿之后叹了口气：“顾飞啊。”

“啊。”顾飞应了一声。

“我是真不知道，我也真不是故意要折腾你，”蒋丞捏着他下巴，“对不起。”

“别说这个，”顾飞说，“我真没怪你，我自己的想法而已。”

“反正吧，”蒋丞想了想，“你说出来了，我就懂了，我就是想说吧……”

他顿了顿，突然凑到了顾飞面前：“顾飞。”

“哎。”顾飞的眼睛有一瞬间对到了一块儿，又很快地分开往他身后看了一眼。

“我是有很严肃的话要跟你说。”蒋丞忍不住乐了。

“说吧。”顾飞笑了笑。

“闭眼，”蒋丞说，顾飞把眼睛闭上之后他又说了一句，“睁开。”

“你想闭着眼，我就陪着你，你想睁开眼，我就能听到，”蒋丞说，清了清嗓子之后轻轻哼了一句，“我想，左肩有你，右肩微笑……”

顾飞看着他，好半天都没说话。

“我唱对了吧？”蒋丞问。

“我发现你很牛啊，”顾飞说，“你是不是又把这首记下来了？”

“没，”蒋丞说，“就记了这一句，别的全忘了。”

“那首你怎么记得下来？我唱给你的你倒记不了？”顾飞眯缝了一下眼睛。

“废话，我到现在都是晕的，”蒋丞说，“你不过来炫技我可能还能多记两句，你嘚瑟完了我就只记得这一句了，因为你炫的就是这句，猪也能记下来了。”

“啊，”顾飞忍着笑点了点头，“也是。”

蒋丞叹了口气，没说话。

顾飞也没说话，就这么跟他面对面安静地站着。

“顾飞……”身后传来了李炎的声音，“顾淼手弄伤了，我说帮她消消毒，小屁丫头不理我。”

顾淼伤了？蒋丞有些吃惊，但李炎看上去不怎么着急。

“丞哥去帮她弄一下吧，”顾飞说话的时候也挺平静，“她可能也不想理我。”

“为什么？”蒋丞看着他，估计顾淼磕磕碰碰的他们已经见怪不怪了。

“今天我说，出去玩滑板的时候要给我发消息，”顾飞说，“她给我发了，我估计是没听到，现在也没回复她，肯定会生气。”

“……我也没听到你手机有动静。”蒋丞愣了，大概是他俩沉浸在破舞台表演当中无法自拔的时候顾淼发过来的消息。

“你去试试吧，”顾飞冲他笑笑，“说不定她理你。”

顾淼的伤不严重，不过也出了血，李炎想用生理盐水给她冲冲，但她一直就那么站在收银台前面的空地上，抱着滑板一动不动。

“二淼？”蒋丞过去蹲下，冲她招了招手。

顾淼瞪着他，没有表情也没理他。

蒋丞又冲她笑了笑，顾淼这么睁大眼睛的时候，可以很清楚地看到她的睫毛，跟顾飞的睫毛一模一样。

“二森，”蒋丞想着该怎么让顾森听懂自己的话，想了一会儿他低头往自己手上吹了口气，“二森，我手疼，你知道怎么办吗？”

顾森的视线落在了他脸上。

“二森？”蒋丞心里一阵高兴，继续小声跟她说，“你……”

话还没说完，顾森一扬手就把李炎放在旁边小桌上的生理盐水瓶子掀到了地上。

没等蒋丞再出声，顾森又一把掀翻了小桌子。

“顾飞！”李炎冲厨房喊了一声，“你妹要造反了！”

“让她站着吧。”顾飞在厨房里说。

蒋丞站起来，转身去了厨房。

“这事儿按说是你不对，她生气的话，”蒋丞拧着眉，“你要不要给她道个歉？”

“嗯，”顾飞一边和面一边点了点头，“一会儿的。”

“我来吧，”蒋丞说，“她都那样了，你先去哄哄？”

顾飞停下了动作，叹了口气。

蒋丞没说话，在他背上搓了搓。

突然有些不安，顾飞这个样子……会不会是因为自己……叫醒了他？

“我过一会儿去，”顾飞说，“过一会儿她劲头稍微过去一点儿了，我哄着效果才好。”

“小丫头太犟了，”顾飞叹口气，“屁大点儿事就生气，有时候我烦起来都想揍她。”

“揍过吗？”蒋丞笑了笑。

“没有，吼都没吼过，”顾飞松开了他，转身继续和面，“有时候我就想晾晾她，她有脾气，我也有脾气啊。”

不过顾飞的“脾气”明显不如顾森的脾气，和好面之后他就进了店里去哄顾森了。

一直到蒋丞和李炎把馅儿剁好调好了，一块儿到店里开始包饺子的时候，顾森才终于恢复了正常，坐到了桌子边看他们包饺子。

蒋丞看着也过来开始包饺子的顾飞，疲惫看不出来，情绪还挺正常，但也许是心态不同了，他看着顾飞耐心地跟顾森沟通时，有了以前从来没有过的无力感。

以前只是单纯地觉得顾飞这样很累，现在却突然体会到了顾飞在河边说出那些话时的无力。

顾淼并不总这样，忽好忽坏，当初在火车站见到她的时候，除了不说话，他甚至没有发现顾淼跟别的孩子有什么不同，之后也能跟顾淼一块儿玩滑板，一块儿吃饭，玩游戏，还会冲他笑，想到这些的时候他的心情就会猛地扬起来，这样的顾淼，会让人感觉到希望，似乎并没有多么糟糕。

但听到顾淼的尖叫，看到她拒绝跟人交流，看到她对外界冷漠的表情，想到她画满一张又一张的那些兔子时，想到刚才自己满心以为顾淼会给自己一个回应但她却掀翻了桌子时，心又会猛地沉下去，像是被从幻想中猛地拉回了现实。

这种一扬一落过后，就是深深的无力感。

顾飞也许经历了无数次的扬与落，最后决定放弃虚无的希望。

吃完饺子李炎就走了，蒋丞在店里坐着，看着顾淼踩着滑板在货架间来回穿行。

顾飞坐在收银台后面算着账，不知道这个月他妈妈从店里拿走了多少钱，还能剩下多少，反正顾飞算账时脸色不怎么好看。

钱，大概是除了顾淼之外压在他身上的最重的那座山。

顾飞甚至没有办法让顾淼一直接受康复治疗，仅仅是这个小破城市里水平不一定有多高的治疗，都没有办法长期进行。

蒋丞皱了皱眉。

“有两次你拍照的钱人家给我了，”顾飞一边按着计算器一边说，“我明天转给你吧？”

“我以为都结完了，没有吗？”蒋丞愣了愣。

“我把你卖了你估计都还美滋滋的呢，”顾飞看了他一眼，“你都不记着点儿账吗？”

“滚，”蒋丞说，“我反正不乱花钱，没乱花钱，没丢钱，就不需要记账。”

“好有道理哦学霸。”顾飞说。

“是的呀渣渣。”蒋丞说。

说完这句之后他心里突然动了动，盯着顾飞犹豫了能有五分钟才开了口：“顾飞。”

“嗯？”顾飞叼着笔看着他。

“要不，钱别给我了，”蒋丞说，“就……放你那儿吧，你帮我存着。”

顾飞没说话，嘴里叼着的笔上下来回晃着。

过了一会儿蒋丞看到他嘴角勾了勾，挑出一个不明显的微笑。

“行不行啊？”蒋丞瞪着他。

“丞哥，”顾飞把笔拿到手里转了转，“我上辈子应该是做了点儿什么了不起的大事儿，这辈子才能碰到你。”

五 ∞

P301 – P380

41

把钱放在顾飞那儿存着，以后顾飞需要钱的时候，说我那些你先用着吧，比说我这儿有钱拿去吧，要更顺理成章一些，顾飞也更容易接受一些。

自己卡上的钱差不多也够，最后这不到一年的各种学费资料费和生活费，加上大学第一年的费用，基本是够的，多出来的钱可以给顾飞。

但是他刚一开口，这个小计划就被顾飞看穿了，顾飞没说透，但也没再继续说下去，蒋丞也不好再提。

晚上顾飞还要修图，不能去出租房“陪他复习”了，蒋丞站在路口，看着顾飞，还有他身边踩着滑板的顾淼，有些出神。

每个人都有自己的故事，或悲或喜或无奈，不接触深了，你永远都不知道这一个个经过的人心里装着的事，亮着灯的一扇扇窗里有没有在叹息。

顾飞回了好几次头，冲他挥手，示意他目送可以结束了，他一直站着也没动。

一直到顾飞给他打了电话过来：“你是不是闪着腰了？”

“没，”蒋丞笑了，“我看一会儿不行吗？”

“你看得我都快不会走道了，”顾飞说，“回去吧，你不是还要看书吗？”

“你这么一说，”蒋丞叹了口气，“我突然就很紧张。”

“那我不说了，”顾飞说，“你再看会儿吧，我还有五米拐弯了。”

挂了电话之后蒋丞笑着继续看着已经快看不清了的顾飞的身影，顾飞拐弯的时候冲他又挥了一下胳膊。

回到屋里，蒋丞感觉自己就像一个规律活动的机器人，洗澡收拾，坐到书桌前，作业写完，然后按着脑子里的计划开始看书复习。

要做的题，要背的书，他没像很多人那样会把复习计划列一下，他都只是记在脑子里，每天要做什么，昨天干了什么，哪里有问题，今天要干什么，哪些可以留到明天……

翻开的书里各种颜色画出的道子就像个密码本，只有自己才知道每种颜色的意思是什么，还有笔记本。

蒋丞翻开自己的笔记本，他的笔记做得很简略，很多内容他都只做个提示，自己看到提示想一下能想起来就行，再加上这个字……他的笔记以后毕业了估计白送都没人要，天书。

这个字啊。

蒋丞一边背书，一边顺手在纸上写着，顺着思路写下一些关键的字句，当作练字了。

要说这个字，还是有一些进步的，他现在起码能控制着自己在字写得这么丑的情况下不要连笔了。

一笔一画，虽然丑，好歹能认出是个什么玩意儿来。

桌上放着一个顾飞同学忘了拿走的笔记本，蒋丞拿过来打开看了看，顾飞的所谓笔记本，基本就是个空白新本子，每一科都拿这个本子放在桌上，装模作样的，算是给老师一点儿面子。

这本子他要没记错的话，从上学期顾飞就在用了，到现在……也就用了七八页，每页大概写个十来行字。

蒋丞以前没翻过顾飞的笔记本，今天才第一次看清顾飞在本子里都写的是什么，刚看了一句他就乐了。

老鲁声如洪钟，比下课铃还提神。

困。

很困困困困困困困困困困困。

过不去这关了。

李炎超了12关，人渣。

忘带充电宝。

吃馅饼。

不吃面不吃面面面不。

人口再生产，人口世代更替，出生，死亡。

蒋丞挑了挑眉毛，对于居然看到了跟上课内容有关的东西有些吃惊，大概是趴桌子上无所事事的时候记下来的。

不过就这一句，而且这句后面就是用笔涂出来的乱七八糟的线团子，一看就是走神了下意识乱画出来的。

欣赏完顾飞的“笔记”，蒋丞伸了个懒腰，继续背书。

感觉应该鼓励顾飞多写点儿这样的笔记，他看完觉得心情很好，精神为之一振，休息的时候看几眼，估计在这儿坐到晚上三点问题不大。

顾飞脑袋往前一扎，整个脸结结实实地扣到了键盘上。

“我去！”他骂了一句，鼻子一阵酸痛，捂着好半天都缓不过来。

平时他修图修到半夜也不会困成这样，今天居然手里还拿着鼠标就这么睡着了，而且睡得这么入戏，脸砸键盘的时候简直是全情投入。

但是这种困跟平时上课的时候昏昏欲睡，要是不玩手机立马就能睡着的那种不一样，跟累了一天还要陪着顾淼玩滑板或者跟老妈吵架的那种困也不一样。

大概是发泄过后的那种放松吧。

鼻子缓过来之后他又摸了摸键盘，这么直挺英俊的鼻梁，没准儿能把键盘给砸坏了呢。

今天的确……算是发泄吧，这么多年以来他第一次跟人说出了自己真实的想法，第一次当着人的面哭得这么放肆和毫无保留，虽然是被蒋丞“逼”出来的，却还是觉得猛地一阵放松。

就像是跨栏的时候，你不知道自己到底能不能跳过去，是会落到对面，还是落到楼下，也不知道你落地的时候是会平安无事，还是会摔断腿。

迈出步子是最难的，跳出去了就会突然轻松，关于接下去会怎么样的那些猜测全都消失了。

开口是最难的，一旦说出了第一句，也就没有了什么负担。

关于未来依然无解，说出来了也许只是给对方平添烦恼的这种想法，也都清空了。

明天……顾飞拿出手机点开了四中的贴吧，犹豫了一下却还是又关上了，不用等到明天，今天下午开始，贴吧就应该已经炸了。

四中的人每天都很闲，每天各种讨论层出不穷，连老师谈个恋爱都会有人开帖赌会不会分，多久分。

“顾飞会作曲”这样的新闻，估计能讨论一星期。

今天他离开礼堂的时候，想过蒋丞的反应，他不想让蒋丞失望，只是在贴吧里被人各种感叹他可以当没看见，但当所有人惊讶感慨的目光都往他这边看过来的时候，他还是有些坐不住了。

顾飞居然这么牛！顾飞居然这么棒！

那种不断被提醒着的感觉实在是不好受，而且他这么多年已经习惯了避开目光，作曲顾飞四个字跳出来的瞬间，他有一种被撕开了的惊慌。

顾不上去想如果蒋丞看到他离开会有什么样的感受，几乎是在那同时他就逃出了礼堂。

他知道蒋丞准备这个节目准备了多久，又有多用心，他都不敢去想象蒋丞一眼看到他空着的座位时会有多失望。

蒋丞在河边冲他吼的时候他没有一丝生气，也没有一丝不爽，有的只是无奈，还有心疼。

心疼蒋丞像要抓着最后一点依靠一样想要抓住他，却总也得不到能让他心真正落地的那一点安全感。

他轻轻叹了口气，拿过手机看了看时间，过了12点了，学霸这会儿肯定还沉浸在复习备考这项伟大的工程当中。

他打算1点的时候再给学霸发消息。

客厅的门响了一声，老妈回来了，顾飞有些意外，按说这个时间了，老妈应该是在某个男朋友家过夜才对的。

他皱了皱眉，放下手机走出了卧室。

老妈正在门口换鞋，听到他走出来也没抬头："你还没睡啊？"

"嗯，"顾飞看着她，"我以为你不回来了呢？"

"不回来我能去哪儿啊！"老妈没好气儿地说，换了鞋抓着包就往卧室走。

顾飞往她脸上扫了一眼，一把抓住了她的胳膊："脸怎么了？"

"没怎么，"老妈偏开头，"你忙你的去吧。"

顾飞没说话，伸手挑开了她的头发："你男朋友打的？"

"哎呀！"老妈猛地甩了一下胳膊，挣开了他的手，转身推开卧室的门，"你怎么管那么多！"

顾飞跟过去的时候老妈已经关上了门，他拧了两下没拧开。

"你，"顾飞压着声音，"还没有被男人打够吗！"

屋里没有回应，一片安静。

"你是不是被打傻了！"顾飞简直无法形容自己的感受，"开门！"

门打开了，老妈站在里面，手指着他："你再说一遍！"

老妈把头发拢到耳后，脸上的伤更清晰了。

"我问你是不是没被男人打够！"顾飞说。

老妈没说话，一个巴掌甩到了他脸上："你说什么！"

老妈这一巴掌，顾飞可以躲开，但他没躲，巴掌甩到他脸上发出一声脆响。

"你说什么！"老妈眼睛里开始有泪光。

"我问你是不是没被男人打够。"顾飞又重复了一遍，脸上有些发烫，但心里跟着老妈脸上伤痕浮现的，那些一辈子也忘不掉的画面带来的恐惧远远超过了脸上这点细微的感觉。

"我哪知道他会打我！"老妈突然哭了出来，"之前他对我那么好！我怎么知道他会动手！"

"你没有眼睛吗？你不会看人吗？你没有判断力吗？你需要他打过你了才能知道他不是什么好人吗？"顾飞一连串地问，声音都有些发抖，"你多大了？你不是十几岁的人了啊，你不能总活得这么少女吧？少女也有判断力吧！"

"我少女怎么了！"老妈猛地推了他一把，"我少女怎么了！我从少女的时候就跟你爸在一起！我就没有少女过！他死了！我不能少女吗！我就要少女！我要少女一辈子！他死了就完事了！谁来赔我那些少女的时光啊！谁来赔啊！"

顾飞看着她，没有说话。

"我以前问过你对吗？"老妈也看着他，"你说我自己赔，对吗？那我就是自己赔给自己啊！不是吗？我自己赔给自己啊！"

顾飞盯着她看了很长时间，最后转身走开了，准备回自己房间。

"大飞啊，"老妈在身后叫了他一声，"大飞。"

他转过身。

"你是不是受够我了？"老妈问。

"是。"顾飞回答。

"你会扔下我走的，要是没有二淼，"老妈抹了抹眼泪，"你早就扔下我走了，我没有男朋友的话，迟早会是一个人，死的时候就是一个孤老婆子。"

顾飞不出声，沉默着。

安全感，对于人来说到底有多重要？那些隐藏在心底的你或者根本感觉不到的对于安全感的需求，对一个人来说，到底会有多大的影响？

他叹了口气，张开了胳膊。

老妈过来扑进了他怀里，低声地哭着。

他拍了拍老妈的背：“别哭了，一会儿去洗洗，不要再跟那个人来往了。”

老妈没有说话。

“你要不跟他断了，”顾飞说，“就说你男朋友每个都是我打跑的。”

老妈推开他，瞪着他看了一会儿，转身进了厕所。

顾飞还没有洗漱，回到卧室往桌子前面一坐，他几乎不想再站起来，别说洗漱了，就一会儿修完图从这里走到床边这一步半他都不想再动了。

坐在电脑前，对着一张图看了起码五分钟，他才想起来自己是想要干点儿什么，拿过鼠标的时候他突然很佩服蒋丞。

蒋丞无论什么样的情况下，都能在很短的时间里进入复习状态，哪怕是今天这样的一个下午，他可以肯定蒋丞这会儿绝对是脑子里什么都没想，只有眼前的书和资料。

这样的人，简直太炫酷。

他笑了笑，鼠标点了一下，电脑桌面露了出来，蒋丞蹿上天的脸出现在他眼前，他手指撑着额角，偏着头看着这张脸。

他盯着照片看了一会儿，重新拿起鼠标开始干活，这些照片都是明天必须交的，自打他总去蒋丞那儿陪他复习之后，修图这些活都得压到死线。

这些照片今天晚上必须做完交了，换了平时他可能会旷个半天一天的课，慢慢在家弄完，但明天他要去学校。

要旷课也不是明天，明天他要不去，蒋丞一定会觉得是“顾飞作曲”的原因。

一点的时候他拿过手机，想给蒋丞发个消息，刚拿起来，手机就振了一下，有消息进来，是蒋丞的。

——睡了吗？

——作图，一会儿就睡了，你看完书了？

——嗯，视频一下有时间吗？

顾飞发了个视频请求过去，那边蒋丞很快接了。

屏幕上出现蒋丞的脸的时候，顾飞突然觉得刚才被老妈搅得完全乱了的心情一下就平复了。

“你准备睡了？”顾飞靠在椅子上笑了笑。

“嗯，一会儿听着英语睡。”蒋丞说。

“那还能睡着吗？”顾飞问。

“能，跟催眠差不多，听着听着就睡着了，”蒋丞打了个哈欠，“你还有多久弄完图啊？”

“半小时。”顾飞看着蒋丞的脖子。

蒋丞是仰着头靠在椅背上的，脖子拉出的线条非常漂亮。

“那你弄吧，明天……”蒋丞犹豫了一下，“你去学校吗？”

“去，”顾飞点点头，“不过你起床的时候得打个电话叫我，我怕起不来。”

“好的，”蒋丞立马笑了，“我在早点摊等你。”

“你请客吗？”顾飞问。

“我请。”蒋丞点点头。

“那行，”顾飞看了一眼时间，“那你先睡吧。”

虽然心情一好，干起活儿来就很有效率，但因为之前陪朋友一天天的也不干正事儿，所以压的活儿有点儿多，干完的时候都三点了。

顾飞平时入睡时间大约半小时，今天往枕头上一倒，就跟被人打了一拳似的，感觉眼睛一闭上就失去了知觉。

这一夜他什么都没有梦到，只听到了手机铃声。

顾飞翻了个身，晚上睡觉要是不做梦，就感觉自己白睡了一晚上似的，闭上眼就该睁开眼了。

电话是蒋丞打过来的，顾飞接起电话还没来得及出声，那边蒋丞的声音就传了过来：“顾飞，你起了吗？”

“起了，”顾飞坐了起来，虽然还有点儿迷迷糊糊的，没完全清醒，他还是听出了蒋丞的声音里没有平时叫早的那种愉悦语气，“怎么了？”

“李辉在楼下，还带了几个人，”蒋丞说，“我不知道他怎么找到这儿来的，估计是不知道我住哪一层，所以没上来，但是就在楼下。”

“我马上过去，”顾飞跳下了床，“你怎么发现他在楼下的？”

“他给我打电话了，”蒋丞听上去很烦躁，“我都说了李保国那儿什么东西我都不要，所有的事情都跟我没关系，他为什么还没完没了？”

“他说没说为什么找你？”顾飞跑进厕所，也来不及刷牙了，直接用老妈寻找少女之旅的路上碰到的某个男朋友忽悠着她买了一箱的漱口水涮了涮。

“问我要李保国的存折，”蒋丞说，“你别过来了，我直接下去，我最烦这种纠缠不休的傻缺。”

“你等我。”顾飞脸也没顾得上洗，光个膀子直接跑出了门。

李保国有没有什么存折且不说，就算真有，也不可能给蒋丞。

李保国这辈子跟李辉不对付的原因也就是他以钢厂特有的方式在意着李辉，李辉也以钢厂特有的方式回应着他。

这一点李辉自己非常清楚，他找蒋丞并不是真的找不到存折，大概只是为了要钱。

蒋丞是大城市里长大的孩子，家庭条件还可以，身上有养父母给的卡，这一点只要李保国知道，李辉就知道。

李辉这种人，就像一块晒软了的口香糖，没有情和理可讲。

蒋丞收拾不了他，要收拾，就得钢厂小霸王……

顾飞没骑自行车，直接推了摩托出来，往出租房那边开了过去。

42

今天是个阴天，这会儿本来该有点儿冒头的太阳也没出来，街上没几个好灯泡了的路灯也都还亮着。

顾飞坐在摩托车上往蒋丞那边飙过去的时候还觉得风吹在身上略微有点儿凉。

但也很爽，整个人都被凉爽的风包裹着的感觉。

他已经很久没开车了，一般他跟李炎刘帆他们出去浪的时候才会开摩托，但自打跟蒋丞玩在一块儿之后，他跟这帮人出去的次数大幅减少，那天刘帆打电话来的时候说要写首诗纪念“弃我而去的铁子”。

从家里到蒋丞那儿距离不远，开摩托而且是这么飙过去超不过五分钟时间。

他有些担心蒋丞会压不住火下楼去收拾李辉。

蒋丞收拾李辉并不会吃亏，哪怕李辉带了人，以蒋丞的战斗力，也不可能让对方占了上风。

但现在情况不同，蒋丞是个备考的高三学生，别说惹上这种麻烦，就算是影响了情绪，都算是大事儿。

本来从重点高中到四中这种学校，无论从哪方面来说，都会受到影响，再被各种烦心事扯着……

这个时间街上的人不算太多，上学上班的都还没出门，街上只有早起锻炼和买菜的老头儿老太太。

所以顾飞从路口一拐出来，就看到了前面街边站着的几个人。

顾飞没戴眼镜，离着这样的距离他除了能认出来单独站在几步外的那个是李辉，另外几个都认不出来是谁。

但是没所谓了，李辉能叫来的都是“社会青年”，区别无非就是钢厂社青和非钢厂社青而已。

顾飞的车没有减速，对着马路边儿上那帮人的方向就冲了过去。

社青们的反应还是比较灵敏的，马达的轰鸣中几个人都转过了头，并且有了移动的迹象。

顾飞伏下身，伸手从改装过的后轮挡泥板上拿下了一根橡胶棍。

摩托车冲到那帮人身边的时候，好几个人都躲开了，不过顾飞的目标并不是他们。

李辉的反应明显不如这些混子，人家都散开了，他才刚回过头。

顾飞一扬手，手里的棍子抽在了他屁股上。

李辉吼了一声，中气并不十足，大概七足吧，一看脸色就知道他昨天晚上打牌没睡过觉，一脸铁灰色。

不愧是李保国亲手带大的亲儿子。

一帮人回过神咒骂着围上来的时候，顾飞的车已经冲出去了好几米。

他一个刹车，脚在地上撑了一下，摩托车的车尾甩了过去，车子掉了个头。

这回距离近了一些，他看清了李辉叫来的人，四五个人应该都是钢厂这边儿的，但只有一个叫三狗的他认识，这人经常到他店里买东西。

三狗认出了他，有些吃惊地愣了愣：“大飞？”

“闪开。”顾飞说。

车子再次对人冲了过去，三狗犹豫了一下退开了。

这次对方有准备，有人手里拿着刀迎着车上来，对着他的脸狠狠挥了过来。

顾飞偏了偏车头避开了刀，手里的棍子对着这人胳膊抽了下去，车子往前冲出时他听到了刀落地的声音。

他这一下并没太用力，就是要打掉刀，他轻易不愿意惹这些人，都不知道底细，万一碰个跟猴子一个德行的，想甩掉不容易。

他的目标就是李辉，李辉是个尿蛋，要没叫人，他都不敢一个人过来找蒋丞，叫了人他甚至也不敢去学校堵。

四中的学生打架是家常便饭，要蒋丞真带了人跟他干仗，他根本不敢对着来。

李辉想躲，但速度没有摩托车快，刚一转身想跑开，顾飞手里的棍子又已经抡在了他腿上。

“神经病！”李辉吼了起来，“我惹你了吗！”

“惹了。”顾飞又一次掉转车头。

“信不信我连你一块儿收拾了！”李辉指着他，说这话的时候他往旁边看了一眼，想让旁边几个人一块儿上。

“这事儿跟几位大哥没关系，”顾飞熄了火，从摩托车上下来，手里拎着棍子，走到李辉跟前儿，“你就找个高中生的麻烦，还叫这么多人，传出去丢你自己的人就算了，让帮你的人也一块儿丢人。”

“你少挑拨！”李辉吼得唾沫都飞出来了，“他拿了我爸的存折！”

“你爸有存折吗？”顾飞冷笑了一声，“要不你先去银行查查，银行不让你查你报个警，警察肯定帮你查。”

“我不用查！我就知道他拿了！”李辉吼。

“那行吧，”顾飞看着他，“你上回来我店里拿走的货什么时候给钱？”

李辉愣了：“我什么时候拿你的货了？”

“一整箱的中华，还有两箱茅台，”顾飞说，“还有……”

“放屁！”李辉打断他，“你那个破店里有这么多中华和茅台吗！”

“那你那个打牌都要赊的爹有存折吗？”顾飞问。

“你……”李辉让他说愣了。

“你管我店里有没有，”顾飞说，“我说你拿了，我就知道你拿了。”

“你……”李辉眼珠子都快瞪出来了，话都不知道怎么继续说下去，直接一扬胳膊，拳头对着顾飞脸上挥了过去。

顾飞没躲，李辉这一拳的路程实在太长，他一拳砸在李辉鼻子上时，李辉还像要跟他拥抱似的张着胳膊。

蒋丞听到摩托车声音的时候还犹豫了一下是不是顾飞，刚想到窗口看看时，又听到了因为猛地加速而发出轰响的马达声，立马知道这是顾飞来了，而且是奔着打架来的。

他顾不上先去窗口查看战况，直接回手抓了放在桌上的弹弓，扑到窗口抓了几块花盆里的石头，猛地一拉弹弓，往下瞄准的时候才看了一眼下面是怎么回事儿。

一眼看到光着膀子拎着根黑胶棍站在楼下的顾飞时，他整个人都愣住了。

他从来没见过顾飞光膀子出门，别说出门了，因为家里有顾淼，顾飞在家的时候都基本没有光过膀子。

而此时此刻，顾飞就这么光着膀子，穿着一条带白杠的运动裤，手里拿着根棍子。

……久违了的钢厂小霸王。

李辉带了四个人，加李辉一共是五个，蒋丞拉紧皮筋盯着，但似乎这几个人里除了李辉，都没有动手的意思。

估计李辉叫的都是钢厂这片儿混的，就算顾飞上次“输”给了猴子，但那种“决斗”的方式并不代表本身实力，这些人对他估计还是会有所顾忌。

听不清李辉跟顾飞之间的交谈，只能看出李辉相当激动和愤怒，接着就对着顾飞抡了一拳。

蒋丞手里的石子儿没有打出去，李辉这一拳还没在空中划完那个漫长的弧线，顾飞的拳头已经怼在了他鼻子上。

李辉往后猛地几个踉跄，接着手背到了身后。

就是这个。

李辉从身后拿出一把菜刀的时候，蒋丞手里的弹弓嘭的一声，石子儿飞出去，打在了李辉拿刀的手腕上。

这把弹弓的威力蒋丞已经试过很多次，就这一下，李辉的手绝对会肿，要是换颗钢珠，这会儿他骨折都没问题。

李辉手上的菜刀咣当一声掉在了地上，没等他过去捡，顾飞已经一脚踩在了刀上，对着他的肩砸了一棍子。

然后才转头往楼上看了一眼。

蒋丞迅速缩回屋里，打开房门往楼下三步一跨地跑了下去。

他不能一直这么躲屋里放暗器，这会让所有人把怒火都集中在顾飞身上，他不希望顾飞再惹到什么麻烦，不愿意再看到钢厂式的脑残决斗。

冲出楼道的时候，顾飞已经把那把菜刀踢到了一边，手里拿着的黑胶棍也扔到了旁边，空着手跟李辉面对面站着。

“你想找事儿，我就陪着。”顾飞说。

“你陪不着！”李辉一抹嘴，看到了跑出来的蒋丞，立马伸手一指，“我找的就是你。”

蒋丞一扯嘴角：“贵干？”

“现在不关他事儿了，”顾飞说，“现在就是我跟你的事儿，你要觉得我是蒋丞找来帮忙的，你也可以找个人帮忙，你看找谁？”

李辉叫来的几个人这会儿脸上都有点儿尴尬，表情难看得很，一个人皱着眉说了一句："李辉，会不会是个误会？我们就这么找个小孩儿的麻烦，真误会了有点儿不好看啊。"

"三万块！"李辉捂着刚被顾飞砸过的肩，"蒋丞你把从我爸那儿拿的三万块吐出来，这事儿我就不跟你计较了！"

"李保国要能有三万块，"蒋丞压着心里的怒火和烦躁，"也不至于让你逼得跳楼。"

"放屁，你上了一趟楼，他就跳下……"李辉跳着脚边骂边往他面前冲了过来，但没能冲出两步。

话也没能说完整。

顾飞横跨出去拦腰一脚踢到了他肚子上，李辉顿时弓成了一团。

顾飞过去对着他后背又砸了一胳膊肘，李辉跪到了地上之后他接着又抓着李辉的头发，往膝盖上一磕。

松开手的时候李辉仰面倒在了地上，鼻子里流出来的血糊了一嘴。

蒋丞看着顾飞这一连串的动作，心里说不上来是什么感觉，每次看到顾飞打架……或者说是打人，他都会觉得有些惊心。

顾飞脸上冷漠的表情，下手每一个动作都果断而准确。

因为这种狠劲，他才会把钢厂小霸王这种称呼放在顾飞身上，但并不准确，小霸王对于顾飞来说实在是太萌了，根本无法体现出他真正的状态。

如果顾飞不是顾飞，他会是钢厂绝对没有人敢惹的恶霸。

钢厂一哥。

钢厂顾霸天。

看着仰躺在地上半天都没有爬起来的李辉，看着旁边冷眼看着没有上来扶一把的李辉叫来的给自己出头的帮手，蒋丞一时间居然有些不知所措。

"李辉，"顾飞开了口，"别以为我不知道你是什么人，这片儿长大的没人不知道你什么样的人，今儿这事就算结了，你爸有没有那个存折，那个存折到底在哪儿，你自己心里有数。"

李辉捂住了自己的鼻子，动了动腿没有出声。

顾飞看了看旁边的几个人："我还是那句话，我在这儿长大，认识我的都知道，我从来不主动找谁麻烦，但谁要没事儿瞎找我麻烦，我绝对不会吃亏。"

几个人都讪笑着，顾飞看着其中一个人："三狗。"

"哎，我知道我知道，"那个叫三狗的走了过来，拍了拍顾飞的肩，"这应该就是个误会，误会！”

“谢谢几位给面子。”顾飞弯腰捡起了地上的黑胶棍子，卡到了摩托车的侧挡泥扳上。

三狗招了招手，几个人犹豫了一下，都转身跟着他一块儿走了，这些李辉叫来的所谓帮手，甚至没有一个人在这个时候去扶他一把。

蒋丞有些吃惊地看着还躺在地上的李辉，突然感觉有些说不上来的滋味。

钢厂这个地方，钢厂这地方的人，都让人难以形容。

“走吧，”顾飞跨上了摩托车，“你还要上去拿书吗？”

“嗯，我……上去拿，”蒋丞又看了一眼李辉，压低声音，“他怎么办？”

“一会儿自己就走了，”顾飞说，“也没弄断他骨头。”

“那你等我一会儿。”蒋丞转身快步走进了楼道。

跑上楼把收拾好的书包拎了，弹弓收回抽屉里，他又从衣柜里随便抽了件T恤，跑下了楼。

再出来的时候李辉没在地上躺着了，蒋丞顺着往前看了一眼，看到李辉正驼着个背慢吞吞地过街。

“穿上。”蒋丞把T恤扔给顾飞。

“他不会再来找你麻烦了，”顾飞一边穿衣服一边往那边看了一眼，“估计是在哪儿欠了钱吧。”

蒋丞叹了口气。

“如果他还来，你还是要跟我说，不要跟他直接冲突，”顾飞又说，“这种人碰不得，别影响自己复习考试什么的。”

“那你呢？”蒋丞皱着眉。

“我知道怎么对付这种人，”顾飞笑笑，“放心。”

蒋丞没说话，跨上了后座，顾飞发动了车子之后，他在顾飞衣服上轻轻搓了搓：“这些事，只能这么解决吗？”

“嗯，”顾飞应了一声，“不然呢，报警你都没个理由，警察也没法管，你跟他讲理吗，他要能讲理他根本就不会来找你，这种人只能打服了，打到他不敢再找你麻烦为止。”

“你以前也是这样解决事情的对吧？”蒋丞问。

“丞哥，”顾飞笑了笑，把摩托熄了火，回过头看着他，“我知道你在想什么。”

“真的吗？”蒋丞也看着他。

“如果是以前，”顾飞说，“刚才在这儿的每一个人，我都不会放过，来了的都算上，一个也别想走。”

“今天为什么没有？”蒋丞笑了笑。

“向学霸学习，”顾飞说，“向我同桌学习，不让我同桌担心。”

蒋丞没说话，只是拍了拍他的背。

“吃早点去？”顾飞重新发动了车子。

“嗯，”蒋丞点点头，“我请客。”

李辉的电话一早打过来的时候，蒋丞的确是再也想不出除了打他一顿还有什么别的解决办法。

顾飞如果没有动手，他自己下来面对李辉，也会是同样的局面。

就像顾飞说的，你连报警都没有理由，也没有精力，一个每天忙着上课复习备考的高三学生，面对李辉这样的无赖，似乎再也没有别的办法。

但是，他看着顾飞的后脑勺，就算顾飞已经不再像从前那样，他还是会不安。

无论顾飞如何“向同桌学习”，都是他一个人，除了他，这里更多的人，不会向谁学习，他们不会改变。

自己可以离开这里，自己也一定会离开这里，那顾飞呢？

顾飞为他挡掉那些烂泥里的不堪，然后呢？

蒋丞低下头。

是的，现在他还不知道该怎么办，顾飞从满怀希望到埋掉希望安静地闭着眼，也不知道该怎么办。

但哪怕是这样，他还是忍不住咬了咬牙。

顾飞一定要离开这里。

无论有多难，一定要离开这里。

顾飞不是没有抱着希望，他只是埋起了希望而已。

蒋丞正满脑子决心，情绪激昂的时候，顾飞往后靠了靠，后背顶了他一下，他差点儿就一扬头放声高歌了。

跟我走吧！天亮就出发！

“坐好，”顾飞偏过头，“前面有四中的学生。”

“哦，”蒋丞往前面看了一眼，车已经拐到了平时吃早点的那条路上，早点摊上或站或坐的人不少，“你没戴眼镜还能看到呢？”

“我猜的。”顾飞说。

蒋丞笑了起来。

“眼神儿是不如你，站楼上都百发百中的，”顾飞说，“你什么时候新买了个弹弓？”

“上回潘智来的时候送我的，”蒋丞说，“这把实在是……我感觉下回他再送就该送我把弩了。”

“马上十一了，他还来吗？”顾飞停了车。

早点摊上果然好几个四中的学生，有男有女，其实蒋丞谁也不认识，只是因为他和顾飞一下车，这几个人立马齐刷刷地看了过来。

“来不了，他刚死了四爷爷，一时半会儿也编不出什么亲戚来再死一次了，再说死得太密集也没人信，”蒋丞说，“四中十一也没假，主要是我耽误不起时间了。”

早点摊上已经没空桌了，他俩买完早点转了一圈儿，最后只能跟两个四中的学生挤到了一桌。

这俩估计是小情侣，他俩刚坐下去，小情侣就很默契地对了一下眼神，然后喝一口豆浆，往顾飞脸上扫一眼。

蒋丞皱了皱眉，感觉已经开始体会到那个主持人报出作曲顾飞四个字有多大的威力。

他有些担心地也看了看顾飞。

顾飞倒是很平静，一手油条一手豆腐脑地吃得很欢。

那俩好不容易吃完站起来走了之后，蒋丞松了口气：“终于……”

“怎么。”顾飞喝完了自己的豆腐脑，又拿过他的喝了两口。

“没，”蒋丞拿了个包子，“就觉得这些人烦得很，就这么盯着人看，看他个罗圈儿腿。”

顾飞笑了笑没说话。

到了学校，依旧是各种目光，蒋丞都有些后悔没鼓励顾飞旷课了。

不过进了教室之后就好了不少，毕竟8班的人跟顾飞在一个教室里待了这么长时间，就算吃惊，也没有别班的人那么夸张。

再加上还有伪班霸王旭队长在强行抢风头。

“那是啊！”王旭坐在桌子上跟旁边的人吹着牛，“我也就是平时懒得显摆，我玩吉他的时候你们都还是澡房歌手呢！”

“我这水平吧，也不是太行，”王旭一扭头看到了蒋丞，立马一招手，“蒋丞！你说说，之前我给加的那段间奏水平怎么样！是不是给咱这个表演增色不少！”

“是。”蒋丞非常诚恳地点点头，又冲他竖了竖拇指。

“是不是打算考个什么音乐学院啊？”有人问。

“再说吧，也不一定非得是要考音乐学院才学这个嘛，”王旭一脸严肃，“万一哪天我就冲出这破地方去了什么大城市呢，总得有点儿技能安身啊！”

“哦……”大家纷纷点头。

蒋丞笑了笑，坐下之后却突然有些怅然。

王旭都敢大言不惭地表示自己有冲出这里的理想，并且还敢把那样水平的吉他当作是傍身技能……

顾飞才叫作有安身技能，而且技能不止一个。

哪怕是去考本地的破烂大学，只要顾飞愿意，他起码能考上破烂大学里最不破烂的那一个。

蒋丞看了顾飞一眼，这话他不会跟顾飞讲，现在一切都只是未知数，顾飞不想被叫醒，自己就不能叫醒他。

他叹了口气，趴到桌上。

很困，一晚上也没怎么睡好，早上再被李辉那么一闹，现在静下来之后只觉得非常疲倦。

就早自习那么点儿时间，他打了能有八百六十个哈欠，泪眼蒙眬了都快。

“怎么困成这样？”顾飞放下正在玩的手机，“昨天是不是一晚上都没想正经事儿？”

“滚。”蒋丞笑了起来，刚笑完又打了个哈欠。

“要不……你睡会儿？”顾飞问。

“不了，还想记点儿重点呢，”蒋丞揉了揉眼睛，“看来应该去买支录音笔。”

“我帮你记？”顾飞问。

“什么？”蒋丞愣了愣。

“你说的什么重点之类的，还有笔记什么的，”顾飞说，“我帮你记，你听着就行，听不下去了就眯会儿？”

“那你……”蒋丞看着他，把自己的笔记本推到了他面前，“帮我记？”

“嗯，”顾飞拿过他的笔记本打开了，“第一节英语啊？”

“……你连第一节什么课都不知道吗？”蒋丞笑了笑。

“我哪一节都不知道，老师进来了我才知道，”顾飞看了一眼走进教室的老鲁，“你看笔记的时候看到我的字这么美会不会受到刺激无心复习？”

“要点儿脸吧。”蒋丞说。

老鲁照例先在讲台上一记金刚般若掌，把教室里昏昏欲睡的人震个半醒，然后开始讲课。

蒋丞枕着自己的胳膊半趴在桌上，耳朵里听着老鲁讲，眼睛看着顾飞。

顾飞转了转笔，大概是从来没记过笔记有些紧张，而且还是英语笔记。

老鲁转身开始在黑板上写重点的时候，顾飞低头跟着开始记。

蒋丞看着他的侧脸有些出神。

你睁开眼睛的时候，我一定会听到的。

43

一上午蒋丞都昏昏欲睡，耳朵里听着老师讲课，四中的老师讲课水平都在老和尚念经那个级别，除了老鲁会穿插着骂人提神，别的老师包括老徐，都是没有抑扬顿挫地一路前行，行着行着就睡着了。

在这种天气开始变得有些凉意，让人非常舒适的季节里，大概不聊天儿还能撑住在听课的就只有蒋丞和易静了。

哦不，蒋丞看着正埋头记着笔记的顾飞，还有顾飞。

对了还有……大概在一万个背影里都能准确找到易静背影的王旭同学。

中午放学之后蒋丞瞬间趴到桌上闭上了眼睛：“二十分钟后叫我。”

“嗯。”顾飞应了一声，合上了笔记本。

“哎大飞，大飞，”周敬收拾好东西转过了头，“大……”

顾飞看着他。

“你穿的是蒋丞的衣服吧？”周敬问。

“不是。”顾飞说。

“不是吗？”周敬有些迟疑，“我上周好像看他穿来着。”

“只是款式像。”顾飞说。

“……哦，”周敬犹豫了一下，“也不是新的啊，以前没见过你……”

“滚。”顾飞简单地打断了他的话。

周敬叹了口气站起来：“聊天都聊不下去，简直了。”

上课的时候困得仿佛这个世界都离去了，老师的声音都像是从五行之外飘回来的，现在下课了，可以安心地趴着打个盹儿了，蒋丞又睡不着了。

但他还是很坚强地一直闭着眼睛，到顾飞在旁边说了一句“二十分钟了”他才睁开了眼睛，抹了抹因为又困又睡不着而导致泪流满面的眼泪。

“没睡着吧？”顾飞问。

“啊，”蒋丞叹气，“困得都快瞎了。”

“那还趴着，我看你眼皮眨得都快赶上翅膀了，”顾飞笑笑，把笔记本推到他面前，“你看这样行吗？不行你赶紧找老师问问。”

蒋丞翻开笔记本，感觉到了一股清流。

他从初中开始记笔记，好几年的时间过去了，第一次看到自己笔记本上有如此干净工整的字迹。

顾飞这种学渣记笔记不分轻重，反正黑板上写了的，老师重复说了的，他都记了下来，看的时候得再挑出重点来。

不过有一点他相当佩服，顾飞的字不光写得好，还写得快，笔记这样不分青红皂白地一通记，实在不是一个小工程。

“你挺牛啊，”蒋丞说，“我记笔记都得用缩写和记号，要不记不过来。”

“废话，”顾飞说，“我只管记，不管琢磨。”

“你长这么大都没这么认真上过课吧渣渣。”蒋丞站起来伸了个懒腰。

“嗯，”顾飞也站了起来，两人一块儿往外走，“跟学霸在一起就是能体会很多神奇的事儿。”

“那……”蒋丞看了他一眼，“累吗？记笔记烦不烦？”

“还行。”顾飞说。

蒋丞没再说跟上课和复习有关的内容，但他能感觉到顾飞跟别的学渣不一样，正常学渣哪怕就是什么也不听只管记个笔记，一上午也会觉得烦，比如潘智那种正牌学渣。

别说要让潘智像顾飞这么记一上午笔记，就一节课，他都能杵笔杆上睡着。

一想到这里，蒋丞就是一阵不甘心。

眼睁睁看着顾飞就这么埋掉希望沿着钢厂人民的道路往前走，束手无策站在一边的感觉让他很难受。

每当细细品味到顾飞的无奈时，他的心情就会一路往下滑到底。

“中午吃什么？”顾飞问了一句。

蒋丞收回跑远了的思绪琢磨了能有两分钟才回答：“不知道。”

“真愁人。”顾飞叹气。

“我就觉得饿了，但是又不知道想吃什么，”蒋丞揉揉肚子，“要不去吃点儿有档次的？”

“对面的比萨吗？”顾飞笑了起来。

“哎不要，”蒋丞啧了一声，“王二馅饼比那强多了。”

讨论了半天，最后他们去顾淼前小学门口吃了顿羊肉粉。

虽说只是羊肉粉，但是从外观和价格来看，比较符合蒋丞提出的有档次的要求。

这家羊肉粉蒋丞路过了很多次，每次都觉得是个酒吧，还琢磨着这个小破城市真牛，能允许酒吧开到小学门口，酒吧还挺另类地起了个名字叫灰太狼……

“这地儿也就来这一次了，”吃完粉出来的时候蒋丞感叹着，“太贵了也，二十块！我刚拉你想出来你没感觉到吗？”

“没感觉到，我以为你给我整衣服呢，”顾飞笑了，“其实价格还行吧，肉给得挺多的，本来我想给你再加一份肉补补，最近用脑过度，一看肉给得还可以，就没舍得再加了。”

“是吧！你都舍不得再加了还说什么价格还行？”蒋丞笑了半天，然后拉长声音叹了口气，“哎……等以后我上班了，就带你去吃八百块一碗的粉，再加二百块钱的肉。”

“好，”顾飞很认真地点了点头，“不给加不是中国人。”

两人又一通乐。

回到顾飞家店里的时候，顾飞老妈正坐在收银台旁边，看上去精神有些不太好，平时见了面她都会嗓门儿挺大地说蒋丞你来了啊，今天就是看了他俩一眼，就继续坐着发愣了。

“吃了没？”顾飞问她。

“吃了，”她回答，声音也有气无力的，“带二淼去吃了个卷饭，她非要吃那玩意儿，凉飕飕的，这会儿我都胃疼。”

“你回去吧，”顾飞抬手在她脑门儿上碰了碰，“怎么感觉你有点儿发烧？”

“没有，”她站了起来，抓起放在桌子下面的小包，往店门口走过去，“不用管我，你不嫌累我还累呢。”

“阿姨再见，”蒋丞看着她背影，又转头看了看顾飞，“你妈怎么了？”

“不定时抽风，”顾飞坐下，打开收银机看了看钱，“昨天被新男朋友打了，心情不好吧。”

“……是上回看到的那个骑摩托的吗？”蒋丞问。

“不知道，”顾飞拧着眉，“再有一次我就去把那小子收拾了。”

蒋丞没说话，坐到了他身边。

“谈也谈不通，谈了没一千次也有八百次了，”顾飞掏出手机胡乱划拉着，“我觉得她得去看心理医生，但她肯定不会去，而且我们这儿……也没有靠谱的心理医生。”

是啊，别说钢厂，就这个小破城市里，去看个心理医生估计就会在周围人眼里变成神经病，顾飞妈妈大概也一样，去看看心理医生就是要承认自己是个疯子了。

“昨天她问我，没有顾淼，我是不是早就不管她了。”顾飞说。

“是吗？”蒋丞偏过头。

“是，”顾飞说，“都是成年人了，自己的路自己走。”

蒋丞没再说话，只觉得一片迷茫。

“去睡会儿吧，”顾飞说，“下午该撑不住了。”

“你呢？”蒋丞问。

“我不用睡，我又不困。”顾飞笑了。

小屋这张床顾飞刚换了床单什么的，被套枕头床单都透着阳光的清爽味儿，蒋丞往床上一倒，抱着被子没两分钟就睡着了。

顾飞叫他的时候他都不想起来，抱着被子不撒手：“困困困困……”

“那你旷课？”顾飞问。

“不。”蒋丞把脸埋到被子里。

“那起？”顾飞又问。

“困。”蒋丞说。

“那旷课？”顾飞继续问。

“不。”蒋丞的答案继续循环。

顾飞没说话，一扬手把他身上的衣服掀起来一半。

“哎！哎哎哎……”蒋丞瞬间清醒了，唰一下坐起来，接着就蹦到了地上，“你收着点儿，要去学校了。”

“不困了？”顾飞把衣服拉好。

“不困了，我洗个脸！”蒋丞跑去了后院。

下午的自习课被取消了，老徐站在讲台上语重心长地说了十分钟，希望能让大家从自习课变成了各种主科的打击中振奋起来，但收效不大。

抢占了第一节自习课的老鲁最后忍不住打断了老徐的话：“徐老师，你说这些没有用！你看这些玩意儿！你歇着吧，我上课了！让你说掉半节课了都！”

老徐依依不舍地从讲台上让出位置来：“不到一年了！同学们！你们已经玩掉了两年半！最后这半年打起精神来拼一把啊！”

“Wake up！”老鲁上去对着桌子就是一掌，“上课！”

蒋丞本来没走神都被他这一掌吓了一跳，旁边走神的顾飞吓得手机直接掉到了地上。

“心疼一下你们徐总吧！”老鲁说，“这一天天的，嘴皮儿都磨秃噜了！别人备个考都瘦十斤二十斤的，你们回家称称自己！肥头大耳的这一个个！我看得上菜市场找个猪肉秤才兜得住！”

蒋丞看了顾飞一眼。

“别看我，”顾飞小声说，“我身材保持得非常好。”

蒋丞忍着没笑。

“你瘦了，”顾飞又说，“都能看得出来了，晚上称一下吧，能看得出来至少十斤啊。”

“嗯。”蒋丞笑笑。

放学以后他俩去了药店，顾飞往秤上站了站：“我这体重三年都没变了。”

“每次都在这称的吗？”蒋丞问。

“嗯。”顾飞点点头。

蒋丞犹豫了一下，转头冲药店里的人问了一句：“大姐，你们这个秤是好的吗？”

“好的，新的！”大姐说，“新换了没俩月，挺准的。”

“哦，”蒋丞也站了上去，然后一下愣了，“他大爷的……一点儿没轻啊？”

顾飞把他手里拎着的书包拿走了：“你怎么不拎着我上去站。”

“拎不动，”蒋丞笑了，再看了看体重秤的数字，“比你轻了，原来我俩应该差不多吧。”

“大概吧，”顾飞说，“你大概得好好补点儿营养了。”

“哪至于啊，”蒋丞下了秤，“我考试前从来不用补营养，之前中考也是这么天天熬，我妈……也没给特别加餐过，就说不用那么娇气。”

“中考压力没这么大，”顾飞摸出手机一边走一边看着，“而且你现在吃得有点儿太随便了，以后晚上都不出去吃了。”

“在店里吃吗？”蒋丞问。

“嗯，”顾飞很严肃地点了点头，“早点也不出去吃了，油条油饼的没什么营养。”

“早点你给做吗？”蒋丞乐了。

“嗯。”顾飞继续点头。

“看什么呢？”蒋丞凑到他旁边。

“营养菜谱，你看这个，一天一种营养早餐。”顾飞指了指屏幕。

“不是，你做啊？”蒋丞看着他，“你手艺都不如李炎呢。”

“那让李炎给你做。”顾飞说。

“滚开，”蒋丞斜了他一眼，“我真没那么娇气。”

“就不滚。”顾飞笑了笑，把手机收回了兜里。

老鲁说的一考试就胖的人，潘智算一个，他家里始终不肯接受他是一个学渣的现实，每次考试潘智装模作样地趴在桌上玩手机的时候，他妈都觉得这是一个被营养不良拖了后腿儿的学霸，所以潘智连期中考试都能胖个三五斤。

考完试之后在各种挨骂挨揍当中再把重的这几斤给减掉。

蒋丞从来没享受过营养餐的待遇，沈一清有严格的饮食标准，认为复习得再辛苦，家里饮食的营养也足够了，加营养只是一种心理安慰。

不过也许就是这样吧，蒋丞一直也没觉得自己复习的时候营养不够，就是容易犯困，但以他的能力，一般小饿小困喝点儿香飘飘……

“犯困就是用脑过度，”顾飞一手拿着手机，一手拿着炒勺，搅着锅里的鸡翅，“就是得补。”

“吃鸡翅补脑吗？”蒋丞问。

“核桃牛奶鸡蛋红枣芝麻香蕉大豆……”顾飞一连串地说，“哪样你喜欢？”

“……都不喜欢。”蒋丞回答。

“那不就行了，鱼你也不爱吃，”顾飞看着手机，“你就喜欢肉，对吧，大五花。”

“鸡翅也很好。”蒋丞咽了咽口水。

“所以我觉得吃好点儿就行，那一堆莫名其妙的吃也吃不下去，也不知道怎么做，”顾飞翻炒了半天，然后用炒勺一指旁边，“去，把可乐倒进来。”

“嗯，”蒋丞过去开了一听可乐，“全倒吗？”

“全倒。”顾飞又看了看手机。

“没有可口可乐吗？百事气儿不够足……”蒋丞说。

“丞哥，我觉得你真的脑子不够用了，”顾飞看着他，“你是想吃个可乐鸡翅还带气儿吗？”

“……我能去喝一瓶吗？”蒋丞笑了。

“冰柜里有。”顾飞说。

这锅鸡翅量非常足，因为还得把虽然不需要补脑但是食量惊人的顾森考虑进去，顾飞在厨房折腾了能有一个小时，蒋丞都背完好几页政治了，他才喊了一声：“顾二森来拿碗筷！”

顾森跑进厨房，把碗筷捧了出来。

“二森咱俩去洗手？”蒋丞问。

顾森看着他，点了点头，跟蒋丞一块儿走到了水池边儿上。

“我先洗啊？”蒋丞说，确定了顾森还很平静之后他拧开了水龙头，用很小的水洗了手。

顾森跟着也过去伸出了手，在水龙头下面搓着手。

“没事儿。”蒋丞看了顾飞一眼。

“嗯，”顾飞点头，“有大半年没因为水害怕了。”

这是进步吧，算是进步吧？蒋丞没有开口问顾飞，他相信顾飞应该经历过无数次类似的期待，等来的都是失望。

可乐鸡翅大概是最容易做的“大菜”了，基本没有什么技术含量，顾飞就那么一边看着手机一边按着步骤做的，味道居然还不错。

“咸淡合适吗？”顾飞看着他。

“合适。”蒋丞一边啃着鸡翅一边冲他竖了竖拇指。

顾森马上也跟着他冲顾飞竖了竖拇指。

“真的，你要不支个锅在店里顺带卖点儿鸡翅吧。”蒋丞很快啃完了一个鸡翅，又拿了一个。

“没时间，”顾飞笑了笑，“再说真弄了，大概也不够你吃的。”

蒋丞笑着扒了两口饭。

顾飞的确是没时间，这个店基本也就是凑合着，没有办法认真经营，他去做兼职拍照的时候，也不可能让李炎每天来守着，他老妈守一会儿，要出门儿了就直接把店门一关，生意也不做了。

蒋丞看了一眼顾森，如果顾森稍微好一些，能帮着守守店就能让顾飞轻松很多，但要真的好一些，顾森也该去上学了。

他咬着鸡翅骨头，很多事，就是个死循环，一圈圈地交错着套在一起。

吃完饭蒋丞先回了出租房，他得写作业看书。

顾飞把店里的事收拾完，再把顾淼弄回家，陪着玩了一会儿，等顾淼睡觉了，才拎着一个保温壶过来了。

“这什么？”蒋丞看了一眼时间，顾飞比平时过来的时间晚了一个小时，现在都十点多了。

“……可乐鸡翅，”顾飞拧开保温壶盖子，“我刚在家做的，你的消夜……补脑的。”

“哦。”蒋丞心里一阵暖，但暖完了又突然很想笑，没忍住就乐出了声。

“严肃点儿，”顾飞把盖子重新盖好，“你不是挺喜欢吃的吗？”

“嗯。”蒋丞绷着脸点了点头，想想又乐了。

顾飞瞪着他好半天，跟他一块儿乐了，坐到床沿上：“现阶段吧，我只会这一个菜，你坚持一下。”

“好，”蒋丞收了笑，“顾飞，谢谢。”

“不客气，请叫我红领巾，”顾飞摸了摸自己胸口，“红领巾忘戴了。”

“行吧，红领巾，”蒋丞边笑边拿起桌上的书，“你累吗？”

“不累，怎么？”顾飞问。

蒋丞把书递给他：“你抽我……”

顾飞嘴角一勾的时候他就已经反应过来了，但还是没有来得及躲开，让顾飞在他胳膊上抽了一巴掌。

“你大爷！”蒋丞搓着胳膊。

“抽了，”顾飞接过书，“还有什么？”

“来个鸡翅。”蒋丞说。

顾飞去厨房找了个碗洗了，装了俩鸡翅出来放到桌上：“是不是要我帮你抽知识点你来答啊？”

“嗯，”蒋丞拿了个鸡翅啃着，“你随便抽吧，翻到哪儿算哪儿。”

顾飞拿起书：“我国人口分布的地理界线……”

“大体以黑龙江的黑河市和云南省腾冲市划一条直线为界，”蒋丞咔咔咬着骨头，“该线东南部人口多，该线西北部人口少。”

顾飞也拿了个鸡翅：“四川人口迁出对当地的积极……”

“缓解了本地区人地矛盾，加强了四川与外界社会的经济、科技、思想和文化联系……”蒋丞说到一半的时候，扔在床头的手机响了，“谁啊这么晚？”

“潘智吗？”顾飞帮他把手机拿了过来，看到屏幕上的来电显示时愣了愣，“沈一清？”

蒋丞正往保温壶那边伸的手僵在了空中。

“你……养母？”顾飞犹豫着，大概是看蒋丞一直没动，于是问了一句，“不接吗？”

蒋丞盯着手机，好一会儿才轻轻说了一句：“不想接。”

顾飞没说话，把电话按了静音，放回了床边，帮蒋丞又拿了两个鸡翅放到碗里。

“增加了收入，促进了经济发展，流动人口增加对城市发展的影响……”蒋丞说。

“啊？”顾飞愣了愣才猛地回过神来蒋丞这是把刚才没说完的又接着说完了。

蒋丞没再出声，盯着还在无声地亮着屏的手机，皱了皱眉。

44

蒋丞不想接这个电话，他自从来了这里之后，不，应该说是知道自己是领养来的之后，他就觉得很难再面对沈一清，也不愿意再面对沈一清。

他和那个家之间，没有什么大不了的矛盾，但自小起的各种严格得近乎苛刻的管教，清冷得回家了也无法真正放松的气氛，再加上自己身体里李保国的那些隐性的烙印……也许就是因为这些，他大概从小学开始就进入了所谓的叛逆期，一直“叛逆”到最后离开，也没叛完。

他不知道自己不在家的时候，家里的人是什么样的气氛，但只要他进了门，就能感觉到烦躁，下意识地就会奓起满身的刺。

他的那个家，给他的温暖踏实放松，甚至远不如潘智那个父母一周有大半周在打麻将的家来得多。

除了学习成绩，他大概再也没有一样能让父母满意的东西了，跟父母的关系，就像是被强迫着参加了一场由他们指挥的战争，他却从来没有取得过胜利。

所以他一直把成绩看得很重，无论平时怎么“浑”，在面对考试的时候他都会全力以赴，十几年的“战争”里，这是他唯一的据点。

但最后那一次爆发式的争执，还是拉断了他跟那个家最后一丝情感。

之前他一直认为，老爸……蒋渭肺炎住院跟自己没什么关系，不过是凑巧发生在他们几乎打起来的那次争执之后而已，而争执的内容，也无非就是一次旷课，对于沈一清总是把这件事归结在自己头上他充满了愤怒。

现在想想，也许并不是完全没有关系。

也许就是因为长期以来的积郁吧，领养来的孩子，始终也没有融入家庭，始终在他们的教育下如同不定时炸弹一样地反抗，会很疲惫吧。

蒋丞拿过了床头已经黑了屏的手机，沉默着。

他如果不知道自己并不是亲生的，如果没有回到这里，也许还会像以前一样，有恃无恐地继续挣扎在那个家里，继续暴躁地反抗。

现在却像是终于跳脱出了一段故事，站在一边回头看过去的时候，无论是自己的行为，还是家里所有人的行为，似乎都有了答案。

手机再次响起，还是沈一清。

蒋丞拿着手机看了一会儿，手指在屏幕上划了一下，接起了电话："喂？"

"小丞吗？"那边是沈一清的声音。

"是。"蒋丞应了一声。

顾飞起身走出了卧室，轻轻把卧室门关上了。

蒋丞靠到椅背上，其实算算时间，没联系的时间也没有太长，那边沈一清的声音居然变得有些陌生。

他突然有些怅然，想要亲密无间，用了十几年也没有成功，想变得更陌生，却如此简单。

"你现在情况怎么样？"沈一清问。

"挺好的。"蒋丞回答。

"那……李保国呢？"沈一清又问。

蒋丞拧了拧眉，他并不愿意沈一清知道这件事，他害怕再被问起，怎么回事，为什么，然后呢……

没有等到蒋丞的回答，沈一清又说了一句："他是不是……自杀了？"

"嗯。"蒋丞应了一声。

"是怎么回事？"从沈一清的声音里都能想象得出她皱着眉头的样子。

"我不知道，"蒋丞闭了闭眼睛，"他得了肺癌，没钱治。"

沈一清沉默了一会儿才又开口："跟你有关系吗？"

"什么？"蒋丞愣了。

"他自杀，跟你有没有关系？"沈一清问。

"靠？"蒋丞非常震惊。

听筒里传来沈一清对他这句脏话非常不满的叹息："你跟我说实话，虽然现在你不在这个家里了，但是……"

“我说什么实话？”蒋丞觉得自己大概是背了一晚上书现在脑子有些不清醒，沈一清的这个问题，他无论如何也想不出逻辑来，“我说什么实话？你想听什么实话？”

“小丞，”沈一清说，“你哥哥给我打电话了。”

“我哥是谁啊！”蒋丞吼了一声，什么都明白了又什么都想不通的混乱让他瞬间就有一种想要炸掉的感觉。

“你冷静点！”沈一清也提高了声音，“我不想再听到你歇斯底里地吼！”

李辉给沈一清打了电话，这不奇怪。

李辉跟沈一清说了什么，不知道，说了什么都不奇怪。

无论李辉说的是什么，沈一清都并没有相信。

但让蒋丞突然爆发的原因，是沈一清也没有相信他。

她这个电话只是来求证。

为什么回来一年不到，李保国就自杀了。

为什么李辉会打电话说……

“能先告诉我李辉说了什么吗？”蒋丞深吸了一口气，“我会冷静的，对不起。”

对不起。

这大概是他之前在家里说得最多的话，每次“占领高地”失败，他都会先把这句话放出来。

时间长了，次数多了，对不起三个字在他心里有时甚至会带上让人愤怒的气息，就像那天在河边他如同发泄般地对着顾飞吼出一串对不起，就像现在他会满心烦躁地对沈一清说出对不起。

对不起在某些场合里，变成了他表达情绪的方式。

有些可笑。

“李辉说你拿了李保国三万块钱，”沈一清也没有再绕弯子，直接说了，“李保国的救命钱，是真的吗？”

虽然蒋丞差不多能猜到李辉说了什么，无非就是钱钱钱钱钱，但猛地听到沈一清这么说出来，他还是感觉心里一阵堵。

脑子里有些嗡响，胸口憋闷，憋得他突然很想笑。

接着就有些反胃，强烈地想要吐的感觉让他迅速拿起桌上的杯子，猛灌了几口凉水。

“你跟李保国不是没有过接触，”蒋丞吸了一口气，控制着自己的情绪，“领养我的时候，退养我的时候，他是什么样的人，你应该清楚。”

沈一清没有说话。

“他有没有三万块钱不说，他可能把钱放在我能拿到的地方吗？”蒋丞说，“就算你不清楚他是什么样的人，你好歹养了我十七年，养条狗都该知道它什么时候会咬人，什么时候会摇尾巴吧！”

“小丞，”沈一清叹了口气，“我知道我这样问，你心里不舒服，但是有些事必须问清楚，我才能判断自己要站在一个什么位置。”

“我没有动过他的钱，他自杀跟我也没关系，他生病的时候我给了钱，他死的时候李辉问我要钱，我也给了。”蒋丞说。

这话说出来的时候他突然很委屈，鼻子有些发酸。

面对这个他叫了十七年妈妈的女人，他却需要这样来向她解释自己觉得她应该会非常清楚的事实。

虽然沈一清就是这样的一个人，但此时此刻，蒋丞还是再一次深深失望了。

或者是他太天真了，他天真地、一厢情愿地认为，十几年的“母子”情或多或少还会存在，妈妈要“站在一个什么位置”，并不需要什么真相和实话，选择相信自己的孩子，就像是一种条件反射。

但沈一清和他之间，没有这样的条件反射，沈一清理智地需要一个“事实”，才能决定站在哪边。

蒋丞可以理解，却难以接受。

他用了很长时间才强行不再去想，不再去纠结的那些关于过去十几年的纠结，再次被翻了上来。

“小丞，其实虽然你……但是我还是觉得你不可能动他的钱，”沈一清说，“只是李辉说得很真切，甚至哭了，所以我才会找你先问。”

“没事儿，”蒋丞笑了笑，“你太不了解我们这里的人，你俩要是面对面，他说不定还能给你来个割腕表清白。”

“你现在住在哪里？搬出去了吗？”沈一清问。

“自己租了房子。”蒋丞回答。

沈一清轻轻叹了口气，沉默了很长时间，蒋丞感觉自己已经猜到了她想说什么，又在犹豫什么，毕竟这是他脑子里唯一能跟“妈妈”这个词联系到一起的人，他还是很了解的。

“我现在很好，”他轻声说，“我……就在这里就行。”

“你一个人……”沈一清说得还是有些犹豫。

蒋丞打断了她：“我不是一个人。”

我是一条狗。

他非常努力地控制着自己才没有把后面这句话给说出来。

但是突然就很想笑。

然后他就笑了。

“有什么可笑的？”那边沈一清被他笑得莫名其妙，说话语气明显有些不快，“你对待自己的生活为什么还是这么随意？”

“随意？”蒋丞收了笑容，“不，我对待自己的生活一点儿也不随意，我现在非常清楚我需要什么，不需要什么。”

“好吧，”沈一清大概是不想再跟他说下去，“你如果这样认为，我不干涉。”

“谢谢。”蒋丞说。

“我最后再问一句，”沈一清恢复了平静，“你刚说不是一个人？”

“嗯，”蒋丞看了一眼关着的卧室门，“我现在不是一个人。”

我是一只狗。

蒋丞不知道自己这到底是怎么了，脑子里就跟灌了胶似的，绞着这个梗无论如何都过不去了。

虽然很烦躁恼火，但依旧想笑，非常想笑，他不得不咬着嘴唇，控制着自己不要再次跟吃错了药似的笑出声来。

“你是交了女朋友吗？”沈一清问。

女朋友。

早恋。

这些沈一清从来没有明确地跟他提过禁止，但从沈一清对一直各种“早恋中”的潘智嫌弃的评价里就能看出她的态度。

蒋丞站了起来，走到卧室窗边，看着外面本来就透着被遗忘的落寞，现在又开始带上了微微秋天气息的夜景，突然有一种想甩开身上所有束缚的冲动。

虽然他甚至都不知道到底有什么束缚，还是想要大吼，想要撕掉衣服，想跳出去，想要就那么一脚踏空。

那边沈一清又问了什么他已经听不清了，他也不想听清，只觉得自己脑子里，身体里，觉得外面因为月光明亮而变得出奇黑暗的那些交错着的阴影里，全是呼啸而过的风。

吹得他整个人都透着舒爽。

“谢谢你养了我这么多年，花了那么多心思，”蒋丞闭上眼睛，“但我没有给你带来任何欢乐，非常对不起，但是也没有什么办法去补救了，这些年这么多事，补也补不上了，对不起，以后不用再管我了，我会很好的，无论我在哪里，我有自己证明自己意义的方法。”

沈一清说着什么，风太大他听不清。

“换一个手机号吧，我真的不想你再因为我被那种无赖骚扰了，号码也不要告诉我了，”蒋丞说，“还有，就这一次，希望你能相信我，我真的可以过得很好。”

卧室门打开的时候，顾飞正看着窗外，他已经在卧室门和窗户之间以光的速度来回瞬移了能有七八次了。

每次都以为蒋丞要出来了，就赶紧回到窗户边一脸淡定地假装看向窗外，一看没动静，又过去听听，然后再回到窗户边。

不过这次他是真的在窗边看着外面发愣，蒋丞也总算是出来了。

还拎着那个装着鸡翅的保温壶。

“打完电话了？”顾飞把烟和打火机放到旁边桌上。

“嗯，”蒋丞点点头，“刚忘了盖盖子，好像有点儿凉了，热一下吧？”

“给我，”顾飞拿过保温壶，“倒锅里就能热了。”

蒋丞跟在他身后一块儿进了厨房，靠在墙边看着他忙活。

他拿了个小锅到水池那儿洗了，然后把鸡翅倒了进去，放在灶上热着，蒋丞就那么靠着墙一言不发。

他也没问，沈一清之所以会打这个电话，原因很清楚，是因为李辉打了电话过去，这种谈话没有谁会有好心情。

“从今天开始。”蒋丞突然开口，声音很平静。

“啊。”顾飞转过头。

蒋丞整个人的状态都非常严肃，看表情像是做出了什么重大的决定。

“我每天要晚一小时睡觉。”蒋丞说。

“啊？”顾飞没反应过来，“晚睡一小时干什么？”

“复习啊。”蒋丞说。

“……哦！”顾飞怎么也没想到蒋丞要说的会是这么一个重大决定，顿时都不知道该怎么回应了，“哦！”

“你也晚点儿睡，帮我抽背，抽到1点就行。”蒋丞说。

“好的。”顾飞点头。

“辛苦了，”蒋丞拍拍他的肩，“小顾。”

顾飞迅速伸手在他脑门儿上摸了摸，没有发烧。

“怎么了小顾？”蒋丞问。

“……没什么小蒋，”顾飞说，“鸡翅马上热好，你一会儿再喝瓶牛奶吧？”

“好。”蒋丞点点头，转身回了卧室。

接着顾飞就听到了卧室里蒋丞特别痛快的笑声。

他犹豫了一下，把火关了，也进了卧室。

蒋丞正躺在床上笑得停不下来。

“你没事儿吧小蒋？”顾飞一条腿跪到床上，摸了摸他的额头。

“没事儿，不知道怎么了，”蒋丞边笑边看着他，“我就突然想笑，刚打电话的时候都没忍住，就特别想笑。”

“想笑就笑吧，”顾飞捏捏他下巴，“笑完了好复习。”

“嗯。”蒋丞点点头。

又笑了能有一分钟，蒋丞突然止住了笑，皱着眉坐了起来，没等顾飞说话，他又跳下了床，鞋都没穿就跑了出去。

“怎么了？”顾飞喊了一声。

“吐！”蒋丞跑进了厕所。

顾飞跟进厕所的时候，蒋丞已经弯腰撑着墙，对着马桶吐得天昏地暗了。

他赶紧回卧室去把蒋丞的杯子拿了过来，拧好了毛巾在旁边等着。

“我天，”蒋丞吐了好几分钟才缓过来，“我这什么反应啊。”

“不知道，”顾飞听他说话感觉还算可以，把毛巾递了过去，“要搁电视里，你这情况应该是胸口一闷，眼前一黑，接着一口老血喷了出来，但是你现在营养不良，只能吐点儿刚吃的。”

“你大爷，”蒋丞对着马桶又乐了，然后拉长声音叹了口气，“哎——”

“丞哥，”顾飞看着他，“我有点儿担心。”

“有点儿？”蒋丞按了一下马桶冲水，转过头看着他。

“我非常担心。”顾飞马上改口。

“我真没事儿，”蒋丞趴到洗脸池上，拧开水龙头，用水往脸上扑着，

“我就是生气，我真是气着了，但是没憋着，我后来自行打通了奇经八脉。”

“李辉是不是打电话过去说你拿李保国钱了？”顾飞问。

“嗯，因为我拿了李保国的救命钱，李保国跳楼自杀了，”蒋丞边漱口边说，“顾飞，你知道李辉家住哪儿吗？”

“要去找他？”顾飞愣了愣。

“嗯，找他，”蒋丞说，“我要把所有的障碍都清掉。”

“什么障碍？”顾飞问。

“影响我复习心情的障碍。”蒋丞看了他一眼。

“……哦！”顾飞再一次无言以对，用力点了点头。

顾飞总觉得蒋丞表现得很平静，但情绪还是有点儿不稳定。

哪怕他以惊人的记忆力在抽背中百发百中回答全部正确，他还是不太正常，比如半夜一点半，要让顾飞带着他去李辉家认门。

“你不是说离得不远吗？都在你们钢厂的地盘上。”蒋丞说。

“嗯，”顾飞应了一声，从柜子里拿了件蒋丞的外套递给他，“穿上，这会儿凉了。”

“你也拿一件穿上。”蒋丞说。

“好。”顾飞又拿了一件出来，两人穿上外套出了门。

这会儿晚上的风已经能穿透两件衣服吹到人身上了，一出门，他俩就都下意识地拉了拉外套。

街上已经没有行人和车了，顺着路在时亮时灭的路灯下走着，有一种走在平行空间里的寂寞感觉。

李辉家就在前面了，钢厂范围最边缘的几栋矮楼里。

“前面就是了，”顾飞停下，指了指，“写着7的那栋。”

“嗯。”蒋丞也停下了，往那边看着。

风刮得略微有些急，顾飞往他身边靠了靠。

“其实，我就是想来看看，”蒋丞轻声说，“我不想找李辉的麻烦，不想警告他不想骂他也不想揍他，他不配，但我就是想来看看，算是给自己心里清清障碍。”

“嗯。”顾飞应了一声。

“就这样一个人，”蒋丞说，“就这样了，我不会再因为这些人，让自己受影响，从现在开始我不能再被干扰。”

"嗯。"顾飞在他后腰上搓了搓。

"我毕竟是要请你吃八百块的粉还要加二百块肉的人，"蒋丞说，"我要心无旁骛。"

"你肯定可以的。"顾飞笑了笑。

正想问蒋丞要不要去别的地方散散步放松一下脑子的时候，7栋那边传来了一阵喊叫声，有男人的叫骂和女人的尖叫，把旁边两栋楼楼道里的声控灯全都给喊亮了。

蒋丞愣了愣，还想往那边走两步看看，顾飞凭着敏锐的"钢厂雷达"把蒋丞拉到了旁边的阴影里。

刚站好，就看到那边7栋里冲出来了一个人。

一团白。

一个赤身裸体的男人。

就这么裹着风一边鬼哭狼嚎地喊着，一边冲了出来。

"李辉。"顾飞说了一句。

蒋丞拧着眉没有说话。

李辉身后还跟着几个人，都穿着衣服。

几个人手里还拿着家伙，除了棍棒，蒋丞还看到了闪动着的金属光芒，也许是铁棍，也许是刀。

李辉全身上下除了娘胎里带出来的那些部件，再也没有别的东西，就这么跑了没几步，就被后面穿戴齐全的人撂倒在地。

接着就被淹没了。

"我报警了！我报警了！"一个女人尖叫着从楼道里跑了出来，身上只有一条内裤和一件背心。

围住李辉的那帮人似乎没有听到她的话，一个人扬手往下一抡。

"走吧，"蒋丞转开了头，"去溜达一会儿。"

"嗯。"顾飞应了一声。

顺着另一条路走出去了很远，身后混乱的声音都消失了，蒋丞仰起头吸了一口气，轻轻哼了一句："我想踩碎了迷茫走过时光……"

"你不是说你只会一句吗？"顾飞笑着问。

"骗你的，"蒋丞挑了挑眉，"我想，左肩有你……"

顾飞迅速从右边移到了他左边，蒋丞看了他一眼，笑着继续："右肩……"

“右肩微笑。”顾飞马上移回了右边，跟着他和了一句。

45

这一夜过后，蒋丞觉得自己突然就心静如水了。

李辉的情况他没有打听过，但钢厂这样一个地方，任何事的传播都是高效而全方位的。

顾飞家的小店，旁边的社区医院，都是信息中转站。

一开始的消息是李家大儿子全家被人打死了，后来有人辟谣，说没有，孩子没死，再后来又有人纠正，说是李辉死了。

死因众说纷纭，欠了高利贷被收债的打死了，被媳妇儿的奸夫打死了，这两种是主流。

但不到一星期，又有真相浮出水面。

没死，李辉被打成了植物人，打人的现在也没抓着。

这些议论，蒋丞知道得并不全面，顾飞不会跟他说，他也就是在店里待着的时候扫到几耳朵，而且每次看到他的时候，信息源们都会注意回避。

对于蒋丞来说，无论是什么样的消息，都已经不重要了，这个在血缘上跟他至亲的人，以后的日子里都不会再跟他有任何交集。

他换掉了用了很久的电话号码，而随着这个号码而消失在他生活里的人，不仅仅是一个李辉。

随着气温一天天低下去，树上的叶子一天天变少，在冰凉干燥的空气让人鼻子发痒并且难以控制永远都犯困的日子里，四中的高三终于有了高考前该有的气氛。

走廊里，教室里，全是各种励志标语口号，红底儿黑字，白底儿黑字，配上巨大的惊叹号，每次蒋丞看到时都忍不住在心里跟着呐喊起来，除此之外还有关于时间已经不多的种种提醒。

没时间了同学们！

高考就要来了！

啊！它就在前方了！

……怪吓人的。

多数时间都过得挺慢的，只有在回头看的时候，才会惊觉“原来已经这么久”。

蒋丞半趴在桌上，手里转着笔，从今天不知道为什么坐得笔直的周敬的耳朵边看着数学老师。

对于教室里的这些人来说，时间此刻就过得非常慢，也许明年的这个时间，他们回过头的时候才会发现，高三的那一年，飞快闪过，快得居然留不下什么记忆。

蒋丞这会儿并没有觉得时间慢，他觉得时间过得太快，完全不够用。

不够时间背书。

不够时间做题。

不够时间听课。

不够时间跟同桌出去散个步。

不够时间看看同桌新拍的照片。

不够时间看看顾淼的新发型。

……

等明年这个时间，他回过头，不，无论是什么时间，明年，后年，五年后，十年后，他回过头时，这一年里的记忆都永远丰满充实。

“你把那个绿毛兔子头像换掉了，顾淼没跟你急吗？”下课的时候蒋丞一边整理上节课的笔记一边问了一句。

顾飞的头像从绿兔子换成了顾淼的照片。

小丫头的新头型，头发长长之后李炎给她理了个短版BOBO头，刘海儿离眉毛三千多里，照片上她心情不错地挑着一边眉毛，看上去相当嚣张有个性。

“没事儿，这是她替我换的，”顾飞说，“去尿尿吗？”

“啊，我……”蒋丞顿了顿。

“你不知道是吧？”顾飞叹了口气站起来，“走吧，尿个尿去。”

“我是想说好像没有这个需求，”蒋丞啧了一声，跟着站了起来，“你就直说让我陪你上厕所不就得了。”

“不用你陪，”顾飞马上说，“真的，不用陪，你回教室吧。”

蒋丞眯缝了一下眼睛。

“回去吧，求你了，”顾飞说，“让我一个人去厕所吧，让我一个人孤单地勇敢地迈向那厕所吧。”

“有病，”蒋丞跟着他一块儿往楼下走，“我有点儿饿了，一会儿去小卖部买点儿吃的吧？周敬说现在开始卖关东煮了。”

“好。”顾飞点头。

“我觉得四中这点特别好，”蒋丞咽了咽口水，“我们以前学校小卖部开了半学期就被取消了，食堂不到饭点不卖吃的，你要没自己带点儿吃的，就得活活饿死在开饭之前。”

“四中这小卖部每月赚不少呢，”顾飞笑着说，“比我家店赚得多多了。”

“你家那个店也就是没人有时间管，要不也不至于，”蒋丞叹了口气，“我第一次去的时候就是因为看着比别家要干净。”

“你要没去我那儿，那天你起码得在地上多趴一小时。”顾飞说。

“屁。”蒋丞简单回答。

“真的，就我要把你弄进屋里去，刘帆他们还反对呢，”顾飞笑笑，“这片儿乱，很多人都怕惹麻烦。”

“那你为什么要弄我进屋？”蒋丞问。

“你帮过顾淼，”顾飞说，“而且当着顾淼的面儿，我总不能让她看着自己哥哥见死不救。”

“我就晕了一下还没要死呢！”蒋丞纠正他。

“其实主要原因还是你长得好看，”顾飞冲他竖了竖拇指，“可帅了。”

蒋丞啧了一声。

学校小卖部的关东煮味道很不错，只可惜从小卖部捧到教室就差不多凉了。

蒋丞现在已经能够非常入乡随俗地一边听课一边低头吃东西，还有点儿羡慕隔壁7班有人带了个电热杯到教室煮东西吃……当然，拿杯子来的那哥们儿做了一次全校检讨，据说是被上课的时候吃不着热食儿的同学举报的。

“蒋丞！”老鲁在讲台上吼了一声。

蒋丞正低头扎了最后一颗鱼丸要往嘴里送，老鲁这一声吼，他手一抖，连鱼丸带竹签都掉到了地上。

“啊……”他痛苦地小声喊了一声，明明还没吃饱还没吃过瘾就只剩一颗鱼丸的感觉本来就已经非常郁闷了，结果就这最后一颗都还没吃进嘴里。

他简直想趁人不备捡起来搁汤里洗洗再吃掉。

“不是我说你！你们现在复习是挺累的，上课想偷吃点儿东西我也就不说了！”老鲁指着他，“但是你吃得是不是太慢了！你当这堂美食课呢？不知道的以为你买了桌满汉全席呢！你上来！把这段翻译了！”

蒋丞小心地把纸碗放进桌斗，里面还有点儿汤，一会儿还能喝了解馋。

走上讲台，他刚拿起一根粉笔，老鲁已经把自己手里的那半根递了过来：

“用这个！不用您费劲按断了！我都给你磨好了！”

“……哦。”蒋丞接过粉笔，在黑板上唰唰开始写。

一般到这种时候，别科的老师都不会再叫人上来做什么题了，都抓紧每一分钟不停地讲，要不就是做卷子，然后讲卷子，一遍遍地强调重点。

这里是重点，那里是重点，这些都是重点，那些都是考过的！听完一圈儿感觉课本儿上就没有非重点这玩意儿。

只有老鲁，还坚持不懈地每节课都点名，感觉这是他上课的时候学生注意力相对集中的原因，不定什么时候就会被揪起来，答不出背不出的就是一通骂。

“字儿有进步了，”老鲁看了看蒋丞写在黑板上的翻译题，“有进步了，不错不错，如果我判卷子，这个字我可以不扣你卷面分。”

“谢谢鲁老师。”蒋丞说。

字儿有进步是真的，他自己心里清楚，他每天背书的时候都会在草稿纸上跟着写出重点，加深印象，也顺便练字。

按顾飞的说法就是，终于能看懂了。

“大飞！”放学的时候王旭挤开周敬往前桌一坐，“蒋丞！”

“嗯？”蒋丞应了一声，低头继续写着最后一节课没有写完的卷子。

“一会儿没事儿吧，”王旭说，“去吃馅饼吧，我爸做了新的口味，去尝尝？”

“什么新口味？”顾飞问。

“玉米馅儿，”王旭说，“其实也不说有多特别吧，但是味道不错的，真的，去吃吗？”

顾飞看了蒋丞一眼。

“哎！我服了，”王旭一挥手，“一开始就不该问你……蒋丞？”

“好。”蒋丞笑着点了点头。

早晚有一天要把王旭和周敬都灭口，王旭可以多留几天，毕竟能够提供美味的馅饼。

“叫上二淼吧？”王旭说。

“不叫了，”顾飞说，“今天我妈给她包了馄饨。”

“那行，”王旭站起来，“走走走。”

蒋丞每天的时间都安排得很紧凑，放了学就回出租屋，都不去店里了，因为等饭吃的时间里效率不是很高，多少有点儿分神，于是被顾飞要求直接回出租屋，他做好了吃的给送过来。

吃完饭，这一晚上基本也就没有什么别的活动了，看书背书做题。

当然娱乐放松的时间还是有的，总得补补精神……

今天去王旭家吃馅饼，算是两个月以来第一次大众化的休闲娱乐。

“我以前觉得易静就够学霸的了，”王旭一边骑车一边感慨着，“看到蒋丞我才知道是我没见识。”

“易静不是挺拼的吗？”顾飞说。

“感觉还不一样，”王旭看了蒋丞一眼，“这段时间我注意了，蒋丞瘦得比易静多。”

“……闭嘴。”蒋丞说。

可不能再说瘦了，顾飞一天天的伙食无论是从食材还是分量上，都是奔着优质养猪去的，王旭这一句瘦了，顾飞估计能掰开他嘴往里填食儿。

“哎，”王旭骑到蒋丞旁边，“蒋学霸，你想好考哪个学校了没？想好专业了没？”

“没有。”蒋丞说。

王旭愣了愣：“人不都说学霸都是从小立志非某某大学不上，最后考上了，特励志，你怎么到现在都没想好啊？”

“我，”蒋丞转过头看着他，“想去哪儿就去哪儿，不用从小立志。”

“……去你大爷的，”王旭瞪着他，“我就看不得你这种穷显摆的学霸！”

“我不是穷显摆，”蒋丞笑了，“我就是显摆。”

“气死你。”顾飞在旁边说了一句。

“有毒吧你们！”王旭喊了一嗓子，“你俩能不能摆正态度，现在是去我家蹭饭呢！能不能给予这顿饭的提供者一点儿温柔？”

王旭他爸爸王二……好像不叫王二，但是蒋丞一直也没问过到底叫什么，总之王爸爸的馅饼，的确是他长这么大吃过的最好吃的馅饼。

这种没放几颗肉丁的玉米馅儿的馅饼，居然也很好吃。

当然，在吃掉一堆玉米馅饼之后，他又补充了三个大五花馅儿的。

“我的天哪，”王旭妈妈给他们送小吃进来的时候看了看桌上的空篮子，“你们怎么吃这么快？”

“他贴秋膘呢，”王旭指了指蒋丞，“学霸跟我们不一样，学霸就这么吃，还一天天瘦呢。”

“你还好意思说，”王旭妈妈对着他后脑勺一巴掌拍过去，“你吃下去的全贴身上了，一点儿没用在脑子上！”

“哎！”王旭很没面子地看了他老妈一眼，“不要当着我同学的面儿动手动脚的！”

“动你怎么了！动你怎么了！”王旭妈妈对着他脑袋又是两巴掌。

“会傻。”顾飞说。

“哟，那可来不及了，从小就这么拍，可能已经傻了。”王旭妈妈把两碟牛肉干放到桌上，“尝尝，又香又辣还不硬。”

蒋丞拿了一条塞进了嘴里。

“蒋丞是不是挺爱吃我们家馅饼啊？”王旭妈妈笑着问。

“是，”蒋丞点点头，“非常好吃。”

“我们过年的时候还有新品种上市呢，”她说，“你过年要是觉得家里吃得太油腻了，就上这儿来吃馅饼！”

蒋丞愣了愣才点了点头：“好的。”

“就你话多，”王旭推了他妈妈一下，“忙去吧，我们自己聊会儿。”

王旭妈妈出去之后，王旭过去把包厢门关上了：“蒋丞，不好意思啊，我妈不知道……”

“没事儿，”蒋丞笑笑，“真没事儿。”

快过年了。

王旭妈妈不说这话，他都没注意到快过年了。

只知道快放寒假了但是寒假会补课，班上的人纷纷表示无法接受这个残忍的现实。

但蒋丞始终没把寒假和过年联系到一块儿。

也许是根本就没敢去想。

心静如水不表示过年也能一直静着。

毕竟是个万家团圆，红红火火恍恍惚惚哈哈哈哈……的日子。

中国人对过年那种执着和不能回家过年那种无法排解的忧伤就像是刻在骨子里的，无论在意或不在意，这段时间心境总是会随着身边越来越红的景象而有所改变。

穿着红棉袄跑着放鞭炮的孩子，冰冷空气里的硝烟味儿，匆匆忙忙回家的人，市场里挤着买年货的人，电视里关于春运的各种报道，大街小巷里永恒不变的那几首“过年专用歌”……所有的一切都仿佛齐声高喊，过年了！

也就是到了现在，蒋丞才突然回过神来，要过年了啊。

以往过年感觉也不大，吃吃喝喝走亲戚，天天跟同学出去玩，唯一的体会就是还没玩够就开学了，寒假为什么不能跟暑假匀一匀。

但现在他却有些迷茫。

过年了。

怎么过啊？

去哪儿过啊？

……要不要过啊？

“过年一般我们都在店里过，”吃完了馅饼往回走的时候，顾飞说了一句，“二淼喜欢在店里过年，她进进出出放鞭炮方便。”

“她不怕放鞭炮的动静吗？”蒋丞问。

“不怕，还挺喜欢的，谁家放鞭炮了她就踩着滑板往下边儿飞过去，”顾飞笑了笑，“去年把头发都炸煳了一撮。”

蒋丞笑了半天。

“今年跟我一块儿过吧，”顾飞说，“做好饭了你过来吃，然后我们一块儿去放鞭炮，放完了你回去复习。”

“嗯。”蒋丞点点头。

“你要是觉得不够热闹，就叫李炎刘帆他们过来，”顾飞说，“反正都是吃完了饭在家就待不住了。”

“你喜欢热闹点儿吗？”蒋丞问。

“我无所谓吧，”顾飞说，“以前我家过年……也就我和二淼，我妈一般吃完饭就出去了。”

“哦，”蒋丞想了想，“那叫他们过来吧，一块儿闹闹，二淼应该会高兴？”

“那先说好，”顾飞笑着看他，“他们过来了的话，晚上你就自己回去复习，我肯定会被拉着玩一个通宵的。”

“没问题。”蒋丞骑车靠近他，在他肩膀上拍了一下。

关于过年，蒋丞就琢磨这一晚上，之后就又回到了平时的复习轨迹里，没什么感觉寒假就来了，没什么感觉寒假补课就跟学期末接上了，他自己都佩服自己是个意志坚定的好少年。

顾飞一周里差不多有四五天待在他这儿，陪他背完书吃完夜宵之后就先睡觉了，但这两天他一直靠在床头玩手机。

“玩弱智吗？”蒋丞问。

“没，哪有时间玩？李炎都已经快了我二十多关了，一天天的可牛气了，没事儿就给我发截图。”顾飞说。

“你好忙哦？”蒋丞看了他一眼。

“是啊，”顾飞一脸严肃地点点头，“天天陪着朋友复习，这次期末考都前进了五十多名，老徐那天还拉着我热泪盈眶呢。”

“其实你……”蒋丞话没说完又继续低头写卷子了。

其实你下点儿功夫成绩不会差，但是这话说出来可能会让顾飞有些什么想法，他强行咽了下去。

“其实你可以先睡，不用等我。”蒋丞说。

“没等你，”顾飞把手机递到他眼前，“我查菜谱呢。”

“年夜饭吗？”蒋丞看了看。

“嗯，”顾飞继续看手机，“以往过年吧，就我妈随便弄一锅煮了，然后包点儿饺子，有时候懒得包直接就从店里拿点儿速冻饺子，今年正式点儿吧，大家一块儿过的第一个年呢。”

蒋丞笑了：“你掌勺吗？”

“对我没信心啊？”顾飞问。

“啊，”蒋丞看了一眼还放在桌上的夜宵空碗，今天的夜宵是四喜丸子，拳头大小的五个，“还行，就是……能看点儿素菜菜谱吗？”

“素菜有什么好吃的，你不是爱吃肉吗？”顾飞说。

“小顾同学，”蒋丞叹了口气，“我最近有点儿喜欢吃菜了，绿叶儿菜，不绿的也行，大白菜也行。”

“好，”顾飞说，“明天夜宵炖大白菜吧。”

“……适当搁点儿肉我不会嫌弃的。”蒋丞叹了口气。

“你不是说要吃素菜吗？”顾飞说。

“你只有全肉和全素俩选项吗？”蒋丞无语了，“好吧我要吃肉菜搭配的菜！”

“那叫荤素搭配。”顾飞纠正他。

蒋丞指了指他，没说话，低头继续背书了。

寒假补课一直补到了腊月二十八，给大家留了一天假，按老徐的话说，这是留给大家回家收拾屋子陪父母买年货的时间。

一大早蒋丞就被顾飞叫了起来。

“干吗去？”蒋丞迷迷瞪瞪地问。

“买菜。”顾飞一边穿衣服一边掀掉了他的被子。

“不是，”蒋丞把被子又拉回来盖好了，“你前几天不是一有时间就往超市跑吗？我都担心你要把超市搬空了，还没买齐啊？”

“那不一样，”顾飞撑着床头笑了笑，“你不想体会一下，跟亲爱的同桌一块儿采买年货的愉快过程吗？”

“……神经病，”蒋丞笑了起来，“行吧，起了。”

二十八的年味儿已经很足了，蒋丞起床洗漱的时候都能听到外面的说话声和笑声，还有……吵架声，比平时的要大，也要热闹得多。

他一边刷牙一边走到窗口往下看。

雪地上好几个奇丑无比的脑袋上扣着破桶的雪人，一群小屁孩儿正疯狂地奔跑打闹，一个小孩子正扯着嗓子边哭边不知道骂谁，还有俩正在路边叉腰对吼的人，一个老头儿，一个老太太。

一年了啊。

蒋丞突然有些感慨，看着楼下乱糟糟的这些场景，第一次没有因为这混乱而心烦。

也第一次觉得过年有了完全不一样的感受，他居然非常期待一会儿在超市里人挤人抢年货再人贴人排队交钱的烦人活动。

46

“好一朵迎春花人人都爱它……”顾飞推着购物车，跟着超市里的音乐已经唱了好半天了，“好一朵迎春花迎来大地放光华，好一朵迎春花花开每一家……”

“大家也许还能记得这个正在唱歌的人，上次钢厂脑残活动的闪亮之星，”蒋丞跟在他后边儿，手里举着手机录着视频，“今天我们来看一看他的超市之旅……说实话闪亮之星这个粤语咬字在我们外行听来还算可以，可以跟潘智一争高下……”

“插起那迎春花芬芳播千家，插起那迎春花人人齐共欢乐也……”顾飞边唱边回过头看了他一眼，背景音乐这会儿换了，他立马连犹豫都没有地捏着嗓子跟上了，“财神来敲我家门，财神来敲我家门，财神来敲我家门，娃娃来点灯……”

“什么鬼！”蒋丞笑了起来，“你别跟我说你这些歌都会唱。”

“都会啊，而且词儿都不会错，”顾飞说，“就这种过年的歌，我以前还买过碟，过年的时候我家店里就放。”

“现在怎么没见你放了？”蒋丞把手机对着他。

“机子坏了啊，坏了好几年了，”顾飞说，接着又继续捏着嗓子，“祝大家新年恭喜恭喜发财，祝大家新年恭喜恭喜发财……”

这首完了之后是《步步高》，没歌词，顾飞终于停下了跟唱：“你有什么想吃的零食吗？我要给二淼买点儿。”

“不知道，去看看吧。”蒋丞收起了手机。

超市里人非常多，不少到今天才放假的人正在这里进行最后的抢购，超市货架上不少地方都空了，货都来不及补。

好在他俩已经没有什么需要买的菜了，只是来感受一下过年的采买活动。

“吃核桃吗？”顾飞拿起一个盒子看着，“补脑的。”

“不吃。”蒋丞回答得很干脆，他不是特别喜欢吃这些东西，猪肉脯还差不多。

“补脑的。”顾飞又重复了一遍。

“我脑子非常出类拔萃，比核桃上的沟深多了。”蒋丞说。

顾飞没再说话，直接把那盒核桃放进了购物车里，然后慢慢往前走。

“不是，”蒋丞看了一眼标签，“这也太贵了，去市场里买才多少钱，一样是纸皮核桃。”

“市场已经关门了，”顾飞说，“买了让你这两天吃着玩的。”

“我要猪肉脯，”蒋丞说，“风干牛肉，麻辣小鱼，还有……”

“你不是说吃肉吃腻了吗？”顾飞打断他。

“还有麻辣小青豆。”蒋丞迅速把本来想说的盐焗鸡翅压了回去，报了个小青豆。

“拿吧，”顾飞笑了笑，“都拿上。”

“随便拿几袋就行，”蒋丞拿了袋风干牛肉看了一眼标签之后吓得直接扔了回去，换了旁边的普通牛肉干，“真贵啊。”

“拿吧，没事儿，”顾飞把风干牛肉拿过来放进了车里，“我这儿有购物卡，五百块。”

“嗯？”蒋丞愣了愣。

“李炎拿来的，”顾飞说，“往年更多，今年他不是跟他妈斗争吗，还没斗完呢，他妈就只给了他一张。”

“那斗争得也不是很激烈啊，还给了五百呢。”蒋丞笑了。

“毕竟宝贝儿子嘛。”顾飞又拿了包果冻。

“果冻你家店里不是有吗？买点儿没有的啊。”蒋丞说。

“二淼不吃店里的，”顾飞说，“以前告诉过她，店里的东西是卖的，不能随便吃，打那会儿起她就基本不吃了，得吃买来的。”

“哦，”蒋丞应了一声，“这逻辑，很严谨啊。”

“而且店里的都没这些高级，”顾飞说，“过年嘛，吃点儿贵的。”

买齐了东西之后，他俩往收银台那边走过去，蒋丞离着老远看了一眼就愣了，然后马上就往前跑了过去，边跑边回头说了一句：“我先过去排队。”

队伍已经从收银台排到了货架这边，还拐了弯，排队的每一个人都推着一车东西，蒋丞提前这么点儿过来排队完全无济于事。

顾飞过来的时候他身后又已经排了四五个人，但前面的人他都没有勇气去数数到底有多少个。

“我感觉咱俩可能到中午都出不去。”蒋丞说。

“不怕，”顾飞指了指那边熟食区，“我看了，那儿可以吃饭。”

“……你很淡定啊？”蒋丞乐了。

“肯定啊，”顾飞撑着车子，“要是我一个人，这会儿这些东西我都不要了，直接走人，但是有人在旁边陪着的话，就没什么感觉了……就是可能耽误你复习的时间了。”

“不会，”蒋丞扬了扬眉毛，回手从屁股兜里抽出了一叠厚厚的折起来的纸，“没有什么地方是不能复习的。”

顾飞愣了，蒋丞拿的居然是份英语卷子。

“我也不想这么炫酷，”蒋丞又从另一个兜里掏出了一支笔，“关键是吧，假期就这几天，发下来的卷子怎么平均都得一天两份了。”

顾飞笑了半天，然后把一箱酸奶拎起来放在了车上的儿童座椅上：“搁这上头写？”

“嗯，”蒋丞弯腰试了试，“再垫点儿。”

顾飞又往上加了一箱橙汁：“这样？”

“好了。”蒋丞把卷子往上一搁，低头开始写卷子。

这种感觉还挺奇妙的，顾飞一只手扶着购物车，看着蒋丞的侧脸，这人只用了不到一分钟时间就进入了状态，眼前耳边估计已经没有四周的闹哄哄的人群了，只有他笔下的丑……不怎么太丑了的字。

队伍往前挪了半米，顾飞没动，这一丁点儿的距离根本毫无意义，再说他同桌正唰唰写着退化版鬼画符，他不能动。

后面一个大妈不耐烦了，拿车直接往蒋丞屁股上撞了一下：“往前挪挪啊，跟上！”

蒋丞手里的笔没停，似乎根本就没感觉。

顾飞看了大妈一眼，走到车前面站着，把空出来的那半米空间占掉了，看着大妈：“往哪儿挪？”

大妈瞪了他一眼，偏开头开始小声地骂人。

过了一小会儿，蒋丞停了笔，把车往前推了推：“让开吧。”

“我以为你不知道呢？”顾飞让开了，把车往前挪了一小步。

“听到了，但是这种时候脑子是单线程的，处理不过来，答题的时候这世界没有我，”蒋丞一边看着下一题一边小声说，“不过你一开口，这世界就有我了，听到你说话我才回过神的。”

“这么神奇。”顾飞笑了。

“丞哥带你看世界第一集，神奇的学霸，”蒋丞转了转笔，“副标题……答题，还是入定？”

年货采买活动结束之后，他俩把东西拿回了店里，随便吃了点儿东西，顾飞就把蒋丞送了回去。

“我今天得收拾一下屋子，打扫卫生什么的，”顾飞说，“晚上还得来你这儿收拾。”

“我这儿挺整齐的啊，什么也没有。”蒋丞看了看四周。

“擦擦灰呗。你不用管了，”顾飞说，“看你的书去吧。”

“晚饭还是得有点儿肉啊，不能因为明天有大餐今天就克扣我的肉，有青菜，也还是得有肉的啊，”蒋丞交代着，“不用特别高级的做法，五花切片儿炒大白菜就行。”

“知道了，”顾飞笑了半天，“怎么馋成这样？”

顾飞走了之后，蒋丞坐到书桌旁边，靠着椅子伸了个懒腰，听着外面刮得很急的北风，刚过中午，天就阴了下来，又一场雪要来了。

这种屋外冷飕飕，凄凄惨惨戚戚的天气里，屋里暖暖的，身上暖暖的，有种寂寞里的安心。

怎么馋成这样？

是啊，大概就是因为这种奇怪的感受吧，哪怕外面是刺骨寒天，却还是有一个人会满足他的各种小愿望，他可以霸道些，可以不太讲理，不需要再把所有的事都压在心里。

我想吃这个，想吃那个，我想这样，我想那样。

不会再因为自己的想法会被否定而闭口不提。

“啊——”蒋丞拉长声音，又伸了个大大的懒腰，多完美。

顾飞在很多方面都会给蒋丞惊喜，但在收拾屋子这方面，就没什么惊喜了，毕竟是个学渣，收拾屋子的时候毫无章法可言。

相比从小到大都被要求把屋子收拾得干净整洁的蒋丞，他收拾屋子就是把东西一股脑儿都摞到一块儿，然后塞到一个看不见的地方，比如抽屉柜子什么的，就算完事儿了。

蒋丞这儿要说有什么需要收拾的，也就是堆得到处都是的书和资料。

他给摞到一块儿之后就有些茫然：“怎么办？这些东西也没地儿藏啊。”

“我随手就要用的，你藏它干吗？”蒋丞叹了口气。

“那不管了，”顾飞往床上一倒，“哎，我发现你这屋子真没什么可收拾的，住了也挺长时间了，一点儿没乱。”

“我一般都随手收拾了，拿了什么就放回原地，”蒋丞说，“我不爱收拾，所以就尽量不弄乱，省得再费劲收拾。”

“我都懒得放回原处。”顾飞笑笑。

“那就得收拾啊，放回原处一秒钟，乱了攒一块儿收拾得几个小时，哪个划算？”蒋丞斜了他一眼，“难怪是个学渣渣渣渣……”

“我没时间，有时间也真是不想动了。”顾飞叹了口气。

蒋丞没再说话，也是吧，毕竟顾飞心里事儿多，每天累心，这些细节根本就懒得再去维护了。

什么时候能不再这么累呢？

蒋丞盯着眼前的卷子，马上就要高考了啊？

马上就要走了啊？

关于那些他们都找不到答案的“以后”，就要来了啊？

年三十儿一早蒋丞是被鞭炮炸醒的，其实进了腊月，就天天都能听到炮仗声，钢厂这边不禁烟花爆竹，一个个的从早到晚的都在放炮仗，起床了放一挂，吃早饭了放一挂，午饭了放一挂，晚饭也要放一挂，闲着没事儿更要放。

只是今天这挂鞭是楼上直接用竹竿挑着从窗口伸出去放的，就在他客厅的窗户外边儿，炸出的动静让蒋丞感觉都快从床上震到地上了，再多一秒这楼就得塌。

“哎！”蒋丞无奈地翻了个身。

顾飞坐了起来，发了一会儿愣之后下了床：“丞哥。”

“嗯……”蒋丞捂在被子里应了一声。

“我先去店里了，估计二淼已经去了，”他一边穿衣服一边交代，“我得过去准备弄饭菜，你起来了直接过去吃早点。”

“好的，”蒋丞转过头，“我一会儿帮你包饺子。”

“你陪二淼吧，”顾飞说，“这阵儿你都没怎么跟她一块儿玩，昨天她还问我来着。”

“问你什么了？”蒋丞又翻了回来看着他。

“就问，丞哥。”顾飞提了提裤子。

“……没了啊？”蒋丞愣了愣。

“没了，能出声就不错了。”顾飞说。

“她是不是只跟你说话？”蒋丞问。

“嗯，”顾飞点点头，“跟我说得也少，偶尔吧，她刚会说话没多久就……我感觉她都没太学会说话呢，这样算不错了。”

“是啊。”蒋丞叹了口气。

“你再眯会儿吧，现在刚八点。”顾飞说，“过去的时候记得带书，学霸。”

学霸带着书骑着车到了顾飞家店门口的时候，正好碰上旁边的一个店放鞭炮，他刚一下车，身后就炸了，瞬间就感觉自己置身混乱当中。

接着就看顾飞家店和社区医院之前的小胡同里飞出了一个红通通的身影，带着一声响亮的口哨声冲进了他身后的火光硝烟里。

“二淼！”蒋丞喊了一声。

顾淼今天穿得特别喜庆，红色小羽绒服，绿色的紧身裤，靴子也是红的，拖着长长的白色围巾。

一头扎进炮仗堆里之后蒋丞就看不清她了，只能看到隐约的红色影子在晃动，过了几秒钟之后，顾淼又一脸兴奋地从烟雾里蹿了出来。

“二淼！”蒋丞张开胳膊拦在了她前面。

顾淼一个急刹，滑板头往旁边一转，侧身停在了他跟前，笑着一伸手，打了个响指，再竖起了拇指。

“过年好。”蒋丞也响指加拇指回应了她。

顾淼跳下滑板，脚尖一带，接住滑板，拉着他进了店里。

店门口的棉帘子根本挡不住炮仗的烟，一屋子都是火药味儿，一闻就满满都是过年的味道。

顾飞正端了个盆儿从后院进来，满手面粉。

“要包饺子了？”蒋丞问。

“没，刚和好，”顾飞从面团上揪了一坨递给了满脸期待的顾淼，又指了指旁边加热柜，“你吃点儿包子吧？还有牛奶和豆浆。”

“好，”蒋丞点点头，打开柜门，捏了两个包子出来，“怎么今天还弄了这个，没人来买了吧？”

“就是给你备着的，没时间弄别的了，”顾飞笑笑，“牛奶豆浆你自己挑吧，也有热的。”

“你妈什么时候过来？”蒋丞问。

“一会儿，”顾飞看了看墙上的钟，“下午李炎和刘帆就过来。”

“下午就过来？”蒋丞愣了愣，“不在家里吃饺子了吗？”

“他俩家里人都多，过年乱成一团，小辈儿都乱窜。”顾飞看了一眼门外，突然愣住了，脸色猛地变得有些难看。

蒋丞赶紧跟着也看过去，棉帘被掀了起来，顾飞妈妈在门外，身边……是那天看到的马尾男子。

此男子今天还是马尾，还戴着墨镜。

今天天还是阴的，时不时还会飘雪花，门外街上烟雾弥漫的，色儿这么深的墨镜往脸上一架……蒋丞都想出去给他递根儿盲杖了。

“进来吧，”顾飞妈妈说，“这是我儿子顾飞，你还没见过吧？那个是我姑娘，顾淼，还有他同学蒋丞。”

“阿姨过年好。”蒋丞跟她打了个招呼，冲那个马尾男子点了点头，叔叔他叫不出口，这人年纪不大，但叫大哥听上去简直就是欠，所以只能沉默。

“怎么个意思？”顾飞拍了拍手上的面粉问了一句。

蒋丞盯着他，随时准备在他要动手的时候扑上去阻止，再怎么说现在是过年，顾飞妈妈和这位马尾男子打扮得都很漂亮，一看就是精心准备过的，也许是为了见儿子，也许是为了约会，总之在这种时候打人不合适。

“就一块儿吃个饭，”顾飞妈妈抓住顾飞的胳膊，把他往后院拉，小声说，“你别甩脸子。”

“上回就他打的你吧？”顾飞问得挺大声，摆明了谁的面子也不打算给。

“不是他……”顾飞妈妈还是小声说着。

去了后院之后再说的内容，蒋丞就听不到了。

而且现场气氛变得有些尴尬。

马尾男子站在门口进来两步的地方，蒋丞和顾淼站在收银台前，顾淼因为完全不明白状况，所以一手抱着滑板一手捏着面团，用她酷暴了天的冷漠眼神盯着马尾目不转睛地看着。

蒋丞因为最近用脑过度，此时此刻除了能让自己不像顾淼一样盯着人之外，连一句可说的话都找不出来。

“我没打她，”马尾男子说了一句，“是她前男友，我已经替她讨回公道了。”

“哦。”蒋丞应了一声，依然无话可说。

马尾男子也没有再说话，笔直地站着，半扬着脸。

蒋丞靠到收银台边，在心里为他高歌了一曲我和我最后的倔强。

我和我最后的倔强，握紧双手绝对不放，下一站是不是天堂，就算失望不能绝望……

高歌到一半，他突然觉得这歌也可以唱给顾飞。

顾飞和他妈妈总算从后院回来了，顾飞沉默着，顾飞妈妈一招手：“来，赶紧忙起来吧。”

马尾男子点点头，跟着她去了后院。

“要忙什么？”蒋丞愣了。

“做饭，我妈带了个厨子回来做菜，”顾飞说完突然乐了，“我都气不起来了。”

“那人是个厨子？”蒋丞问。

“嗯，”顾飞笑着叹了口气，“他做菜就他做菜吧，不管了。”

“挺好的啊，”蒋丞说，“起码比你一边看手机一边做的菜强吧。”

“是啊，”顾飞点点头，“我真的也懒得管了，随便吧。”

“过年人多点儿也热闹，”蒋丞想了想，“要不咱们去放炮玩吧。”

“好，”顾飞拍了拍手，“二淼！”

顾淼转过了头，他弯下腰：“我们去放炮仗？”

顾淼用力点了点头。

前几天顾飞买了不少鞭炮和烟花，有两箱子，都放在了收银台下边儿，他俩装了一兜出来拎着，带着顾淼到了街上。

这会儿有不少人家已经开始吃年饭，街上的鞭炮放得连说话都快听不清了。

他俩本来想找个烟少的地儿放烟花，走了一条街之后就知道现在应该不存在这样的地方，蒋丞把兜往地上一放：“就这儿吧！”

顾飞把烟花拿出来摆到地上的时候，顾淼开始兴奋地踩着滑板围着他们一圈圈地转。

彩色的焰火喷出来的瞬间，顾淼吹了一声口哨。

“好看吗！”顾飞凑到蒋丞耳边喊。

“好看！”蒋丞看着他，“你为什么要喊？我们放的是烟花，又不是鞭炮！”

这会儿四周还真是比之前要安静，顾飞这一嗓子喊出来格外响亮。

“不知道啊！”顾飞继续喊，“我就是想喊啊！”

“那喊吧！”蒋丞一仰头，“啊——”

“啊——”顾飞也跟着仰起了头。

47

两人仰着脑袋啊了半天，喊得挺过瘾的，就是蒋丞感觉这姿势喊一会儿就有点儿缺氧了。

他抓紧时间拿出了手机：“来，保持这个姿势不要动。”

“拍照啊？”顾飞转头问。

“嗯，别动，看镜头，”蒋丞把手机举过头顶，他俩一块儿仰头看着屏幕里自己的脸，“喊，啊——”

顾飞笑了，跟着他又“啊”了起来，蒋丞按下了快门：“很好，我脖子都酸了。”

“放烟花。”顾飞踢了踢塑料袋。

“二淼敢放吗？”蒋丞问。

“她不会，”顾飞说，“你抓着她的手才能点。”

“好，”蒋丞掏出了烟盒，“我带着她放。”

“哎哎哎，”顾飞把手里的打火机递了过来，“你还打算让她用烟点啊？”

“……忘了，”蒋丞接过打火机，这是顾飞从店里拿的长嘴打火机，“来二淼，咱俩放烟花？”

顾淼抱着滑板挨到了他身边，蒋丞把打火机放到她手里：“按这里。”

他压着顾淼的手指头打着了打火机，然后拉着她的手过去把烟花的引信点着了。

“好了好了着了！”蒋丞把她往后拉开几步。

这次放的是一捆八个眼儿的，虽然白天看起来不是太炫酷，但顾淼还是在烟火飞出来的瞬间兴奋地吹响了口哨。

顾飞拎出来的这一兜烟花不算太多，但顾淼放烟花跟别的小孩儿不太一样，别的小孩儿都是一个接一个地要看，她是放一个就会兴奋地踩着滑板出去转两圈才回来，要碰上旁边有人放炮仗的，她还要去钻一趟。

所以就这点儿烟花放了快一个小时才基本放完了。

“好了，没了，”顾飞说，“还有别的天黑了再放，好看。”

蒋丞刚要说话，从一片烟雾笼罩的路的那边，遥远得如同天边的地方传来一声叫声。

高亢嘹亮。

“飞飞淼淼还有同学——吃饭了——”

蒋丞有些震惊地转过头看着顾飞：“这谁在喊？”

“还能是谁啊？”顾飞一脸一言难尽。

“马尾蓝纸？”蒋丞问。

“……你这起外号的速度有点儿惊人啊？”顾飞叹了口气，“走吧，回去尝尝该篮子的手艺。”

“是蓝纸，不是篮子。”蒋丞纠正了一下他的发音。

“蓝纸。”顾飞一边往前走一边跟着又说了一遍。

“他是个蓝的啊，怎么刚一嗓子喊得跟花腔女高音一样？”蒋丞还有点儿回不过神，“我以为你妈叫你呢，飞飞。”

“信不信我抽你？”顾飞斜眼儿瞅着他。

“来，不抽不是中国人。”蒋丞突然心情很好，这种充满了烟火味的空气里，虽然看不清前方有什么，但身边有朋友陪着，一块儿逛街买东西，一块儿放烟花，一块儿吃年饭，他就是控制不住地觉得心情好。

他蹦了一下，右腿往前一步迈了个弓步，然后手一叉腰开始抖肩，很有节奏地说：“不，抽，不是，中国，人。”

顾飞脸上没有任何表情地看着他，几秒钟之后扭头就跑：“二淼快跑！有妖怪！”

接着又吹了声口哨，顾淼一听立马就一蹬滑板，往前冲了出去。

马尾男子做饭还挺快的，他们回到店里的时候，桌上已经摆了六菜一汤，都是大菜。

不愧是个厨子。

看菜品，这个厨子应该不是在太高档的地方就职，但一桌菜闻起来还是很香的，让人有食欲。

“辛苦了。”蒋丞坐下的时候说了一句。

“不辛苦，这是我本行，”马尾一挥手，“这一桌小事儿。”

“我拿点儿酒去，”顾飞妈妈跑到放酒的柜子前看了看，挑了瓶金六福，“这个喜庆，喝这个吧。”

“二淼自己去拿瓶饮料。”顾飞对顾淼说。

顾淼跑到冰柜里拿了一听啤酒，扭头看着顾飞。

“……喝吧。”顾飞说。

“淼淼，来，”马尾从兜里掏出了一个红包，“拿着。”

顾淼没看他，自顾自地低头抠着啤酒拉环。

“二淼？”顾飞妈妈叫了她一声，“叔叔给你压岁钱呢。”

顾淼还是不抬头，抠开拉环之后一仰头灌了几口啤酒，然后一抹嘴坐下了，盯着桌上的菜。

“二淼。”顾飞开了口。

顾淼抬了头。

“叔叔给你压岁钱，拿好，谢谢叔叔。”顾飞看着她。

顾淼终于转头看了看马尾，站起来先鞠了个躬，然后拿过了红包，放进了自己的兜里。

“来，”马尾继续掏兜，“飞飞……”

“不用，”顾飞愣了愣，非常尴尬地摆了摆手，“真不用。”

“他就不用给了，”顾飞妈妈拦住了马尾，“都成年了，不是小孩儿了。”

非常尴尬地推了几个回合之后，马尾把红包收了起来，顾飞妈妈拿起杯子：“来来来，先祝我儿子发财，我闺女健康，蒋丞考个名牌大学……”

“我呢？”马尾问。

蒋丞吃惊地听出了马尾的撒娇语气，往顾飞那边瞄了一眼。

顾飞端着杯子，脸上的表情变幻莫测。

"你呀，"顾飞妈妈笑着往马尾身上靠了一下，"祝你万事如意呀。"

这语气里也满满都是娇憨，蒋丞拿着杯子汗都快下来了，再看顾飞，他已经尴尬地偏开了头。

只有顾淼还镇定自若，对着一桌菜发愣出神。

而这两句话过后，顾飞妈妈和马尾突然就开启了旁若无人的娇羞恋爱状态，举着杯子忘我地开始打情骂俏。

顾飞把杯子往蒋丞的杯子上磕了磕："丞哥今年所向披靡。"

"万事顺遂，"蒋丞余光里看到那俩还沉浸着，低声说，"亲爱的同桌。"

顾飞笑了起来，喝了一口酒，然后又伸手过去磕了磕顾淼的啤酒罐子："二淼快快长大。"

"二淼天天向上。"蒋丞也磕了磕她的啤酒罐子。

他们开始吃的时候，顾飞妈妈和马尾才算回过神来，但也已经忘了祝酒碰杯的事儿，一块儿跟着就开始吃了。

一顿饭顾飞和蒋丞没怎么说话，但却并没有冷场，因为有一对甜蜜的情侣边吃边打情骂俏。

除了打情骂俏之外，就是顾飞妈妈托着下巴，听着马尾吹牛。

不过他的牛吹得不算太大，基本还是以他今年要盘下他们老板的店为主题，蒋丞一直想提醒他，你有没有问过老板他想不想卖……不过他俩的气场强大，旁人基本插不进嘴去。

马尾的菜做得还可以，闻着香，吃着也不错，顾淼吃得很欢，一筷子接一筷子的，一口肉一口酒，相当尽兴。

对面的情侣估计没吃饱，蒋丞都没怎么看到他俩动筷子。

"我俩出去转转，"吃得差不多了，顾飞妈妈站了起来，"感受一下年味儿。"

"嗯。"顾飞应了一声。

"玩得开心。"蒋丞说。

"谢谢。"顾飞妈妈拉着马尾出去了，很快就听到摩托车的声音渐渐远了。

蒋丞靠到椅子上伸长了腿，看着还在埋头苦吃的顾淼。

"这菜做得还行。"顾飞说。

"嗯，"蒋丞盛了碗汤，"这个人……跟以前的比起来怎么样？"

"不知道，"顾飞皱皱眉，"以前有比这个看上去靠谱得多的，最后也一样。"

“那……”蒋丞看着他。

“只要不动店里的钱，”顾飞往后靠了靠，“我也懒得管，成年人了。”

“嗯，”蒋丞拿起酒瓶晃了晃，一边给顾飞倒酒一边想了想，“刚那人酒驾了吧？”

“哎，”顾飞笑了，“丞哥你真是……他就喝了二钱吧。”

“下午李炎他们过来，你们喝的话，就骑自行车出门儿得了，”蒋丞说，“你喝了可不止二钱。”

“我们不出去，没地儿可去，”顾飞说，“我们就窝这儿看电视闲扯，有时候打打牌。”

“老年人的生活。”蒋丞说。

“嗯，”顾飞点点头，“年轻人的生活都在床上过了。”

蒋丞扫了他一眼：“说话注意点儿。”

“床上床上床上床上，”顾飞说，“上床上床上床上床。”

“睡吧。”蒋丞说。

顾淼把最后一块排骨啃掉了之后，他俩把桌子收拾了。

洗碗这种事儿是非常烦人的，蒋丞今天头一回洗碗的时候觉得心情不错，顾飞拿手机搁旁边给他放着歌，他跟着节奏唰唰就把碗给洗完了。

这会儿家家户户都正吃着饭，外面的鞭炮声稍微低了一些，他从厨房出来，站在后院里，听着远远的鞭炮声。

以前过年的时候感觉不大，听到这种吵闹的鞭炮声，他会觉得很烦，心惊肉跳的，这还是头一回能这么心平气和地听着这样的动静，甚至能感觉到钢厂这片破败的光景之下因为过年而透出来的勃勃生机。

“下雪了！还好我们来得快！”店里传来了刘帆的声音。

蒋丞抬起头，天上飘下来的雪花还很细碎，在风里旋转着，落到脸上的时候先是一小丁冰凉，然后就迅速消失了。

他转身进了店里，刘帆和李炎还有罗宇刚进门，正在脱外套。

“蒋丞！过年好啊！”罗宇打了个招呼。

“过年好。”蒋丞笑笑。

“以为你今天也复习呢，”李炎说，“大飞说你天天从早到晚都在复习。”

“一会儿就回去继续复习了。”蒋丞说。

“……玩会儿再回啊，”李炎说，“我们还带一堆年货过来呢，尝尝？”

“现在真尝不下了，”蒋丞摸了摸肚子，“刚塞了一肚子。”

“蒋丞，哥哥有东西送你，”刘帆从旁边拎起一个大塑料袋过来了，“这是我们叫陈杰弄的，陈杰有个朋友在一中实习，弄的他们高三的复习资料。”

“我去，”顾飞笑了，“你们至于吗？”

“一帮大学都没上过的人，看着年级第一羡慕啊，”李炎笑了笑坐下了，掏了个很鼓的红包塞进了顾森的兜里，“哥哥们给你的压岁钱，自己收着，别给你哥。”

蒋丞接过这个沉甸甸的塑料袋的时候有点儿说不上来的滋味儿，半天也只说出了一句：“谢谢。”

“不客气。”刘帆回答。

说完几个人都笑了，罗宇叹了口气：“不要这么正式，话都说不下去了。”

一帮人往店里的椅子上一躺，开始聊天儿。

蒋丞抽了几份资料出来看了看，都是一中这段时间发的卷子，还有些老师找来的资料，有些跟四中的有些重复，还有很多是没看过的。

李炎他们会给他找复习资料，这是蒋丞之前完全没想到的，自己备个考，连这帮成天混日子的人都惊动了，也是神奇。

但也正是这样，他突然感觉压力很大。

看了一眼对面坐着听几个人扯淡的顾飞，顾飞对自己，有多少期待？

李炎提议打牌的时候，蒋丞决定回去看书。

“煮了饺子叫你过来吃，”顾飞跟他一块儿走出店门，“要我送你回去吗？晚上要我接你吗？”

“顾森都不需要你接送吧？”蒋丞笑了。

“接送就是个借口，”顾飞伸了个懒腰，“不就是想多跟你说几句吗？”

蒋丞一个人溜达着回的出租房，他没让顾飞送他。

出租房这边也是满地的红屑，楼道里都跟铺了红毯似的，蒋丞一路闻着硝烟味儿上了楼。

这虽然是个老楼，但暖气还奇迹般地烧得很足，一进屋都能感觉到暖浪。

他换了套舒服的衣服，坐到桌前开始复习。

先做四中的卷子，然后是潘智发过来的各种内容和一中的资料。

别人眼里，他大概像个不知疲惫的机器，学霸嘛，自控力强，学习能力和记忆力也强，学习还有计划。

但还是很累的，笔写着写着就会停顿，脑子背着背着也会卡壳。

从小他就是憋着一口气，必须做到，必须做好，单纯地想要得到一份承认，而现在，撑着他这么拼命的原因，变得复杂起来。

他已经没有退路了。

顾飞也没有。

晚上顾飞打了电话来叫他去吃饺子，要不是顾飞的专属铃声对他来说是一种刺激，他估计听着都反应不过来。

饺子是李炎他们包的，说是有十个饺子里包了钱，谁吃着了谁就心想事成。

盘子里装不下了，顾飞直接一人几个分到了他们碗里，结果每人都吃到了一块钱，顾淼还因为咬着钱愣了好半天，而蒋丞这碗里五个饺子全都有钱。

“啊！”蒋丞第五次咬到钱的时候看了一眼顾飞。

“大飞，”李炎乐得不行，“你是不是黑箱了？”

“肯定黑箱了啊，”刘帆抛了抛手里的钱，笑着说，“他没把十个都搁蒋丞那儿都得算是念着兄弟感情了。”

“你们又不高考。”顾飞说。

“好歹给自己再匀俩啊，”罗宇说，“我们不高考，你高考啊。”

顾飞笑了笑没说话。

过年对于蒋丞来说，主要活动到吃完饺子这儿就齐了，接下去的几天假期就猫在屋里没怎么再出门儿。

顾飞隔两天拉他出去散个步，透透气，路上还会抽几个知识点突击问他。

蒋丞有些意外地发现，顾飞没有特别背过什么内容，但抽过几次的问题他不需要再看答案就知道蒋丞的回答是对还是错。

“你可以啊，”蒋丞说，“都记下来了？”

“没，”顾飞笑着，“怎么可能？我只是记得大概，让我说是说不出来的，但你说得对不对我是知道的。”

“哦。”蒋丞看了他一眼。

虽然不知道能有多大意义，但他还是慢慢增加了让顾飞给他抽背的时间，一是越是距离近，越是需要多背，记忆越新鲜越好，二是他还是有些隐隐的不甘心。

他不会直接说出来，但两者兼顾的方式也挺好的，顾飞也不会察觉。

假期就这么有规律地按着节奏走完了，跟提前开学的新学期连在了一块儿，比起潘智那边初四就上课的悲惨命运，四中还给了一周的假。

“同学们！二月了！二月不努力，三月不努力，四月不努力，五月……”老徐站在讲台上说着，大概是开口之前他没想到还有那么多个月，一通数下来嘴都差点儿瓢了，咳嗽了两声才继续说了下去，“不努力，六月就徒伤悲了啊！从现在开始你们就没有假期了，也不能再松劲了……”

后天就是情人节了，早上王旭来问情人节送什么给易静好的时候，蒋丞才猛地想起来，啊，马上就要情人节了啊。

他的确是复习得有些把脑子甩干了的意思。

“不要再想情人节了！”老徐提高声音，“别以为我不知道你们满脑子里想的都是什么！”

蒋丞一挑眉毛下意识地抬头看了一眼老徐。

“那天我准备去放烟花玩，”顾飞小声说，“去吗？”

“还有烟花啊？不是让二淼玩光了吗？”蒋丞问。

“你傻了吗？”顾飞说，“现在街上都还能买着呢。”

“哦，”蒋丞笑着叹了口气，“那行。”

“嗯。”顾飞点了点头。

“下个月一模，”老徐还在讲台上苦口婆心地说着，“你们提起点精神来，让我看看你们的实力！”

教室里倒是没有平时的嗡嗡声，大概是过年玩得太疯没休息好，一个个都趴在桌上补瞌睡。

下月就一模了啊……

“看看！倒计时！看到了没！”老徐继续提高声音，指着黑板上方倒计时的纸，“加油啊同学们！”

蒋丞靠到椅子上，距离高考还有114天。

他知道没多少时间了，但三个月听上去还是要比114天显得长，冷不丁看到这单薄的三个数字时，他心里还是紧了紧。

114天。无论什么样的数字，跟∞一比，都显得太单薄。

48

节日这东西对于蒋丞来说一向没什么感觉。他对节日并不是太注重，他在复习，做题背书，眼里全是各科复习资料，余光里，顾飞就靠在床沿儿上玩着手机。

情人节还差几分钟。

窗外在下雪，能听到老北风贴着窗户刮过时发出的尖锐啸声，听着都冷。

但屋里很安静，有暖气，有夜宵，有他低低的背书声，有笔尖扫过纸面的唰唰声。

哦哟哟。

大家好，这里是蒋丞选手脑内直播第一季，最近蒋丞选手全力投入了高考竞赛的热身阶段，×指导，以您的经验来看，他目前这样的状态怎么样？

这个选手的个人能力很强，自控力也很强，比赛时情绪稳定，这次比赛对于很多选手来说，一生只有一次，如果他能全力投入的话，我相信他会取得非常好的成绩。

您觉得他现在已经全力投入了吗？

明显还没有，余光里还有东西……咦，这不是上次直播钢厂脑残大赛时的冠军获得者吗？

放在桌角的手机响了一声，蒋丞听到了，但感觉上就跟没听到一样，紧接着手机又响了一声。

手机响了两声。

这是复习状态下蒋丞对这动静的唯一判断，至于手机为什么响了，是短信还是微信还是新闻推送，会是什么内容，要不要看一眼……所有这些后续的想法，都没有。

但两声响过之后，顾飞轻轻啧了一声，他却马上回过了神。

“嗯？”他看着顾飞。

“还一个谁发的？”顾飞说。

“还一个？”蒋丞没明白什么意思，伸手拿过了手机。

两条消息。

第一个是潘智的。

——情人节快乐！我绝对第一个，自动发送踩点精准，秒杀一切还要深情款款酝酿的人！

第二个是顾飞发来的。

——看我。

蒋丞愣了愣，抬眼往顾飞那边看过去。

“祝亲爱的同桌高考所向披靡。”顾飞说。

“还有一条谁发的？”顾飞指了指手机，“是不是在我这条前头？”

“啊，是，”蒋丞这才猛地反应过来，顿时乐得不行，他把手机递到顾飞眼前，“潘智。”

顾飞一看就笑了，抓过他手机回了一条语音给潘智：“潘智你是不是闲得太厉害了啊？”

“这都被你发现了。”潘智的语音很快回了过来，“情人节快乐，晚安！”

“他居然用定时发送？”顾飞一连啧了好几声，“太贱了这人。”

“闲的，”蒋丞边乐边捏了块儿风干牛肉，超市里买的那一包，吃了没到两天就已经见底儿了，他每次捏出一块儿来都跟个娘炮似的一丁丁地啃，都舍不得大口咬，“你不知道这人手机里搁了多少乱七八糟的东西，最多仨月就折腾得跑不动了得恢复出厂设置，恢复三次基本就可以换个手机了。”

“一口塞了行吗？”顾飞看着他，“还有一包呢，至于吗。”

“还有一包？”蒋丞愣了，“那天不就买了一包吗？”

“两包啊，”顾飞叹了口气，“我还以为你多大能耐呢，复习起来也还是会失忆啊。”

蒋丞把手里的那块儿牛肉一口嚼了：“哎——舒服！爽！你早说啊！我这一晚上吃着都跟嗑瓜子儿似的，一块儿得啃八十来口。”

“我也就刚反应过来你是舍不得吃，”顾飞站了起来，拿过袋子看了看，往他手里一塞，“带着吃吧，走。”

“去哪儿？”蒋丞看了看窗外，也看不清雪有多大。

“放烟花啊，”顾飞走到窗边看了看，“雪小点儿了，去吗？我主要是觉得，白天放吧，哪儿哪儿都是人，再到晚上吧，那人更多了。”

“走，活动活动去，浪去，”蒋丞站了起来，眼睛盯着书，把最后一段看完了才伸了个懒腰，“展现中国传统文化的重要标志是传统建筑，也被称为凝固的艺术，人类进入文明时代的标志是文字的发明……区别是，汉字是中华文明的重要标识，汉字和史书典籍是中华文化源远流长的见证……”

两人出门儿之前把自己裹严实了，大半夜顶着老北风和雪出门放烟花，全钢厂大概也找不出第二对儿了。

还好顾飞有法宝。

蒋丞裹着一身风雪钻进玉米面儿馒头的时候有一种非常幸福的感觉：“开车吧。”

“开车了，”顾飞关好车门，发动了车子，“坐稳啊同桌。”

“赶紧的！”蒋丞拍了他后背一下。

小馒头开了出去。

街上一根儿人毛都没有，只能看到在路灯的光里飞舞着的雪花，蒋丞挺喜欢看雪花的，能看到风的轨迹。

风是一种很神奇的东西，没有形状没有颜色没有味道。

但你却可以看见它，落叶里，飘雪里，地上打着旋的炮仗屑里，黄色的枯草的味道，白色的清凉的味道，红色的硝烟的味道……

虽说街上已经没有人了，但顾飞还是把小馒头开到了河边，上回他俩在这儿吵过一次架之后就没再来过了。

河里没有水，从岸边到河床，一片白色。

“白天来的话，这儿肯定有人，”顾飞下了车，“钢厂这片儿，最文艺的地方就是这条河了，强行有水有草有树。”

蒋丞拉好围巾，跟着顾飞一块儿往河沿儿上走去。

下河沿儿只有土块石头路，被雪一盖，每一脚踩下去都有种能直接出溜到底的感觉。

顾飞往后伸出一只胳膊，蒋丞拉住了：“你是不是怕我站不稳直接给你铲河里去？”

“不是，”顾飞回头看了他一眼，“好歹校篮的……”

顾飞这话还没说完，不知道踩到了什么东西，脚下猛地一滑。

蒋丞下意识地抓紧了他的手，接着就感觉到了一股强大的拉力，他往后倾了倾想跟这股力气对抗一下，但没有成功。

脚下没有合适的着力点，他大概连半秒钟都没撑住，就被拉得一屁股坐到了地上，一脚把本来就已经失去平衡的顾飞直接铲倒了。

顾飞摔到了他身上，然后他俩像坐滑梯似的滚成一团，从坡上连滑带颠地一路滚到了河沿儿上。

蒋丞吼了一声，感觉自己从后背到屁股都跟被人拿棍子砸了一顿似的。

“我压着你了？”顾飞因为有他垫着，似乎还好。

蒋丞撑着地，屁股还没缓过劲来：“今晚真是别致啊……”

顾飞在他腿上掐了一把，他后面的话被掐断了，也在这同时感觉到了河沿儿上，就在他们旁边，余光里，还有人。

蒋丞猛地转过头，顿时愣住了。

顾飞压着声音骂了一句，站了起来，手伸到了蒋丞面前。

蒋丞抓住他，借了个劲儿也站了起来，然后一块儿转过身，跟旁边离着他们大概也就十米不到距离的人对视着。

此时气氛非常诡异。

这个时间，这个地点，有个人的确挺奇怪的，而且这人是一个肯定认识他们，甚至还相当熟悉的人。

是王旭。

“你……”顾飞先开了口，“在这儿干吗？”

“过情人节。”王旭回答。

寒风里王旭的声音听起来格外落寞和……伤感。

蒋丞这一瞬间被王旭一条单身狗非要在情人节大半夜的跑河边来吹着冷风自虐的精神给震惊了。

这是一种什么样的神经病啊？

“自己过？”顾飞大概也同样震惊，“还是在等人？”

“本来以为自己会等人，”王旭的语气满满的全是悲伤，“没想到只是自己过。”

蒋丞没说话，到这会儿他才注意到，就在王旭脚边的一小片雪地上，用烟花整齐地摆成的两颗心。

这就合理了。

王旭精心准备了一个浪漫的表白现场，但女主角易静根本没有来。

“……哦。”顾飞这样的高情商面对这样的场面，也一时半会儿说不出什么话来了。

场面立马再次陷入了寂静。

能听到身边的雪落地时细细的声响。

“行吧，”顾飞点了点头，“你回去吧。”

“我……为什么要回去啊？”王旭问。

“因为我要在这儿放烟花。”顾飞看了他一眼，回头走了两步把刚才摔下来的时候扔了的袋子拎了过来。

“我……”王旭凑过去看了看，“我真服了。”

顾飞和蒋丞都没说话，一块儿转头看着他。

王旭拧着眉，盯着袋子里的烟花，过了好半天都没说话。

虽然今晚的月色不算多么明亮，河边也没有路灯，但因为距离近，蒋丞还是发现他眼眶里居然闪出了泪光。

“王旭？”他有些吃惊。

“我服了！！”王旭突然很委屈地喊了一声，“怎么我想谈个恋爱就那么难啊！”

“你……”顾飞被他这一嗓子吼得往后倾了倾，“易静不来？跟你说什么了没？”

“就说没心思，不来，要复习。”王旭带着鼻音说。

“那也正常，人易静一个学霸，这会儿肯定忙着复习啊，就还剩一百多天了。”顾飞说。

“学霸怎么了？蒋丞不也学霸吗？比她还牛好几个级别呢，我看蒋丞复习的时候跟被点了穴一样动都不带动的，”王旭很不服气，“蒋丞不也四处玩吗！”

“喊，”顾飞看着他，“喊，再喊响点儿，要不我给你找个喇叭你上街喊去吧？”

王旭咬住了嘴唇，往地上一蹲，不动了。

场面再次陷入僵局。三个人只好一块儿愣着，在老北风里生扛着。

“要不……”王旭揉了揉鼻子，指着自己摆好的烟花，“这个送你们吧。”

“啊。”蒋丞愣了愣。

“我11点半就过来了，”王旭蹲着蹭到自己的烟花旁边，“我买了点儿引信，一个一个都给连起来了，点一次就唰唰唰全能滋花儿了。”

“哦。”顾飞应了一声。

“把你们拿的那些一块儿串上吧，”王旭又抹了抹眼睛，“多串点儿热闹。”

顾飞看了蒋丞一眼。

蒋丞点了点头。

串上就串上吧，虽然体会不到王旭的心情，但王旭这一鼻子哭得比上回打比赛的时候还让他措手不及。

三个人蹲在地上，把带过来的烟花一块儿又串到了之前的引信上。

弄好之后，顾飞站起来拍了拍手：“九日啊，谢谢了。”

“跟我客气什么，”王旭吸了吸鼻子，“点吧！”

蒋丞走到顾飞旁边站着，看着他弯腰点着了引信。

小火花闪过之后，一个筒子里绽放出了第一束蓝色的烟花，紧接着是第二束。

烟花的颜色不同，王旭的都是金色，他们带来的都是彩色，混杂在一起的烟花看上去特别灿烂。

蒋丞眯缝着眼睛躲开飘过来的烟雾，看着眼前闪亮的火光。

烟花放完之后顾飞和蒋丞要回去，王旭垂头丧气地站在原地没有动。

“你不回？”顾飞问。

“我……走。”王旭叹了口气，低头走到了他们面前。

“你怎么来的？”顾飞又问了一句。

“骑车来的，”王旭说，“不过我车在前面，我从那边找地儿一直找过来的。”

“用送你过去吗？”蒋丞问。

“不用，我想静静，”王旭说，“你们回吧。”

坐在小馒头里目送王旭的身影消失在飘雪里，顾飞才发动了车子：“我也是服了，王旭居然也跑这儿来放烟花，”顾飞回头看了蒋丞一眼，“不会是你教的吧？我听他那天还找你问来着，情人节送什么礼物。”

“我现在脑子里上哪儿还能找出创意来？”蒋丞说，“我跟他说送支笔呢。”

“唉，”顾飞叹了口气，“我看王旭得伤感一阵儿了，还好他高考情绪好不好都那样。”

“我一直不知道王旭这么认真呢，”蒋丞靠着椅背，拍了拍被弄脏了的裤子，“不过易静跟他……也没戏吧？”

“嗯，易静家条件还行，”顾飞说，“她肯定不会留在这儿的，王旭估计以后就负责经营他家馅饼店吧……”

蒋丞没说话，看着顾飞后脑勺。

“我就觉得吧……”沉默了好一会儿，蒋丞开了口。

“嗯？”顾飞应了一声。

“请目视前方，”蒋丞说，“刚走路摔一下也就算了，现在可是开着房车呢。”

“哦。”顾飞笑着转回头看着前面。

“顾飞，”蒋丞仰头靠着，慢慢地说，“我就觉得吧，没什么可想的，就是往前过呗，一直往前，一直往前，有些事儿没法提前预设方案，就不管了，总会有路的。”

“嗯。”顾飞点了点头。

“总会有路的，”蒋丞又重复了一遍，闭上眼睛，“就算真的真的没路了，要放弃了，也得是拼了命试过……不，不不不不不，不会的，总会有路的。”

“嗯。”顾飞笑着说。

49

情人节一过，高考前教室里最后的一点愉快气氛也就消失了。

没有了谁跟谁一对儿，谁跟谁会不会去过节这类的话题，聊起天儿来都空虚了不少。

教室里的氛围慢慢地沉了下去，学霸在学习，想最后拼一把的中上游的同学也咬牙在听课，想放弃又觉得有点儿不甘心的一会儿听一会儿睡，完全放弃了的有几个连课都不来上了。

就看老徐一天到晚地在教室外头转悠，前门脸，后门脸，窗口脸，只要眼睛往外看，十次有八次都能看到老徐的脸。

别说学霸瘦，蒋丞都感觉老徐瘦了不少，脸都削下去了。

“老徐是不是打瘦脸针了，”他小声说，“怎么瘦这么明显？”

“操心呗，”顾飞往前门看了一眼，“这段时间都在找后进生谈话家访，这两天差不多要轮到找学霸了。”

“我没什么好谈的了，”蒋丞说，“全市也没几个人能比我更拼命了。”

“他现在比你压力还大，”顾飞笑了笑，“就差跟你一块儿去考了。”

蒋丞看了前门边露出半张脸的老徐，老徐偏了偏头，冲他点了点头，脸上表情瞬间充满了激情，蒋丞赶紧也点了点头，就怕自己点头要点晚了老徐能扒着门框振臂高呼起来。

距离四中的一模还有一周的时候，潘智把那边附中一模的题发了过来，为了百分百准确，防止自己不小心看到题，这次的题潘智是发到了顾飞手机上。

附中一模是自己出题，蒋丞虽然觉得自己复习得已经挺卖力了，但还是想做个比较。

“我直接去打印出来了啊？”顾飞说。

“嗯，”蒋丞点点头，“这两天我开始做。”

“这么连续考试会不会强度太大了啊？”顾飞问，“而且……两次分要是不一样，会不会影响心情？”

“你是怕我做附中卷子分比到时四中一模分低了影响心情吗？”蒋丞笑笑。

“嗯，”顾飞看了看手机，“我看了一眼地理，好像挺难的。”

“没事儿，”蒋丞伸了个懒腰，“都到这时候了，就是到了要直面差距的时候了，不知道差距在哪儿，我怎么拼？”

“还不够拼吗？”顾飞转脸看着他。

“我长这么大，最强大的技能就是拼，”蒋丞拍了拍他的肩，“丞哥让你看看什么叫拼。”

顾飞笑了笑，没说话。

说实话，也许是因为从小生活在这样的环境里，顾飞从来没见过蒋丞这样的人，不仅仅是学霸这一点。

而是他整个人，那种勇往直前，敢去正视敢去面对的勇气，放手一搏的时候那种强大的气场。

就像夏天里最烈的日头，烧化一切的气场。

顾飞从来没见过这样的人，也没有想过有一天会遇到这样的人，更没有想到自己生命中会留下关于这样的人那么深刻的印记。

放学了之后蒋丞没有离开学校，现在晚自习会有老师坐教室里讲题，虽然蒋丞似乎也没有提过问题，但还是每天都会在教室里上完晚自习。

从放学到晚自习最后一节结束，回去之后再继续复习到差不多两点。

顾飞放了学去打印卷子，路过药店的时候他拐了进去，想买几盒参茶。就这段时间，班上稍微拼一点儿的学生里，好几个病倒了，有发烧的，有感冒的，虽然蒋丞的身体素质很好，但他这种拼命的状态已经从上学期持续到了现在，绷得太紧了。

“徐老师啊，我建议你还是要多休息，身体要紧呢。”一进药店顾飞就听到了一句，转过头去的时候看到了正在中药柜那边站着的老徐。

“现在带高三呢，还有几个月，他们考完我就轻松了。”老徐说。

“不是我说，就咱们四中，你这么操心，也考不出几个来，”药店老板一边给老徐抓药一边说着，“你看我儿子，去年考出个什么玩意儿来了？让他复读也不愿意。”

“唉，有些孩子也不能强求。”老徐笑了，“不过这届我班上有个绝对重本的好苗子，市状元没问题，估计省状元都有戏。”

“徐老师，没看出来您也是吹牛的一把好手啊。”老板把包好的药递给了老徐。

“我才不吹牛，”老徐摆摆手，“到时看着就知道了。”

“这要是真的，那可是四中历史上第一个重本吧？”老板问。

“那可不！”老徐骄傲地一扬头，拎着药往门口走过去。

顾飞犹豫了一下，跟出去在老徐身后叫了一声：“徐总。”

“哎，”老徐应了一声才回过头，“顾飞？你怎么在这儿……你病了？”

“没病，我来买十全大补，”顾飞看着他手里的药，“你的药？”

“啊，我没事儿，”老徐笑了笑，“年纪大了总有点儿毛病的。”

“刚过五十就叫年纪大了？”顾飞说。

“就是有点儿睡不着，”老徐叹了口气，“神经衰弱，有点儿压力就失眠，拿点儿药调理调理。”

“考得上的肯定能考上，考不上的你替他失眠他也考不上，”顾飞说，“你怎么这么能操心？”

“我也不想操心，”老徐看着他，“就比如你吧……唉，你们啊，就是永远也不知道老师的苦心，我恨不得能替你们去考，一个个的，一点儿也不求上进。”

“赶紧回去吧，”顾飞转身准备进药店，“吃药去。”

“顾飞啊，”老徐叫住他，“最近你跟蒋丞还一块儿复习吧？”

“……嗯。”顾飞应着。

“他现在状态怎么样？我想一模完了看看他的分再找他聊聊，要不怕他压力太大了。”老徐说。

“一直都挺拼命的，你放心吧，”顾飞说，“你……放松点儿，你这阵儿瘦得跟打了瘦脸针一样。”

“瘦脸针？”老徐愣了愣，“是什么？”

“就是在脸上打一针，你脸就唰，小一块儿。”顾飞说。

“这么神奇？”老徐笑了起来，“那应该让鲁老师去打一针，他最近发福了。”

“回去吃饭吧。”顾飞进了店里。

“瘦脸针？还有这么神奇的东西？”老徐笑着走了。

买完十全大补药，顾飞去把卷子打印了，一份份装订好，又去王旭家打包了几个馅饼。

“你车得骑快点儿，”王旭说，“要不皮儿捂塌了就不香了。”

“嗯。”顾飞应了一声。

王旭自打情人节那晚过了之后就跟吃了猪快长似的一下变得特别成熟稳重外带深沉，说话也没了以前那种时刻嘚瑟着的劲儿。

看着也不知道算是成长了还是算一蹶不振。

“要带点儿羊肉汤吗？”王旭问，“我给你个保温壶。”

“也行。”顾飞点点头。

王旭把汤盛好给了他。

“你……”顾飞犹豫了一下，“去自习吗？”

“大飞，”王旭看着他，“你不觉得这个问题对我来说很残忍吗？”

“……哦，”顾飞也看着他，觉得下一秒王旭就能写出一首失恋的诗来了，赶紧拿了吃的，“我走了。”

王旭在他身后叹了口气。

到了教室，还没到晚自习时间，一个教室里只有四五个人坐着看书。

蒋丞埋在一大堆的复习资料里连脑袋都看不到了，顾飞走到桌子旁边，他也没发现。

顾飞把馅饼袋子打开，放到自己桌面上。

过了几秒钟，他看到蒋丞正唰唰写着的笔明显顿了顿，然后迅速转过了头。

“鼻子挺好使啊。”他笑着低声说。

“那是，”蒋丞咽了咽口水，伸手就抓了一个馅饼，“我正饿得手心发凉呢。”

“皮儿没软吧？”顾飞坐下。

“没，非常好吃，”蒋丞两口就啃掉了半个，“卷子打印出来了？”

“都弄好了，”顾飞晃了晃手里厚厚的文件袋，“先做哪份？”

“按标准顺序做，”蒋丞边啃边说，“保温壶里是什么？”

“羊肉汤。”顾飞说。

“快，”蒋丞顿时两眼发绿，“快来一碗。”

顾飞给他倒了一壶盖，蒋丞接过去的时候手都抖了，他有点儿好笑：“至于吗？”

“王旭家这个馅饼和汤简直是人间美味。”蒋丞说。

一直坐在前排低头背书的易静这会儿转头往后面看了看。

顾飞跟她对视了一眼，她笑了笑。

顾飞拿起馅饼冲易静晃了晃，易静笑了起来，摇摇头又转身继续背书了。

蒋丞叹了口气："王旭还那样吗？失恋中的样子？"

"嗯，"顾飞拿了一个馅饼慢慢吃着，"我都不知道怎么跟他说话了。"

"他应该跟潘智学学，"蒋丞看了一眼易静那边，"潘大爷这一年年的，甩人被人甩都跟吃饭喝水一样，他要不说你都不知道他什么时候谈了什么时候又分了。人渣！"

"早晚有人能治他。"顾飞笑着说。

"我就等着看呢，"蒋丞说，"等哪天他因为失恋愁眉不展了，我肯定在一边儿笑足一百八十天。"

顾飞边吃边乐，笑了好半天。

蒋丞开始用晚上的时间做附中的一模题，每天自习都提前一节课回去，让顾飞给他监考。

"现在开始发卷子，请大家保持安静，不要交头接耳，"顾飞一边说一边从文件袋里把最后一份英语卷子抽了出来，"考试时间120分钟，大家不要紧张，认真审题，合理安排时间……"

他把卷子放到了蒋丞面前。

蒋丞拿过卷子，先写上了名字，然后开始迅速地翻看。

顾飞坐到一边，拿出手机开始计时。

这是附中那套卷子最后一份了，之前做的他都扫描好发给了潘智，潘智再在那边打印出来找老师判卷子。

有时候顾飞能体会得到蒋丞身上的压力，就光附中一模这套题，就相当兴师动众了，蒋丞原来的班主任老袁还打过好几次电话。

这些人的期待，全是满满的压力。

不过蒋丞的状态还可以，他在学习上的那份自信，能撑得起这些压力。

厉害啊。

顾飞举起手机对着蒋丞埋头做题的背影拍了一张照片。

附中的一模题相当难，蒋丞做完之后感觉心里都有些没底了，不过他还算平静，无论这套题做得怎么样，起码他能知道自己的差距，只要高考不是明天开始，他就还有时间。

距离四中一模还有一天的时候，潘智把几科的成绩和总分都发给了顾飞。

"等这次考完了你再看成绩？"顾飞问。

“嗯。”蒋丞点点头。

“潘智说很牛。”顾飞又说。

“我只要分没比他低，他都会说牛的，”蒋丞笑了笑，“我其实就是想看看来这儿一年了，我到底有多大差距，心里有个数才好追。”

“嗯，”顾飞趴到桌上，侧着脸看着他，从抽屉里摸出了两支长得不一样的小瓶子，“来，把这哥俩喝了。”

“怎么感觉一天喝好几次啊，”蒋丞拿过来两口喝掉了，顾飞买了几盒提神健脑还有提高免疫力之类的保健药天天让他喝，“早上不是喝过了吗？”

“一天两次啊，”顾飞说，“看来真得喝了，现在脑子就够复习用，多一根线都装不进去。”

蒋丞拿着俩小瓶子笑了半天：“你脑子里能装很多线吗？”

“也装不进了，”顾飞叹了口气，“那天二森问我七九得几，我硬是从四九开始背过去才答出来了。”

蒋丞收了笑容：“辛苦你了。”

四中的一模考试终于让人有了紧张感，不是再像平时考试那样随便拉拉桌子就考，而是把几个班的人混在了一起。

蒋丞左右都是不认识的人，往右偏头的时候看不到熟悉的脸，也看不到顾飞低头抓阄答题的样子，还挺不习惯的。

不过这次考试用的是市里统一的卷子，因为有了之前附中的题垫底，蒋丞感觉容易了一些。

这就是差距啊。

蒋丞一边答卷子一边听着脑子里的这句回响。

每科考试都有人提前出考场，平时就已经放弃的人，这会儿也就是来走个过场，证明自己真的做不出来题。

蒋丞时间倒是基本够用，但也还是反复检查到最后一秒，这种时候就没有必要再装了。

让他欣慰的是，在隔壁教室考试的顾飞也没提前交卷，而且也没有抓阄答题。

“真没抓阄？”蒋丞看着他。

“真没，”顾飞说，“好歹要给我同桌一点儿面子，陪着复习了这么久，考试还要抓阄岂不是很丢人？”

蒋丞没说话，眯缝了一下眼睛。

“不是吗？”顾飞笑了笑，“一天天地揪着我给你抽背。”

蒋丞啧了一声，还是没说话。

“是不是以为自己做得神不知鬼不觉的？”顾飞问。

“啊，”蒋丞不知道该怎么说，看顾飞的样子似乎是早就已经觉察到了，对自己的这个行为也似乎没有什么不满，但他也不敢轻易承认，“抽背不是很普通的一件事吗？”

“丞哥，”顾飞伸了个懒腰，活动了一下膀子，“你小心翼翼的样子……”

“我什么时候小心翼翼了？”蒋丞打断他的话。

“你小心翼翼的样子，我特别感动。”顾飞坚持把话说完了。

蒋丞顿了顿，叹了口气：“小心翼翼就小心翼翼吧，毕竟是你，换了别人我现在也没工夫管。”

“有人对自己这么上心，”顾飞把胳膊搭到了他肩上，“感觉还是很不一样的。”

“是。”蒋丞点点头。

顾飞这话是在说他自己，但蒋丞却有着相同的感受。

谁对谁上心，其实是件很难的事儿。

人人都在渴望得到，却未必人人都能等到那一份付出。

“你之前的分，”顾飞掏出了手机，“现在看吗？”

“嗯，”蒋丞被顾飞的这句话拉了回来，“上了630吗？”

顾飞没有马上说话，他皱了皱眉：“潘智的话果然不靠谱。”

“628，很好了，”顾飞点开潘智发过来的语音，把手机放到他耳边，“你听他说吧。”

“老袁说了，复习都没复习完，而且这次判得特别严，他这个卷子也是按严的判的。我看了一下排名，总分第四，只比第三低了两分，按他以前的水平来说基本持平吧，也没退步。还有，这次他没被扣卷面分，你知道他以前那个屎一样的字吧，居然写得都不像屎了，一边复习还一边练字，你说他是不是很牛？”

蒋丞啧了一声，把手机还给了顾飞。

“怎么样？卷子本来就难，还判得严。”顾飞说。

“第一多少分？”蒋丞问。

“637。”顾飞看了他一眼。

蒋丞又啧了一声。

停了一会儿之后又啧了一声，接着就一啧不可收拾，从教室一直啧到了学校门口，啧了能有八十多次，感觉口水都啧干了。

“你舌头还好吗？”顾飞叹了口气。

“差了十分呢。”蒋丞说。

“九分。”顾飞纠正他。

“九分啊，一道题了，”蒋丞拧了拧眉，“这就是差距。”

“还有两个多月。”顾飞说。

“拼了。”蒋丞一挥胳膊。

蒋丞这句“拼了”，大概只有顾飞能够理解。

毕竟蒋丞四中的一模总分是648，全市第一，老徐激动得在讲台上嘴唇都哆嗦了。

只有顾飞知道，对于蒋丞来说，这次考试的卷子难度小，他们这里就算是市里最好的高中，也不可能跟之前的附中相比。

按蒋丞的标准，他还是需要去拼。

很简单的两个字，要做到却挺吓人的。

顾飞一直觉得蒋丞的状态已经是拼了，但不知道他还能更拼。

其实每天复习的时间并没有增加，但明显蒋丞的注意力更集中了，复习的时候往他身上瞟的时间大大减少了。

甚至连吃夜宵的时候视线都会停留在书上。

这样的蒋丞，让顾飞觉得吃惊，也觉得骄傲，但慢慢地一天天过去，他更多的感受却是慌张。

这就是差距。

蒋丞说过这样的话。

对于蒋丞来说，差距指的就是那几分。

而对于他来说，差距却要复杂得多。

这差距如果要追根溯源，会一直一直往深处走，最后你会发现，从根儿上开始，差距就已经在那里了。

这些差距，随着时间的拉长，随着环境的改变，随着身边人的变化，会一点点加大，一年，两年，三年……也许最后会变成仅凭着两个相互依靠着的高中生的友情根本填不满的鸿沟。

“顾飞。”蒋丞放下书。

“嗯？”顾飞看着他。

“给捏捏脖子。”蒋丞笑笑。

顾飞走到他身后，在他脖子上一下下捏着：“是这儿吗？”

“嗯，”蒋丞低着头，手又摸到了书上，“舒服。”

“歇会儿吧？”顾飞问。

“歇着呢，”蒋丞把手又收了回来，停了一会儿他偏了偏头，“哎，我问你。”

“什么？”顾飞在他脸上勾了勾。

“你最近是不是心情不好？”蒋丞问。

“有吗？”顾飞笑了，“你还有空感受这些呢？”

“没有吗？”蒋丞回头看着他。

“没有，”顾飞说，“我就是……有点儿紧张。”

“紧张什么？”蒋丞有点儿茫然。

“说不上来，”顾飞想了想，“毕竟我也是个要高考的人啊。”

蒋丞愣了愣，扭头乐了半天：“你说这话怎么这么不可信呢？”

“那我说什么你信啊？”顾飞也笑了。

50

顾飞每次去药店差不多都能碰上老徐拿药，他都开始有些怀疑老徐到底是得了什么绝症了。

“你就说你到底什么病吧，”他在药店门口拦住了老徐，“一星期拿一次药的。”

“都是补气血这类的，”老徐把一个装着药的纸包拆开让他看，“我就是各种虚，每次带高三都这样。”

“真的？”顾飞看了看药，说实话，一样也不认识。

“骗你干什么？”老徐说完看了看他，又开始笑，“唉，你这小子。”

“笑什么？”顾飞也看着他，“我就想说你要得了什么不治之症就说实话，我们也不是你家里人，没什么可瞒的。”

“身体不怎么好是真的，绝症不至于。”老徐很愉快地拍了拍他胳膊，“你小子，说话太难听了，但是我很感动。”

“徐总，”顾飞看着他，“你何必呢？你累成这样，也没人念你好，没人买你账。”

“谁说没有？”老徐一指他，“你就念着我的好呢。”

顾飞没说话。

“大多数人，就上这一回学，错过了就没有了，”老徐说，“过个十年二十年回过头，说不定就会后悔，会说当初老师要是管管我，我可能就不会这样……我就想尽可能地让你们以后不后悔，拉得着一个算一个，人民教师嘛，干的就是这个。”

顾飞看着他，说实话老徐这类的话说的次数不少，从高一到高三，他都不知道听了多少次了，每次说出来他都觉得特别空，特别虚，无法体会。

直到现在，再听到老徐这么说，他才第一次有了些不一样的感觉。

“嗯，”他应了一声，在老徐肩上拍了拍，转身走进了药店，“辛苦了，徐总。”

“你也总上药店来，买什么药？”老徐在后头又追着问了一句。

“补肾的。”顾飞回过头。

“……没个正经！”老徐叹了口气。

蒋丞半眯着眼正在背书，屈腿踩着椅子沿儿下巴搁膝盖上看上去还挺陶醉。

背个书还能背出这种状态来，也挺牛了。

顾飞把十全大补药拆了两瓶戳好吸管放到了他面前的桌上，这人现在背书时长惊人，除非他自己停下来，你要中途打断了，他就瞪人。

“百家争鸣形成的原因和影响，”蒋丞伸手摸过一个药瓶，一指他，“顾飞同学回答。”

“政治上……社会大变革大动荡时期，各诸侯国为富国强兵，招贤纳士……”顾飞下意识地接上，“经济上……铁器牛耕推广……”

“生产力提高，社会经济发展，提供了物质条件，”蒋丞看了他一眼，“今天这个药怎么甜叽叽的？”

“换了一种，”顾飞说，“这个是防感冒的。”

“……为什么要防感冒啊？”蒋丞愣了愣，“我很久没感冒了。”

“所以才防一下，停暖了您不会是不知道吧？”顾飞弯腰看着他。

“知道啊，”蒋丞啧了一声，“马上二模了，肯定停了啊。”

“你现在这日子是按模考来过的是吧？”顾飞笑了。

“嗯，”蒋丞点点头，“我现在脑子里就是一模二模三模四五六十八模……你头发又成毛寸了？”

“昨天让李炎帮我修了一下，”顾飞揪了揪他前额的头发，“丞哥，明天抽一小时时间，让设计总监Li给你做个发型怎么样？遮眼睛了都。”

“设计总监狸是谁？”蒋丞愣了愣。

“李炎。”顾飞说。

蒋丞顿了顿，往椅子上一靠乐了半天：“行吧，让设计总监果子狸给我弄个跟你一样的吧，省得总弄了。”

“那不行，越短越得总修，要不就容易长成仙人球，”顾飞说，“你就这样剪短点儿撑的时间还能长些。”

“行吧，你做主。”蒋丞点点头。

跟蒋丞的交流大概也就只能是这么见缝插针了，还有睡觉前也能聊几句，一般说到第四句，蒋丞就睡着了。

“我看着你都快累死了。”顾飞拍着蒋丞胳膊。

“还行吧，就是要背的东西太多了，我背书不行，”蒋丞侧身半靠着挤在他身上，“现在一天天的就睁眼儿背，闭眼儿也背。”

“后悔没？当初选理科就不用背这么多了，”顾飞笑笑，“分还能再高些。”

“后悔个屁，要后悔的话，后悔的事儿就多了，以前为什么总旷课啊打架啊，以前为什么到了考前半个月才突击复习一下啊，”蒋丞说，“这要后悔起来可没完了……”

“也是，”顾飞笑了笑，“丞哥说得对。”

“理科做题也烦，其实都烦，到这会儿了都咬牙扛呗……”蒋丞在他腿上蹭了蹭，“我感觉我要近视了，我昨天戴你眼镜发现还挺清楚的。”

“别瞎戴，”顾飞说，“要不就去查查视力。”

“没空，现在反正也能看得见，估计就是疲……”蒋丞说到一半没了声音。

睡着了。

挺神奇的，顾飞拉过被子盖好，前一句还说得清清楚楚思维清晰，下一句就突然睡着了。

不过班上还在努力的那一小部分人状态都差不多，看上去还没有蒋丞精神，起码蒋丞上课不会打瞌睡，现在连易静上课都经常要趴桌子了。

感觉一模结束没几天，二模就来了。

老徐站在走廊上，看着他们班的学生挨个走进考场，一个个地叮嘱着：“放轻松，好好审题，合理安排时间……”

顾飞走进教室看了看四周，这回的人跟上回一模的时候座次又不一样了，一次一换的。

周围的人一个个都神色凝重，成绩好的成绩差的都一个表情，一晃眼过去觉得一水儿全是学霸。

不过一开始答题，区别就能看出来了。

同样是埋头看完题就开始写，写的状态眼神就能看出这是会的还是不会的。

以前考试顾飞都一边抓阄随便写着答案，一边观察着周围的人，这种一切都不关我事的感觉还是很美好的。

但现在不抓阄了，压力就挺大，半会不会的状态最折腾人，基本都靠着回忆蒋丞跟碎碎念一样的背书片段，全写吧，不会，边凑边写吧，时间就有些紧张了。

不过这次二模的题的确比上次要难了不少，不知道隔壁教室里的他的同桌是什么状态。

两天的考试听上去时间不长，但真到最后一科交卷的铃声响起时，顾飞还是猛地有种松了口气的感觉。

这卷子做完都已经没剩几分钟了，就只是粗略地检查了一遍而已。

他站了起来准备交卷出去的时候，前排突然传来了一阵桌椅碰撞的混乱声音。

顾飞转过头，看到跟他隔了一排的易静摔倒在了地上，脑门儿重重磕在地上的声音让人一阵心惊，周围的人顿时都乱了。

他赶紧两步跨了过去，蹲下小心地把易静翻了个身，发现她脸色苍白地闭着眼睛，像是晕过去了。

接着就听到了监考老师有些焦急的声音："怎么了？"

"有人晕倒了！"有人喊。

"8班的易静晕倒了！"又有人喊。

"快送医务室！"监考老师挤了过来，"去个人通知巡查的老师！"

"我背她。"顾飞说了一句。

几个人扶着易静放到了顾飞背上，顾飞背着她就往门外跑。

外面的老师都过来了，老徐冲在第一个："怎么会晕倒了！怎么会晕倒了！摔伤了没有！"

"应该不严重。"顾飞说了一句，背着易静又往楼梯口跑。

"怎么了！"王旭冲了过来。

顾飞扫了他一眼，发现这人急得眼睛都发红了，喊这一嗓子都是哑的。

王旭扑到他身后去接易静的时候，顾飞没有拒绝，把易静换到了王旭手里，就冲王旭现在这劲头，绝对能比他跑到医务室的速度快一倍。

“易静！易静！易静！”王旭一连串地喊着易静的名字，都没背着她，直接一个公主抱把易静抱了起来，冲下楼去的速度顾飞没负重都差点儿追不上。

一帮8班的人在老徐的带领下都跟着冲到了医务室，医务室的医生已经接到了电话，但还是被这浩浩荡荡的一帮人给吓了一跳。

把易静放到床上之后就往外赶人：“都出去出去出去！安静点儿！”

除了老徐和死赖着不肯出来的王旭，别的人都被赶了出来。

要说四中这些人，把高考当回事儿的加一块儿估计都凑不出一个班来，但高考带来的压力却是每个人都感受得到的，今天这个班病一个，明天那个班又请假一个，现在直接考场上倒了一个。

站在医务室门外的人全都拧着眉。

“有没有磕着头？”蒋丞在顾飞身后轻声问了一句。

“磕着了，”顾飞转过身，“声儿还挺大的，不过她倒地的时候椅子拦了一下，应该不严重。”

“嗯，”蒋丞叹了口气，“我刚听王旭喊的那动静……吓死我了，我跑过来的时候差点儿扭脚。”

“应该没事儿的，压力太大了没休息好，”顾飞小声说，“所以我一直跟你说不要超过两点睡。”

“我都准时睡的，放心吧。”蒋丞笑了笑。

易静没有什么大问题，休息太少，压力太大，早上没吃早点就来考试了，考试没结束的时候估计就已经不舒服了，一直撑着到了最后考完了放松下来才晕倒了。

但她也只在家休息了一天就又来上课了。

“所以说有时候人吧，比自己想象的要能扛，”蒋丞说，“易静看着风一吹就要倒了，也那么能撑。”

“我觉得吧，”顾飞皱着眉，“你最好别把自己熬到这一步。”

“我不会，我身体底子在呢，”蒋丞举了举胳膊，“如此强壮。”

二模成绩出来之前，班里复习的气氛略微有种疯狂复习考试过后的轻松，但维持的时间很短。

黑板上的时间从三位数变成了两位数，一天一变的，每一次变化都会让人心潮翻涌。

有人紧张，快没时间了，有人急迫，快考完放假吧。

二模的成绩出来之后，这种状态也没有太大改变，紧张的更紧张，急迫的更急迫了。

只有老徐大概把这些情绪都包揽了，一天天的喜怒哀乐急着。

蒋丞二模总分656，在难度比一模大幅提高的情况下，分也提高了，顾飞就感觉老徐每天看到蒋丞的时候眼睛里都快开出花来了。

“三模来个700，老徐估计能直接从楼下蹦上三楼了，”顾飞说，“高考再来个省状元，老徐能背着你上市中心那个广场上跑二十圈。”

“做梦呢，”蒋丞笑了半天，“你也太小看别家的那些学霸了。”

“去年的文科状元650多吧，我觉得也不是完全不能想象一下的。”顾飞往后靠在墙上，一下下晃着腿。

“别地儿还有上700的文科状元呢，我要没到这儿，在附中读到现在是不是能更好，没法比这些，”蒋丞也往后一靠，跟他一块儿晃着腿，“就像那天说的，我要选了理科是不是就能更好，根本不用去想，反正这些都没发生，我一直就只看眼前。”

“嗯，”顾飞笑笑，“大气。”

“不回头，不东张西望，什么事儿都没问题，边走边回头容易摔，”蒋丞偏过头，“最多抽空看看……”

“小点声儿，”顾飞看了一眼前面，“周敬这一天天的，耳朵越来越灵敏了。”

“叫我？”周敬迅速转回了头。

“吃糖吗？”顾飞问。

“吃啊！”周敬用力点着头。

顾飞从兜里摸出了几颗糖递了过去，周敬非常愉快地接了过去。

等周敬转回自己桌上继续趴着之后，顾飞压着声音：“看到没？”

“看到了，”蒋丞一脸夸张的惊恐表情缩了缩，“吓死我了。”

顾飞看了他一眼，低头开始乐。

“笑屁，”蒋丞拿过卷子准备写，想想也跟着乐了，“难道不是很可怕吗？”

顾飞没说话，低头继续乐。

蒋丞也没法再说话了，捏着卷子跟着一通乐。

“怎么了？”周敬再次回过头，“什么事儿这么好笑？”

两人都没回答，冲着周敬乐得停不下来，蒋丞本来想控制一下，毕竟班上还有不少人在复习，但一看到周敬满面茫然，顿时笑得更厉害了。

这种高压复习的日子里，哪怕是放弃了的人，也都在这种气氛里被压得沉默寡言，平时连聊天的人都快没了。

现在猛地听到有人在狂笑，顿时就像是被戳到了开关，从一个两个，迅速往整个教室里蔓延。

短短的十几秒里，全班都开始莫名其妙地狂笑不止。

像是放松，也像是发泄，全班相当有集体荣誉感地同步放声狂笑，有人笑得眼泪都出来了，还有人一边拍桌子蹬椅子一边笑。

讲台上坐着的老鲁震惊得站起来举着教鞭都不知道该往哪儿指了，站了一小会儿他把教鞭往讲台上一放，跟着也笑了。

巡堂的教导主任跑过来的时候，老鲁正靠在讲台边儿上指着前排一个笑得吹出了鼻涕泡的笑得直不起腰。

“鲁老师！”主任眼睛都瞪到太阳穴上去了，“这是怎么了？”

“你看他！”老鲁一边乐一边走到主任跟前儿，指着那边，“鼻涕泡！”

本来因为主任到来而有所收敛的笑声，又因为老鲁这句话，一下再次爆发。

“鲁老师！”主任无奈地把老鲁拽到了教室外面，“影响别的班复习了！你怎么能这么跟着瞎闹！”

“哎，”老鲁吸了口气，终于控制住了自己，“行了行了，就是放松一下，放松一下，复习这么累，他们连天儿都不聊了，我都不习惯了。”

“你是不是有什么毛病！”主任看着他，压着声音，“现在放松完了没？别班老师都出来看了！”

“收吧收吧，”老鲁进了教室挥挥手，“我知道大家这阵儿累了，高考完了我跟徐总请你们去吃大餐，想吃什么吃什么！现在都给我继续！”

这次疯狂笑过之后，班里的气氛都突然有些不对了，就像是大家突然发现，就还有一个多月，他们这些人就要各奔东西，这样放肆疯狂的笑，也许是高中时代的最后一次。

这种淡淡的忧伤的情绪，甚至没有因为转瞬之间就来了又转瞬之间就过去了的三模而减淡。

三模果然是用来给大家树立信心的，相比之前两次模考，三模的难度还算可以接受，而这之后，对于四中的学生来说，学校基本不会再组织什么正式的考试，下次考试就是高考了。

“这次的分很吉利，也非常衬你，”顾飞说，“666，蒋丞选手这次的表现那是相当6666666了！”

蒋丞笑着看着他没说话。

“晚上稍微放松一下吧，”顾飞说，“我请你去吃烤肉，打车去，迅速塞，然后打车回，路口下车，散步二十分钟，到家继续复习？”

“真的吗？”蒋丞都感觉到自己的眼睛亮了一下，这段时间其实他一点儿没少吃，顾飞要不自己做，要不各种去店里打包，但烤肉对于他来说，永远有着无穷的吸引力，“五花，肥牛，五花，肥牛……”

“真的，”顾飞点点头，“不过要先说好，咱们得控制好量，我怕你吃太油了拉肚子。”

蒋丞笑了起来：“不是，顾奶奶，您怎么这么能操心啊？”

“谁让我孙子不省心呢？”顾飞说。

“滚！”蒋丞伸手在他脑门儿上弹了一下。

这个动作他做得很放肆，因为桌上堆满了书，像一圈围墙，他俩往桌上一趴的时候，就是一个世界。

这个被书本包围着的世界，也只有现在能体会了吧。

图书在版编目（CIP）数据

撒野．2 / 巫哲著．-- 南京：江苏凤凰文艺出
版社，2020.4
ISBN 978-7-5594-4684-8

Ⅰ．①撒… Ⅱ．①巫… Ⅲ．①长篇小说－中国－当代
Ⅳ．① I247.5

中国版本图书馆 CIP 数据核字 (2020) 第 045530 号

撒野．2

巫哲 著

责任编辑 张 倩 王 青

特约编辑 李 彤

装帧设计 苏艾设计

出版发行 江苏凤凰文艺出版社

南京市中央路 165 号，邮编：210009

网 址 http://www.jswenyi.com

印 刷 三河市嘉科万达彩色印刷有限公司

开 本 700mm × 980mm 1/16

印 张 24.5

字 数 440 千字

版 次 2020 年 4 月第 1 版 2021 年 4 月第 10 次印刷

书 号 ISBN 978-7-5594-4684-8

定 价 49.80 元